De oren van Buster

Maria Ernestam

De oren van Buster

Uit het Zweeds vertaald door
Corry van Bree

DE GEUS

Deze uitgave is mede mogelijk gemaakt dankzij een bijdrage van
The Swedish Arts Council te Stockholm

Oorspronkelijke titel *Busters öron*, verschenen bij Forum
Oorspronkelijke tekst © Maria Ernestam 2006
Published by agreement with Bengt Nordin Agency, Stockholm, Sweden
Nederlandse vertaling © Corry van Bree en De Geus bv, Breda 2008
Omslagontwerp Berry van Gerwen
Omslagillustratie © Valerie Gates/Getty Images
Druk Koninklijke Wöhrmann bv, Zutphen
ISBN 978 90 445 1058 4
NUR 302

'There's a divinity that shapes our ends,
Rough-hew them how we will.'

(*Hamlet*, Act V, Scene II, The Syndics of the Cambridge University Press, edited by A.W. Verity)

'En dit bewijst dat er een godheid is
die vorm verleent aan wat wij ruw ontwerpen.'

(Shakespeare: *Hamlet*. Vijfde bedrijf, tweede toneel, p. 161. Vertaling Bert Voeten. De Bezige Bij, Amsterdam, 1974)

'*H*eb ik je verteld over de walvissen? Nee? Dan zal ik vertellen over de walvissen in de ijszee. Hoe ze de liefde met elkaar bedrijven.*

Wij mensen lopen rechtop. We strekken onze ruggen zo veel mogelijk en we kijken naar de blauwe hemel boven ons. En we zetten onze ene voet voor de andere, opnieuw en opnieuw en opnieuw. Het is onze manier om de bestemming te bereiken die we in gedachten hebben, als we tenminste een bestemming in gedachten hebben en niet gewoon rondwandelen in ongeplande blijdschap. Eigenlijk maakt het niet uit, want de bewegingen zijn hetzelfde. Rechtop en met de ene voet voor de andere. Vergeet dat niet.

De grote walvissen in de ijszee daarentegen bevechten de golven met hun vinnen, tuimelen rond in het grote water en laten zich van alle kanten schoonspoelen. Ze hoeven niet de hele tijd het ene voor het andere te zetten, maar brengen hun enorme lichaam met de mooiste bewegingen van hun staartvin waar ze maar naartoe willen. Als de walvissen bewegen om zich te verplaatsen, komt er dus niet eerst een stel armzalige voeten, maar hun grote hoofd. Walvissen liggen als ze zich verplaatsen. Dat mag je ook niet vergeten.

Als mensen met elkaar vrijen kiezen ze er ook voor om te liggen. Dan kunnen ze naar hun geliefde kijken, de diepste gedachten onderzoeken, ontdekken wat niet uitgesproken wordt en dat in werkelijkheid veranderen. Mensen raken elkaar aan met handen die niet langer bijdragen aan een beweging naar voren maar aan het beroeren van de ander. Als alles goed is en ze gaan liggen om

7

elkaar lief te hebben, kunnen twee mensen samenkomen in iets wat groter is dan zijzelf. Het is ook belangrijk dat je dat niet vergeet.

Als twee walvissen elkaar in de liefde vinden gaan ze niet liggen. Mensen kunnen dat op kilometers afstand zien. Twee enorme wezens die zich oprichten uit het water, de vochtige ademhaling die ze in een snuivend eerbetoon aan de lust naar buiten spuiten, lichamen die dicht tegen elkaar aan gedrukt zijn. De walvissen in de ijszee hebben elkaar staande lief en kunnen elkaar niet in de ogen kijken tijdens de liefdesdaad, omdat hun ogen aan de zijkant van het enorme, druipende hoofd zitten en naar achteren zijn gericht. Ze kunnen dus niet naar de sterren kijken die aan de hemel staan of met hun ogen elkaars geheimen proberen te ontrafelen. Walvissen kunnen elkaar ook niet omhelzen met hun vinnen, maar hun passie is groot genoeg om de honderden tonnen te laten vibreren. Hoe kunnen wij mensen, die niet eens een armzalige kleine kreet durven te slaken, ons met onze beperkte gedachten voorstellen hoe groot, hoe omvattend, hoe eindeloos die passie is, hoe omvattend die vereniging in liefde?

En als de walvissen ten slotte van elkaar af glijden, zinken ze terug in de ijszee, vervuld en onderworpen, en zijn ze weer omringd door water. Walvissen komen opnieuw tot leven doordat ze onderduiken.'

Juni

13 juni

Ik was zeven toen ik besloot om mijn moeder te vermoorden. Maar ik was zeventien toen ik mijn besluit ten uitvoer bracht.

Alleen al door deze beschouwing heb ik eerlijker geschreven dan in een lange tijd, eigenlijk eerlijker dan ooit. Het is een tijd geleden dat ik ansichtkaarten schreef en nog veel langer geleden dat ik brieven schreef die iets betekenden, en ik heb nog nooit in een dagboek geschreven. Alle woorden die in mijn hoofd rondtolden hebben altijd de spot met me gedreven. De gedachten leken groot en origineel zolang ik ze bij me hield, maar zodra ze naar beneden dwarrelden en op het papier landden, stierven ze. Alsof ze tijdens hun korte reis van binnen naar buiten al verwelkten.

Als ik een enkele keer probeerde mijn gedachten op te schrijven, zorgde het verschil tussen het grote en het pietluttige er ten slotte voor dat ik voorgoed afscheid nam van mijn pen, behalve als het met feiten te maken had. Boter en eieren, tomaten en radijsjes. Niet vergeten de tandarts te bellen. Daarom is het nogal pathetisch om in een dagboek te gaan schrijven als je zesenvijftig jaar bent, maar dat recht neem ik. Het was waarschijnlijk geen toeval dat ik het dagboek kreeg, en bovendien kreeg ik het van Anna-Clara. Dat schept verplichtingen, zelfs al is het langgeleden dat ik plichtsgetrouw was. Daarmee ben ik opgehouden lang voordat ik stopte met brieven schrijven. Maar ik loop op de zaken vooruit.

Ik kreeg het dagboek dus als verjaardagscadeautje van Anna-Clara, mijn jongste en lastigste kleinkind. Daarom hou ik van haar. Omdat ze als lastig wordt beschouwd. Hoewel haar oudere broer en zus, Per en Mari, allebei vrolijke, open kinderen zijn met trouwhartige zielen en ogen die goedheid uitstralen, is Anna-Clara introvert, donker en scherp van geest. Ze praat zelden en als ze dat doet is het meestal om iets te vragen. Mag ik het brood? Mag ik de limonadesiroop? Mag ik naar binnen om te lezen?

Zolang ik me kan herinneren heeft Anna-Clara me gevraagd of ze naar binnen mocht om te lezen. En als ik knik zoals ik altijd doe, gaat ze naar mijn slaapkamer, waar mijn nachtkastje vol ligt met boeken en oude kranten. Terwijl de anderen aan broodjes met thee of avondeten met wijn zitten, ligt zij op mijn bed en leest met een stelselmatigheid en een intensiteit die ik bewonder. Ik zeg niet tegen haar dat ik haar lezen bewonder omdat ik dat neerbuigend vind klinken. Maar ze weet dat mijn ja ook een goedkeuring inhoudt. Daarom hou ik van Anna-Clara. Ze heeft nooit woorden nodig gehad om te zijn wie ze is.

Zelfs tijdens het feest van vandaag was ze bijna de hele tijd in de slaapkamer om te lezen. Ze ging op mijn bed liggen, pakte een kussen als steun in haar rug, wikkelde mijn gele sprei rond haar benen en zette de taart en de limonade op het nachtkastje, waarna ze methodisch de ene krant na de andere doorlas, de gepolijste oorlogsverhalen in de ochtendkranten en de moordonderzoeken en verhalen over beroemdheden in de avondkranten. Hoe oud is ze nu? Acht, bijna negen? Haar buitengewone lezen is het absoluut waard om te prijzen, en dat wordt ook gedaan omdat er niets anders te melden is. 'Per heeft vrijdag drie doelpunten gemaakt bij de voetbalwedstrijd, Mari heeft fluit gespeeld tijdens de laatste schooldag en Anna-Clara ... het is gewoon fantastisch wat ze allemaal leest. Het zal niet lang duren voordat ze alle boeken thuis heeft gelezen en de bibliotheek gaat verkennen, plank na plank. Dat gaat ze beslist doen. Plank na plank, boek na boek, zin na zin, woord na woord. Anna-Clara leest zo veel.' En daarna stilte.

Mijn zesenvijftigste verjaardag werd zonder verrassingen gevierd. Om twee uur stroomde iedereen toe, familie, buren en verre bekenden, en ze zongen 'Lang zal ze leven' terwijl ze uit alle macht probeerden binnen te komen om te ontsnappen aan de kletterende regenbuien die hen naar ons toe hadden gejaagd en die hun schoenen en kapsels hadden geruïneerd. Sven ontving hen met luidruchtige gastvrijheid en had zijn armen al snel vol regenjassen en paraplu's, die hij volgens mij als een ongesorteerde stapel in de kleerkast gooide toen niemand keek. Met zijn professionele en goed gedoseerde gastvrijheid kreeg hij iedereen snel de zitkamer in, waar hij alles wat we aan stoelen en tafels in huis hebben naartoe had gesleept, zodat de gasten in groepjes op kleine eilanden konden stranden. Susanne, mijn oudste, begon bedrijvig gasten neer te zetten, die onmiddellijk weer van plek veranderden zodra ze hen haar rug had toegedraaid, omdat het gevaarlijk is om te praten met mensen die niet dezelfde interesses of waarderingen hebben.

Eric daarentegen, mijn jongste, sloop voorzichtig tussen de tafels door tot hij ten slotte op een versleten bruinleren stoel ging zitten waar hij alles en iedereen in de gaten kon houden. Zijn gezichtsuitdrukking was ondoorgrondelijk, op het hooghartige af, ook toen hij net als ik zag dat Isa, zijn vriendin, naar de keuken verdween om alvast een lekker hapje te bietsen. Met andere woorden: alles was net als altijd, en iets anders had ik ook niet verwacht. Als je zesenvijftig wordt is er veel voor nodig om verbaasd te zijn, en ik weet niet meer wanneer ik dat voor het laatst was. Met de jaren wordt het meeste voorspelbaar. Smaken vervlakken en zintuiglijke indrukken vertroebelen. Alleen de geuren blijven scherp.

Sven had koekjes en broodjes gekocht, en een taart met groen marsepein waar ik eigenlijk niet zo gek op ben, maar die tamelijk lekker is als hij heel vers is. Dat was deze, en mijn gasten leken er zonder remmingen van te nemen. Gudrun en Sixten hadden de lunch zoals gewoonlijk beslist overgeslagen om zich op het feest flink te goed te doen aan al het lekkers. Het viel me op dat Gudrun minstens drie porties taart nam terwijl ze vertelde dat ze de jurk die ze droeg zelf had gemaakt van een stof die eerder dienst had gedaan als sprei in het bejaardentehuis waar ze soms werkte.

'Natuurlijk zat er veel bejaardenpis in', hoorde ik haar enthousiast tegen Sven zeggen terwijl ze in de stof van de jurk kneep. De slagroom in mijn keel werd onmiddellijk dik, maar het lukte me om het door te slikken en weg te spoelen met thee zonder dat het weer omhoog kwam. Met Gudrun ben ik van jongs af aan bevriend en ze is loyaal, waardoor ik niet alleen haar kleren door de vingers zie, maar ook de eetlust die ervoor heeft gezorgd dat ze met de jaren is opgezwollen tot smakeloosheid, als muffins in moderne cafés.

Sven rende onvermoeibaar heen en weer en vulde glazen, serveerde gebak en droeg gebruikt serviesgoed naar de keuken. Susanne hielp terwijl ze tegelijkertijd aan de gasten uitlegde dat haar moeder een paar jaar geleden alles zelf had gemaakt op een dag als deze, maar dat ze helemaal gestopt was met bakken. Ik weerstond de verleiding om een scherpe opmerking te maken en zei in plaats daarvan dat er tegenwoordig zo veel lekkers te koop is dat het volkomen onnodig is om je in de keuken uit te sloven en hem vies te maken. Dat jongeren die aanbelden om taart te verkopen om hun schoolreisjes te bekostigen goed werk deden, dat ze mijn persoonlijke steun verdienden en dat niets voor eeuwig was.

Ik zei niet dat de boter die aan mijn vingers kleefde en de eieren die langs mijn polsen dropen me in toenemende mate met zo'n walging vervulden dat ik heel vaak diep moest ademhalen voordat ik de keuken in liep. Het is alsof al het eten dat ik in de loop van de jaren heb gekookt en gegeten in mijn lichaam is opgeslagen, waardoor alle depots nu vol zijn. 'Je moet meer eten, mama', zegt Susanne altijd, en ze schudt haar hoofd omdat ze merkt dat ik steeds magerder wordt. 'Zorg jij maar voor jezelf', is het enige antwoord dat ze krijgt. Zolang ik gezond ben, eet ik wat ik denk dat ik nodig heb.

Ons huis is gemeubileerd in een landelijke stijl die is ingehaald door de tijd en die nu als heel modern wordt beschouwd. Op de lichte houten vloer liggen vrolijke kleden, de meubelen zijn opgeknapt met een lik verf of zijn geloogd, en op de bedbank liggen zachte dekens en kussens die bedoeld zijn om te gebruiken en niet om naar te kijken. Ik ben helemaal verrukt van onze zorgvuldig gerestaureerde secretaire van goudbruin hout met een heleboel kleine laatjes en een blad dat uitgeklapt kan worden. Op dat blad had Sven alle cadeaus en bossen bloemen uitgestald, de meeste haastig geplukt in de eigen tuin en samengebonden met blauw-geel lint voor een feestelijke noot. Ik zag ook een paar flessen wijn, en ik kan alleen maar hopen dat ze van een redelijke kwaliteit zijn.

Het is geen geheim dat ik wat te vaak en te graag een glas

neem terwijl ik in plaats daarvan iets zou moeten eten. Maar zelfs hier eist de ouderdom zijn recht op. Ik ben zesenvijftig jaar geworden met mijn manier van leven en dat is meer dan veel schreeuwerige gezondheidsfanatici hebben gehaald. Als ik mijn leven met een of twee jaar verkort door een glas wijn te nemen in plaats van iets te eten wat me braakneigingen bezorgt, dan is dat mijn zaak, en niet iets waar iemand zich aan zou moeten ergeren. Als ik lees wat ik net heb geschreven, klinkt het alsof ik me verdedig, wat natuurlijk bewijst dat het onderwerp beladen is. Natuurlijk weet ik wat ik wel en niet moet doen. Maar op mijn leeftijd mag het gevoel wat vaker in plaats van het verstand regeren dan bij jongeren. En de zin van het verstand is soms uiterst discutabel.

Mijn cadeaus zijn niet bijster origineel of doordacht, maar dat had ik ook niet verwacht. Wat moet je geven aan een vrouw van zesenvijftig dat ze echt nodig heeft en niet zelf kan kopen? Per en Mari hebben heel mooie tekeningen gemaakt, en Mari heeft ook nog een stuk zeep gekocht waarmee ik me niet zal wassen, maar waaraan ik misschien soms zal ruiken. Anna-Clara gaf me een pakje in roze papier. Ik pakte het dagboek, dat was versierd met een kat die in een rozenstruik zit en aan een bloem ruikt, met licht trillende vingers uit. Ze weet het. Ik keek op en zag dat ze me aankeek met haar groene ogen die zo veel op die van mij lijken.

'Dank je wel, Anna-Clara. Een dagboek. Dat is heel mooi. Hoe kom je op het idee?'

Ik verwachtte geen antwoord, maar kreeg het toch.

'Dat wil je al heel lang hebben. Mag ik naar binnen om te lezen?'

Ik knikte en ze verdween en liet me achter met het boek waaraan het enige opmerkelijke de leegte van de bladzijden was. Ik wist meteen dat ze hun getuigenissen en hun slacht-offers zouden opeisen. Op de achtergrond hoorde ik Susanne door de kamer roepen dat het Anna-Clara's eigen idee was geweest en dat ze heel lang hadden gezocht naar een dagboek met rozen erop en dat ik ermee mocht doen wat ik wilde, ik kon het gebruiken als kladblok of zo. Ik gaf geen commentaar terwijl ik het boek voorzichtig tussen de andere cadeaus legde. Het was een eerlijk cadeau en moest als zodanig worden behandeld.

Het hoogtepunt van het feest was ontegenzeggelijk Iréne Sörenson. Ze had een lift van de Fredrikssons gekregen en zag er veel jonger uit dan haar bijna tachtig jaar, zoals altijd als er een feest is en ze erbij mag zijn zonder te betalen. Ze droeg vandaag een trui van glanzende turkooise stof waarvan ze weet dat het haar goed staat. Ze had hem gecombineerd met een donkerblauwe rok, een gouden ketting en oorbellen die het blauwgroen accentueerden. Ze zag er heel wat eleganter uit dan veel van de jongere vrouwelijke gasten, en terwijl we taart aten begon ze plotseling te vertellen dat haar tweede man haar altijd bij haar borsten greep voordat hij haar koffie gaf.

De meesten lachten om het dubbelzinnige verhaal, zelfs al snoven een paar vrouwen minachtend. Iemand zei gedempt dat het grappig was dat sommige mensen ervan hielden dingen te vertellen die de meeste anderen voor zich wilden houden, omdat ze vonden dat het 'privé' was. Iréne Sörenson giechelde veelbetekenend over dat privé en constateerde dat het fijn was dat we nu in elk geval een beetje hadden gelachen.

Na ongeveer twee uur begonnen de gasten een voor een te vertrekken, een paar met rode wangen omdat Sven flink had

17

uitgepakt en cognac en port had geschonken aan degenen die daar trek in hadden. Ten slotte waren er alleen familieleden over, die napraatten bij de etensresten en in alle rust nog een kop thee namen met een stuk taart die nu heel goed smaakte. Ik lokte Eric en Isa uit de keuken en toen ze ten slotte kwamen aten ze de lekkerste stukjes op. Daarna gingen ze op de bank zitten en begonnen elkaar te liefkozen zonder zich iets van ons aan te trekken. Per en Mari hadden ons oude monopoliespel tevoorschijn gehaald en waren al snel geobsedeerd door het kopen en verkopen van straten. Per had al in een vroeg stadium de leiding genomen met meerdere hotels en schepte erover op dat hij van plan was om zijn zus in een persoonlijke recordtijd te ruïneren.

Susanne vertelde dat het zoals gewoonlijk heel druk was op haar werk en dat het advocatenbureau waar ze grote delen van haar leven doorbracht haar naar Rio de Janeiro wilde sturen. Helaas was ze niet in staat om er na de klus een paar dagen vakantie aan vast te plakken, zodat ze iets van de stad of van het land kon zien, omdat Jens, haar ex-man, niet bereid was om de kinderen langer dan absoluut noodzakelijk was te nemen.

Het laatste zei ze met een stem die zo gekleurd was van verontwaardiging dat Mari haar oren spitste. Ik vroeg Sven onmiddellijk of hij nog iets wilde drinken om de kinderen te sparen, die toch al genoeg leden onder de scheiding, die eindeloos lang leek te duren.

Ten slotte gingen ze weg, nadat het Susanne een kwartier had gekost om Anna-Clara te overreden om de krant die ze aan het lezen was weg te leggen, een conflict dat werd opgelost doordat ze de krant mee mocht nemen. Diep verzonken in haar lectuur verdween ze als laatste van de familie-

schare in de koude avondlucht, waarna Sven de deur dichtdeed, zich naar mij keerde en de gebruikelijke woorden zei:
'Dat was geslaagd, vind je niet?'

Hij ligt nu te slapen, moe maar tevreden over zijn werk.
We hebben in elk geval onze familie en vrienden verzameld
en we hebben feestgevierd, ook ik. Ik zit bij de secretaire te
schrijven. Het is twee uur 's nachts of misschien 's ochtends,
ik heb de cadeaus en een deel van de bossen bloemen weg-
geschoven en ik heb nu voldoende ruimte voor het dagboek
en mijn ongesorteerde gedachten. Buiten jankt de wind zoals hij dat kan doen op een dag in juni als de zomer nog geen
vaste voet aan de grond heeft en de duisternis buiten geen
duisternis is, maar slechts een vermoeden daarvan. Op dertien juni ben ik jarig, dit jaar dus ook, maar ik heb op mijn
verjaardag nooit op mooi weer kunnen rekenen. En ook dit
jaar regende het.

14 juni

Ik zit weer bij de secretaire. Het is bijna half drie 's nachts of 's ochtends, maar de slaap en ook de moeheid hebben me in de steek gelaten. Het is alsof de mogelijkheid om me eindelijk open te stellen en te schrijven in slechts één etmaal een behoefte is geworden. Het cadeau van een kind, rozen op een dagboek, zou de sluizen ten slotte openen. Het leven kan echt niet vreemder worden dan het al is.

Svens gesnurk is hier helemaal te horen en ik kan het niet laten om te glimlachen. Maar een paar meter verderop ligt de man met wie ik voor mijn gevoel al een eeuwigheid samenwoon, en toch wekt zijn aanwezigheid in mijn slaapkamer geen gedachten aan lichamen die samenkomen, aan verhitte begeerte of verdwenen controle. Hij omhelst me, kust me welterusten en streelt af en toe mijn arm, maar het voelt niet anders dan de wind die mijn rug verwarmt of de zee die mijn lichaam afkoelt als het zweterig is en rood aangelopen. Wat is er over van de fysieke herinneringen? Ik moet me toch kunnen herinneren hoe het was om de liefde te bedrijven? Natuurlijk weet ik dat nog, maar toen het te veel pijn begon te doen heb ik mezelf gedwongen om niet te denken aan de vreemde handen die over mijn lichaam dwaalden en hoe ik op die aanraking reageerde. Ik weet hoe ik me voelde en herinner me hoe intens dat was, maar ik beheers me zodat de herinneringen het niet overnemen, net zoals ik mijn best doe om de ergste muggenbeten niet stuk te krabben.

We werden vanochtend laat wakker en lagen een tijdje te praten totdat Sven opstond om theewater op te zetten. Ik bleef liggen lezen en was ontroerd toen hij binnenkwam met een dienblad met thee en brood en een van de boeketten van gisteren die al een beetje begon te verwelken. Ik kreeg ook een stuk taart, maar de luchtigheid was eruit verdwenen en hij was compact en vettig geworden. Ontbinding gaat snel, dacht ik, en wie weet dat beter dan ik? Sven haalde een blad voor zichzelf en we ontbeten in bed en kletsten wat.

Ik keek af en toe naar hem en zag een man die goed oud was geworden, die veel wit haar op zijn hoofd had, nog flink wat spieren bezat en een vleugje jeugd in zijn ogen dat alles had overleefd. Hij gaf ergens commentaar op, ik lachte erom en ik dacht dat dit soort momenten de lijm in een lang leven samen zijn. Niet de grote feesten, niet de zweterige nachten, niet eens de bepalende ruzies, maar kletsen bij een kop thee, een gemeenschappelijke oplossing voor een gemeenschappelijk probleem, een rustig uitwisselen van zinnen over iets wat was gebeurd, tijd voor stilte bij een brandende kaars. We praatten wat over gisteren en over de gasten en de kinderen, natuurlijk over Anna-Clara en haar zwijgzaamheid en over Susanne, hoe gespannen ze lijkt te zijn, hoe onbereikbaar, terwijl ze ooit de meest spontane van ons allemaal was.

'Weet je nog hoe ik voor het ziekenhuis heen en weer reed zodat de auto warm was toen we haar mee naar huis namen?' vroeg Sven. En natuurlijk wist ik dat.

Susanne. Al vrolijk toen ik haar ter wereld bracht. Een geboorte waarbij de engelen moeten hebben gezongen, omdat de ziekenhuiszaal was gevuld met gelach dat mijn kreten van pijn overstemde. Er waren twee vroedvrouwen – door een hemelse fout in het rooster was er een dubbele bezetting – en ze stonden aan weerskanten van het bed en hielden mijn armen vast. De tranen rolden over Svens wangen toen

21

ze er was, de baby met het donkere krullende haar en de ogen in een lichte chocoladekleur die schreeuwde met een oer- kracht die het hele universum kon hebben beheerst. De vrolijke Susanne, de zingende Susanne, die door het leven gleed alsof ze de winden bereed, die alles veranderde en het zwarte dwong om met het witte te delen. Die een week oud was en in onze oude, tweedehands Volkswagen lag toen we op een onaangenaam koude en regenachtige julidag triom- fantelijk met haar van het ziekenhuis naar huis reden.

Waar is ze, en waar komt dat harde vandaan? Het is alsof ze overschoenen rond haar gevoelens heeft als ze vriendelijk antwoord geeft op vragen zonder te vertellen hoe het echt met haar is. Als ze nietszeggende antwoorden geeft wanneer we vragen hoe het met de kinderen gaat. De kinderen, die niet begrijpen dat een nieuwe vrouw een substituut voor een heel gezin kan zijn.

De stormen rukken nog steeds aan de bomen en de zo- merwarmte is ver weg. Als het niet zo licht was, had het net zo goed oktober of november kunnen zijn. Het heeft de hele dag gegoten van de regen en dat heeft het grasveld veranderd in een modderige, groene drab. Mijn rozenstruiken houden zich echter staande, hun wortels zijn zo krachtig en de aarde zo voedzaam dat niets ze kan doen opgeven. Vandaag vallen de kroonbladeren en morgen misschien ook, maar er komen voortdurend nieuwe. Dat weet ik.

Ik trok een regenpak en laarzen aan om mijn gebruikelijke rondje na het ontbijt te maken en liep zoals altijd naar de struiken, begroette ze en inhaleerde de honinggeur van de *rosa dumalis,* die al in volle bloei staat. Het is mijn ochtend- gebed en niets kan me ervan weerhouden om te controleren of het goed met ze gaat. Mijn hele gezicht werd nat toen ik mijn wang tegen een Peace-roos in de knop legde, die geel en roze straalde en droop van het regenwater. Ik voelde dat een stevige doorn mijn wang openhaalde, maar het deed me niets. Mijn huid is getekend en een schram doet niets af aan de schoonheid waarvan twijfelachtig is of ik die nog steeds bezit. Het bloed op mijn wang stroomde met het regenwater weg en de stekende pijn volgde me tijdens mijn ronde, als een herinnering aan wat was geweest en altijd zou zijn. Mijn rozen schrammen, maar het risico om een wond op te lopen is voorspelbaar, en daarom kom ik dichtbij.

Eenzaam worstelde ik naar de zee, zonder onderweg iemand tegen te komen. Niemand anders kwam waarschijnlijk op de gedachte om in dit godvergeten weer naar buiten te gaan. De zee was zo wild dat de toppen van de golven wit van het schuim waren, terwijl er soms een blauwachtig licht doorbrak dat de rotsen de kans gaf om op adem te komen. De gedenksteen tekende zich af tegen de grijs gevlekte hemel, een eerbetoon aan de eerste baptisten van Zweden die zich in Frillesås hadden laten dopen, misschien in weer zoals dit. Aan de horizon zag ik de eilanden, waar ik tegenwoordig veel te weinig kom omdat Sven niet zo veel zin meer heeft om met de boot te varen. Ik kan natuurlijk zelf gaan, maar ik word steeds onzekerder over het aan land gaan. Door mijn slechte rug kan ik mijn benen niet meer zo soepel als vroeger over de rand van de boot zwaaien en de gladde rotsen geven weinig houvast, maar ik veracht de paar zandstranden met hun gemakkelijke toegankelijkheid en onderdanige fijnkorreligheid.

De stenen lokken me, de rotsen die mijn huid strelen als het warm is; de rotsblokken met hun kleurschakeringen en groeven, de zachte en de hoekige, en de inhammen daartussen. Eric heeft nooit hetzelfde verlangen naar de zee gevoeld en ontwijkt boottochten daarom zo veel mogelijk, maar Susanne was barmhartig en ging met me mee. Die tochten waren feestelijke momenten waar ik lang op kon teren. Een thermoskan, een paar bekers, het geschreeuw van de meeuwen, misschien een zonsondergang. Als ik ergens de oorspronkelijke Susanne kan vinden is het daar. Ik vind er in elk geval mezelf.

Nu loop ik in plaats daarvan langs het strand en kijk verlangend naar de silhouetten. Vroeger voeren Sven en ik vaak naar Nidingarna om te vissen. Als het meezat vingen we veel krabben en dan nodigden we de buren uit om de vangst met ons te delen en kwamen we ongedwongen bij elkaar voor een leuk feest. In de haven ligt onze oude vissersboot, die zelfs verder op zee in harde wind vooruitkomt. We hebben hem in mei te water gelaten, nadat de onderkant goed geschilderd was, maar hij ziet er verlaten en ongebruikt uit.

Hoewel het helemaal niet nodig was, stapte ik aan boord en begon te hozen tot het waterniveau een stukje gezakt was. Ik wist dat het slechts tijdelijk was, maar ik voelde dat de boot moest weten dat ik nog steeds bestond. Wat we samen hebben meegemaakt is een geheim tussen ons, en dat soort uitstapjes in de duisternis met een verboden bestemming smeden een band.

Nog steeds eenzaam worstelde ik naar huis, langs het kampeerterrein waar de eerste toeristen van de zomer hun keus om hun vakantie juist hier en juist nu door te brengen waarschijnlijk al vervloekten. De Herinneringskerk, die wat hoger lag, leek verlaten zoals herinneringen soms kunnen zijn. Niemand zocht midden in de week verlossing of vergiffenis voor zijn zonden en dat kan misschien ook niet verlangd worden. Op zondag waren er ook maar weinig mensen die iets wilden herdenken of wilden nadenken over hun tekortkomingen. Misschien zijn de banken te comfortabel. Ze hadden het bij negentig graden moeten houden, dat is de juiste hoek voor zonden, die zich zo gemakkelijk in de rug kenbaar maken. Zelf zoek ik geen verlossing of vergiffenis omdat het twijfelachtig is wie me moet vergeven en of ik wel vergeven kan worden.

Het tehuis naast de kerk is niet langer een tehuis maar een kinderdagverblijf. Het is langgeleden dat oudere en eerzame echtparen de rustige levenswijze van het tehuis opzochten, met zijn regelmatige maaltijden, parasols tegen de zon en keurige wandelingen afgewisseld met een kerkbezoek. De gepensioneerden die dat kunnen, reizen naar het zuiden om golf te spelen tot hun lichamen het begeven, en als dat gebeurt hoeven ze alleen de afvalvermaler aan te zetten, want het is een hele tijd geleden dat we in dit land bejaardenzorg hadden. Dat heb ik begrepen van gedupeerde vrienden en ik heb erover gelezen in ontelbare vermoeide ingezonden brieven in de kranten.

Ik hoop alleen dat ik nog voldoende kracht heb als het mijn tijd is, zodat ik naar de eilanden kan gaan en van een rots kan springen om nooit meer boven te komen. Het liefst zou ik van de steilste rots op Nordsten willen springen, omdat dat de mooiste plek is om te sterven. Maar ik kan het niet laten om te denken aan iedereen die daar in het water zal zwemmen terwijl ze weten dat die oude vrouw er zelfmoord heeft gepleegd. Had ze niet zo attent kunnen zijn om zich in plaats daarvan voor een trein te gooien? Die rijden tegenwoordig zo snel. Maar ik zal nooit die ander vergeten die zich voor een aanstormende trein gooide en dat wil ik niet herhalen. Ik laat me liever opslokken door de zee, zelfs al zal ik daar ook niet eenzaam zijn.

Mijn gedachten zijn vandaag zwart. Misschien zijn ze altijd zwart, maar merk ik het zwarte gewoon meer op nu ik ze opschrijf in mijn moeders handschrift, dat ook het mijne is. Misschien word ik ook beïnvloed door het feit dat het nog net zo hard regent als toen ik druipend van het water thuiskwam van mijn wandeling. Sven was zo lief om een vuur te maken, wat op zich niet veel werk is omdat er altijd hout beschikbaar is. Sinds ik een klein meisje was is houthakken mijn taak en ik doe het graag, ik leg een stuk hout op het hakblok, zwaai met de bijl en raak het midden van het blok zodat het splijt en de geur van vers hout de lucht vult. Het is meditatie om met de bijl te zwaaien, te voelen hoe het snijvlak zich door het hout wringt, hoe de splinters wegspringen en hoe het stuk hout in twee perfecte helften uiteenvalt. Een slechte en een goede, omdat de ene helft altijd beter wordt dan de andere maar de slechtere helft ooit nodig had om een eenheid te vormen.

We brachten de dag en avond door in het schijnsel van het haardvuur, en het huis en ik werden langzaam warm. Op de schoorsteenmantel waakte zoals altijd het marmeren beeld van de maagd Maria, en het schijnsel van het vuur wekte haar ogenschijnlijk tot leven. Het vuur gaf haar zwevende bewegingen en verleidde haar tot een dans voordat ze me zegende zoals ze altijd doet. Ze is een halve meter hoog, en toen ik haar op mijn dertiende van mijn opa en oma kreeg was ze de incarnatie van schoonheid. Ik voel me nog steeds veilig bij haar, maar zelfs zij kan het gevoel dat het een donkere zomer gaat worden niet verdrijven. Schoppenkoning staat achter me en kijkt dwingender over mijn schouder dan hij jarenlang heeft gedaan en ik voel zijn ademhaling in mijn nek en oren. Ik moet schrijven. De keus is me langgeleden ontnomen, en ik ben nooit vergeten dat de walvissen opnieuw tot leven komen doordat ze onderduiken.

15 juni

Het heeft de hele avond gestortregend en toen ik net uit het raam keek zag ik een bliksemflits die de hemel in tweeën scheurde. Een seconde later volgde een krachtige donderslag. Een beetje onweer stoort me echter niet. Ik heb altijd van onweer gehouden, vooral toen ik klein was en 's nachts wakker lag en naar de kronkelingen van het hout op het plafond keek en fantaseerde wat ze moesten voorstellen. Ik zag honden, soms engelen en altijd Schoppenkoning, de man die nog steeds over me waakt. Schoppenkoning, een mysterieuze oppermacht. Zolang ik me kan herinneren duikt hij op in mijn dromen en wekt fantasieën op die me soms kracht geven en soms angst aanjagen.

Hij heeft me vaak herinnerd aan de walvissen in de ijszee, hij heeft verteld hoe ze leven en denken en elkaar liefhebben en dat ze iemand die heeft gezondigd kunnen opslokken om hem op een heel andere plek uit te spugen. Dan kan ik hem vragen om me te kalmeren met een omhelzing, en af en toe doet hij dat ook. Soms heb ik naar hem verlangd en heb ik hem om raad gevraagd, terwijl ik andere keren wenste dat hij voorgoed zou verdwijnen en me met rust zou laten omdat hij nooit zijn ware gezicht heeft getoond. Maar hij is altijd teruggekomen om op de rand van mijn bed te zitten, ik kan net zomin voor hem vluchten als voor mijn eigen donkere schaduw.

Sven en ik hebben ondanks het gure weer een heel fijne dag gehad, we lazen en kletsten en maakten wat papieren in orde. Nu is het middernacht of één uur en ligt hij te slapen, hij snurkt zoals altijd en hij heeft niet gemerkt dat ik 's nachts opblijf om te schrijven. Ik steek kaarsen aan alsof het winter is en heb een van mijn verjaardagsflessen geopend, een nogal alledaagse bourgogne, maar niet zo slecht dat hij niet te drinken is. Het zou elk tijdstip van het jaar of etmaal kunnen zijn, de tijd staat stil of is niet aanwezig of misschien gewoon onbelangrijk, zelfs als deze wel belangrijk zou moeten zijn voor een vrouw van middelbare leeftijd voor wie elk uur of elke minuut telt omdat die doorslaggevend kan zijn.

Ik keek net op door een harde klap en ik zag dat een vogel door een navigatiefout tegen het raam was gevlogen. Hij ligt nog op het terras en ik hoop dat hij het redt, maar ik kan in deze storm niet naar buiten om hem te helpen. Ik weet dat de natuur zichzelf het best kan genezen zolang ze het gerechtvaardigd vindt.

De natuur kan wreed zijn, maar als ze iemand in de steek laat is het niet bewust. Niemand bepaalt de bewegingen van de wind, sturende handen verbergen de zon niet achter de wolken. Dat is anders met mensen. Ik was nog maar zeven jaar toen de stank van het verraad zo ondraaglijk werd dat ik de moord op mijn moeder begon te beramen. Wat er daarvoor gebeurde is een mengeling van herinneringen en verhalen die ik op deze bladzijden maar gedeeltelijk kan samenvatten. In elk geval werd gezegd dat mijn geboorte gecompliceerd was en dat het niet gemakkelijk was geweest om te zorgen dat ik losliet.

Ik heb heel vaak te horen gekregen dat de vroedvrouw had gezegd dat het was alsof ik er niet uit wilde. Aan mijn geboorte heb ik geen herinneringen, maar ik heb wel het wonderlijke idee dat ik me misschien vastklampte in de duisternis en de warmte omdat ik vermoedde dat het licht gevaarlijker kan zijn dan de duisternis.

Mijn moeder vertelde me vaak dat niets ter wereld erger is dan een kind krijgen. Mijn geboorte genas haar van alles wat bevalling heette, en het logische gevolg was dat ik nooit een broertje of een zusje kreeg. Misschien was het anders gelopen als ik een gemakkelijke baby was geweest, maar dat was ik ook niet. Ik weigerde blijkbaar consequent om aan de borst te drinken, behalve de keren dat ik krampachtig een paar maal zoog, waarna ik mijn mond weer wegtrok, waardoor de tepels van mijn moeder uiteindelijk ontstoken raakten. Dat vertelde ze me, en ze legde ook uit dat het 's ochtends het ergst was, als ze krimpend van de pijn die haar overvolle borsten haar bezorgden de melk boven de wastafel eruit kneep. Pas toen mijn vader me pap in een flesje begon te geven keerde de rust weer. Toen dronk ik in kalme harmonie, boerde en sliep.

Het gevolg was dat mijn moeder ten slotte stuwing kreeg en daarom besloot om het op te geven, wat ook een goede kant had, omdat ze kon eten en drinken wat ze wilde zonder dat ze er rekening mee moest houden dat ik hetzelfde binnenkreeg. Toen ik ouder was vertelde ze dat ze me, ambitieuze vrouw die ze was, tot op het laatst probeerde te voeden, maar dat ambitie niet altijd voldoende is en dat je in crisissituaties toch het eerst aan jezelf moet denken. Zoals in een vliegtuig. Als de zuurstofmaskers naar beneden vallen zet je eerst je eigen masker op en daarna help je je kind.

Ze stopte zo vroeg dat haar borsten geen schade opliepen. Tegen mij zei ze weliswaar dat ze haar borsten voor mij had opgeofferd, maar voor zover ik kon zien had ze mooiere borsten dan de meesten, en als ik denk aan de manier waarop ze opgericht waren, was het moeilijk om te geloven dat ze waren uitgerekt door de overvloed aan melk.

Mijn peuterjaren waren niet veel beter dan het babystadium. Toen ik een klein meisje was, was het een marteling om me te voeren omdat ik zo langzaam at. Ik kon mezelf nooit bezighouden door te spelen met kleurig speelgoed of te rollen met een bal, en ik kwam 's avonds moeilijk in slaap omdat ik in mijn dromen vaak werd bezocht door een duistere figuur die praatte over vissen, een figuur die ik later Schoppenkoning zou noemen en aan wie ik zou wennen. Mijn moeder kon me niet aan. Mijn vader nam het over, en op de een of andere manier deed hij het anders dan zij, want hij heeft altijd beweerd dat ik helemaal niet moeilijk was, maar rustig en gemakkelijk.

Ze vergaf me de moeilijkheden die ik in haar ogen had veroorzaakt nooit en ik kreeg mijn hele jeugd lang te horen dat ik als kind nog erger was geweest dan als baby. Het was het begin van de jaren vijftig, en overal wandelden keurige moeders in twinsets, rokken met ceintuurs en met verzorgde kapsels met net zulke keurige kinderen in jassen met matrozenkragen. Ik had ook zo'n jas, maar ik was gesloten, ernstig en stil. Het was onvergeeflijk dat het kind van mijn moeder niet net zo'n mooi accessoire was als een Kelly-handtas.

Zelfs nu weet ik niet of ik wel of niet moeilijk was toen ik klein was. Ik heb alleen vage herinneringen, mijn vaders verzekeringen dat ik net als alle andere meisjes was en mijn moeders voortdurende verhalen over mijn eigenzinnigheid en ontevredenheid, verhalen die werden vergezeld van foto's met een altijd glimlachende moeder en een altijd somber kijkend meisje met roodblond haar en groene ogen, de groene ogen die Anna-Clara heeft geërfd. Wat ik met zekerheid weet is dat ik langzamerhand begon te beseffen dat mijn moeder zich nooit voldoende van me aan zou trekken om van me te houden en dat maar een van ons ongedeerd aan de andere kant van de tunnel naar buiten kon komen. Op zevenjarige leeftijd besloot ik dat ik dat zou zijn.

Een paar maanden daarvoor was Britta in mijn leven gekomen. Mijn moeder was al snel weer gaan werken met het excuus dat ze inkomsten nodig had, maar ik weet dat ze de saaiheid ontvluchtte en vrolijkheid in een andere omgeving zocht. Daarmee onderscheidde ze zich van het merendeel van de moeders. In onze buurt stonden goed verzorgde huizen waar mooi opgemaakte moeders met een schort dat stevig rond hun middel was vastgesnoerd hun mannen uitzwaaiden om daarna te beginnen aan de enorme taak om het perfecte huis te creëren waar alle moderne hulpmiddelen het huishoudelijke werk veraangenaamden. Mijn moeder ging in plaats daarvan naar een modehuis waar ze verantwoordelijk was voor het inkopen van collecties. Andere moeders maakten schoon en vouwden de was zelf op. Wij hadden een schoonmaakster die mevrouw Lundström heette en die precies zo en niet anders moest worden genoemd.

Maar ondanks het bekwame afstoffen van mevrouw Lundström was het nooit echt netjes thuis. Ik weet dat we een keer nieuwe meubelen kregen en dat er banken naar binnen werden gedragen en schilderijen werden opgehangen, waarna de zitkamer werd afgescheiden en een soort 'pronkkamer' werd. Voor deze pronkkamer werd zelfs een piano gekocht, hoewel niemand erop speelde. Mijn vader en moeder konden het niet en toen mijn pogingen werden weggelachen besloot ik dat ik het niet wilde. Maar toen alles op zijn plek stond was het alsof er een soort spinnenweb van gewoonte overheen kwam te liggen, alsof de spullen er toevallig terecht waren gekomen en niet omdat ze een mooie totaalindruk moesten creëren. Belangrijk was dat de koelkast was gevuld met lekker eten en de bar met allerlei flessen drank. Verder maakte het niet zo veel uit.

Omdat er bovendien vaak vreemde mensen in huis logeerden maakten opgevouwen bedden, toilettassen en kleren van anderen het onmogelijk om het huis goed op orde te houden. Mijn moeders familie kwam uit Norrland, en de stroom Norrlanders die bij ons op bezoek kwam of in afwachting van het vinden van een baan in de grote stad logeerde leek nooit op te drogen. Bovendien bleven er mensen bij ons slapen na feesten die doorgingen tot vroeg in de ochtend, en het gebeurde maar weinig dat mijn moeder, vader en ik helemaal alleen waren. Het was maar heel zelden stil in huis.

Ik herinner me dat ik me als klein kind afvroeg waarom mijn moeder niet net zoals onze buurvrouwen voor het huis zorgde. Aan de andere kant begreep ik dat het waarschijnlijk heel moedig van haar was. Het ergste was niet om haar te missen als ze weg was, maar om haar net zo te missen als ze thuis was. In mijn herinnering deed ze nooit iets met me tijdens die eerste jaren. Een duw in mijn rug zodat de schommel vaart krijgt, hoofden die elkaar ontmoeten boven een tekening, handen die samen een sneeuwman maken, omhelzingen of kussen ... Waar deze herinneringen zouden moeten zijn gaapt alleen leegte.

Ik herinner me alleen dat haar stem zelden warm of vrolijk klonk als ik in de buurt was, maar in plaats daarvan een agressieve ondertoon had waarmee ze liet doorschemeren dat ik iets verkeerd deed. In het schijnsel van de bliksemflitsen zie ik plotseling een moment terug waarvan ik niet wist dat ik het had opgeslagen. Ik zie hoe ik met uitgestrekte handen naar mijn moeder ren en dat ze terugdeinst en 'let op mijn kleding' sist. Ik hoor mezelf vragen 'wil je me voorlezen?' met een boek uitgestrekt in mijn handen en hoor 'misschien straks', een 'straks' dat nooit 'nu' werd. Ik zie dat ik wil en niet wil en dichterbij kom en me terugtrek en liefheb en haat. Ik zie zelfs dat ik achter haar ga staan en haar been omarm en dat ze me wegschopt zodat ik achteroverval. Maar het geschreeuw dat ik 's nachts hoor is van een kind dat zo klein is dat ik er niet op durf te vertrouwen dat het ooit heeft bestaan.

Mijn moeder was er dus niet voor mij. Mijn vader was er, maar alleen wanneer hij kon, wat inhield dat we af en toe 's avonds of in het weekend een moment samen hadden als hij niet naar zijn werk was en mijn moeder hem niet opeiste. In plaats daarvan kreeg ik een hele rij particuliere kindermeisjes die voor mij en de praktische zaken rondom een kind zorgden. Het waren jonge meisjes die bij ons werkten om praktijkervaring op te doen voordat ze leraares of verpleegster of iets anders werden, en meestal bleven ze maar een jaar. Soms kwamen er meisjes uit Norrland, die mijn oma had geregeld, en ik leerde van hen allemaal iets nieuws. Er was een Tilda, die van naaien hield en kleren voor mijn poppen en knuffels maakte, er was een Greta, die zo vaak waste dat ik tijdens haar jaar bij ons schoner was dan ik ooit was geweest, en er was een Maud, die beter kon bakken dan alle anderen bij elkaar. Tegenwoordig vraag ik me af hoe die jonge meisjes het klaarspeelden om een hele huishouding te onderhouden waarbij ze moesten wassen, strijken, bakken en voor mij zorgen, maar toen was hun inzet vanzelfsprekend en natuurlijk.

Ik accepteerde hen genadig zonder veel over mezelf te onthullen. Ze waren meestal aardig, maar niet aardig genoeg, en ik durfde me niet te veel voor hen open te stellen en het risico te lopen dat ik ook door hen werd afgewezen. Het beschermen van mijn gevoelens werd al snel een instinct en mijn natuurlijke manier om te reageren. Het gevolg was dat werd gezegd dat ik lastig of moeilijk was als een buitenstaander opmerkte dat ik me graag terugtrok en alleen speelde.

's Avonds zocht ik vaak nabijheid aan mijn vaders kant van het bed zodat ik zijn heel eigen en speciale geur kon ruiken, die voor mij de personificatie van veiligheid was. Ik lag weggekropen in zijn armen en viel bijna onmiddellijk in slaap terwijl ik hoopte dat mijn moeder aan de andere kant van het bed werd gekweld door boosheid omdat ik nooit bij haar kwam liggen. Ik probeerde zelfs nooit naast haar te kruipen. Misschien was dat om te ontsnappen aan de teleurstelling omdat ze sliep zonder zelfs maar een zweem van een droom aan me te wijden en omdat ik wist dat ik toch werd afgewezen als ik naar haar toe ging.

Tegenwoordig regel ik mijn problemen zelf. Er is zo veel dat Sven niet weet. Waar moet hij me trouwens mee helpen? Het ouder worden moet iedereen zelf klaarspelen. In ons hart zijn we altijd samen, wordt er gezegd, maar hoe meer tijd er verstrijkt des te meer ik voel dat het andersom is. We zijn alleen. We komen alleen en we gaan alleen, zelfs als we omringd zijn door liefde, genegenheid of hulpvaardigheid. Als het erop aankomt, op de beslissende momenten waarop wegen uit elkaar gaan, zijn we alleen als de insecten in het zand. Hoe meer ze krabbelen, des te dieper wordt de kuil, en de rand van de krater schuift steeds verder op. Ik heb altijd zelf met de bijl moeten zwaaien als er iets doorslaggevends moest worden stuk gehakt.

De fles is halfleeg en ik weersta de verleiding om mijn glas nog een keer te vullen. Buiten ligt de vogel nog steeds op de grond, ik ben bang dat hij ernstig gewond is. Ik vraag me af of hij ouder dan zeven jaar was toen hij tegen het raam te pletter vloog.

17 juni

Sven heeft begrepen dat ik 's nachts moeizaam in het dagboek zit te schrijven en hij lacht om me, om die gekke vrouw die als een klein meisje haar gedachten neerkrabbelt.

'Als je aan je memoires bent begonnen, wil ik proeflezen, zodat je geen ondeugende dingen opschrijft', zei hij tegen me terwijl hij mijn arm streelde. Diep van binnen is hij ongerust. Hij denkt dat hij erin voorkomt en dat ik negatief over hem schrijf. Arme Sven. Hij zou nog gekwetster zijn als hij wist dat ik hem nauwelijks heb genoemd, behalve als snurkend voorwerp in het bed naast het mijne of als luidruchtige maar goedbedoelende gastheer.

Sven. Waarom is hij het geworden? Waarschijnlijk omdat ik me altijd veilig bij hem heb gevoeld en omdat hij me heeft geaccepteerd zoals ik ben, met zo veel warmte dat ik mezelf met de jaren heb kunnen accepteren. Ooit geloofde ik dat hij geheimen en onontdekte schatten met zich meedroeg. Dat hij een bodem had die alleen ontdekt hoefde te worden en waar ik de mooiste stenen zou vinden als ik mijn best deed. Nu weet ik dat hij natuurlijk een denkend persoon is, maar dat de diepte bodemloos is. Wat er ingegooid wordt, zinkt en blijft beneden zonder dat het ooit weer boven komt drijven als het niet schikt.

Daarmee is onze saamhorigheid beperkt tot wat Sven wil teruggooien, ongeveer zoals een walvis die zijn natte ademhaling als een fontein naar buiten spuit. Maar we hadden en hebben het niet slechter dan zoveel anderen. Eigenlijk hebben we het heel gezellig in onze verbondenheid van onbeduidendheden en trivialiteiten. En we beschermen de geheimen die alleen wij kennen.

Vandaag zit ik bij wijze van uitzondering 's middags te schrijven. De secretaire is leeggeruimd en is weer naakt, de flessen staan in de kelder en de bloemen zijn weggegooid, op een bos van mijn eigen *Maiden's Blush* na. De bloeiende rozen zijn lichtroze en gevuld, en de knoppen hebben zich goed gehouden in de regen, zonder aan elkaar te kleven en te rotten. Maiden's Blush, de blos van de maagd, was een van de eerste rozen die ik plantte en ik ben dankbaar voor zijn duurzaamheid en de fantastische, bijna brutale geur die me eraan doet denken dat deze roos in Frankrijk 'dijbeen van de nimf' of zoiets wordt genoemd. Een passende naam, maar in die tijd niet geschikt voor het Victoriaanse Engeland. Dus werd het in plaats daarvan 'de blos van de maagd', en wij koele Scandinaviërs namen dat over, wat ik elke keer weer jammer vind als ik de vochtige, bloeiende bloemen zie.

De perfectie van de rozen doet me eraan denken dat ik in mijn jeugd altijd werd gewezen op mijn tekortkomingen. Toen ik zeven jaar was besloot mijn moeder dat er iets met me aan de hand was. Of, zoals zij het uitdrukte: 'Mijn dochter is een beetje eigenaardig.' Het was haar manier van omgaan met het feit dat ik toen al had geleerd wat verraad inhield en dat mijn persoonlijkheid daardoor ingrijpend was veranderd.

Het gebeurde toen ons laatste kindermeisje plotseling stopte. Ik weet niet waarom, alleen dat ze op een dag weg was en dat het een chaotische tijd was omdat het niet lukte om iemand anders te vinden. Mijn vader werkte als ingenieur en mijn moeder had het razend druk. Met het bedrijf waar ze werkte ging het goed en ze kreeg eerder meer dan minder taken. Er was sprake van dat mijn oma een tijdje bij ons zou komen, maar op het laatste moment belde ze op en vertelde aan mijn moeder dat ze iemand had gevonden.

Die iemand heette Britta en was pas vijftien jaar, maar ze had werk nodig omdat haar moeder geldgebrek had en er veel broertjes en zusjes te verzorgen waren. Haar vader was gestorven toen ze negen was en ze was er daarom aan gewend om te helpen en was niet bang om aan te pakken, zoals mijn oma zei. Mijn vader en moeder stemden toe. De kamer van het vorige meisje stond nog steeds leeg en ze hoefde alleen het beddengoed te verwisselen en erin te trekken. Een week later stond Britta voor onze deur.

Ik wachtte wat zenuwachtig op de nieuwe bewaakster. Ik had al een uitbrander gekregen omdat ik de verkeerde kleren had aangetrokken. Mijn vader en moeder hadden samen een dappere poging gedaan om orde te scheppen en het huis te luchten om de sigarettengeur van het feestje van de avond ervoor uit huis te krijgen, en nu was het avondeten klaar en zaten we te wachten. Toen er werd aangebeld en mijn vader ging opendoen werd ik plotseling zo verlegen dat ik naar mijn kamer sloop. Vanaf die plek hoorde ik mijn vaders stem en een donkere, melodieuze meisjesstem die antwoord gaf. Ik hoorde hem met Britta praten terwijl ze de keuken in liepen en ik hoorde dat mijn moeder haar ook welkom heette. Toen hoorde ik het geschraap van stoelpoten en mijn vader die vroeg of ze iets wilde drinken. Ik sloop naar de hal op het moment dat mijn moeder de gast uitnodigde om aan tafel te gaan zitten.

'Eva eet met ons mee, maar ik waarschuw je. Ze eet verschrikkelijk langzaam', zei ze met een lach.

'Dan kauwt ze haar eten waarschijnlijk goed', antwoordde

de onbekende stem, en op dat moment zagen ze dat ik in de deuropening stond.

'Kom binnen en zeg gedag', zei mijn vader, en ik liep naar het meisje toe dat me net in bescherming had genomen.

Ik keek voorzichtig op en zag een breed, vrolijk gezicht. Het meisje voor me zag er eerder uit als een grote zus dan als een kindermeisje. Ze had dik, bruin haar dat in een lange vlecht op haar rug hing, vrolijke blauwe ogen en een brede mond. Haar neus was rond, met een puntje dat een beetje rood zag, en ze was stevig zonder dat ze dik kon worden genoemd, ze was eerder gespierd, alsof ze buitenshuis had gewerkt. Ze zag eruit als de incarnatie van een meisje van het land, wat ze ook was, en ik hield vanaf het allereerste moment van haar.

Waarom? Omdat ze tegen me glimlachte en goedheid, warmte en medeleven uitstraalde op een manier die voor mij zowel onbegrijpelijk als begeerlijk was. Omdat ze niet alleen naar me keek, maar me ook zag. Alsof ik waardevol was, niet iemand die stoorde.

'Hallo, ik ben Britta. En ik heb gehoord dat jij Eva bent. Wat een mooie naam. Ik heb het nooit prettig gevonden om Britta te heten. Dat klinkt zo boers', zei ze lachend. Haar Norrlands was voorzichtig en niet zo uitgesproken als dat van sommigen van onze familieleden.

'Ik vind Britta mooi', antwoordde ik. Toen omhelsde ze me en ik liet haar begaan. Ze rook naar warme huid en een beetje naar zweet en baklucht, wat verklaard werd toen ze zich bukte en iets uit haar tas haalde.

'Kijk eens wat ik voor je heb meegenomen.' Ze haalde een koffiebroodje in de vorm van een konijn tevoorschijn. Het was groot en goudbruin en ik dacht dat ik het nooit op zou kunnen eten. Mijn moeder keek glimlachend naar Britta, pakte haar zilveren sigarettenkoker en vroeg of Britta ook wilde. Britta wilde niet en mijn moeder stak een sigaret op, gooide haar blonde haren naar achteren en leunde achterover. Ik kon haar gezichtsuitdrukking niet peilen, zelfs al was ik daar op mijn zevende al redelijk goed in omdat ik besefte dat het belangrijk was om te weten in welke stemming ze was. Ik moest mijn gedrag erop afstemmen.

Maar er kwam geen uitbarsting of chagrijnig commentaar. In plaats daarvan aten we in comfortabele stilte terwijl mijn moeder uitlegde wat er gedaan moest worden en hoe ze het wilde hebben. Als mevrouw Lundström het niet alleen afkon moest ze helpen met schoonmaken en ze moest bakken en wassen en naaien. En ze moest op mij passen.

'Eva moet je maar nemen zoals ze is. Ze is nogal onhandig, dus het is goed als je elke dag een tijdje met haar naar buiten gaat, zodat ze beweging krijgt.'

Ik wist dat ik onhandig was sinds we een paar weken eerder de twist hadden gedanst. Mijn moeder had laten zien hoe het moest, ik had het meteen geprobeerd en mijn moeder had hartelijk gelachen. Ik was blij dat ze lachte, tot ik begreep dat ze niet mét maar óm me lachte en nu kon alleen de naam van de dans er al voor zorgen dat ik me ziek voelde. Ik keek naar mijn bord en toen we klaar waren met eten vroeg ik of ik naar mijn kamer mocht. Daar hoorde ik hoe mijn moeder en vader met Britta praatten over het leven in Stockholm in vergelijking met het leven in Norrland. Britta vertelde dat ze Marilyn Monroe meer dan wie ook bewonderde en dat ze van haar eerste salaris een paar dunne nylonkousen wilde kopen.

Toen ik in bed lag dacht ik er lang over na wie Marilyn

Monroe kon zijn. Vanuit de keuken hoorde ik mijn moeders stem.

'Ze lijkt een beetje onnozel, maar als ze goed werkt, dan ...'

Ik hoorde niet wat mijn vader antwoordde en het kon me ook niet schelen. Ik ging slapen met de gedachte dat de komende tijd heel gelukkig kon worden omdat ik iemand om me heen zou hebben die bijna een zus was.

Gelukkig werd ik ook, weliswaar niet langer dan zes maanden, maar het zijn zes maanden die nog steeds stralen. Britta en ik begrepen elkaar op een manier waarvan ik nu weet dat het uniek is, omdat ik niet alleen goed met haar overweg kon, maar zij ook met mij. De eerste dag al, toen mijn vader en moeder naar hun werk waren vertrokken, begon ze me emotioneel op te voeden. Ik had me achter de gordijnen verstopt toen ze binnenkwam en ik weigerde eerst om tevoorschijn te komen.

'Kom eens hier, zodat ik je kan knuffelen. Dat heb je nodig! Kom eens hier, zeg ik. Ik wil je een heel stevige knuffel geven!'

Dat zei ze terwijl ze haar schort voordeed en toen ik tevoorschijn kwam stortte ze zich op me, droeg me naar het bed, gooide me erop en ging naast me liggen. Het duurde een uur voordat ik in staat was om haar zonder voorbehoud terug te knuffelen, maar daarna leek het alsof we daar de hele dag lagen te stoeien en te lachen. Britta begon dingen over me te vragen en toen ik niets wilde vertellen begon ze over haar leven in Norrland te praten, over alle zusjes en broertjes en haar moeder en het huis en hoe koud het er 's winters kon zijn en dat je nergens dunne nylonkousen kon krijgen.

'Er bestaan kousen die zo dun zijn dat je ze nauwelijks ziet. Die wil ik hebben. Denk je niet dat ik dan een mooie dame ben?'

Ze sprong plotseling uit bed en begon elegant heen en weer te lopen, terwijl ze deed alsof ze een sigaret rookte en denkbeeldige rookwolken uitblies. Ik lachte zo hard dat ik schreeuwde en Britta gooide een kussen naar me toe.

'Lach niet. Ooit word ik een filmster. Net als Greta Garbo. Ze was maar een gewone winkelbediende voordat ze werd ontdekt.'

'Wat is een filmster?'

Britta ging op de rand van mijn bed zitten en keek me met grote ogen aan.

'Een filmster is iemand die mooie kleren mag dragen en 's ochtends niet hoeft op te staan en het niet koud hoeft te hebben.'

'Hebben filmsterren het 's winters niet koud?'

'Uilskuiken!'

Ik hield van haar. Ik hield van haar omdat ze met me praatte over haar dromen alsof ik iets betekende. Ik hield van haar omdat ze me zo graag aanraakte dat ik er blij van werd dat ze het deed en ik beschermde mezelf niet meer door afwijzend te doen.

Britta besteedde veel tijd aan mij en had daarom minder tijd voor andere dingen. We maakten tekeningen en hingen ze op in mijn kamer, we bakten en maakten de hele keuken vies, we gingen naar de tuin en rolden door de sneeuw en maakten sneeuwengelen, en we maakten lange wandelingen en gingen soms naar een lunchroom waar we een beker chocolademelk dronken. Het was winter, maar Britta vond dat het 'pislauw' was, zoals ze het uitdrukte. Ze was gewend dat de temperatuur plotseling tot min veertig graden kon dalen, en in vergelijking daarmee had de winter in Stockholm niet veel om het lijf. Dus trok ze zo weinig mogelijk kleren aan om er elegant uit te zien, en soms, als we naar de lunchroom gingen, maakte ze haar vlecht los, zodat het dikke haar los op haar rug hing. Ze hoopte dat ze daardoor werd 'ontdekt', terwijl ik naast haar zat en er alleen aan dacht dat het fantastisch was om in een lunchroom te zitten en chocolademelk te drinken met mijn pink in de lucht, bijna alsof ik iemand was die ertoe deed.

Op een middag gingen we naar het bos om te wandelen. We verstopten ons en sprongen tevoorschijn om elkaar bang te maken, tot ik Britta per ongeluk liet struikelen en ze viel. Toen ze overeind kwam bleek dat ze haar neus aan een stuk ijs had geschaafd. Ik werd bang en dacht dat ze me voor het eerst zou uitschelden, maar ze begon alleen te schaterlachen.

'Mijn neus is toch te groot. Als ik een filmster wil worden, kan ik er net zo goed nu een stuk afhalen. Dank je wel, lieverd', wist ze eruit te krijgen. Ik was zo opgelucht dat ze me van het schuldgevoel bevrijdde door het ongeluk te veranderen in iets wat ik goed had gedaan dat ik naar haar toe rende en mijn armen om haar middel sloeg. Ze omhelsde me en we bleven even zo staan, verstrengeld in de sneeuw terwijl de sparren om ons heen neurieden. Ik hoorde haar hart onder haar jas slaan en ze tilde me op tot mijn gezicht vlak voor dat van haar was en ik in haar vriendelijke blauwe ogen keek. Ze keek ze me ongewoon ernstig aan.

'Je bent de beste die er is. Vergeet dat niet', zei ze en ze gaf een kus op mijn neus.

Een korte periode geloofde ik haar bijna.

Als ik naar Britta rende spreidde ze haar armen uit en ving me op, en daarom begon ik na een paar weken te denken dat ik misschien net zo goed was als ze voortdurend zei dat ik was. Ik hoefde niet langer naar mijn moeder te gaan om haar iets te vragen en de boze stem te horen waarmee ze zei dat ze geen tijd had. Britta was er en had alle tijd van de wereld voor me. Langzamerhand leerde ik hoe het voelde als iemand zonder voorbehoud van je hield, om wie ik was en niet om wat ik deed, zelfs al kon ik dat toen niet omschrijven. Ik wist niet hoe liefde zonder voorwaarden uitgelegd moest worden. Ik wist alleen hoe het smaakte. Ongeveer zoals de chocolademelk met slagroom in de lunchroom. Zoet, warm, zacht en meer. Natuurlijk voelde het soms zo met mijn vader. Maar de momenten met hem waren beperkt, afgepast door het werk enerzijds en mijn moeder anderzijds. Britta's momenten waren eindeloos. Haar tijdschaal verdween aan de horizon.

Zowel mijn vader als mijn moeder merkte dat ik veranderde en meer lachte, sneller at en beter sliep, maar ze reageerden er verschillend op. Terwijl mijn vader Britta tijdens het avondeten prees en vond dat ze het fantastisch deed, begon mijn moeder steeds meer fouten te ontdekken. Er was iets niet opgeborgen, er was iets niet goed genoeg genaaid en er was iets niet gebakken zoals het moest. Mijn vader verdedigde Britta en zei dat het niet gemakkelijk kon zijn om je vader te verliezen als je zo jong was en dat ze waarschijnlijk heel hard had moeten werken. Mijn moeder snoof.

'Ja, als kind denk je vaak dat je heel veel doet, maar misschien is dat toch niet zo veel als je denkt. Bovendien was ze negen jaar toen haar vader stierf. Dan heeft ze het dus heel wat jaren rustig gehad.'

Het was het soort commentaar waaraan ik later zou wennen maar waarvan ik toen alleen vaag kon vermoeden hoe huiveringwekkend het was, misschien vooral omdat ik mijn vaders gezicht in verraste afkeer zag verstrakken. Tegelijkertijd had mijn moeder de uitdrukking in haar ogen die ervan getuigde dat ze elk moment een aanval kon krijgen, een van die krankzinnige uitbarstingen zonder gevoel, logica of consideratie. Mijn vader richtte zich in plaats daarvan tot mij.

'Maar jij houdt van Britta, of niet soms?'

'We zijn een keer naar het bos gegaan. Ze zei dat ik de beste was die er bestond.' En toen vertelde ik dat we verstoppertje hadden gespeeld in het bos.

Al toen ik heel jong was had ik de gewoonte om naar de slaapkamer van mijn vader en moeder te gaan om te kijken hoe mijn moeder zich aan- en uitkleedde. Ik hield er vooral van om te zien hoe ze ondergoed uitkoos, altijd duur en exclusief en met veel kant. Haar buik was niet aangetast door de zwangerschap en ik vermoedde dat ze heel mooi werd gevonden, met haar lange benen en blonde haren, die niet zo stijf waren gekapt zoals bij veel andere vrouwen in die tijd, maar die glanzend over haar schouders hingen. Ze verzorgde zich bijzonder fanatiek, besteedde tijd aan haar nagels en voeten en haren, ging naar gymnastiek en zwom en smeerde zich in en schoor zich met een wanhopige bezetenheid, en omdat ze nog maar eenentwintig jaar was toen ze mij kreeg, kon ze zichzelf, hoewel ze moeder was, nog steeds als een jonge vrouw beschouwen.

In het begin tolereerde ze mijn aanwezigheid en deed ze moeite om me erbij te betrekken.

'Wat vind jij dat ik vandaag moet dragen, Eva?' kon ze vragen terwijl ze een paar alternatieven aanwees. Omdat ik voortdurend de verkeerde kleren aanwees voor het weer van die dag, gaf ze het al snel op en begon ze na een tijdje een zekere irritatie te vertonen, vooral als ik naast haar ging staan om tot in detail te bestuderen hoe ze mascara op haar wimpers deed. Soms trilde ze zo door mijn aanwezigheid dat er mascara op haar wang kwam, wat haar enorm stoorde. Ik zag dat ze zich moest beheersen om me niet te vragen om op te hoepelen.

Op een vrijdagmiddag zat ik bij haar te kijken hoe ze zich aankleedde voor een etentje in een restaurant met mijn vader en een paar vrienden. Rokken en jurken waren op bed gesmeten en ik frunnikte een beetje verstrooid aan de verschillende stoffen en dacht na hoe verdrietig ik straks zou zijn omdat we het begin van het weekend niet samen zouden vieren. Aan de ene kant gingen mijn ouders weg. Aan de andere kant zou Britta op me passen, wat meer snoep en langer opblijven dan anders betekende. Een avond met Britta was niet saai, maar toch voelde ik me op een bepaalde manier in de steek gelaten, misschien omdat mijn moeder er zo vrolijk uitzag toen ze vol verwachting voor die avond in de spiegel keek. Ik dacht aan de gebeurtenissen van die dag, het had gesneeuwd en Britta en ik waren in bad gaan zitten en hadden met verf gespeeld. We hadden elkaar beschilderd en daarna hadden we alles eraf gedoucht, ons afgedroogd, een badjas aangetrokken en waren we op de bank gekropen, waar we hadden gekeken in een tijdschrift over filmsterren dat Britta had gekocht. Britta had haar arm om me heen geslagen en ik was tegen haar aan gekropen en voelde hoe zacht ze was en hoeveel ze van me hield.

Mijn moeder probeerde een ketting. Ik keek op en het rolde gewoon uit me.

'Ik vind Britta zo lief.'

Ik zag mijn moeders gezicht in de spiegel. Een bevroren sorbet. Een blik. Escalatie.

'Wat fijn dat je dat vindt. Je moet tenslotte kunnen vinden wat je vindt. Waarom is ze zo lief? Is dat omdat ze altijd versgebakken broodjes in de oven heeft staan?'

'Nee, maar ...'

'Waarom is ze dan beter dan ik? Vind je mij niet lief omdat ik niet zo'n boerentrien ben? Welke moeders zijn er allemaal beter dan ik? Zijn dat de gewone, saaie moeders die thuisblijven? Ben ik misschien niet lief omdat ik zo veel geld verdien? Wil je misschien dat Britta je moeder is?'

'Maar mama ...'

'Vind je mij niet lief omdat je niet op me mag afgeven?'

Hoewel ik het niet wilde kwamen de tranen. Dat de een lief was betekende dat de ander werd afgewezen. Waardering was een aanklacht geworden. Je zult naast mij geen andere goden vereren. Ik verstopte me in mijn kamer en kwam niet eens tevoorschijn om gedag te zeggen toen mijn ouders weggingen. Mijn vader moest naar mijn kamer gaan om me te omhelzen, terwijl mijn moeder direct naar de wachtende taxi verdween.

Die avond deden Britta en ik iets wat verboden was. Ze begon weer over nylonkousen te praten en omdat ik altijd keek als mijn moeder zich aankleedde wist ik waar ze lagen. Ik stelde voor dat we naar de slaapkamer van mijn ouders zouden gaan om naar mijn moeders kleren te kijken, en na een korte aarzeling knikte Britta en liep ze achter me aan. We gingen naar binnen, openden de deuren van de kleerkast en trokken de laden uit, en Britta's aarzeling was al snel verdwenen toen ze haar been in een dunne nylonkous stak. We pakten allemaal kleren en legden ze op bed, en Britta keek met grote ogen naar de feestjurken zonder schouderbandjes en korsetten met rok, gebreide mantelpakjes met kokerrok-

48

ken, op maat gemaakte jasjes tot in de taille en pumps met hoge, smalle hakken.

Zonder dat we wisten wie het initiatief nam trokken we onze eigen kleren uit en begonnen te passen, iets wat ik nog nooit had gedurfd. Britta trok een zwarte jurk aan, zette een pillendooshoed met tule op en probeerde haar voeten in een paar goudkleurige schoenen te persen. Ik pakte een lange violette jurk en drapeerde hem rond mijn lichaam. We lachten en giechelden en kronkelden voor de spiegel tot Britta bedacht dat we moesten dansen.

'Kom mee', zei ze en ze trok me mee naar de pronkkamer waar de grammofoon stond. We zetten een plaat met swingende muziek op en begonnen met elkaar te dansen, terwijl we tegelijkertijd zo moesten lachen dat we bijna stikten. Britta's gezicht was rood.

'Ik ben Brigitte Bardot', riep ze terwijl ze draaide en draaide en draaide, zodat we ten slotte omvielen en begonnen te stoeien. Het was al laat toen we alles hadden opgeruimd en naar bed konden. Britta ging bij me in bed liggen en we vielen met onze armen om elkaar heen in slaap.

'Britta, blijf je bij me?' vroeg ik voordat de slaap me meenam.

'Natuurlijk blijf ik bij je', antwoordde ze een beetje hees.

De volgende dag was ze weg. Toen ik die ochtend wakker werd van de bel stond er een buurmeisje voor de deur in plaats van Britta. Ik keek vragend naar mijn moeder, die net naar haar werk zou gaan. Mijn vader was al weg.

'Britta komt niet', zei mijn moeder.

'Is ze ziek?'

'Nee. Ze komt niet. Vandaag niet. Helemaal niet. Nooit meer.'

Ik probeerde te begrijpen wat ze zei. Ze was hier tenslotte gisteren geweest, dan moest ze vandaag toch ook komen? Ik keek hoe mijn moeder een mooie, wijd uitlopende jas aantrok en zich klaarmaakte om te gaan en ik schreeuwde in paniek.

'Waar is Britta? Waarom komt ze niet?'

Mijn moeder keek naar me.

'Ze komt nooit meer terug. Door jou. En je weet zelf het best waarom.'

Daarna draaide ze zich om en verdween.

Ik kon toen niet weten welke duistere krachten haar dat lieten zeggen, en misschien weet ik het nog steeds niet. Ik weet alleen dat de woorden ervoor zorgden dat er binnen in me iets brak wat tot dat moment weliswaar was aangevreten, maar wat toch standhield tegen de belastingen van buitenaf. Ik lag de hele dag in mijn bed terwijl ik het schort dat Britta de vorige dag had gedragen en dat nog steeds naar haar rook omklemde, terwijl het buurmeisje tegen me zeurde dat ik op moest staan. Iets in me zei dat het niet waar was wat mijn moeder had beweerd. Dat ik niets had gedaan. Dat Britta en ik het gisteravond niet zo gezellig hadden kunnen hebben als ze van plan was geweest om me in de steek te laten. Tegelijkertijd dacht ik aan de keren dat mijn moeder in een paar seconden van vrolijk naar woedend was veranderd en dat ik het had aangedurfd om iemand te vertrouwen en dat dat waarschijnlijk gevaarlijk was. Ik had iets verkeerd gedaan en Britta was nooit van plan geweest om te blijven. Ze had alleen het juiste moment afgewacht.

Een paar weken lang droeg ik Britta als een bal opgekropt verdriet binnen in me. Het broodkonijn dat ze me had gegeven, had ik ver weg in de kleerkast verstopt, en soms pakte ik het en streelde het zonder dat ik kon huilen. Mijn vader had op de avond nadat ze verdwenen was aan me gevraagd of ik wist wat er was gebeurd en ik had alleen geknikt en had niets gezegd. Als ik met hem had durven praten, was me veel bespaard gebleven, maar ik was het vertrouwen in mensen en in mezelf kwijt en ik besefte dat ik de straf in mijn eentje moest dragen. Dus werd ik nog stiller, nog meer in mezelf gekeerd, en mijn moeder besloot dat er iets mis met me was.

Het was mijn vaders verdienste dat ik de waarheid te horen kreeg. Op een avond kwam hij mijn kamer binnen en ging zo voorzichtig op de rand van mijn bed zitten dat ik hem niet opmerkte.

'Eva, wil je me alsjeblieft vertellen waarom je zo verdrietig bent?' vroeg hij terwijl hij mijn wang streelde.

Tot dat moment had ik het niet gekund, maar nu stroomde het naar buiten, samen met de tranen.

'Het is mijn schuld dat Britta weg is', snikte ik.

'Waarom denk je dat?' Mijn vader klonk verbaasd.

'Dat zei mama. Ze zei dat ze verdwenen was door mij.'

Mijn vader werd stil. Zijn gezicht was verborgen in het donker en ik kon niet zien wat hij dacht.

'We kwamen erachter dat Britta mama's kleren leende', zei hij ten slotte.

Toen vertelde hij dat ze Britta de avond voordat ze verdween in een van mijn moeders avondjurken hadden aangetroffen. Ze had niet gehoord dat ze de sleutel in het slot staken en ze stond zichzelf in de slaapkamer in de spiegel te bekijken toen ze binnen waren gekomen. Blijkbaar was ze verdergegaan met ons spel toen ik in slaap was gevallen. Ze had vertwijfeld om vergiffenis gesmeekt, maar mijn moeder was razend geworden en had haar gezegd dat ze onmiddellijk kon vertrekken en dat ze zich nooit meer in ons huis hoefde te vertonen, anders zou ze haar aangeven voor diefstal. Mijn vader had geprobeerd te bemiddelen, maar het had geen zin gehad. Britta was naar haar kamer gegaan en was de volgende dag naar Norrland gelift. En nu werkte ze in een restaurant in Umeå.

Veel later zou mijn oma me de rest van het verhaal vertellen. Britta had voordat ze naar huis was gegaan in elk geval een van haar dromen gerealiseerd, ze had een paar dunne nylonkousen gekocht. Deze kousen had ze de hele reis naar het noorden aangehad om te bewijzen dat ze iets had bereikt in de grote stad, maar het liften duurde meer dan een etmaal en ze stond buiten te wachten in een temperatuur die weliswaar niet tot min veertig graden daalde, maar toch tot meer dan min dertig graden. Toen ze ten slotte uitgeput bij haar familie aankwam waren de kousen vastgevroren aan haar benen. Meer wist mijn oma niet, behalve dat het hele verhaal niet alleen haar, maar veel mensen in de streek had geschokt. Ik kan me nog steeds afvragen hoeveel pijn het doet om een paar vastgevroren kousen van een been te trekken en of dat blijvende schade oplevert. Ik heb nooit antwoord gekregen omdat de directe betrokkenen het niet wilden vertellen en de arts aan wie ik het vroeg zich zoiets niet kon voorstellen.

Maar ik weet hoe de stank van verraad ruikt. Het is een stank die is geconserveerd in een glazen pot met een deksel en die ergens binnen in me zit en met een pincet tevoorschijn kan worden gehaald. En vanaf de dag dat mijn vader de waarheid vertelde begreep ik dat er in het gevecht tussen mijn moeder en mij maar één overlevende kon zijn. Want hoe ik me ook inspande en wat ik ook deed, het zou nooit voldoende zijn voor meer dan de korte momenten waarop ze er voordeel van had. Omdat ik Britta niet kon vergeten was er iets mis met me. 'Mijn dochter is een beetje eigenaardig.' En zo is het ook. Toen mijn vader die avond weg was vermoordde ik het broodjeskonijn door het op te eten.

Dat was ook het moment waarop ik besloot om mijn moeder te vermoorden. Het was een beslissing op termijn, ik zou het moeten plannen en ervoor trainen, maar ik moest haar uitschakelen. Want ik besefte dat ik moest kiezen tussen haar en mij. Zolang ze leefde zou ze mij belemmeren om te leven. Ze zou het leven uit me zuigen en een schaal achterlaten die uiteindelijk zou opdrogen en verbrokkelen. Ik was nog maar zeven jaar, maar ik wist wat ze had gedaan en wat ze zou doen. Ik koos ervoor om voor mijn leven te vechten.

Het ruikt lekker in de keuken. Misschien heeft Sven een van zijn omeletten gemaakt, die hij op latere leeftijd heel verdienstelijk heeft leren maken en die we graag bij wijze van avondmaaltijd eten als we geen zin hebben om uitgebreid te koken. Nu kunnen we ze bovendien kruiden met onze eigen peterselie, die ik naast de rozen heb geplant omdat hij bladluizen lijkt af te schrikken. Het blijft me verbazen hoe authentiek het voelt om de snoeischaar te pakken en naar buiten te gaan om mijn eigen opbrengst af te knippen. Als de sla, de aardappelen en de rode bieten volgroeid zijn is het heel goed mogelijk om een paar dagen te leven van het voedsel dat de tuin oplevert. Sven verzorgt de groenten, ik verzorg de rozen. Zo eenvoudig is de waarheid.

19 juni

Er zijn twee dagen voorbijgegaan. Toen ik de vorige keer stopte met schrijven was het alsof iemand het deksel van mijn verdrongen gevoelens had gehaald. Ik liep rond en zag beelden en rook geuren van mijn jeugd alsof ik 's nachts in een museum was opgesloten. Maar als ik denk aan wat ik heb opgeschreven, besef ik dat het geheugen verraderlijk is. Eigenlijk kan ik me niet precies herinneren wat Britta zei of wat ik antwoordde. Mijn opgeschreven dialogen zijn misschien net zo onwaar als welk sprookje dan ook. Maar de geuren en de zintuiglijke indrukken helpen me om in het waarheidsgehalte te geloven. Ik herinner me haar geur en daardoor wat ze zei. Ik zie het rode fluweel en de kristallen kroonluchters in de lunchroom en de romige witte slagroom op de chocolademelk, en daardoor kan ik horen waarover we praatten. Ik ruik de geur van de sneeuw, ik hoor de stilte van het bos toen we daar speelden, en plotseling ruisen onze stemmen als vogels in mijn hoofd. Daarom denk ik dat de herinneringen die ik heb opgeschreven waar zijn. In elk geval zo waar dat ik erin geloof.

Maar in het heden heb ik rondgelopen zonder iets te voelen, geen blijdschap over de zomerwarmte die toch lijkt te komen, geen verrassing omdat Eric en Isa blijkbaar kleintjes verwachten, geen boosheid omdat Sven zeurt dat hij onze waterleidingen in de tuin wil renoveren. Hij wil ze zo aanpassen dat ze niet meer zo gevoelig zijn voor de kou, zodat we geen waterproblemen krijgen.

'We hebben nog nooit waterproblemen gehad', zeg ik.

'Maar dat krijgen we als we lang genoeg wachten', antwoordt Sven.

'Ja, natuurlijk, maar als we lang genoeg wachten zijn we dood en hebben we geen water nodig', zeg ik en ik krijg niet eens antwoord. Sven praat niet graag over de dood en ik ben erover opgehouden. Het is een van de onderwerpen die zo diep zinken dat ze nooit meer naar de oppervlakte komen als je ze naar beneden gooit, zelfs niet met behulp van een dreg.

De verdwenen gevoelens heb ik gecompenseerd met het urenlange verzorgen van mijn rozenstruiken. Elke keer als ik ernaartoe ga ben ik weer even verbaasd dat ik het leuk vind om in de tuin te werken. Het is misschien niet echt in de tuin werken, omdat ik alleen voor de rozen zorg, niet voor de aardappelen en de tomaten waarin Sven beter is, maar toch. Ik las in mijn jeugd over oude Engelse kolonels die rozen gingen kweken als ze gepensioneerd waren en vond de overgang van oorlog naar rozen altijd merkwaardig, maar nu had ik hetzelfde gedaan.

Mijn rozencollectie is oud. Bijna veertig jaar geleden heb ik mijn eerste roos geplant, de nieuwe die erbij zijn gekomen hebben zich moeten aanpassen aan de oudere, en samen vormen ze een struikgewas dat bijna ondoordringbaar is. Ik weet natuurlijk dat rozen niet te dicht bij elkaar geplant mogen worden, maar daar heb ik me niets van aangetrokken en ik verdedig me ermee dat dicht struikgewas veel schaduw aan de grond geeft tijdens warme en droge dagen. Zo is het dus gebleven, hoewel het probleem van de westkust eerder regen dan droogte is. De rosa dumalis is vermengd met andere wilde soorten, theerozen en oude Engelse tuinrozen, maar mijn eerste Peace-roos vormt de kern van de collectie, die fantastische gele roos met roze kleurnuances en een zwakke geur die doet denken aan Oost-Indische kers. De doornen zijn niet scherp, zodat ik de bloemen zonder handschoenen kan verzorgen als ik ze wil voelen en de geur is zo verleidelijk dat de hommels de hele zomer tussen de bloemen heen en weer vliegen.

Waarom ben ik juist rozen gaan planten? Was ik gefascineerd door de geschiedenis van rozen omdat hun wortels zich tot duizenden jaren geleden uitstrekken en ze dezelfde aantrekkingskracht op de Grieken en Romeinen uitoefenden als op de mensen uit Perzië of China? Dacht ik aan de rozen van Cleopatra of de uitdrukking 'sub rosa', dat 'vertrouwelijk' betekent? Wist ik dat rozen zwijgplicht hebben en dat ze daardoor de beste bondgenoten zijn die er bestaan? Waarschijnlijk, want mijn rozen weten alles, terwijl ze tegelijkertijd mooi en ontoegankelijk zijn. Ze prikken, maar toch mag ik ze aanraken, en ik weet dat de rozen me nooit in de steek laten omdat ik hen niet in de steek laat. Ze verdragen het om gepijnigd te worden en kunnen zich verdedigen, en misschien hebben ze het daarom overleefd. Ze hebben mooie bladeren en gemene doornen, maar de doornen zijn zichtbaar en voorspelbaar.

Of ontstond mijn liefde voor de rozen omdat me ooit was gevraagd of de schoonheid was opgebloeid en volmaakt was geworden? Ik hoor de echo inderdaad tussen mijn rozen, de mooie Engelse woorden die ik nooit naar het Zweeds heb geprobeerd te vertalen. Misschien heeft die vraag ervoor gezorgd dat ik de door de storm beschadigde en verlepte bloemen de laatste dagen zo wellustig heb opgeruimd en de takken die dreigden door te schieten heb afgeknipt. Ik heb een paar takken mee naar binnen genomen en heb ze zoals altijd op het nachtkastje en de vensterbank gezet, zodat de rozengeur zich door het huis verspreidt. Waarschijnlijk is dat de reden dat ik nog een beetje slaap en dat de ongecontroleerde dromen ondanks alles vol te houden zijn.

Ik woon al bijna veertig jaar in dit huis aan de westkust, op een steenworp afstand van de zee. Toch is het merkwaardig, ik wilde nooit stil blijven staan en heb altijd bij een reisbureau gewerkt waardoor ik de mogelijkheid had om veel van andere landen te zien. Maar ik kwam hier terecht, in ons voormalige zomerhuis. Ik heb er altijd van gehouden omdat mijn vader ervan hield en omdat mijn moeder dat niet deed, en daarmee werd mijn liefde een bevestiging en een verloochening op hetzelfde moment. Mijn vader en moeder hadden allebei geen banden met de westkust en omdat we buiten het centrum van Stockholm woonden konden we wanneer we maar wilden naar het water. Maar mijn vader verlangde hiernaartoe en was de drijvende kracht. Hij vertelde altijd over de woeste natuur en dat hij op rotsen wilde staan waar de planten voor het water vluchtten in plaats van er contact mee te zoeken.

Mijn moeder verafschuwde de plek vanaf het eerste moment. Ze verafschuwde het idee van een zomerhuis trouwens in het algemeen en verklaarde dat ze vakantie associeerde met een betrouwbare zon, elegante restaurants en nachtclubs, niet met binnen zitten en naar buiten staren terwijl de ene storm na de andere opstak. Ze haatte het klimaat, de regen die haar dwong om laarzen aan te trekken, het nietsdoen, de tuin en het feit dat de kerkdienst op zondag een onderbreking van de saaiheid was. Ze hield niet van de geur van alg en zeewier, ze hield niet van zeilen en ze weigerde zich in te laten met de lokale bevolking.

Maar toen mijn vader het huis had gezien en er verliefd op

was geworden, kon ze er niet veel tegen inbrengen. Het was een van de weinige keren dat de voortdurend terugkerende agressieve uitbarstingen niet hielpen. Het huis was in die tijd nogal vervallen, maar bezat een natuurlijke tuin die mijn vader en ik niet meer dan absoluut noodzakelijk bewerkten. Jeneverbesstruiken en heide mochten opkomen waar ze wilden, terwijl de kale rots niet overvloedig met bloemen werd bekleed, maar zijn ruwe karakter mocht houden. Ik heb de rozen geplant, maar toen was ik niet langer degene die de gebeurtenissen beheerste, maar beheersten de gebeurtenissen mij.

Toen ik vandaag met mijn rozen bezig was brandde de zon zo dat het echt warm werd. Ik ging in het gras zitten, leunde tegen de rots en deed mijn ogen dicht. De rozengeur was sterk en plotseling waren de herinneringen terug, ik rende met de buurjongen over het grasveld en schopte tegen een bal. Mijn vader, die een gebruinde rug en zomerblond haar had maaide het gras en mijn moeder zat in een zomerjurk in een zonnestoel met een glas vruchtensap en misschien nog iets anders en las in een modeblad. Mijn moeder keek op en lachte naar me.

'Eva, wat zie je er vrolijk uit. Echt zomers. Maar wat jammer dat je nog steeds zo'n bolle buik hebt, het lijkt wel alsof hij is opgeblazen met de pomp die we voor de luchtbedden gebruiken.'

De plotselinge schaamte en boosheid maakten dat ik naar binnen holde en een ander shirt aantrok, zodat de buurjongen mijn uitpuilende buik niet zou zien. Verstopte doornen die steken en de huid laten bloeden. En tegelijkertijd die uitzinnig mooie kroonbladeren.

We knapten het huis langzamerhand op en kregen een

toilet en een douche in huis, zodat ik niet meer naar de buitenplee hoefde, die ik alleen verdroeg omdat ik daar met rust werd gelaten en oude kranten kon lezen. Ik kreeg mijn eigen kamer met het plafond dat we nog steeds hebben, met het houtpatroon dat me altijd tot dromen en fantasieën had verleid. Mijn moeders verlangen naar elegante vakanties in de zon verbleekte elke vakantie meer, terwijl de liefde van mijn vader en mij voor ons zomerhuis groeide. We verkenden de zee en de eilanden samen, visten op krabben met eigenhandig gevangen mosselen, doken naakt van de rotsen en gooiden kwallen naar elkaar. Onze voeten raakten gehard door de randen van de rotsen en onze handen schuurden tot bloedens toe door de zeepokken. De goedverzorgde handen van mijn moeder raakten hooguit gehard als ze haar nagels vijlde of citroenschil raspte voor een mooi gerecht.

Citroentaart als nagerecht, kip als hoofdgerecht, het voorgerecht is verdrongen. We kregen mensen op bezoek voor het avondeten, vrienden op doorreis die langskwamen en waarover ik me de hele dag al beklaagde, omdat ze twee meisjes hadden met wie ik helemaal niets gemeen had. Ze waren iets ouder en wilden nooit buiten spelen, maar hingen altijd in mijn kamer rond en rommelden tussen mijn kleren en wilden mijn sieraden proberen. Kan ik acht jaar zijn geweest? In elk geval herinner ik me de naam van het gezin, Sundelin, en dat mijn moeder het stof onder de kleden had geveegd en eten had gekookt en me de hele tijd uitschold omdat ik in de weg liep. Ze had rode wangen en zag er vrolijk uit toen ze haar haren borstelde, en ik snapte niet waarom het zo belangrijk of leuk was om een paar vrienden uit Stockholm op bezoek te krijgen als we ze altijd konden zien als we thuis waren. Maar de vader van het gezin was een

59

collega van mijn moeder en ze leek hem heel graag te mogen. Ze lachte altijd veel en hard als hij op bezoek was, zo hard dat haar gezicht helemaal rood werd.

Ik moest mijn zomerkleren verwisselen voor stadse kleren en mijn haren waren zout en moeilijk te kammen en mijn moeder trok en rukte eraan met de borstel. Hoewel ik protesteerde omdat ik andere kleren aan moest, was ik toch blij omdat ze geïnteresseerd was in wat ik droeg, en door het geluksgevoel dat ik kreeg omdat ze me bijna aanraakte terwijl ze mijn haren borstelde verdroeg ik de pijn aan mijn haarwortels. Mijn moeder droeg een mouwloze jurk en sandalen. Ze was zorgvuldig opgemaakt, maar begon haar zelfbeheersing te verliezen toen mijn haar niet wilde wat zij wilde. Terwijl ze mijn haar borstelde en ik mezelf net had beloofd dat ik vrolijk zou spelen tijdens het bezoek, werd er gebeld. Mijn moeder vloekte en bond alles bij elkaar in een paardenstaart terwijl ze tegen me schreeuwde dat ik mee moest gaan om de gasten te verwelkomen. Het was inderdaad het gezin Sundelin dat met bloemen en kinderen voor de deur stond en mijn moeder lachte een beetje te schril toen ze hen begroette.

'Eva loopt al de hele dag zo rond en ze wil zich niet wassen of omkleden of haar haren kammen, want ze vindt het niet belangrijk om er netjes uit te zien als we gasten hebben. Maar ze is tenslotte een beetje merkwaardig. Of niet soms, Eva?'

Ik zie haar voor me. Mooi, bezweet, gevaarlijk en met de behoefte aan een offer op het altaar en iets grappigs dat kon verbloemen dat ze zenuwachtig was. Ik herinner me vaag dat meneer en mevrouw Sundelin iets zeiden over geen verplichtingen hebben terwijl ze hun jas ophingen. En dat de lichte gedachten weg waren, alleen het donkere gedreun in mijn hoofd was er nog. Ooit zal ik. Ooit zal ik. Mijn tijd komt. Mijn tijd komt.

Toen ik mijn ogen opendeed had Sven vruchtensap, brood en koffie op het gras gezet, omdat hij weet dat ik het nog steeds fijn vindt om op de grond te eten. We zaten in een harmonische stilte tot Sven vroeg waarom ik plotseling zo'n enorme behoefte had om te schrijven.

'Is er iets gebeurd? Ben je ongerust? Denk je eraan dat Susanne zo gespannen leek? Volgens mij komt het wel goed, weet je. Zo is ze altijd geweest. Hard aan de buitenkant en veel zachter aan de binnenkant dan iedereen denkt. Een echte chocoladebonbon.'

Ik vertelde wat er was, dat het leek alsof de dingen die ik vergeten was weer in mijn herinnering kwamen, dat ik schrijf over wat geweest is en dat ik me plotseling dingen herinner die bijna zonder dat ik het wil op het papier terechtkomen. Dat ik het niet kan helpen, maar dat mijn moeder opduikt. De steen plofte in het water en de walvis spoot terug.

'Je hebt al genoeg problemen met haar gehad', zei Sven.

Daarna zei hij wat hij altijd zegt. Dat kinderen hun leven niet leven om hun ouders gelukkig te maken en dat bepaalde mensen eigenlijk als ziek beschouwd moeten worden omdat gezonde mensen anders niet in hun nabijheid kunnen leven. Dat ik het mezelf moest gunnen om mijn laatste jaren gelukkig te zijn, want zo heel veel jaren zouden dat er niet meer zijn.

En ik zag ons op het gras zitten, allebei met verdwenen dromen en gekrompen hoop. Ik keek naar ons grijsgeschilderde huis met de blauwe details en naar Svens broek, die behoorlijk versleten was aan de onderkant, en naar zijn wenkbrauwen met de haren die zich niet lieten beteugelen. Ik keek naar zijn ogen, die op een stukje hemel leken, en rook de geur van de rozenstruiken en ik wist dat ik deed wat ik kon en dat het niet meer zou worden. Maar ook niet minder. Ik heb mijn moeder vermoord en ik overleefde het.

20 juni

Het is drie uur en het maanlicht stroomt door het raam naar binnen en verlicht de kamer met een schizofreen licht, alsof het zowel wil vergulden als verduisteren. Vroeger geloofde ik nooit in die flauwekul over de maan en zijn eventuele invloed op mensen. Nu weet ik het niet meer zo zeker. Mijn verstandige kant is ervan overtuigd geraakt en niet zozeer mijn gevoelens, en mijn verstand zegt dat als de maan enorme watermassa's kan verplaatsen, ze ook invloed op ons kan hebben omdat we voor het grootste deel uit water bestaan. Als kind kon ik fantaseren dat de maan zo hard trok dat kleine baby's en katten in de ruimte verdwenen en op de maan belandden, waar ze vastgekleefd bleven zitten als aan een grote magneet tot de kracht afnam en ze voor altijd verdwenen. Dat was mijn verklaring voor geheimzinnige verdwijningen, en daarom wilde ik per se dat mijn kamer in het zomerhuis aan de westkust, dat later mijn permanente woning zou worden, een raam had waardoor ik 's avonds naar de maan kon kijken. Dan kon ik haar in de gaten houden voor als ze van plan was om mij als haar volgende slachtoffer uit te kiezen.

Vreemd genoeg was ik nooit bang als ik in mijn bed lag en naar de altijd wisselende maan keek, die als ze vol was mijn kamer kon verlichten alsof het dag was. Maar ik hield een gezonde argwaan. Het voelde alsof de maan en ik een contract hadden dat inhield dat ik haar schoonheid en het wisselende uiterlijk waardeerde en dat ik ter compensatie met rust werd gelaten en niet de ruimte in geslingerd werd.

Zelfs vanaf mijn secretaire kan ik de maan zien en ik kan me er alleen maar over verbazen dat dit hemellichaam door de tijdperken heen zo heeft geïnspireerd. Ik denk aan de arme Chinezen, die over de maan droomden tot de Amerikanen een raket bouwden en een wandeling op de maan maakten. Ik vond het oersaai om op de televisie te zien hoe Neil over het maanoppervlak liep, dat van dichtbij ruw en ongelijk was, terwijl er vanuit een anonieme controlekamer voortdurend werd verteld hoe baanbrekend het was wat we zagen. En hoe die baanbrekende wandeling de illusies van de Chinezen verstoorde, omdat de foto's aantoonden dat de maan niet mooi was en het dus niet waard was om te vereren, maar lelijk en wetenschappelijk ontheiligd. Zo is het meestal als iets aan de buitenkant glad en mooi is. Als je wat nauwkeuriger kijkt zie je de kraters.

Van buitenaf gezien was mijn jeugd misschien ook mooi en het waard om te vereren. Mijn ouders werden als vrolijk en prettig in de omgang beschouwd, en hoewel het nooit netjes in huis was, waren we in elk geval een 'modern' en 'levendig' en 'open' gezin, een symbool voor de vooruitgang die het vrouwen toestond om te werken. Als we bezoekers of logés hadden werd er aan de keukentafel voortdurend gepraat en gediscussieerd, soms vrolijk en soms nogal verhit en agressief. Vaak klonk er hysterisch gelach, maar dat was pas als er een of een paar flessen waren geopend en leeggeschonken, en dat gebeurde op de avonden dat ik er niet bij was.

Het kon erg luidruchtig worden als mijn moeder zich verveelde of als er iets tegenzat. Het was voldoende om in haar ogen te kijken om te weten of ze zwart genoeg waren, want dat was gevaarlijk. Dan kregen we de volle laag zodra

64

we ons vertoonden, in de vorm van verhitte discussies over wat er mis was of lange monologen over hoe moeilijk ze het had. Mijn vader en ik krompen vaak in elkaar onder de golf van beschuldigingen die we soms over ons heen kregen. Mijn vader ging één op de tien keer tegen haar in, ik deed het in stilte met mijn wraakacties. Tot alles eindigde toen ik zeventien was.

Nu ik in het licht van de maan terugdenk aan de oorzaken van de uitbarstingen, besef ik dat ze op die momenten op de rand van de afgrond balanceerde. Na een ruzie kon ze wegrennen terwijl het dreigement dat ze nooit meer terugkwam in de lucht bleef hangen. Soms bleef ze een paar uur weg, soms een paar dagen. De angst dat ze helemaal niet meer terugkwam was verschrikkelijk, net als de boosheid omdat ze me hieraan blootstelde, keer op keer op keer. Maar omdat er niet meer over de scène werd gepraat als de lucht achteraf was geklaard en omdat een verontschuldiging uitgesloten was, werd de klacht dat 'de anderen' schuldig waren altijd tot de permanente waarheid gemaakt.

Na het incident met Britta gebeurde er iets. De kraters werden duidelijker, mijn moeder wankelde op de rand en ik had een witte helft ontwikkeld die alles zo goed mogelijk wilde doen en een zwarte die al besloten had om wraak te nemen. De witte kant spande zich in om tevreden te stemmen, gaf complimentjes en toonde begrip en hielp met afwassen en schoonmaken en boodschappen doen zonder eisen te stellen. De zwarte kant weigerde om met netjes gekamde haren rond te lopen, lachte de witte uit, maakte fantasiereizen naar Afrika en smeedde moordplannen.

Mijn witte kant kon huilen in het kussen over de gemene dingen die mijn moeder deed en haar onvermogen om van

65

me te houden. Het lichte binnen in me hoopte dat mijn moeder binnen zou komen, mijn tranen zou zien, het zou begrijpen en ze weg zou vegen zodat alles anders en goed kon worden. Maar mijn zwarte kant was al begonnen met wraak nemen. Schoppenkoning bezocht me steeds vaker en vertelde me dat de moord waartoe ik ooit had besloten me zou bevrijden en dat hij me zou helpen met de voorbereidingen. Soms insinueerde hij dat mijn moeder misschien niet eens mijn echte moeder was en dat ik me niet schuldig hoefde te voelen over wat ik van plan was. Mijn daad zou het lijden verminderen. Voor mij, maar misschien ook voor anderen in haar omgeving.

Hij sterkte me en liet me beseffen dat ik me stap voor stap moest voorbereiden op de daad die me een echt leven zou geven. Ik begon met de letters. Vanaf het allereerste begin vermoedde ik dat het heel nuttig kon zijn als mijn handschrift op dat van mijn moeder leek. Ik dwong mijn vingers om de gestandaardiseerde letters die mijn leraren me als voorbeeld gaven te negeren en ik imiteerde in plaats daarvan het regelmatige en mooie handschrift van mijn moeder, de elegante kronkel rond de t, de brutale s, de uitgespreide l. Is het nodig om te zeggen dat het me lukte? Het lukte zo goed dat mijn moeder enthousiast alles corrigeerde wat ik schreef, omdat onze handschriften sprekend op elkaar leken en ze bijna identiek waren. Zo identiek dat het later uitstekend zou lukken als ik mijn daden zou moeten camoufleren.

'Daaraan zie ik dat je mijn dochter bent', herinner ik me dat ze een keer tegen me zei. Ik dacht dat ze eigenlijk helemaal niets wist. Een wil kan overeenkomsten creëren waar geen overeenkomsten zijn.

Vandaag kreeg ik een telefoontje van Iréne Sörenson. Ze

vertelde woedend dat ze helemaal ten einde raad was omdat ze zich zo alleen voelde.

'Niet één kreng komt langs', zei ze klagend, en ik kon niet anders dan denken dat de gelijkenis treffend was, ik zag voor me hoe ze met haar roofvogelneus zat te wachten op een slachtoffer dat, als ze met hem klaar was, zo dicht bij de dood was dat ze het kleine beetje dat er over was vrolijk kon opeten, zelfs al spartelde hij nog een beetje. Ze deed me ook denken aan spinnen die hun slachtoffer inspinnen, gif naar binnen spuiten zodat de ingewanden zacht worden, opzuigen wat is opgelost en een snel opdrogende schaal achterlaten. Iréne Sörenson weet hoe je aan een voedzame maaltijd moet komen en dat heeft niets te maken met het volgen van de adviezen van de schijf van vijf en de onzin die gezondheidsgoeroes uitkramen, het gaat om het leven van energie. Misschien zou je kunnen zeggen dat ze daardoor een spirituele filosofie praktiseert. Het is alleen zo dat de energie waarvan ze leeft altijd van iemand anders afkomstig is en nooit kosmisch is.

Hoe ben ik zo belangrijk in haar leven geworden en hoe kon ik het zo ver laten komen? Het ging om schuld, de wil om boete te doen voor een misdaad. Toen mijn rug mijn geliefde en veeleisende baan bij Jacobi's reisbureau onmogelijk maakte moest ik met vervroegd pensioen. Alleen het woord bezorgde me al braakneigingen. Ze hadden het net zo goed een vervroegde selectie of een vervroegd einde kunnen noemen. Niets, zelfs niet Svens bezwering dat hij zijn pensionering ook had overleefd en dat we nu eindelijk tijd hadden om het een beetje kalm aan te doen, kon me van het idee afbrengen dat ik nergens meer goed voor was. Die vibraties moeten zich flink hebben verspreid, want maar een paar weken na mijn onvrijwillig geaccepteerde vrijheid belde er een vrouw van de plaatselijke Rode Kruisafdeling die vroeg of ik me wilde inzetten voor hun hulpgroep voor ouderen.

Het werk zou geen vervanging van de thuishulp zijn, zelfs al was dat in de praktijk wel zo omdat thuishulpen de opdracht hadden om niet op stoelen te gaan staan om iets te pakken wat hoog stond, terwijl de dames van het Rode Kruis keukenstoelen bijtrokken en deden wat er gedaan moest worden zonder aan de gevolgen te denken. Officieel hield het niet meer in dan elke dag een geselecteerd aantal oudjes bellen om te controleren of ze nog leefden en of ze in dat geval eten voor die dag hadden. Het verzoek leek onschuldig en ik vond het moeilijk om nee te zeggen tegen een paar telefoontjes per dag. Sven mopperde en dacht dat de kinderen van de oudjes ook heel goed konden bellen. Ik antwoordde dat de kinderen van de oudjes waarschijnlijk nog onbetrouwbaarder waren dan de thuiszorg.

Van de vier tot vijf personen die ik in de gaten moest houden werd Iréne Sörenson al snel degene die het meest beslag op me legde. Terwijl de anderen vriendelijk antwoordden dat ze inderdaad waren opgestaan en zich hadden aangekleed en hartelijk bedankten, klaagde Iréne Sörenson altijd verbitterd over haar eenzaamheid.

'Ik heb altijd mensen om me heen gehad', kon ze zeggen en liet me daarmee op een heel effectieve manier voelen dat ik hen had weggejaagd. Het duurde niet lang voordat het haar was gelukt om zich zo stevig aan me vast sjorren dat ik steeds vaker bij haar aan de keukentafel zat met koffie en versgebakken broodjes. Soms nodigde ze me uit voor het avondeten, wat afgezien van het gezelschap geen grote kwelling was. Iréne Sörenson kan goed koken en doet haar best als ze de ingrediënten bereidt en de wijn uitkiest, net zoals ze altijd haar best doet als ze weet dat ze kan genieten van het uiteindelijke resultaat.

Ze belde dus rond lunchtijd en ze was angstig, wat ze maskeerde met agressiviteit.

'Je bent van harte welkom. Ik heb een rabarbertaart gemaakt en als je op weg hiernaartoe slagroom koopt kunnen we dat erbij doen, want het is zo moeilijk voor me om naar buiten te gaan.'

Het was waarschijnlijk eerder haar portemonnee die zo moeilijk open te maken was. Maar voordat ik een excuus had kunnen bedenken dat zwaar genoeg woog, had ze al opgehangen, en omdat ik de rozen al had verzorgd en een zwak voor taart heb, liet ik Sven tussen de wortelen achter en ging op weg.

De afgelopen dagen heeft de zon voor vrolijke campinggasten gezorgd en de straten lijken bijna een beetje bevolkt. Het zou overdreven zijn om ze levendig of zelfs druk te noemen, maar de troosteloosheid en de herfstgevoelens zijn voor even verdwenen. Iréne Sörensons huis ligt bijna bij het water in een van de verste inhammen, zo dicht bij zee dat een bouwvergunning tegenwoordig uitgesloten zou zijn. Maar oude besluiten verscheuren is één ding en oude huizen slopen een ander, en daarom zit ze veilig in haar meeuwennest en kan ze uitkijken over de zee en de wisselingen van de natuur volgen zonder dat ze daar noemenswaardig kalm van lijkt te worden.

Ik nam het risico om een been te breken door langs het strand te wandelen en over de stenen te klimmen, terwijl ik houvast zocht bij de graszoden die ertussen groeiden. De geur van zeewier was intens en ik zag dat het koude weer een opeenhoping van rode kwallen had veroorzaakt, die anders altijd wachten tot juli of soms tot augustus voor ze de toeristen komen irriteren. Nu lagen de geleiachtige klompen in groepjes op het strand, en de paar mensen die durfden te zwemmen in het nog erg koude water laveerden voorzichtig tussen de hopen door. Ze branden voldoende om ze niet te negeren, wat ik weet omdat ik in aanraking ben geweest met de draden die ze achter zich aan slepen, als een bruid met gifampullen in haar sluier. Een beetje verder op het land zag ik een huis dat werd verbouwd tot een permanente woning en ik bedacht dat Frillesås' verandering van vakantieplaats tot een plek waar mensen het hele jaar door wonen absoluut niet had bijgedragen aan het verfraaien van de streek.

Iréne Sörenson deed open zodra ik had geklopt en ontving me in een ochtendjas. Dat was ongewoon. Ze was anders ontzettend precies op haar kleren en haren, misschien een beroepsdeformatie omdat ze haar eigen schoonheidssalon had gehad. Vandaag zag ze er echter onverzorgd uit. Haar haren stonden recht overeind, ik zag een haar op haar kin en haar gelaatstrekken zagen er voor één keer uit zoals gebruikelijk is bij een vrouw van bijna tachtig jaar.

'Ik wacht al een hele tijd op je. De koffie is bijna koud, en ik heb alvast een stukje geproefd, want ik kreeg zo'n trek dat ik iets moest hebben om op te kauwen', informeerde ze me nog voordat ze me binnenliet. Een 'welkom, wat fijn dat je kon komen' had ze al lang geleden afgeleerd omdat een bezoekje zoals dit volgens Iréne Sörensons definitie geen gunst was maar een recht. Zo begon mijn bezoekje er als gewoonlijk mee dat ik geïrriteerd raakte.

Het huis zag er flink stoffig uit. Wanneer Iréne voor het

laatst de stofzuiger had gebruikt weet ik niet, en waarschijnlijk weet ze het zelf ook niet. Telkens als ik tegen haar zeg dat ze moet schoonmaken, antwoordt ze dat ze dat net heeft gedaan maar dat het zo snel weer vies wordt. Ze krijgt weliswaar een hulp van de gemeente die één keer per maand door het huis gaat, maar daarbij gaat het alleen om 'het-wordt-zo-snel-weer-vies-schoonmaken' en het is net genoeg om de muizen weg te houden. Soms pak ik een doek en maak ik in elk geval de keuken schoon, zelfs al denk ik dat het toch echt mijn taak niet is. Ze heeft tenslotte een dochter die eens een keer met een mestvork aan de slag zou kunnen gaan. Maar dat doet ze niet omdat ze een relatie met haar moeder heeft die nog vijandiger lijkt te zijn dan mijn relatie met mijn moeder was.

Ik heb haar zelfs een keer gebeld om haar erop te wijzen dat het er vreselijk uitzag bij Iréne.

'Je zult langs moeten komen om een bijdrage te leveren', zei ik.

'Heb je er enig idee van hoe vaak mijn moeder iets voor mij heeft gedaan?' vroeg ze met een ijzige stem.

'Dat kan wel zijn, maar je kunt ervan uitgaan dat ze niet lang meer te leven heeft, en dan moet je misschien door de vingers zien wat er vroeger is gebeurd en pakken wat er nu nog is', antwoordde ik.

'Op de dag dat zij verdwijnt krijgt ze een enkeltje naar beneden en niet naar boven, en als ik bij haar moet schoonmaken wil ik ervoor betaald krijgen, want ik weet dat ze geld genoeg heeft voor een hulp in de huishouding', antwoordde ze, maar ik heb begrepen dat ze uiteindelijk toch is langsgekomen en een uur is gebleven. Van stofzuigen was echter geen sprake.

71

Hoe dan ook, het is nauwelijks mogelijk om Iréne Sören-son verantwoordelijk te stellen voor haar handelingen nu ze zevenenzeventig jaar is. En ik heb er trouwens niets mee te maken.

Ik volgde Iréne naar de keuken, waar de tafel in elk geval gezellig was gedekt en toen ik de slagroom had geklopt genoten we van de heerlijke taart. Ze heeft haar verdiensten, ook al zijn het er weinig. Daarna pakten we de kaarten en speelden een potje. Irénes haar stond nog steeds alle kanten op, de ochtendjas rook niet fris en ik kon het niet laten om me af te vragen hoe lang ze het nog zonder hulp zou kunnen stellen. Toch won ze tien kronen van me omdat we altijd om wat geld spelen, volgens Iréne is dat leuker, en het is nog leuker als zij wint. Ze giechelde enthousiast en stopte het geld in haar portemonnee, die nu heel soepel openging. Ik weerstond de impuls om geld voor de slagroom te vragen, omdat haar humeur daardoor zo snel zou verslechteren dat mijn bezoek meteen verjaard was en ik het risico liep dat ik al heel snel opnieuw een telefoontje zou krijgen. Op weg naar huis voelde het alsof ik op meer dan een manier in de maling was genomen en ik bedacht dat Iréne Sörenson een van de weinige mensen is die het altijd voor elkaar krijgen dat ik het gevoel heb dat ik verloren heb. Misschien heeft haar dochter toch de juiste manier gekozen, zelfs al gebeurt dat op mijn – weliswaar vrijwillige, maar toch – kosten. Maar dat is de straf die ik mezelf heb opgelegd. Je moet je schulden voldoen, en ik doe dat door voor Iréne te zorgen. Een leven voor een leven. Een vrouw voor een vrouw.

's Avonds was Sven naar een mannenavond en toen hij terugkwam vertelde hij uitgelaten dat oude buren en vrien-den onenigheid hadden gekregen omdat ze verschillende meningen hadden over het conflict in het Midden-Oosten.

'Het is belachelijk. Sommigen vinden dat de wereld zijn recht om Israël te bekritiseren heeft verspeeld door wat er is gebeurd in de Tweede Wereldoorlog. Anderen vinden dat onderdrukking nooit een verontschuldiging mag zijn voor meer onderdrukking. Het eindigde in een enorme ruzie en bij het nagerecht hing er een vechtpartij in de lucht. Ik verlangde naar jou en ben naar huis gegaan.'

We namen een glas wijn en waren het eens in onze verbazing over het gemak waarmee oude vriendschappen kunnen overgaan in agressiviteit of zelfs in haat.

Sven beweerde dat hij voor elke vriend een soort innerlijke rekening heeft geopend, waarop hij goede dingen stort en stommiteiten in mindering brengt. Hij zei dat hij een vriend hield zolang het goede de overhand had en dat er vrienden waren die hem ooit zo'n grote dienst hadden bewezen dat het voor de rest van zijn leven voldoende was, hoeveel stomme dingen ze nog zouden uithalen. Ik vond het grootmoedig en dat zei ik ook. Sven keek erg blij en vierde het met nog een glas wijn en een stuk kaas in bed, en ik hield hem gezelschap in mijn bed tot hij sliep en ik weer kon opstaan.

De slaap laat me in de steek, maar nu heb ik in elk geval iets om mijn nachten mee te vullen. De maan schijnt zo sterk dat mijn oude waanvoorstellingen over de magneet niet langer kunnen worden afgedaan als de fantasie van een kind. Ik voel de kracht naar binnen en weer naar buiten stromen, en ik weet dat ik word vervuld van iets waarover ik geen controle meer heb als ik mijn pen neerleg en in het schijnsel ga staan.

23 juni

De laatste dagen zijn gevuld met gezellig buiten ontbijten, wat algemene dingen die gedaan moeten worden en lange wandelingen langs de zee. Ik heb de rozen in de tuin verzorgd, die zich blijkbaar hebben hersteld van de stormen. Ik heb bananenschillen in de aarde begraven om de bloei te bevorderen, een paar verdwaalde bladluizen tussen mijn vingers doodgeknepen en takken van mijn York en Lancaster geknipt, die ik op de secretaire heb gezet. De rode en witte bloemen ruiken wonderlijk naar strijd en vergiffenis, en ik bedenk dat ik mijn reukzin helemaal tot het laatst intact wil houden. Als ik mijn ogen dichtdoe ruik ik de geur van verse croissants in Frankrijk, van de zuivere berglucht in Oostenrijk en de zoetheid van de wijngaarden langs de Moezel. Toen ik bij het reisbureau van David Jacobi ging werken, veranderde dat niet alleen mijn leven maar ook mijn reukzin. Het gaf me bovendien de mogelijkheid om de moord op mijn moeder te camoufleren waardoor deze altijd onontdekt is gebleven.

Toen ik eenmaal naar school ging wist ik al dat ik anders was dan de anderen en ik hield me daarom op de achtergrond om mezelf niet te verraden. Het kijkje in de halspiegel elke ochtend voordat ik vertrok toonde een meisje met krullend, moeilijk te temmen roodblond haar, groene ogen die veel te groot voor haar gezicht leken, een bleke huid en uitstaande jukbeenderen. Ik was en bleef mager, wat ik ook deed, en alle zakken snoep en ijsjes ter wereld konden daar niets aan veranderen.

De schoolweek werd uitgebreid met de zondag omdat ik naar de zondagsschool ging. Waarom dat was weet ik nog steeds niet. Mijn moeder was absoluut niet religieus en had dezelfde mening die ik Iréne Sörenson vaak had horen uiten, namelijk 'dat het geklets over hun Jezus mij niets aangaat'. Maar mijn vader wilde graag af en toe naar de kerk 'om te mediteren', zoals hij zei, en mijn moeder ging soms mopperend mee en soms niet. Of ze dat nu deed of niet, het was in elk geval vanzelfsprekend dat ik meeging om te werken aan mijn verlossing of misschien om wat nuttige religieuze kennis op te pikken waar ik op school mee kon pronken. Het is een feit dat ik graag in de bijbel las omdat de verhalen net zo spannend waren als die van de broeders Grimm, en bovendien net zo gruwelijk.

Ik huiverde als Jonas in een schip probeerde te vluchten voor de taak die God hem had opgedragen, waarna hij werd verrast door een storm, overboord sloeg en werd opgeslokt door een walvis die hem daarna uitspuugde op een of ander strand. Het was een verhaal waarover ik voortdurend droomde omdat Schoppenkoning ook iets dergelijks vertelde, en ik vroeg me vaak af of er lampen binnen in walvissen zaten of dat het er zwart als de nacht was. Ik leed mee met Jozef die naar Egypte moest reizen en probeerde te denken aan koeien voordat ik in slaap viel, zodat ik zou dromen over de zeven magere koeien die de zeven dikke koeien opaten, en ik geloofde een tijdje dat alle baby's die werden geboren uit het riet kwamen drijven, tot ik opmerkzaam werd gemaakt op een gat in het onderlichaam dat mijn theorie leek te ontkrachten.

In het lokaal waar we zondagsschool hadden hing bovendien het meest suggestieve schilderij dat ik ooit heb gezien, en ondanks mijn bezoeken aan gerespecteerde kunstmusea overal in Europa denk ik dat nog steeds. Het was verdeeld in vier rechthoeken, en de eerste afbeelding toonde een angstige blonde jongen die door de jungle rende en werd achtervolgd door een leeuw. Op de tweede afbeelding hing hij over de rand van een rots en klampte hij zich vast aan een touw dat was bevestigd aan een boom die een stuk boven hem stond. De jongen bungelde boven de afgrond terwijl de leeuw bij de rand stond en met gulzige ogen naar beneden keek, en ik vroeg me altijd af of de jongen tijd had gehad om het touw vast te binden, wat ik vreemd vond omdat er op de eerste afbeelding geen touw te zien was. Aan de andere kant leek het onlogisch dat iemand anders het touw daar zo handig had opgehangen, maar dat gebrek aan logica had de kunstenaar zich misschien moeten veroorloven.

Op de derde afbeelding was de situatie nog ernstiger. Onder de jongen, aan de voet van de rots, stond plotseling een hongerige krokodil met wijdopen bek en scherpe tanden. Boven hem stond de leeuw nog steeds, en het ergst van alles was dat een rat aan het touw knaagde zodat het al half doormidden was. Ik herinner me dat ik me afvroeg welk dier het minst erg was om door opgegeten te worden en ik besloot dat het de leeuw was, omdat deze in elk geval een zachte vacht had. Maar de blonde jongen hoefde geen beslissing te nemen. Op de vierde afbeelding was een stralend kruis aan de hemel verschenen en terwijl hij zijn armen ernaar uitstrekte liepen de leeuw, de krokodil en de rat weg met een verslagen en geërgerde blik in hun ogen.

Niets wat onze leraar van de zondagsschool vertelde kon zich meten met de suggestieve dramatiek die het schilderij overbracht, maar wat ik eraan overhield was niet dat het kruis zich openbaarde als een redding voor degenen die in nood waren, maar dat de jongen zijn armen uitstrekte naar een oplossing. Als je hulp nodig had moest je met andere woorden op jezelf vertrouwen of anders een touw in je zak hebben of je ver genoeg kunnen uitrekken. Waarschijnlijk beïnvloedde het schilderij me meer dan ik wist op de dag dat ik besloot om wraak te nemen.

Mijn weg naar school was vanaf de eerste dag een hel omdat de buren een agressieve, onopgevoede en lelijke boxer met de naam Buster hadden. De eigenaar was gespeend van elke vorm van inlevingsvermogen en liet zijn hond niet alleen los in de tuin lopen, maar ook als hij hem uitliet, omdat je 'een dier niet kunt vastbinden, nee, dan moeten de mensen maar bang zijn, dat is hun probleem'. Telkens als ik langs hun huis liep voelde het lelijke mormel mijn angst en rende hij naar het hek en ging op zijn achterpoten staan blaffen terwijl het kwijl uit zijn bek liep. Ik was altijd bang dat hij op een dag de sprong zou wagen en me zou verscheuren met zijn weerzinwekkende bek, die net zo vol tanden leek als de krokodil op het schilderij, en ik zweette altijd als ik op school aankwam, hoe koud het buiten ook was. Mijn vader had met de buren gepraat en had er iets van gezegd, maar hij stuitte alleen op ondoordringbare domheid waartegen niet te vechten is.

Mijn angst voor Buster was meer dan terecht, daar konden de andere mensen in de buurt van getuigen als iemand het aan hen had gevraagd. Buster had al een paar keer andere honden aangevallen en flink verwond. Aangezien hij nooit aangelijnd was, rende hij altijd weg als hij werd uitgelaten en kwam hij terug met bloed rond zijn kaken omdat hij had geprobeerd het huisdier van een ander in hapklare brokken te scheuren. Het was niet bewezen, maar iedereen wist dat Buster een paar jaar eerder een puppy in de buurt had dood-gebeten.

Het meisje van wie de hond was bleek zo geschokt te zijn dat ze in het ziekenhuis werd opgenomen, maar hoewel haar ouders een lange lijst opstelden met namen van mensen die eisten dat Buster werd afgemaakt, gebeurde er niets. Het was het ene woord tegen het andere en de politie leek niet bereid om iets aan de kwestie te doen. Na dat incident haatte ik Buster. Ik haatte hem om zijn wreedheid tegen andere hon-den, om de moord op een onschuldige pup en om de pijn en het verdriet die hij het kleine meisje had bezorgd. Ik veraf-schuwde hem, niet alleen om wat hij deed, maar omdat hij ervan leek te genieten om zijn soortgenoten pijn te doen met een morbide intelligentie die ik leek te herkennen.

Deze dag, het moet een zaterdag zijn geweest, gingen mijn vader en ik naar een park niet ver van ons huis. Mijn moeder lag al de hele ochtend in bed en weigerde op te staan. De vrijdagavond was verpest door haar schrille verhaal over een van haar collega's, die haar een spin had genoemd omdat ze er zo fenomenaal goed in was om 'mensen om haar vinger te winden en hen het zware werk te laten doen'. Waarschijn-lijk had de collega het niet eens zo negatief bedoeld als zij het liet klinken, het kon zelfs een compliment zijn geweest, en ik vond dat de vergelijking met de vinger tamelijk vindingrijk was.

In elk geval had mijn moeder zich tot een toestand van volledige hysterie opgewerkt en ten slotte beschuldigend gegild dat ze niet perfect was en dat ze op haar werk natuur-lijk niet voor honderd procent kon presteren als niemand thuis ooit iets leuks voor haar bedacht waardoor ze zich wat kon ontspannen en ergens anders aan kon denken. Ze had met ogen vol haat naar me gekeken en had gevraagd waarom ik die flodderige trui weer droeg. 'Maar natuurlijk,' had ze gezegd, 'er is tenslotte niemand die naar je kijkt. Op jouw leeftijd koos en kocht ik mijn kleren zelf, ik was tenminste geraffineerd en ik kan je verzekeren dat de mensen naar me staarden.' Daarna was ze naar buiten geholld terwijl ze schreeuwde: 'Ik kan net zo goed voor altijd verdwijnen', en voordat mijn vader achter haar aan kon gaan was ze verdwenen. Ze kwam om vier uur 's ochtends terug, wat ik op de seconde nauwkeurig wist omdat ik wakker was en doodsangsten uitstond. De volgende ochtend weigerde ze uit bed te komen en mijn vader en ik dachten dat het beter was om haar met rust te laten en gingen een wandeling maken.

Ik denk dat ik een jaar of twaalf was. Ik weet in elk geval dat mijn lichaam begon te veranderen en dat mijn vader nogal tactloos had geconstateerd dat ik borsten begon te krijgen toen ik op een avond in de badkuip zat en me niet kon bedekken. Terwijl we liepen praatten we over de hamster die ik over een week zou krijgen, nadat ik jarenlang had gezeurd om hem te overtuigen dat ik een dier kon verzorgen. Mijn moeder was ertegen geweest, ze dacht dat het hele huis naar urine zou gaan stinken, en mijn vader en zij hadden er een paar keer ruzie over gemaakt voordat ze toegaf, waarschijnlijk omdat hij haar in ruil daarvoor iets interessants had beloofd.

Ik kon het genot van de hamster nu al voelen, het aanraken van de zachte vacht, de ogen die naar me keken, de kleine op klauwen lijkende voetjes in mijn handpalmen. Ik dacht ook dat Schoppenkoning, de vriend uit mijn dromen en fantasieën, me door de aanwezigheid van zoiets zachts en onbedorvens niet meer zo vaak bang zou maken, en in plaats daarvan zijn beschermende kant meer zou laten zien. Toen we in het open veld waren zag ik een paar bloemen en ik rende ernaartoe om ze te plukken, zodat ik ze aan mijn moeder kon geven omdat ze van bloemen hield, vooral als ze ze kreeg, en omdat mijn lichte kant wilde dat ze weer vrolijk was. Ik werd er zo door in beslag genomen dat het als een totale verrassing kwam toen ik plotseling geblaf hoorde. Ik keek op en zag de boxer van de buren met begerige ogen naar me staren.

Ik herinner me dat ik schreeuwde terwijl Buster opsprong en mijn keel met zijn voorpoten vastpakte. Hij beet me niet, maar hij hapte naar me en smeerde aarde op me, en ik zag de sluwe, lelijke ogen, voelde de haat tussen ons vibreren en brulde tot mijn vader me hoorde en naar me toe rende om me te helpen. In de verte zag ik dat de buurvrouw riep dat Buster moest komen, wat Buster eerbiedig negeerde nu hij me eindelijk zo vlakbij had. Ik was de jongen met het blonde haar, en ik had zowel de leeuw als de krokodil als de rat voor me. Het leek een eeuwigheid te duren voordat de buurvrouw en mijn vader ongeveer tegelijkertijd bij me waren. De buurvrouw had een doek om haar hoofd die de grote hoeveelheid papillotten amper bedekte, droeg een jas die aan de voorkant vies was en had rubberen laarzen aan haar voeten waaruit twee magere, bultige benen staken. Ze pakte Busters halsband, spuugde een peuk uit, plette hem in het gras onder haar laars en lachte.

'Hij is zo speels', zei ze met een hese stem.

'Het minste wat je mag verwachten is dat eigenaars zo'n onberekenbaar mormel aangelijnd houden', antwoordde mijn vader, die zo boos was dat zijn stem ervan trilde.

'Wij kwellen dieren niet door ze vastgebonden te houden. De dieren ruïneren onze aarde niet, dat doen de mensen, en het kan geen kwaad dat we ook een beetje respect voor andere wezens tonen', antwoordde de buurvrouw zoals ze al zo vaak had gedaan.

Ze smeerde een soort ideologische brij op de oude, banale clichés, en hoe roder haar neus werd hoe meer mijn vader zijn zelfbeheersing verloor. Ten slotte trok ik hem met me mee omdat Buster de hele tijd naar me keek en ik bang was dat de buurvrouw hem uit pure balorigheid zou loslaten. Mijn benen trilden en ik dacht aan de pup en het kleine meisje en hoe radeloos ze moet zijn geweest. Terwijl we naar huis liepen keek ik naar de bloemen die ik nog steeds in mijn hand hield en ik dacht dat ik die strijd in elk geval had gewonnen. Ik was de bloemen niet verloren. Ik kon ze aan mijn moeder geven en als een logische consequentie zou ze blij worden.

Toen we thuiskwamen zat mijn moeder in een stoel met een drankje in een mooi glas en lakte haar teennagels. Ze had gedoucht en haar haren gewassen en ze rook lekker; ze trok haar neus op toen ze me zag. Ik begon te vertellen wat er was gebeurd, maar ze onderbrak me en stuurde me onder de douche. Toch rende ik eerst naar de keuken, waar ik een vaas vond voor de bloemen die ik nog niet had neergelegd. Ik ging naar binnen en zette de vaas naast mijn moeder op tafel.

'Klein hoefblad is de lelijkste bloem die ik ken. Het zijn bloemen die op mesthopen groeien en dat ruik je. Ze ruiken naar mest', zei mijn moeder.

Sinds dat moment ontwijk ik klein hoefblad, en de dag erop ging ik naar school met een stoffig gevoel in mijn mond en met mijn handen gebald bij de gedachte aan mijn angstige wandeling langs de boxer in de tuin van de buren. Het was me gelukt om mijn haren te temmen en in een staart te binden, maar het klein hoefblad dat naar mest stonk was in me gekropen zodat niemand op school bij me in de buurt durfde te komen. Tijdens de muziekles dacht ik dat zingen me misschien zou afleiden, maar mijn keel zat dicht. Ten slotte hield ik demonstratief mijn mond dicht. De muzieklerares, een overrijpe ouwe vrijster zonder enige vergevende charme, had enorme problemen om orde te houden en werd stapelgek door het gescandeer van de jongens 'spelen, spelen' zodra er een instrument gedemonstreerd moest worden dat ze niet kon bespelen. Nu kwam ze naar me toe en spoorde me aan om te zingen, maar ze moest al snel bij me weglopen om ontmoedigd te schreeuwen tegen een paar jongens die op de vensterbank waren geklommen en lachten om iets wat op het schoolplein gebeurde en wat absoluut niets met muziek te maken had.

Toen ik thuiskwam en me in mijn bed wilde verstoppen om naar het plafond te staren en na te denken, hoorde ik een stem uit de keuken komen.

'Eva. Kom onmiddellijk hier. We hebben iets te bespreken.'

Ik keek naar de keuken en was verbaasd dat ik mijn moeder en mijn vader bij de keukentafel zag zitten, mijn moeder met moeilijk te peilen ogen, mijn vader duidelijk zenuwachtig. Mijn moeder voerde het commando. Ze maakte een vreemde indruk, alsof ze eigenlijk blij was maar haar best deed om agressief en getergd te lijken.

'Ik wil precies horen wat er vandaag op school is gebeurd en hoe je je hebt gedragen. Precies zoals het was, zonder dat je probeert het mooier te maken of iets verzint.'

Ik probeerde me de dag te herinneren. Bij het huiswerk overhoren had ik geen beurt gekregen. Een spel tijdens de pauze. Bij muziek was ik mijn stem was kwijtgeraakt.

'Karin Thulin belde me op mijn werk om te vertellen hoe vreselijk je gedrag tijdens de muziekles was. Ik heb je vader gebeld zodat we dit zo snel mogelijk kunnen uitzoeken. Hoe kun je je zo gedragen tegen een lerares?'

Karin Thulin, dat was onze muzieklerares. Had zij gebeld? Ik moest het een paar keer vragen om het te begrijpen, en mijn moeders boosheid groeide onder mijn onschuldige vragen terwijl mijn vader op zijn stoel heen en weer begon te schuiven. Ten slotte was het verband me duidelijk. Karin Thulin had gebeld om te vertellen dat ik lastig was geweest en dat ik weigerde mee te doen met zingen, ondanks herhaalde sommaties. Ze had haar kans gegrepen om haar frustratie over haar onvermogen om orde te houden kwijt te raken door mijn gedrag op te blazen en door te brieven aan mijn ouders, die in haar ogen fatsoenlijk waren en die me misschien een uitbrander zouden geven. Zo goed hielden we de façade dus in stand.

Ik probeerde mijn versie van wat er was gebeurd uit te leggen, maar het interesseerde mijn moeder niet en plotseling wist ik waarom het ging. Ik had mijn moeder een wapen in handen gegeven dat ze kon gebruiken. Bovendien had ze mijn vader gegijzeld, omdat slecht gedrag op school een 'belangrijke' kwestie was die verantwoordelijkheid van de ouders vereiste, zelfs al kon Karin Thulin als persoon haar helemaal niet schelen en was ze er niet in geïnteresseerd hoe ik het op school deed. Ik wist niet waarmee ze zou toeslaan en ik wachtte ongerust af.

Mijn vader was stil, op de manier waarvan ik altijd dacht

83

dat hij een oceaan aan gevoelens en ideeën binnen in zich moest hebben voor degenen die daarnaar op zoek wilden gaan, maar plotseling verachtte ik hem omdat hij niet tegen haar in opstand durfde te komen en me nooit verdedigde, wat er ook gebeurde. Mijn moeder droeg een smalle, zwarte broek met kachelpijpen en een roze overhemdbloes. Haar gezicht was een beetje rood en haar armbanden rinkelden toen ze met slecht onderdrukt leedvermaak riep dat ik me mocht gedragen zoals ik wilde, als zij maar niet voor de consequenties hoefde op te draaien en haar tijd moest verdoen met klachten van waardeloze leraren. En toen kwam het.

'Dus papa en ik hebben besloten dat je geen hamster krijgt. Je bent duidelijk niet eens in staat om voor jezelf te zorgen, hoe kun je dan voor een dier zorgen?'

In huilen uitbarsten was een erkenning geweest en ik was niet van plan om haar die te geven. Toen er niets meer te zeggen was vroeg ik of ik naar mijn kamer mocht gaan. Daar begroef ik mijn hoofd onder het dekbed terwijl ik mijn moeder hoorde schreeuwen.

'Ik heb een kind waarmee geen land te bezeilen is', gilde ze. 'Waarom tref ik het altijd zo slecht?'

Mijn vaders antwoord klonk als een zacht en verwaterd gemompel. Ik hoorde hun stemmen, de schelle en de mompelende, voelde de warmte onder het dekbed, viel in slaap en droomde over Schoppenkoning. Ik zag hem op een rots staan terwijl de golven onder hem stuksloegen en ik hoorde hem roepen: 'Jij moet ook springen, Eva. Je moet springen om te overleven.' Daarna verdween hij met zijn hoofd naar beneden in de golven en toen ik wakker werd waren mijn gedachten helder. Plotseling wist ik precies wat ik moest doen en hoe ik het moest doen. Het was alsof ik uit mezelf was gestapt en nu kon observeren hoe een leeggezogen omhulsel zonder gevoelens handelde.

Mijn moeder moest gestraft worden. Maar nu nog niet. Niet voordat ik het perfect kon doen en zeker wist dat het zou lukken. Om die zekerheid te hebben moest ik op anderen oefenen. Anderen die zich ook slecht hadden gedragen door hun omgeving te kwellen. Op die manier zou mijn training meerdere goede doelen dienen. Ik zou beter worden. Tegelijkertijd zou de wereld worden bevrijd van tirannen, wat voor velen geluk en blijdschap zou betekenen.

Ik begon met spinnen; 's avonds kwamen ze tevoorschijn om hun web te verbeteren en ik ving ze een voor een, eerst de kleine en toen de grotere. We hadden er genoeg in de tuin en ik liet de kleinere exemplaren over mijn vingers rennen en in mijn handpalm kriebelen en liet ze daarna net zo lang over mijn armen kruipen tot het gekriebel ten slotte de enige sensatie was en de angst verdween. Het duurde veertien dagen, toen durfde ik zelfs de grootste spin met het dikste achterlijf uit de tuin op te pakken en hem over me heen te laten kruipen. In een laatste demonstratie van kracht ging ik op het gras liggen, zette de spin op mijn wang en liet hem over mijn gezicht kruipen en in mijn haar verdwijnen, en ik dwong mezelf om een paar minuten te blijven liggen voordat ik opstond en mijn haar losschudde. Het duurde een tijdje voordat hij hangend aan een pas gesponnen draad als een elegante trapezeartiest naar beneden kwam, en ik zag voor me hoe hij al was begonnen aan het spinnen van zijn web in mijn haar, maar ik duwde de paniek weg door te mompelen: 'Ze zijn niet gevaarlijk, ze zijn niet gevaarlijk.' Het geluk dat ik de gezichttest had doorstaan vervulde me met een over-

85

winningsroes, maar toch liet ik de gedachte aan het uiteindelijke doel geen moment los. Soms prees ik mezelf ermee dat
topsporters hun jarenlange martelende trainingen waarschijnlijk ook volhielden omdat ze soortgelijke doelen hadden. In vergelijking met hen ging mijn vooruitgang verbazingwekkend snel.

Toen ik de spinnen had doorstaan ging ik verder met
slakken, die het helaas ook naar hun zin hadden op onze
grond, maar die ik zo mogelijk nog weerzinwekkender vond.
Ik had gehoord dat een paar van de grote jongens op onze
school een wat jongere jongen hadden gedwongen een slak
te eten om bij de groep te mogen horen. Het was de jongen
gelukt om de slijmerige klomp in zijn mond te stoppen,
maar toen begon hij over te geven, en de gedachte daaraan
achtervolgde me vanaf dat moment. Nu dwong ik mezelf om
ze op te pakken en ze over mijn handpalmen en armen te
laten kruipen terwijl ze hun slijmerige sporen op mijn huid
achterlieten. Ik stond heel vaak op het punt om te gaan
huilen, maar ik had tijdens het oefenen met de spinnen
voldoende mechanismen aangeleerd om mijn angst in be-
dwang te houden en daarom kostte het me maar een week
voordat ik ook de slakken had overwonnen. Even overwoog ik
of ik een slak in mijn mond zou stoppen, maar daar zag ik
van af. Zelfs aan mijn wil en zelfbeheersing zat een grens.

Mijn volgende sparringpartner was de teckel van het echtpaar Olsson. De Olssons woonden een paar huizen verderop
en hadden een teckel die weliswaar net zo vals was als de
Olssons zelf, maar die zo oud was dat ik de paar keer dat we
elkaar ontmoetten voelde dat we gelijkwaardig waren. Toen
ik naar de Olssons ging om te vragen of ik af en toe met Jocke
mocht wandelen, stelde ik me zo aan dat mijn hele lichaam

verstrakte. Ik glimlachte schijnheilig terwijl ik vertelde dat ik misschien, mogelijk, eventueel, ooit een huisdier zou krijgen, maar dat mijn vader en moeder wilden dat ik zou laten zien dat ik verantwoordelijk genoeg was, en de beste manier om dat te bewijzen was dat ik regelmatig voor een dier zorgde.

'En ik heb Jocke gekozen omdat hij zo goed opgevoed is en een fijn karakter lijkt te hebben.'

Ik herinner me nog steeds hoe het voelde om dat te zeggen, ongeveer zoals een slak uitbraken, maar mevrouw Olsson slikte mijn verhaal en gaf me de riem en zei dat ik de hond natuurlijk mee mocht nemen voor een rondje. Het ging nu al goed.

'Maar vergeet niet om erop te letten dat hij poept, want dat hoort bij de verantwoordelijkheid', zei ze tevreden voordat ze de deur dichtdeed.

De rondjes met Jocke gaven me een enkele reis in de psyche van een hond. Ik nam vanaf de eerste keer worst en ham mee en ik begreep al snel dat degene met het eten in zijn hand de macht heeft. Langzamerhand lukte het me om mijn angst en weerzin tot een kleine bal samen te persen, ongeveer zoals ik met het verdriet om Britta had gedaan, en ik rolde hem in gedachten in mijn handpalm tot het niet meer was dan een stuk gereedschap dat ik met mijn wil kon sturen. Ik was ten slotte zo ver gekomen dat Jocke dierlijke tekenen van blijdschap vertoonde als ik hem kwam halen en met zijn staart kwispelde als we de tuin van de Olssons uit liepen. Het ergst was het om hem aan mijn vingers te laten likken zodat ik zijn tanden voelde, maar ten slotte lukte me dat zelfs. De oude Olsson grijnsde en zei dat ik een zeldzaam meisje was en dat ik vast en zeker snel een eigen hond zou krijgen, hoewel ik er niet op hoefde te rekenen dat het zo'n mooie, voorbeeldig opgevoede hond als Jocke zou zijn.

Zes weken later, op een avond dat mijn vader en moeder allebei zaten te werken en niet reageerden toen ik zei dat ik nog naar een vriendin ging, stond ik bij de tuin van de buren naar binnen te loeren. Buster was zoals gewoonlijk in de tuin en krabde in de aarde, en toen hij naar me toe kwam koos ik het juiste moment om de plak ham tevoorschijn te halen en op de stoep te gooien. Net zoals ik had gehoopt was het dat verse vlees, niet het mijne, dat hem ertoe aanzette om over het hek te springen. Ik dacht de hele tijd aan de slakken terwijl hij de ham opschrokte, wat zo veel tijd kostte dat ik een touw rond zijn halsband kon knopen. Een blonde jongen had me geleerd dat een touw je kan redden van een leeuw, en ik was goed op weg. Ik liet nog een plak ham op de stoep vallen en trok Buster tegelijkertijd met me mee, weg van zijn huis. Het was lachwekkend eenvoudig; de kwaadaardige intelligentie van de boxer was blijkbaar niet voldoende om gevaar te ruiken als hij verleid werd door een lekkere maaltijd, terwijl ik eigenlijk niet zelf met mijn kwelgeest aan een touw liep, maar het zwarte deel van mezelf dat angst tot een kleine bal kon oprollen.

Het kostte twintig minuten en een pond ham om bij de oude bouwplaats te komen waar de buurtkinderen en ik nog maar een paar jaar geleden verstoppertje en indiaan en cowboy speelden. Ik herinnerde me nog steeds de stenen, de beste verstopplekken en de dichtste sparren. Ik herinnerde me vooral het kleine, op een bunker lijkende stenen hok waar we elkaar opsloten voor verhoor, met als geoorloofde martelmethoden kietelen of vlak voor de neus van het slachtoffer snoep eten. Het was er toen verlaten en het was er nog steeds verlaten, en de haak van de deur was dezelfde, misschien alleen wat meer verroest omdat een verbodsbord vermeldde dat de plek een gevaarlijke speelplek was, waardoor er waarschijnlijk minder kinderen durfden te komen.

Ik maakte het touw rond Busters halsband voorzichtig los en op het moment dat ik het ervan afhaalde gooide ik het laatste lekkere hapje naar binnen, dat achter in het hok terechtkwam. Het was een flink stuk leverpastei dat ik had vermengd met verpulverde tabletten, een mengsel van verschillende soorten slaappillen en pijnstillers die ik in onze medicijnkast had gevonden. We hadden zo veel doosjes dat een paar tabletten minder niet zouden opvallen, en als mijn moeder of vader ernaar vroeg zou ik zeggen dat ik een beestachtige hoofdpijn had gehad. Het domme mormel rende zoals ik had gehoopt meteen naar de leverpastei en ik hoefde alleen de deur dicht te doen. Zijn onstuimige geblaf klonk nu al gedempt, terwijl ik er vlakbij stond, en maar een paar meter verder hoorde ik nauwelijks nog iets. Ik rekende erop dat er vannacht niemand langs zou komen, en waarschijnlijk de komende dagen ook niet, en dat de tabletten Buster zo zouden beïnvloeden dat hij in elk geval niet hard meer kon blaffen.

's Avonds stond de buurvrouw in haar gebruikelijke stijl en met een sigaret in haar mondhoek voor onze deur. Haar haren hingen in gekleurde slierten langs haar gezicht en de poeder die ze op haar rimpels had gesmeerd was zo geklonterd dat haar gezicht gestreept leek. Mijn vader deed open terwijl ik achter hem stond te luisteren, en ik hoorde dat ze met een gemaakt vriendelijke stem vroeg of we Buster hadden gezien omdat hij vandaag uit hun tuin was verdwenen en niet was teruggekomen.

'Misschien heeft het meisje hem gezien. Ze loopt soms langs', hoorde ik haar zeggen, terwijl mijn vader blijkbaar de verleiding weerstond om erop te wijzen dat dit niet was gebeurd als Buster aangelijnd was geweest, zoals we al een paar keer hadden gevraagd.

De dag erna hingen er overal in de buurt briefjes, waarmee mensen die 'een goedgebouwde en vriendelijke mannelijke boxer' hadden gezien werden aangespoord zich te melden. Niemand deed het, wat ik ook niet had verwacht. Maar de eigenaars van de boxer begonnen me te groeten als ik langs hun huis liep, wat op zich nogal grappig was.

Na een week ging ik weer naar de bouwplaats, gekleed in een regenpak en rubberen laarzen, waaraan geen haren zouden vastkleven. Ik had de avond nauwkeurig uitgekozen. Mijn vader en moeder waren met een paar vrienden naar een restaurant en zouden laat thuiskomen. Ik had ze met klem verzekerd dat ik geen oppas nodig had, dat de buren thuis waren als er iets was en dat ik het nummer van het restaurant waar ze naartoe gingen had. In een tas droeg ik een oude zak, een schop, een snoeischaar en de bijl waarmee we hout hakten en die ik vaak voor dat doel had gebruikt. In het stenen gebouw lag Buster in een houding die aantoonde dat hij helemaal ongevaarlijk was en de lucht van de dood, vermengd met een lichte dosis bange hond, vulde mijn neusgaten zonder dat het me stoorde.

Ik spande me in om Buster in de zak te krijgen en dat lukte ten slotte met behulp van mijn gereedschap. Daarna sleepte ik de zak naar het bos en begon een gat te graven. Het duurde lang en het zweet liep tijdens het werk langs mijn ruggengraat, maar dat kon me niet schelen. Ten slotte was het gat groot genoeg en kon ik de zak met inhoud naar beneden rollen en met aarde bedekken. Buster zou me nooit meer treiteren als ik naar school ging. Hij zou zijn medehonden of andere beesten nooit meer terroriseren, hij zou nooit meer puppy's en daarmee het geluk van kleine meisjes verscheuren, nooit meer de smaak van bloed proeven. Misschien zou er ooit zelfs klein hoefblad op zijn graf groeien. In dat geval zou mijn moeder gelijk hebben dat klein hoefblad zijn voeding graag uit mest haalt.

Ik had gelezen dat de indianen kleine stoffen poppen in een zakje bewaarden. Elke avond pakten ze de poppen om hun verdriet en angsten aan ze te vertellen. Daarna stopten ze ze terug in het zakje en legden dat onder hun kussen. De volgende ochtend was alle onrust verdwenen omdat ze in hun slaap een manier hadden gevonden om de problemen op te lossen. Geïnspireerd door de indianen knipte ik daarom Busters oren af met de snoeischaar, voordat de rest van het lichaam voor altijd in de zak verdween. De oren stopte ik in een oude stoffen zak waarin ik vroeger altijd knikkers bewaarde. Toen ik thuiskwam zonder dat iemand me had gezien en ik de bijl, de schop, de snoeischaar en het regenpak had schoongemaakt, pakte ik het zakje en legde het naast mijn bed.

Hoeveel hulp de indianen van de poppen kregen weet ik niet. Maar ik weet dat ik die avond aan Busters oren in de zak vertelde over mijn verdriet en angsten. Daarna legde ik de zak onder mijn kussen en sliep ik zo diep en droomloos als een klein jongetje in de buurt van het kruis had gedaan. Toen ik wakker werd waren mijn ogen helderder en mijn wangen roziger dan op veel andere dagen.

Mijn moeder had me pijn gedaan en een ander wezen had daar plaatsvervangend voor moeten lijden. Was dat onrechtvaardig? Als mijn lichte kant dat woord mompelde antwoordde mijn zwarte kant dat dit wezen het fijn had gevonden om anderen te kwellen. Nu had hij zijn straf gekregen, maar die straf had ook een metamorfose van slecht naar goed ingehouden. Vanaf dat moment had ik een paar oren die altijd luisterden. Met Busters oren had ik een strategie om te overleven. Ik kon een innerlijke dialoog voeren die me zou helpen om te leven, zelfs al liep die weg via de dood. Buster, die ik zo had gehaat, werd mijn bondgenoot. Ik kon hem vergeven, want zijn oren leerden me dat er voor alle problemen een oplossing kan worden gevonden.

26 juni

Gisteren liep ik door het huis en de tuin en langs het strand zonder ergens rust te vinden, niet eens tussen de rozen, hoewel ze juist nu geuren met een goddelijke intensiteit. Ik zie een fles met olie en azijn voor me, waarin de beide vloeistoffen op elkaar liggen, strikt gescheiden door densiteit en hun verschillende eigenschappen. De fles moet geschud worden om de vloeistoffen met elkaar te vermengen, waardoor ze een kleur krijgen die ze aan het begin allebei niet hadden. Zo is het ook met goede en slechte ervaringen. Helemaal onderop liggen de slechte en als niemand de fles schudt blijven ze op de bodem liggen en dragen ze de goede ervaringen die bovenop liggen. Ze versterken of verzwakken elkaars kleur niet, maar leven naast elkaar.

Sven heeft altijd een enorme aversie gehad tegen alles wat met psychoanalyse te maken heeft, en eigenlijk tegen alles wat begint met psych- en soc-, omdat hij denkt dat analyse of therapie niets anders is dan een fles schudden, waardoor het slechte omhoog komt en de kleur afgeeft op het goede. Ergens geef ik hem gelijk, zelfs al ben ik niet zo star in mijn opvatting. De derde kleur, die ontstaat als het slechte een onderdeel van het goede mag zijn, kan voordelen hebben die de oorspronkelijke kleuren niet hadden.

Nu heb ik mijn eigen fles blijkbaar zo hard geschud dat het daarbinnen stormt en het mengsel dat is ontstaan heet onrust. Ik weet ook dat het verleden onbetrouwbaar is. Bepaalde gesprekken herinner ik me zo goed dat ik ze woord voor woord kan herhalen, andere gebeurtenissen drijven weg, en als een volwassen verstand moet opschrijven wat het als kind heeft meegemaakt kan een periode van een paar uur een grotere betekenis krijgen dan een jaar. Met recht, eigenlijk. Uren zijn vaak belangrijker dan jaren.

In een nogal wanhopige poging om rustig te worden nam ik Sven mee naar de Herinneringskerk, hoewel ik niet eens zeker weet wat God daarboven en ik hierbeneden aan elkaar hebben. In elk geval luisterden Sven en ik in de kerk welwillend naar de predikant, die vertelde dat we allemaal klompen klei zijn die we kunnen kneden zoals we willen, en dat het onze taak op aarde is om ervoor te zorgen dat onze kleifiguren zo harmonisch mogelijk worden. Misschien wilde hij ook laten doorschemeren dat we een vrije wil hebben en dat we daardoor ons lot zelf kunnen vormgeven, als het ons tenminste lukt om lang genoeg bezig te blijven om iets origineels te scheppen. Daarin kon ik het met hem eens zijn. In de zomer proberen de predikanten wat vindingrijker te zijn dan anders, een jongerenkoor zong tamelijk goed en aan het eind kregen alle kerkgangers een plastic zak met een klomp boetseerklei die we mee naar huis mochten nemen om het te vormen tot iets wat we mooi vonden.

We stonden met onze plastic zakken in de hand met een paar kennissen te praten, waaronder mijn lieve maar steeds dikker wordende vriendin Gudrun en haar Sixten, die de laatste tijd de gewoonte had aangenomen om zijn vrouwelijke kennissen te betasten zodra hij daar de kans voor kreeg. Het is een beetje zielig als een man van ver boven de vijftig pogingen doet om de borsten van zijn even oude vrouwelijke kennissen aan te raken, en het is moeilijk om echt boos te worden. Vooral omdat ik kan begrijpen dat het niet fijn is om een vrouw te omhelzen die zo dik is dat je het risico loopt om te stikken als je hoofd vast komt te zitten tussen de dikste huidplooien. Maar ooit waren het Gudrun, Petra Fredriksson en ik, en oude loyaliteit moet beschermd worden.

Sixten sloeg plotseling zijn armen om me heen en kuste me op mijn linkeroor, terwijl hij probeerde zijn been tussen die van mij te schuiven. Ik beantwoordde het door voor te stellen dat hij zijn klomp klei zou gebruiken om zijn beste vriend te boetseren.

'We hebben weliswaar niet zo veel klei gekregen, maar met de gedachte aan je leeftijd moet het waarschijnlijk genoeg zijn, Sixten. Als je ermee klaar bent kun je het een beetje laten drogen zodat er barsten in komen. Dan is het heel natuurgetrouw.'

Het was bedoeld als een correctie maar dat mislukte jammerlijk, want Sixten keek heel vrolijk. 's Middags kwam hij bij ons langs en nodigde zichzelf uit voor thee, en toen Sven in de keuken was haalde hij een doosje uit de binnenzak van zijn jas.

'Kom eens kijken', zei hij. Toen ik me vooroverboog had hij inderdaad een penis van klei gemaakt, en hij had er dennennaalden ingestoken om de beharing te illustreren. Ik zei dat het nogal belachelijk was, 'op jouw leeftijd', maar dacht daarna dat zijn leeftijd de mijne was en dat het daarom niet zo veel met leeftijd te maken kon hebben, eerder met willen maar niet kunnen. In elk geval raadde ik hem aan om het doosje weg te stoppen voordat Sven binnenkwam, omdat ik dacht dat hij het grapje niet zou waarderen.

Sixten gehoorzaamde en keek een beetje beteuterd, de grijze haren kleefden aan zijn hoofd en de grijze trui hing sloom over zijn handen. Tijdens het theedrinken praatte hij er heel lang over dat het zo inspirerend was om te luisteren naar een predikant die iemand echt aan het denken kon zetten. Toen hij wegging strekte ik mijn arm recht voor me uit, zodat hij geen kans kreeg om dicht bij me te komen en ik vroeg hem met nadruk om de groeten te doen aan zijn vrouw, Gudrun.

'Als je ooit problemen krijgt, dan telt Gudrun voor twee, dat weet je', zei hij en ik antwoordde dat hij moest stoppen met die flauwekul.

'Ik ben getrouwd met de vrouw die ze ooit was en niet met de vrouw die ze nu is', zuchtte hij voordat hij wegging.

Sixten was net weg toen Iréne Sörenson belde en vroeg of ik langskwam om iets op te halen. Ik vroeg wat het was en ze klonk plotseling heel hatelijk.

'Het doosje van de granaatketting die je hebt gestolen, die kun je net zo goed meteen meenemen', siste ze in hoorn.

Ik antwoordde dat we dat al zo vaak hadden besproken en dat we allebei wisten dat ze de ketting een paar jaar geleden tijdens een wandeling was verloren. Maar ze bleef heel dwars.

'Ik weet dat jij de ketting hebt gepakt. Je hebt het zelf gezegd. Ik heb je gebeld toen hij verdwenen was, en toen zei jij dat je hem had gevonden en dat je hem droeg. Ik zou de politie moeten bellen, het is niet eerlijk, het is niet eerlijk.'

Ze gooide de hoorn op de haak en ik keerde me naar Sven en herhaalde het gesprek. Hij werd boos en ging harder praten en zei dat Iréne me wat meer moest waarderen. Daarna zeurde hij de hele avond door dat ik niet zo veel energie moest verspillen aan een oude vrouw die het niet verdiende.

'Alles wat je hebt gedaan en gaat doen resulteert alleen in wonderkaarsdankbaarheid; een kort opvlammen dat onmiddellijk verdwijnt als ze iets nieuws bedenkt. Geloof me, ik ken haar', zei hij terwijl hij uit het raam keek en de hemel bewonderde.

Ik antwoordde dat ik mijn energie wel in een oud mens moest steken, net als alle anderen zouden moeten doen. Bovendien zei ik dat het geklaag over stelen waarschijnlijk betekende dat ze dement aan het worden was en ze dus niet altijd meer verantwoordelijk was voor haar handelingen en haar woorden. Sven vond dat mijn betrokkenheid leek op een ongewoon slecht repertoire in een ongeïnspireerd theater.

'Bij elk stuk dat je ziet raak je alleen maar gedeprimeerder. Ik merk hoeveel energie die bezoekjes je kosten en dan heb ik het er niet eens over dat je er nooit iets voor krijgt. Dat ouwe wijf is zo gierig. Wanneer heb je bijvoorbeeld een kerstcadeautje gekregen dat de moeite waard was?'

Ik antwoordde dat de kerstcadeautjes dezelfde oorzaak konden hebben, en dat we niets tekortkwamen. Sven antwoordde eerst niet, maar stak toen zijn arm door de mijne, wees naar een wolk en zei dat we met zo'n hemel boven ons vast leukere dingen hadden om over te praten dan Iréne Sörenson. Waar ik het mee eens was, 'hoewel jij erover begon'.

Maar de avond had een onrust in me gewekt die ik de laatste dagen al had gevoeld, en ik kon nauwelijks wachten tot Sven in slaap was gevallen, zodat ik uit bed kon stappen en kon schrijven. We dronken weliswaar wijn bij het avondeten, maar dat prikkelde mijn behoefte eerder dan dat hij deze verminderde en ik nam nog een glas, met een stuk kaas erbij, om mijn verhalen een feestelijk tintje te geven.

De gedachten aan Kerstmis laten me niet los, de gedachten die tot leven werden gewekt toen Sven over kerstcadeaus begon te praten. Tijdens Kerstmis waren we het meest een gezin, mijn vader en moeder en ik, mijn opa en oma van vaderskant woonden in het buitenland en konden Kerst daarom zelden met ons vieren, maar mijn oma en opa van moederskant kwamen altijd met de feestdagen en versterkten het beeld van een ongeschonden familie. Mijn moeder was erg enthousiast over Kerstmis en kookte graag kersteten en versierde het huis met kaarsen en kerstmannen. Ze hield van rood. Het was alsof het haar een gevoel van veiligheid gaf om overal rode figuren neer te zetten, en de kribbe was een substituut voor het geloof dat ze niet bezat.

De rest van het jaar bakten en knutselden we nooit, maar in de adventstijd bakten we samen speculaas en saffraanbroodjes. Eén keer brandden we zelfs kaarsen in kandelaars van brooddeeg, of we naaiden lavendelzakjes die we daarna weggaven aan vrienden en familie. We deden zo zelden iets met elkaar dat ik me elke afzonderlijke keer en alles wat we maakten herinner. Het was alsof het gebrek aan licht buitenshuis het gevoel van saamhorigheid, dat we alleen in de donkerste tijd van het jaar konden vinden, verhoogde. Het was ook de enige tijd van het jaar dat mijn moeder met me praatte zonder tegelijkertijd in verschillende modetijdschriften te kijken of papieren van haar werk door te bladeren. Als haar handen vol deeg zaten kon ze niet lezen, en daarom durfde ik haar alleen tijdens de adventsweken een beetje te vertellen over wat er in me omging zonder dat ik het risico liep dat ze antwoordde met een afwezig 'mmm, zozo, jaja, vind je dat' terwijl ze tegelijkertijd een verslag las over de laatste trends in Londen die voor haar veel interessanter waren dan mijn gemoedsleven.

De Kerst die ik me vooral herinner was toen ik dertien was, volgens alle definities op weg om een puber of misschien zelfs een volwassene te worden. Terwijl mijn vrienden en vriendinnen soms buiten waren en in groepjes rondhingen zocht ik mijn toevlucht tot boeken, zowel die van school als die van het vrije leven. Op school hield ik van wiskunde omdat dat een zuivere en onbevlekte wetenschap leek te zijn, waarin goed en fout duidelijk werden gedefinieerd. Er was maar één antwoord, behalve in een absolute uitzondering, en dat sprak me aan. Woorden als differentiaalquotiënt, integraal of coördinatenstelsel klonken voor mij als poëzie die oneindig veel mooier was dan het geklets over ongelukkige liefdes of de schoonheid van de natuur in de gedichten die we tijdens Zweeds bespraken. Liefde betekende verlies, dat had Britta me geleerd, en liefde was daarom niet iets om naar te streven en je kon er nog minder op vertrouwen.

Mijn kennis van wiskunde verschafte me respect en een zekere bewondering bij de jongens in de klas en misschien was ik niet zo onpopulair als ik me toen verbeeldde. Mijn duidelijke gebrek aan interesse was waarschijnlijk prikkelend, maar dat merkte ik niet of wilde ik niet merken. Ondanks alles was eenzaamheid voorspelbaar terwijl relaties tussen mensen alle kanten op konden gaan. De enige mannen die een beetje interessant waren, waren mijn vader en Schoppenkoning en die waren al in mijn buurt, zelfs al waren ook zij niet altijd te vertrouwen.

Schoppenkoning concentreerde zich er in deze periode op me te vertellen dat ik grote mogelijkheden had om slecht in goed te veranderen als ik maar wilde luisteren, maar dat ik kon worden opgeslokt door een grote duisternis als ik geen actie ondernam. Zijn aanwezigheid was onmiskenbaar, een donkere gestalte naast me in bed, en soms liet hij zijn vingers door mijn haren glijden en spreidde ze daarna uit op het kussen terwijl hij fluisterde dat hij me zou vinden als ik ervoor koos om te vluchten. De nachten dat hij bij me was geweest, werd ik net zo alleen wakker als ik in slaap was gevallen, maar mijn voor de nacht gevlochten haar was losgemaakt en het was bijna onmogelijk om het te kammen.

Zowel mijn vader als mijn moeder leek te vluchten in hun werk, wat er bij mijn vader toe leidde dat hij steeds vaker op zakenreis ging en ook 's nachts weg was, eerst één nacht, daarna twee en ten slotte drie. Het bezorgde hem een slecht geweten, maar als hij thuis was konden we over de meeste dingen praten. Hij vroeg naar mijn huiswerk, wat me interesseerde, naar mijn gedachten over de wereld en wat ik het liefst las. Er was een gevoel van saamhorigheid tussen ons en soms omhelsde ik mijn vader en voelde ik dat geen man ooit zijn plaats kon innemen, hoewel hij niet veel van zijn eigen gevoelens prijsgaf.

We hadden de gewoonte om over de Koude Oorlog te discussiëren. De Berlijnse Muur was gebouwd om de mensen in het Oosten gevangen te houden en in het Westen had Amerika problemen met Fidel Castro. Mijn vader was erg ongerust over de ontwikkeling van nieuwe wapens, met inbegrip van de steeds zwaardere atoombommen, en over de invloed die ze op de wereldvrede zouden hebben. Voor mij was het logisch. Grote landen vielen kleine landen aan, net zoals grote mensen kleine mensen aanvielen. Ik voelde me solidair met de kleine landen.

Maar omdat het taboe was om over mijn moeder te praten, behalve in concrete gevallen als mijn vader me achter haar rug schadeloos moest stellen, lag er toch een soort valsheid achter onze saamhorigheid. Een paar keer probeerde ik te vragen hoe ze elkaar hadden ontmoet, of er ooit iemand anders voor hem was geweest, of ze gingen scheiden en waarom hij haar nooit de waarheid zei. Hij ging in de verdediging in plaats van antwoord te geven. 'Natuurlijk, ze is moeilijk, maar ze meent niet altijd wat ze zegt, ze gooit er dingen uit en daarna kan ze ze niet terugnemen', zei hij altijd. Dat klonk net zo vanzelfsprekend als een wiskundige formule, maar het zei helemaal niets over de werkelijke verhoudingen.

Toen mijn vaders reizen steeds langer duurden begon mijn moeder 's avonds ook vaker weg te gaan. Ze besteedde extra veel tijd aan haar haren en trok mooie kleren aan en kwam soms pas in de kleine uurtjes terug. Ik was niet bang voor de eenzaamheid maar vreesde wel dat ze niet terug zou komen, vooral als ze een slechte bui had als ze wegging. Daarom sliep ik die nachten onrustig en werd ik elk uur wakker. Ik droomde vaak dat Schoppenkoning me naar een gapende afgrond tussen twee rotsen duwde en dat ik ten slotte moest springen.

'Let erop dat de walvissen niet komen om je op te slokken', zei hij een keer, en toen ik naar beneden keek zag ik een bruisende zee onder me en een enorme walvis die met een opengesperde bek lag te wachten. Andere keren omhelsde hij me, wiegde me, fluisterde dat alles goed zou komen en streelde me op zo'n manier dat ik wakker werd met een gevoel van beschaamd genot in mijn lichaam, waarvan ik niet wist wat ik ermee aan moest.

Op een avond in december had ik extra onrustig geslapen. Mijn vader was een week van huis en mijn moeder was uitgegaan, hoewel mijn witte kant het had aangedurfd om voor te stellen dat we misschien iets samen zouden doen. Er waren twee weken lang drie verre mannelijke familieleden op bezoek geweest, en dat was één grote chaos geweest. Mijn moeder had gekookt, en ze hadden gelachen en geschreeuwd en gefeest en tot diep in de nacht kabaal gemaakt. Ik had geprobeerd in mijn kamer te blijven, behalve als mijn witte kant bedden opmaakte, afwaste of het ergste schoonmaakte. Met mijn moeder had ik al een hele tijd niet onder vier ogen gepraat.

'Natuurlijk, dat had ik veel liever gedaan, maar dit is een bijscholingscursus en ik moet wel. Het zal zo saai zijn', antwoordde ze voordat ze verdween en een wolk parfum achterliet. Ik viel uiteindelijk in slaap en werd wakker van een gedempte lach die ik eerst niet kon plaatsen. Mijn wekker stond op drie uur en ik wilde net opstaan om een glas water te halen toen ik mijn moeders enigszins schelle lach weer hoorde, vermengd met een veel zwaardere lach. Na een tijdje kon ik me niet beheersen en ik sloop naar boven om te kijken wie er op bezoek was. Mijn instinct had me waarschijnlijk moeten tegenhouden, maar de opluchting dat mijn moeder weer thuis was vervormde mijn oordeel over de werkelijkheid, en misschien was ik daar wel naar op zoek. Naar de wetenschap over hoe de werkelijkheid eruitzag.

Eerst kon ik niets onderscheiden. Daarna hoorde ik een geluid uit de slaapkamer komen en ik sloop naar de deur. Hij stond op een kier en ik deed hem een klein stukje open terwijl ik naar binnen keek. Er was niet veel te zien, alleen een compacte duisternis en een massa van nog compactere duisternis die zich op het bed bewoog. Niet één lichaam, niet twee, maar een fles met olie en azijn die schudde en schudde zodat de beide substanties vermengden en één werden.

Ik weet niet of ik op dat moment volwassen werd of doodging. Ik weet ook niet of ik helemaal begreep wat er aan de hand was of hoe groot de consequenties konden zijn. Ik weet alleen dat de verlatenheid die ik voelde erger was dan alles wat ik ooit had gevoeld en dat mijn handen en voeten ijskoud werden. Toen ik weer in bed lag pakte ik het zakje met Busters oren, dat altijd onder mijn kussen lag, en ik hield het als een kruis voor me terwijl ik steeds maar weer fluisterde: 'Doe iets, nu moet het gebeuren, nu moet je het besluit uitvoeren dat je ooit hebt genomen.' Tegelijkertijd bloedde mijn mentale onschuld leeg, en dat verlies was gekoppeld aan de zekerheid dat ik nooit zou kunnen vertellen wat ik had gezien, want de enige met wie ik normaal gesproken kon praten, was mijn vader. Vertellen wat ik had gezien zou het einde betekenen van ons schijnbaar normale gezin.

Normaal. Wat is normaal? Het was misschien normaal om na zo'n nacht 's ochtends op te staan en bij de ontbijttafel te gaan zitten en te ontbijten terwijl mijn moeder nog steeds sliep. Alleen, want toen ik de deur van de slaapkamer op een kier opendeed, was er geen spoor van de bezoeker, geen vreemde lucht, niets. Het duister in de duisternis had net zo goed een droom kunnen zijn, geproduceerd door een spottende Schoppenkoning. Normaal was misschien ook om advent te vieren alsof er niets was gebeurd, om mijn vader met een omhelzing te begroeten toen hij terugkwam en om kerstcadeautjes voor mijn ouders te kopen, een ketting voor mijn moeder en een houten sigarenetui voor mijn vader, omdat hij ervan hield om bij feestelijke gelegenheden een sigaar op te steken en omdat Kerstmis een feest is. Kerstmis is bovendien de tijd van de vrede.

Toen het Kerstmis werd had ik wat er was gebeurd in een kleine mentale lade gestopt die ik op slot deed. Onbewust had ik het besluit genomen dat ik hem in elk geval niet zou openmaken voordat het Nieuwjaar was geweest. Niets mocht de gelukkigste tijd van het jaar van me afpakken, want die gaf me een illusie om voor te leven. Mijn moeder had zoals gewoonlijk samen met mij gebakken voor advent, al was ze misschien wat gejaagd. Ze kon rode wangen hebben als ze thuiskwam van haar werk en ongecontroleerd praten, maar ze dacht eraan om ingrediënten voor de saffraanbroodjes en mos voor de adventskandelaars te kopen, dingen waaraan ik me vastklampte alsof ze doorslaggevend waren.

De dag voor Kerstavond waren mijn vader en ik met de auto weggeweest om een van mijn moeders kerstcadeaus op te halen. In de Zweedse huizen deden steeds modernere huishoudelijke apparaten hun entree. Het symboliseerde vrijheid en vooruitgang en mijn moeder had er lang over gezeurd dat ons huis het enige was dat niet voldoende was uitgerust en dat ze zich schaamde als er mensen op bezoek kwamen. Dus waren mijn vader en ik op zoek gegaan en hadden we een wasmachine gevonden die een wonder leek te zijn. De Elux-Miele 505 werd ondanks de hoge prijs van 3500 kronen niet voor niets geprezen in het tijdschrift *Allt i Hemmet*. Hij waste volledig automatisch, wat in die tijd een sensatie was, en het was zelfs mogelijk om het waterniveau voor de wolwas te verhogen.

'Huisvrouwen kunnen dus veilig weggaan, de deur achter zich dichttrekken en terugkomen als alles klaar is', verzekerde de verkoper ons met een glimlach terwijl hij het geld aannam.

We wisten dat mijn moeder geen huisvrouw was en hem niet vaak zou gebruiken omdat ze zo weinig mogelijk tijd besteedde aan huishoudelijke klussen en ze deze het liefst delegeerde aan mijn vader, mevrouw Lundström of mij. Maar ze zou het fijn vinden om de machine te hebben en hem te laten zien, dat hadden we de afgelopen maanden begrepen. We zetten hem zolang in de garage en toen we in huis kwamen stond de bisschopswijn op het fornuis en rook het hele huis naar ham. Oma en opa waren aangekomen toen wij op stap waren en hadden al voor de bisschopswijn gezorgd terwijl ze de ham de juiste eindbehandeling gaven.

Opa was kok in een restaurant in Umeå. Hij was dik en luidruchtig en helemaal verrukt van de juiste ingrediënten terwijl oma van het mooie, bohémienachtige soort was en net zo slecht was in schoonmaken als haar dochter. Ze waren eerlijk, rechtdoorzee, onconventioneel en absoluut niet geïnteresseerd in wat de omgeving van hen dacht. Ze woonden in een chronisch wanordelijk huis en opa en oma vonden het allebei niet nodig om het schoon te houden. Als kind was het een bevrijding geweest om daar te zijn en lekker rond te kunnen rennen en de spullen te zoeken waarvoor ze allebei hun eigen opbergplekken hadden.

Mijn vader, moeder, opa, oma en ik zaten in deze tijd van vrede in heerlijke harmonie in de keuken, dronken bisschopswijn en aten knäckebröd met de eerste stukken nog warme ham, de stukken die het lekkerst zijn. Ik voelde me warm, verzadigd en veilig, de mentale lade was dicht en ik keek naar de ogen van de anderen en dacht dat deze Kerstmis een pleister zou zijn die we op de wond konden plakken, en als we hem met Nieuwjaar wegtrokken zou het bloeden gestelpt zijn en zou de huid wit en onaangetast zijn zonder littekenvorming.

Het ging op de ochtend voor Kerstavond al mis. Het was de enige ochtend in het jaar dat mijn moeder niet uitsliep, maar dat ze opstond en met ons ontbeet. Toen ik bij de gedekte ontbijttafel in de keuken kwam was ze er echter niet. Mijn vader zat de krant te lezen en oma en opa slurpten van hun koffie, allebei heel mooi aangekleed, opa in een kostuum, oma in een grote lap stof die als jurk fungeerde en met haar lange grijze haren in een dunne staart. Maar mijn moeder zat niet op haar plek om 'prettig kerstfeest, Eva' te zeggen. Ik liep naar de slaapkamer en zag dat ze in bed lag en dat er zoals gewoonlijk een onaangeroerde kop koffie op het nacht-kastje stond. Toen ik riep: 'Kom, je moet bij ons aan de keukentafel zitten, het is Kerstmis', keek ze op.

'Ja, ja, ik kom, prettig kerstfeest, ik kom zo.'

Ze kwam natuurlijk niet. We aten ons ontbijt en de spe-culaas smaakte als papier in mijn mond. Toen het tijd was voor de ochtenddienst kwam ze in haar badjas de slaapkamer uit en zei dat ze een beetje hoofdpijn had.

'Maar gaan jullie vooral, ik voel me beslist veel beter als jullie terug zijn.'

Tijdens de kerkdienst had ik pijn in mijn maag en ik hoorde niet wat de predikant zei, maar ik keek naar het kruis dat vooraan in de kerk hing en probeerde mijn armen ernaar uit te strekken als niemand het zag. Ik dacht eraan dat Jozef niet de echte vader van Jezus was en dat mijn moeder waar-schijnlijk niet mijn echte moeder was en dat Busters oren de enige waren die luisterden. In het koor waren alle kinderen verkleed als engelen met vleugels op hun rug, en het enige grappige was een meisje dat rode kousen droeg die onder haar witte hemd uitkwamen, waardoor ze eruitzag als een ooievaar. Ik kon me voorstellen hoe haar moeder in de kerk-bank zat en de haast van die ochtend verwenste omdat ze geen tijd had gehad om de sokken van haar dochter te controleren voordat ze van huis weggingen, en ik voelde een misplaatste tevredenheid bij de gedachte aan de kwelling van de moeder en het standje dat de dochter misschien zou krijgen.

Waarschijnlijk was het gewoon jaloezie in een gedestilleerde vorm die achter deze gedachte lag. Haar moeder was in elk geval hier terwijl die van mij thuis in bed lag te slapen. Toen de mooie leren winterhandschoenen van mijn opa ook nog waren gestolen tijdens de koorzang besefte ik dat deze Kerst gedoemd was om aan een touw boven de afgrond te hangen.

Ten slotte kwamen we thuis en stampten de sneeuw van onze laarzen terwijl opa in zijn handen wreef die ijskoud waren geworden. Mijn moeder was opgestaan en had zich aangekleed, maar ze had niets voorbereid. Oma en opa namen echter met het Norrlandse 'niet praten maar doen' het commando in de keuken over en een uur later zaten we toch rond de tafel met eten dat op een kerstbuffet leek. Er was zelfs huisgemaakte worst van een boerderij in het noorden. Onze witte keuken had rode accenten, voor het raam hing een kerstster en de houten tafel was gedekt met een geborduurd kerstkleed. Mijn vader bood een borrel aan en mijn moeder dronk er twee en begon zo langzamerhand tot leven te komen. We zongen 'Hej tomtegubbar' en mijn moeder lachte schel en zei dat het fijn was om eindelijk eens te kunnen ontspannen.

'Het is niet zo vreemd dat ik soms zo moe ben. Ik was helemaal kapot de laatste weken, maar er was ook zo veel te doen. De balans opmaken op het werk en alle voorbereidingen voor Kerstmis. Ik merk nu pas hoe druk ik het heb gehad. Maar dat kan niemand begrijpen die het zelf niet heeft meegemaakt. Iedereen heeft tijd gehad om nieuwe kleren voor Kerst te kopen, alleen ik zit hier in mijn oude vodden.'

Mijn vader gaf geen antwoord maar zette een nieuw lied in en oma zei: 'Nu vergeten we het werk, het is Kerstmis.'

Ik vertrouwde op de kerstcadeaus. Dan zou alles weer gewoon zijn. We maakten ze altijd 's middags open en tot dat moment lagen ze onder de boom en verleidden iedereen die erlangs liep. Natuurlijk hadden we mijn moeders wasmachine niet naar binnen kunnen sjouwen, maar mijn vader had al bedacht dat we haar een blinddoek voor zouden doen en haar door het huis zouden laten lopen voordat we haar meenamen naar de garage. Op die manier zou de spanning stijgen, mijn moeder zou het leuk vinden en de verrassing zou veel groter zijn dan als ze het pakket 's ochtends al had gezien en in de gaten kreeg wat het was.

Mijn vader had de rol van kerstman op zich genomen en had een oude muts opgezet en toen we rond de kerstboom zaten pakte hij het ene cadeau na het andere, las de verplichte gedichten voor en overhandigde de cadeaus. Oma en opa waren zoals altijd gul geweest. Ik kreeg een trui en mijn moeder een zijden sjaal en er waren boeken voor iedereen, en lekkere chocolade en parfum en iets praktisch wat ik me niet kan herinneren. Oma en opa van vaderskant hadden ook een paar pakjes gestuurd, en dat van mij was groot en zwaar en mooi ingepakt in blauw papier met sterren erop. Ik maakte het open, schoof verschillende lagen zijdepapier weg en haalde ten slotte een beeld van de maagd Maria tevoorschijn. Het was van marmer, misschien een halve meter groot, een vrouw gekleed in een lange jurk, een sluier en sandalen, die haar handpalmen tegen elkaar gedrukt hield in een begroeting of een gebed. Ik hield er vanaf het eerste moment van, net zoals de eerste keer dat ik Britta zag. Mijn moeder keek ernaar en snoof.

'Mijn hemel, wat een beeld. Net iets voor hen om zoiets lelijks te sturen. Ze hebben werkelijk helemaal geen smaak.'

Ik voelde een steek in mijn maag, maar de maagd Maria trok het zich niet aan. Ze keek naar me met een koele en ondoorgrondelijke blik, en ik was jaloers op haar en dacht dat ik nog veel moest leren. Gespannen zat ik daarna te wachten tot mijn vader eindelijk mijn cadeautje voor mijn moeder oppakte. Ze had al heel veel mooie dingen van mijn vader en oma en opa gekregen, zoals een heerlijke bontjas van mijn vader waarvan de maat perfect was, en nu zat ze op de bank en keek gierig naar de krimpende stapel onder de boom. Elke keer als ze iets kreeg trok ze het pakje open zonder er rekening mee te houden dat het papier misschien wel zo mooi of het gedicht zo leuk was dat het de moeite waard was om het te bewaren. Mijn vader las voor. 'Mama is een elegante vrouw, absoluut geen huisvrouw, ze kan dit dragen rond haar hals, als ze wegzweeft voor een wals.'

'O, wat kan het zijn? We zullen zien, we zullen zien ... Nee maar, kijk eens wat mooi. Een ketting. Prachtig. Waar heb je die gekocht, Eva? Hij is heel mooi, dank je wel ...'

De woorden rolden automatisch uit haar mond terwijl ze de ketting pakte, een tweedehands zilveren ketting met stenen in een kleur waarvan ik wist dat ze die mooi vond, waarmee het voor mij heel hoge bedrag van vijftig kronen was gemotiveerd. Mijn moeder vocht met de sluiting en vroeg oma ten slotte om hulp terwijl ze mompelde dat 'ze niet van zulke lastige slotjes hield, je raakt er bijna van in paniek en je ruïneert je nagels ermee ...'

Oma pakte de ketting en keek er nauwkeurig naar terwijl mijn moeder toekeek. Ze ontdekten het tegelijkertijd, maar mijn moeder zei het.

'Eva, deze ketting wil ik niet. Hij is stuk.'

Ze gaf me de ketting en ik zag wat ik niet eerder had gezien, namelijk dat het slotje niet dichtklikte en dat mijn moeder gelijk had, de ketting was stuk. Ik keek op en wilde net zeggen dat ik hem vast kon ruilen of iets anders kon nemen, maar mijn moeder keek al naar mijn vader, die haar nog een kerstcadeau gaf. Haar mooie lippen waren licht gescheiden, de ogen glansden turkoois, de wenkbrauwen waren vol verwachting opgetrokken, de tanden glansden in het schijnsel van de kaarsen en haar wangen waren rood. Kerstmanrood. Ze had eindelijk de juiste kerststemming te pakken.

Ik hield de ketting zo stevig vast dat de stenen in mijn handpalm sneden en me schramden zoals mijn rozen dat nu doen. Mijn vader was verdergegaan alsof er niets was gebeurd, en misschien was er ook niets gebeurd, de ketting moest gewoon worden geruild, en toen het leeg was onder de boom zei hij dat mijn moeder moest gaan staan.

'Kom eens hier. Kom hier, zei ik. Nee, ik ga je niet omhelzen, wees maar niet bang, maar je krijgt nog een cadeau. We hebben nog iets voor je. Kom nu!'

Mijn moeder stond op van de bank en ging vol verwachting voor hem staan, als een kind denk ik nu, maar toen dacht ik dat niet omdat ik zelf een kind was. Mijn vader pakte de mooie wollen sjaal die hij van oma en opa had gekregen en bedekte haar ogen ermee en draaide haar rond, rond, rond, tot ze haar evenwicht bijna verloor. Ze lachte hard en de zwarte rok die ze droeg zwaaide op en toonde haar mooie benen in de dunne kousen. Oma en opa gingen ook staan, en opa pakte mijn moeders ene hand terwijl mijn vader haar andere pakte. Zo liepen we door het huis, de trap op en weer af, de slaapkamer in en naar het balkon, naar de keuken en terug naar de zitkamer.

Mijn moeder lachte de hele tijd en ze lachte nog harder toen mijn vader de voordeur opendeed en ze de koude decemberlucht aan haar benen voelde likken. Ze wankelde een beetje bij de drempel, iets te veel om alleen het resultaat van de sjaal voor haar ogen te zijn, maar mijn vader pakte haar gewoon nog steviger vast en liep naar de garage. Niemand had laarzen of een jas aangetrokken en ik begon onmiddellijk te rillen van de kou, maar de sneeuw was zo compact dat we op onze pantoffels konden lopen zonder dat ze vies werden. Mijn vader deed de garagedeur open en opa deed het licht aan, en iedereen keek naar binnen.

Daar stond de wasmachine. We hadden hem ingepakt in al het papier dat we hadden, waardoor hij eruitzag als een lappendeken, en we hadden ons werk bekroond met een grote rode rozet. Ik stampte op de vloer om warm te worden en voelde een steek in de hand waarmee ik nog steeds de ketting vasthield terwijl ik dacht dat als Kerstmis nu niet mooi werd, dan werd het dat nooit meer en dan kon je alleen nog kiezen tussen de leeuw en de krokodil. Mijn moeder stond voor het pakket en mijn vader deed de blinddoek af terwijl hij tegelijkertijd het gedicht las, iets over een machine die zo mooi was.

Eerst zei ze niets, ze huiverde alleen een beetje, maar toen begon ze te lachen. Met een 'wat kan dat zijn?' begon ze aan het papier te rukken en te trekken, dat al snel de garagevloer bedekte. Kleine en grote snippers papier wervelden door de lucht en landden op fietsen en zomerbanden en ski's, en toen was ze bij het karton en kon ze het lezen. Ze zei niets en bleef staan tot mijn vader haar een knipmes gaf en tegen haar zei dat ze de doos moest openmaken, dat ze met hart en ziel kon snijden en hakken en kon blootleggen wat er onder het karton verborgen zat.

Ik weet nog steeds niet waarom de uitbarsting zo lang op zich liet wachten. Eigenlijk was het ons duidelijk zodra we de lamp in de garage aandeden en wist mijn moeder het zodra we de sjaal van haar ogen haalden: dit pakket bevatte een huishoudelijk apparaat en geen echte diamanten in een fop-verpakking. Maar haar absolute overtuiging dat bij een bont-jas edelstenen horen moet haar verstand hebben verdoofd, of misschien had de laatste borrel haar beoordelingsvermogen beïnvloed. Dat denk ik nu. Toen hoorde ik alleen wat ik nog steeds kan herhalen, bijna woord voor woord.

'Een wasmachine. Dat is het toch? Een wasmachine en niet iets anders? Ik zie toch wat ik zie, ik bedoel, het is toch niet zo dat ik me iets verbeeld, dat ik droom of zo?' Scherpe stem, boosheid en beginnende razernij.

'Natuurlijk is het een wasmachine. Precies degene die je wilde hebben. De mooiste van allemaal, en dat ben je waard. Ik bedoel dat we het allemaal waard zijn, want dit is natuur-lijk een cadeau voor het huis, je weet dat we ons steentje bijdragen, maar het is toch wat luxer voor ons allemaal om ...' Het lukte mijn vader niet om zijn zin af te maken.

'Luxe? Luxe om te wassen? Natuurlijk, het is verdomd luxe om te wassen, vooral als ik dat doe, of niet soms? Het is verdomd luxe om een huisvrouw te hebben die in de luxe wasmachine wast en die daarna de luxe was op het luxe bed opvouwt. Had je het zo gedacht? Dat ik moet denken dat het zo luxe is om te wassen dat ik hier voortaan alle was doe zodat jij het niet meer hoeft te doen? Ik kan nu beginnen als je dat wilt. Ik kan nu meteen met een kleine luxe was beginnen, zodat het achter de rug is. Moet ik dat doen? Is dat wat je wilt? Dat ik op Kerstavond ga wassen?'

Mijn moeder stem klom langs de toonladder omhoog, groeide in volume en omvang, bereikte ongekende hoogten. Mijn vader probeerde haar de hele tijd te ontbreken. 'Lieverd, stop nu, maar nee, ga nu niet door, het is toch voor ons allemaal, je zei dat je er zo een wilde hebben, maar je begrijpt toch wel dat ... We wilden toch niet ...' Maar de woorden verspreidden zich gewoon in de ruimte en vermengden zich met de stukken papier. Kersttijd is oorlogstijd.

'Je zou denken dat je toch ten minste je familie hebt. Dat je met Kerstmis kunt ontspannen en eindelijk een beetje verzorgd wordt. Dat iemand op z'n minst vraagt of je ergens hulp bij wilt hebben, en dat je iets krijgt wat een beetje opbeurend en geraffineerd is. Denk je dat Björn Madelene een wasmachine als kerstcadeau geeft? Of een naaimachine of een strijkbout? Ik heb hem een paar dagen geleden nog gesproken en toen vertelde hij dat hij een diamanten ring voor Madelene heeft gekocht, dat ze het een beetje druk op haar werk heeft gehad en dat ze wat opgevrolijkt moest worden. Ik had eigenlijk gehoopt dat iemand me eens één keer zou vragen hoe ik me voel en me niet alleen zou zien als een luxe vrouwtje. Ik ben tenslotte ook een mens, ik ook.'

De woorden dansten nu wang aan wang. Er was geen begin en geen eind, alleen een samenhangende woordenvloed die uit haar mond stroomde als een strook uit een oud telexapparaat, zonder dat iemand de mogelijkheid had om antwoord te geven of op het onlogische van haar redenatie te wijzen. Eigenlijk hadden mijn vader en ik allebei begrepen wat het probleem was zodra we de woorden 'diamanten ring' hoorden. Wat Björn had verteld was voldoende geweest om ons lot tijdens Kerstmis te bezegelen. Alleen een diamanten ring was goed genoeg, en waarschijnlijk was ze de hele ochtend bezig geweest met bedenken hoeveel karaat hij zou zijn, en had ze al plaatsgemaakt in haar sieradenkistje en misschien zelfs haar handen al ingesmeerd. De bontjas, het parfum, de sjaal, de kapotte ketting en al het andere waren langgeleden verjaard.

'Nu moet je je beheersen. Het was goed bedoeld. Natuurlijk snap je dat je man en je dochter het goed bedoelden, en natuurlijk weet je dat niemand denkt dat jij een huisvrouw bent. Ik vind dat we dit moeten vergeten en dat we naar binnen moeten gaan om een glas bisschopswijn te drinken. Misschien heb ik nog iets voor je wat ik nog niet tevoorschijn heb gehaald ...'

Oma's poging om haar dochter te kalmeren had het tegenovergestelde effect. Mijn moeder draaide zich naar mijn oma en schreeuwde zo hard dat het spuug uit haar mond tegen haar aan vloog.

'Natuurlijk, goed, mooi, kies gewoon hun kant, het zou ook de eerste keer zijn dat je begrip voor mij en mijn gevoelens toont, je mag deze machine hebben als het zo geweldig is om een wasmachine als kerstcadeau te krijgen, niet dat je ooit wast, maar misschien moeten de lakens ten minste één keer per jaar verwisseld worden en dan kun je deze goed gebruiken als je hem tenminste in de treincoupé krijgt als jullie weer naar huis gaan ...'

'Kalm nu. Kalm, zei ik. Het was bedoeld als een cadeau voor het huis. Ik dacht dat je er blij mee zou zijn, en met de andere cadeaus die je hebt gekregen, je hebt tenslotte gezegd dat je een wasmachine wilde. Maar we kunnen na Kerst gaan winkelen om te kijken of we iets moois vinden. Je weet dat we je waarderen en we weten wat je allemaal doet. Luister nu ...' Mijn vader weer, moe, boos, maar vechtend om dat niet te laten zien, verlangend om het glad te strijken.

De steen had eindelijk een gat in mijn handpalm geboord en ik voelde plotseling hoe een van de randen tegen naakt vlees schuurde. Ik deed mijn hand open en zag dat de ketting mijn huid had open geschuurd en dat het bloed erdoor begon te sijpelen. Dat was goed, dat was echt, dan zat de pijn in mijn hand en nergens anders. De wasmachine was voor het gezin en mijn moeder zou na Kerstmis iets anders krijgen. Dan was alles weer goed, dan was de orde hersteld. Dan konden we nu naar binnen gaan om bisschopswijn te drinken. De ster van Bethlehem leidt niet weg, maar naar huis.

'Ik ga naar binnen om op temperatuur te komen met een glas warme bisschopswijn, en dan komen jullie zo meteen. Lief meisje van me, zijn er geen ergere dingen om je druk over te maken, je hebt zo'n prachtig gezin, jullie hebben elkaar. Sommige mensen hebben meegemaakt dat ze blij waren als ze met Kerstmis iets te eten op tafel hadden.' Opa, die tot dat moment stil was geweest, mengde zich in het gesprek en probeerde de wang van zijn dochter te strelen. Hij was plotseling ouder geworden. Zijn blonde haar stond alle kanten op, de roofvogelneus leek geprononceerder en het vet rond zijn buik hing los over zijn riem. Zijn huid leek vlekkerig in het licht van de garage en toen hij zijn hand uitstak mompelde hij: 'Ik kan dit soort toestanden niet meer verdragen.'

Maar dat verenigde front, zoals mijn moeder het tenminste opvatte, was te veel voor haar. Ze rende de garage uit en het huis in en toen wij binnenkwamen had ze haar nieuwe bontjas en haar laarzen al aangetrokken en was ze op weg naar buiten. Mijn witte kant schreeuwde in paniek: 'Alsjeblieft mama, kom terug, alsjeblieft mama, blijf hier, wacht.' Maar ze schreeuwde terug dat ze net zo goed voor altijd weg kon gaan of van een brug kon springen zodat wij van haar af waren omdat dat toch was wat we wilden. Ze was weg voordat we de kans hadden om in beweging te komen, dus begonnen we aan de bisschopswijn, de pap en de toffees en wensten elkaar ten slotte welterusten. En een prettig kerstfeest.

Mijn bed voelde als een sterfbed, misschien omdat mijn vader, oma en opa een voor een binnenkwamen en ze allemaal probeerden de schijn op te houden dat alles normaal was. 'Het was heel vervelend, maar je zult zien dat het goed komt, je weet dat ze het niet zo bedoelt, Kerstmis is nog niet voorbij, ze komt vast en zeker snel terug, morgen gaat opa stokvis maken, en dan maakt hij witte saus met zwarte peper en groene erwten en aardappelen en niets is zachter voor je maag.' Ze hadden net zo goed kunnen zeggen zin, zin, woord, woord, punt en komma, en in mijn hoofd bonkten de woorden van de predikant over de Vader en de Zoon en de Heilige Geest en iets antwoordde Moeder, Moeilijk, Moord. De duisternis was compact, op het roomwitte Mariabeeld na dat ik op een plank in mijn kamer had gezet zodat ze naar me kon kijken en nadenken over wat er in haar hart was gebeurd.

Het ergst was waarschijnlijk niet dat Kerstmis helemaal bedorven was. Het ergst was dat het niet zo was. Toen ik op kerstochtend opstond zat iedereen aan de ontbijttafel, inclusief mijn moeder. Ze dronk koffie en at speculaas en had zich niet aangekleed zoals de anderen, maar rond haar hals droeg ze de mooie ketting van filigraanwerk met ingevlochten stenen die oma van opa had gekregen toen ze trouwden en die ze altijd droeg als het feest was.

'Hallo Eva, een fijne Kerst nog, heb je goed geslapen?'

Ik knikte terwijl ik ging zitten. Natuurlijk, hier dromen we niet nodeloos. Mijn moeder zag dat ik naar de ketting keek en ze raakte hem met tevreden handen aan.

'Heb je gezien wat ik heb gekregen? Oma heeft hem aan me gegeven als kerstcadeau. Ze zegt dat ik hem ooit toch krijg en dat haar nek zo oud en gerimpeld is dat het al een sieraad op zich begint te worden, dus mocht ik hem hebben. Mooi, hè?'

Ze aaide de stenen, stond op om in de spiegel in de hal te kijken en kwam terug. Oma smeerde een boterham voor me, ging naast me zitten en sloeg een arm om me heen.

'Ik kan net zo goed met warme handen als met koude geven, vind je ook niet, Eva?'

Niemand begon erover dat mijn moeder weggeweest was of leek te willen weten wanneer ze was teruggekomen. In plaats daarvan concentreerden we ons op de cheddarkaas, de worstenbroodjes en het feit dat mijn vader zijn nieuwe kerst-sjaal droeg. Met warme handen, of liever gezegd met een versierde hals, kan Kerstmis ook warm worden. Dat Kerst-mis was gered, was plotseling vanzelfsprekend, maar het woord 'gered' had zijn oorspronkelijke betekenis verloren. Want hoe was het mogelijk dat iemand Kerstavond verpestte en daarvoor op Eerste Kerstdag werd beloond?

Mijn kerstvakantie ging voorbij met nadenken terwijl ik de zak met Busters oren vasthield. Mijn moeder was weer eens gemeen geweest, maar ik was er nog niet klaar voor om haar te straffen. Het besluit was genomen, maar ik moest beter voorbereid zijn en oefenen om de perfecte misdaad te kunnen uitvoeren. Misschien hoopte mijn witte kant nog steeds dat wonden in handpalmen kunnen genezen, en daarom moest iemand anders boete doen voor de misdaad die was begaan. Wat Buster me had geleerd was er nog. Het was heel goed mogelijk om het slechte te verdoven door plaatsvervangend lijden uit te delen, let wel, aan iemand die het 'verdiende'. Buster was die keer het vanzelfsprekende doel geweest. Nu moest ik iets anders bedenken.

Tegelijkertijd begreep ik dat de gebeurtenissen rond Kerstmis me belangrijke kennis hadden opgeleverd. Mensen konden gemanipuleerd worden om te krijgen wat je wilde hebben, met zowel echte als kunstmatige gevoelens. Woede kon gebruikt worden, verdriet geïmiteerd, blijdschap aan- en uitgezet. Dat waren belangrijke lessen die ik nodig zou hebben in mijn streven om het uiteindelijke doel te bereiken, om degene te zijn die doodde en niet die gedood werd, en de training kon niet snel genoeg beginnen. In mijn dromen lag ik als een kleine baby op de schoot van Schoppenkoning, en terwijl hij me wiegde fluisterde hij bemoedigende woorden. Handel, Eva. Je bent van mij. Je bent sterk. Je kunt goed van slecht maken. Het ligt in jouw handen, in jouw handen, in jouw handen ...

De gedachten maakten me tijdens Kerstmis en Oud en Nieuw zwijgzaam, en ik was zo stil dat het ten slotte haar ergernis opwekte.

'Jullie kind ziet er altijd zo goed verzorgd uit, maar mijn dochter interesseert het helemaal niet hoe ze erbij loopt', zei ze een beetje geforceerd tegen een paar vrienden die langskwamen om ons gelukkig nieuwjaar te wensen. Wat later hoorde ik dat ze zei dat kinderen absoluut niet gestuurd kunnen worden en dat het daarom goed was als je je niet te veel van hen aantrok, omdat kinderen niet alles in dit leven zijn.

Het voelde bij wijze van uitzondering als een bevrijding om weer naar school te gaan en me druk te maken over de gewone dingen. Ik wist nog niet waar ik mijn zwarte kracht op zou richten, maar ik vertrouwde op een soort voorzienigheid en die voorzienigheid maakte zich al snel kenbaar. Sinds Karin Thulin, de muzieklerares, naar huis had gebeld en had verteld dat ik me had misdragen en me daarmee had beroofd van mijn rechtmatige hamster, hadden zij en ik een verhouding die leek op twee parallelle strepen die elkaar nooit raakten. Ze wist natuurlijk dat ze me onrechtvaardig had behandeld, maar we hadden het er nooit meer over en ze klaagde ook niet meer als ik mijn mond hield tijdens de zangles. Daarentegen was haar disciplineprobleem groter geworden en ze begon als een bang konijn contact te zoeken met een deel van de meisjes in mijn klas, die ze tot haar vertrouwelingen maakte.

We waren dertien jaar en daarmee oud genoeg om te kunnen fungeren als sparringpartner voor een verzwakte volwassene en jong genoeg om daar trots op te zijn. Ik was niet uitverkoren, ze koos een paar vroegrijpe meisjes die belust waren op macht en het gebeurde steeds vaker dat ze bij Karin in het muzieklokaal mochten blijven om met haar te zingen. Op een keer zag ik zelfs dat ze met hen naar de lunchroom naast het schoolplein ging. De officiële verklaring was dat deze meisjes een beetje extra moesten oefenen om mee te kunnen doen in een speciaal koor dat misschien ergens zou optreden, maar ik wist dat Karin Thulin in alle opzichten de rekening betaalde en dat ze daarmee solidariteit kocht, een zwemvest voor de dag dat de wind zo sterk zou zijn dat de boot kapseisde.

Karin Thulin begon ook steeds vaker op te duiken op plekken waar de meisjes zich verzamelden, zoals op het schoolplein of in de kleedruimte van de gymnastiekzaal. Daar zat ze in haar saaie, stijve kleren, met haar vermoeide en getoupeerde haren, een voormalige opgewektheid en haar handtas over haar arm, te praten over de algemene problemen op school, hoe de rector de administratie verwaarloosde en hoe slecht de lessen jaar na jaar waren, zodat het lastig voor ons meisjes zou worden. Soms kon ze een lekker hapje in de vorm van informatie over een van onze andere leraren prijsgeven, informatie die sommigen gulzig opzogen om deze in een lastige situatie te kunnen gebruiken. Ik verachtte haar om haar onderdanigheid en om haar zwakheid en ik had vaak zin om tegen haar te zeggen dat ze het eens met slakken moest proberen. Soms dacht ik ook dat ze er beter zou uitzien zonder oren.

Maar haar gedrag gaf me wat ik nodig had. Het was voldoende dat Ulla, een van mijn klasgenootjes, op een dag beweerde dat ze zich niet op haar gemak voelde als Karin Thulin op de bank naar haar zat te kijken als ze douchte. Ik wist niet veel over praktische seksualiteit en nog minder over homoseksualiteit, maar ik wist in theorie voldoende om te beseffen dat de onschuldige opmerking van Ulla de springstof bevatte die voldoende was om een heel bestaan op te blazen. Ik antwoordde snel dat ik dat ook vond, dat ik me bekeken en ontleed voelde en dat ik me afvroeg of het gedrag van Karin Thulin normaal was. Normaal, ook in die tijd het belangrijkste gebod voor dertienjarigen. Daarna hoefde ik alleen vol te houden en al het bruikbare materiaal tot een belastend web van leugens te weven. Ik koos Sissi, een meisje dat niet bij Karin Thulins kliek hoorde en dat graag meer wilde zijn dan ze was. Ze was de perfecte persoon om de lont mee aan te steken.

'Sissi, vind jij ook niet dat Karin Thulin en beetje te vaak naar ons zit te staren? Wat heeft ze eigenlijk in onze kleedruimte te zoeken? Moet ze niet in haar muzieklokaal blijven om op haar instrumenten te oefenen?' Ik bleef een paar weken in Sissi's buurt en kreeg ten slotte een schitterende kans toen we na de gymnastiekles als laatsten overbleven. Het antwoord kwam na een korte aarzeling die bewees dat Sissi's hersenen hard werkten om de informatie te verwerken en te begrijpen.

'Ja, dat heb ik ook al gedacht. Ze zit te staren alsof ze niets anders te doen heeft. Ik bedoel, wat heeft ze hier eigenlijk te zoeken? We kunnen niet eens in alle rust praten zonder dat zij zich ermee bemoeit.'

'Weet jij of ze getrouwd is of een man heeft of zo?'

Stilte. Trage gedachten.

'Ik geloof het niet. Ze heeft in elk geval geen ring om haar vinger. Maar dat mag misschien niet als je muzieklerares bent en instrumenten bespeelt.'

'Weet jij of de anderen er ook zo over denken? Je moet toch rustig kunnen douchen. Misschien vindt niemand het prettig dat een lerares voortdurend zit te kijken en zegt dat we ons niet hoeven te schamen omdat we toch allemaal meisjes zijn.'

'Heeft ze dat gezegd?'

'Dat zei ze een keer. Niet tegen mij, maar ik heb het gehoord.'

Meer trage gedachten. Een mogelijkheid om groot te worden.

'We kunnen het aan een paar van de anderen vragen?'

Er was niet veel meer nodig. Sissi hield een snelle rondvraag en kreeg alle meisjes op haar hand die niet bij de kliek van Karin Thulin hoorden, en twee of drie die er wel bij hoorden maar die zich niet prettig voelden in die rol. De meesten van ons begonnen demonstratief handdoeken om ons heen te slaan als we onder de douche gingen, maar onze afgestompte lerares had op dat moment een groot deel van haar beoordelingsvermogen verloren, en het beetje pseudocontact dat ze met een groep leerlingen leek te hebben gecreëerd was zo waardevol voor haar dat ze zichzelf niet toestond om te zien wat er aan de hand was. Ze bleef ons in de kleedruimte opzoeken en probeerde de stilte te negeren die om haar heen hing en die alleen werd verbroken achter de beschermende tegels van de douchecabines.

De volgende stap was de jongens erbij betrekken, dertienjarigen die stijf stonden van de testosteron en die niet wisten wat ze moesten doen met de onrust waarvoor ze niet eens een naam hadden. Het was voldoende om een briefje te schrijven in een handschrift dat ik al heel jong had geleerd te veranderen, net zo slordig alsof het door een jongen was geschreven en met de juiste woorden. Wat het uiteindelijk werd? Zoiets als: 'Karin, meisjesverleidster, kom niet bij ons binnen, want hier is niemand naar wie je wilt kijken, dat doe je bij de meisjes al genoeg.' Ik plakte het op de deur van hun kleedkamer en toen het ontdekt werd hoorde ik het enthousiaste gejoel, de ijverige vragen en de bronstige commentaren en ik wist dat ik alleen nog maar hoefde te wachten.

Het duurde een week. Toen was Karin Thulin de controle

kwijt. Als ze de jongens iets vroeg, dan schreeuwde een van de grotere: 'Doe het zelf, meisjesverleidster', terwijl de anderen een stil gevangenenkoor op de achtergrond vormden. Ze kwam niet meer naar de kleedruimte en hoopte op solidariteit van haar eigen kliek, maar de 'saamhorigheid' die ze had opgebouwd was broos als een kauwgombel en toen ze probeerde hem verder op te blazen barstte hij met een treurige knal en kleefde aan haar gezicht vast.

De daaropvolgende weken begonnen er overal in het muzieklokaal papiertjes met 'meisjesverleidster' op te duiken. Het gerucht verspreidde zich met alle onbarmhartigheid waartoe een school in staat is, en het was een kwestie van dagen voordat ook de andere klassen 'meisjesverleidster' tegen Karin Thulin begonnen te roepen zodra ze iets van hen verlangde. Al snel begon ze op een angstig dier te lijken als ze uit de lerarenkamer sloop en daarmee haalde ze de scherpte uit de krankzinnige uitbranders die ze over haar lasteraars uitstortte. Ik stond stil achter het gordijn te kijken en was gefascineerd door het gemak waarmee ik succes had. Met Buster was ik alleen geweest, maar hier had ik een heel leger achter me staan, bereid om elk bevel op te volgen nu de tegenstander bij voorbaat al was verslagen.

Het duurde een maand voor de rector reageerde, maar na een week had hij voldoende materiaal om Karin Thulin voor de rest van de periode 'vrij te geven'. De leerlingen vertelden plotseling uitvoerig dat Karin voortrok, dat ze dreigde met slechte cijfers als iemand zich niet gedroeg, dat ze in de kleedkamers gluurde en dat ze geen instrument kon bespelen behalve een beetje getingel op de piano. Allemaal slijk dat in de bodem was ingekapseld en dat ik met mijn atoombom had laten exploderen. Nu moest er plotseling iets aan gedaan worden, en het kon niet snel genoeg gaan. De verhalen over haar voorkeur voor meisjes bleken niet meer dan de suiker op de cake, behalve dat er een onbevestigd gerucht circuleerde dat een meisje had gezien hoe Karin had geprobeerd een naakt meisje te omhelzen. Geen van de leerlingen wist echter wie het had gezegd of om welk meisje het ging, alleen dat 'iemand het over iemand had gezegd'.

Karin Thulin kwam nooit meer op school terug. De rat had het touw doorgeknaagd voordat ze zich naar het kruis had uitgestrekt, of misschien had ze nooit naar boven gekeken. Op een avond voelde ik berouw en ik pakte het zakje met Busters oren en vertelde dat ik misschien een slecht geweten had, hoewel ik niet wist op welke plek het geweten zich bevond. Mijn witte kant fluisterde dat Karin Thulin me weliswaar onrechtvaardig had behandeld, maar dat ze zo'n eenzaam en zielig hoopje mens was dat ik haar misschien te hard had gestraft voor wat mijn moeder had gedaan.

Buster reageerde snel. De volgende dag zei mijn moeder waar een schoolvriendin van me bij was tegen me dat ik eruitzag als een gevangene in de gestreepte bloes die ik een paar dagen daarvoor zelf had gekocht. De schoolvriendin giechelde verrukt, mijn moeder deed mee, en in een snel gevonden verbondenheid constateerden ze dat ik waarschijnlijk niet zo geïnteresseerd was in mooie kleren. Later zei mijn moeder tegen me hoe aardig en knap en fantastisch gekleed mijn schoolvriendin was. Hoe geweldig ze was, met haar paardrijden en dansen.

'Jij zou je eigenlijk ook met een beetje meer kleur moeten kleden. Maar er kijkt natuurlijk niemand naar jou. En als ik erover nadenk is er waarschijnlijk niemand die dat zal gaan doen.'

Daarmee liet mijn zwarte kant me weten dat mijn geweten zuiver was. Mijn moeder deed slechte dingen en er moest iemand gestraft worden tot ik er klaar voor was om haar te straffen. Toen Karin Thulin naar de bodem zonk had ik niets om bij te dragen aan haar redding, niet eens een symbolische bloemenkrans om in de golven te gooien. Ze verdween en ik dacht dat ze misschien ergens anders als wrakstuk zou aanspoelen. Maar dat raakte me niet meer. Het was al licht geworden op het water.

Nu ik opkijk zie ik dat het achter de ramen ook licht begint te worden. Dus leg ik mijn pen neer, doe mijn klompen aan en loop in alleen mijn nachthemd naar buiten om aan mijn rozen te ruiken. Misschien zal ik vrede voelen of een soort alles-is-zoals-het-moet-zijn, en als dat niet gebeurt kan ik in elk geval genieten van de heerlijke eenzaamheid.

Sven begint om me heen te hangen als ik in de buurt van de secretaire kom. En als ik ga zitten om te schrijven gaat hij achter me staan kijken.

'Je moet het leven leven en het niet spellen, Eva', probeerde hij er een grap van te maken, en daarna probeerde hij me ergens mee naartoe te krijgen. In *Kulturhuset* is een tentoonstelling van een heel goede schilder uit Horred, ga je mee? Zullen we iets aan het huis doen, jij afstoffen en ik stofzuigen? Heb je zin om te wandelen, en zal ik bellen om te kijken of we kaartjes kunnen krijgen voor het jazzconcert in Varberg? Het is zo'n mooie avond, zullen we naar de Griek gaan om lamskoteletten te eten?

Ik herkende hem nauwelijks toen hij dat zei, maar ik begreep dat het gewenste soms komt als je hebt besloten dat het leven goed is zoals het is, zonder het gewenste. Dus gingen Sven en ik naar Kulturhuset, het antwoord van de westkust op het Louvre en het British Museum, waar bleek dat de plaatselijke schilder die zijn werk tentoonstelde inderdaad goed was. Een groot aantal kennissen slenterde tussen de schilderijen en we ontkwamen er niet aan om gedag te zeggen en naar de nieuwtjes te luisteren. Terwijl de bewoners van de grote stad klagen over verkeersopstoppingen is het grootste probleem in dunbevolkte gebieden de persoonsopstoppingen. Petra en Hans Fredriksson waren er en stortten zich op ons, omdat alle anderen een omweg maakten of net deden of ze helemaal verdiept waren in de motieven van de schilderijen.

Voor de vermoeiden en de dorstigen is Petra een vloek. Ze is heel aardig, maar ze praat met een woordenvloed die haar man in een zoutpilaar van stilte heeft veranderd en waardoor Sven voor eens en voor altijd heeft vastgesteld dat ze waarschijnlijk ademhaalt door haar kont, omdat er geen andere mogelijkheid is. Aan het andere eind verstoppen de woorden alle uitwegen. Maar ik verdedig haar altijd omdat ik haar al sinds mijn jeugd ken. Gudrun, Petra en ik hebben veel zomers samen doorgebracht met zwemmen, spelen, theedrinken en praten. Maar ze is vooral een van de weinigen die iets belangrijks van me weet, en zonder haar hulp had ik nooit bij Jacobi's reisbureau kunnen werken. Nu kwam ze klapwiekend naar ons toe met haar haren recht overeind, terwijl ze krabde aan de wondjes rond haar mond die nooit leken te genezen. Haar jas fladderde achter haar aan en haar sjaal gleed op de grond. Zoals altijd zag ze eruit als een gekooide vogel, en ik vraag me soms af of Hans de kooi is.

'Hallo, hoe is het met jullie? Wat leuk om jullie te zien, dank je wel voor laatst, dat was zo leuk, en waar heb je die lekkere taart gekocht, Sven, je bent zo flink, je zorgt zo goed voor jezelf, en ik moet zoiets vreselijks vertellen, Hans moest naar de tandarts omdat hij kiespijn had en ik zei tegen hem dat hij naar Holmlund op de hoek moest gaan, en dat deed hij gisteren, en Holmlund weet precies hoe Hans het wil hebben, dus hij deed Hans een doek voor en knoopte die in zijn nek dicht, en toen zei Holmlund dat Hans zijn mond open moest doen, en toen deed hij zijn mond open, Hans dus, niet Holmlund, zei ik Holmlund, wat raar, hahaha, ik bedoel Hans, Hans deed dus zijn mond open, en Holmlund ontdekte een ontsteking aan een wortel, en toen vroeg Holmlund of zijn stagiaire even mocht kijken, en Hans zei natuurlijk, dat maakt niets uit, dus hij wachtte met zijn mond open, en ten slotte kwam Holmlund met de stagiaire, en ze keken en keken, en Hans bleef met zijn mond open zitten, en toen ze klaar waren wilde Hans zijn mond dichtdoen, en toen ging het niet, zijn kaken zaten op slot, en Holmlund probeerde zijn kaken zo hard als hij kon op elkaar te duwen, en ten slotte mocht de stagiaire het proberen en samen kregen ze zijn kaken met een klap op elkaar, maar het deed pijn, of niet soms, Hans, hallo Hans, jullie hebben misschien haast, hebben jullie haast, maar in elk geval kon ik het niet laten om te denken aan het liedje over de krokodillen die zo hard gaapten dat hun kaken uit de kom schoten en ze naar dokter Pillerman moesten ...'

Ze ademde in en Sven, die er volkomen uitgeput uitzag, gebruikte die korte ademhaling, van boven of van onderen, om naar het toilet te ontsnappen. Ik kon het niet laten om te lachen bij de gedachte aan Hans in de stoel van Holmlund. Hans Fredriksson, een betrouwbare bankemployé, die tegenwoordig nauwelijks zijn mond opendoet om iets te zeggen en hem plotseling niet meer dicht krijgt. Mijn lach moedigde Petra aan, en ze ging door met grappige incidenten vertellen. Sven kwam na een tijdje terug, Gudrun en Sixten liepen langs, en Petra omhelsde Sixten zonder dat ze merkte hoe blij hem dat maakte en ze begon weer aan het tandartsverhaal, waardoor Sven en ik de kans kregen om ervandoor te gaan.

'Arme Hans', zei Sven en hij haalde diep adem toen we buiten kwamen. Ik antwoordde dat Petra misschien alleen zo'n behoefte had om te praten omdat ze in één huis woonde met een man die pathologisch zwijgzaam was. Sven was het niet met me eens.

'Natuurlijk niet. Het is gewoon zo dat vrouwen vierduizend woorden hebben die aan het eind van elke dag op moeten zijn, gemiddeld vierduizend woorden dus, en mannen hebben er maar tweeduizend. Op een bepaald moment zijn onze woorden op, maar jullie hebben de helft nog over, en dat is de oorzaak. Geen wonder dat er zo veel vermoeide mannen zijn.'

Ik antwoordde dat hij me toch niet kon vergelijken met Petra, er zijn tenslotte gradaties in de hel, en Sven voegde eraan toe dat hij het over gemiddelde waarden had, wat een taal is die ik begrijp. In goede harmonie gingen we naar het Griekse restaurant met het gevoel dat het bijna zomer was en met een vage hoop op een Amerikaans filmeinde van het leven. Polykarpus, de eigenaar met de mooie naam en de on-Zweedse ogen, trakteerde op ouzo, vermengd met iets wat de anders doorschijnende vloeistof blauw maakte. Sven en ik raakten Griekenland even aan.

'Herinner je je dat we die scooter hebben gehuurd en tomaten en feta en olijven hebben gekocht en naar de bergen zijn gereden en onze eigen Griekse salade hebben gemaakt?' vroeg Sven. Ik antwoordde dat ik me dat natuurlijk herinnerde. De smaak van de tomaten kan ik nog steeds proeven als ik bijt in een surrogaat dat rond, rood, groot en volkomen nietszeggend is.

'Ik herinner me vooral dat Eric ziek was toen we thuiskwamen en dat je alle ansichtkaarten zoals gewoonlijk van tevoren schreef.' Sven schudde zijn hoofd en zei dat het belangrijkst toch was dat de kaarten geschreven werden en in de vakantie had je meestal geen tijd of zin om dat te doen. Daarna keek hij naar me met gelukkige ogen.

'Misschien moeten we weer eens naar Rhodos gaan. Kun

je niet bij je ex-collega's van Jacobi's informeren? Zij weten waar de mooie plekjes zijn. Ik vraag me af of het kleine hotel waar we logeerden en waar het hele gezin meehielp er nog is. Dan kunnen we daarnaartoe gaan.'

Rhodos, waar tweeduizend jaar voor Christus munten met rozen werden geslagen. Rhodos, waar Jacobi's reisbureau bijna als eerste was, toen het eiland nog onbezoedeld en onschuldig was. Waar ik kleine hotelletjes voor onze klanten zocht en genoot van de schoonheid en de Griekse wijn. Waar ik met effectiviteit en zonder de gedachte aan een bestaande relatie liefhad. Waar ik de illusie van mijn moeders verdwijning versterkte. De rozen hebben de millennia misschien overleefd, maar gedurende de jaren dat ik er niet was is er uiteraard veel veranderd. Ik deed mijn mond open om erop te wijzen dat het hotel nu waarschijnlijk groter of volgeboekt was, maar had het hart niet om Svens idee af te kraken nu hij zo enthousiast was. Het maakte me blij om te merken dat mijn hart er nog was. Ik kon echter maar moeilijk geloven dat hij ernst zou maken met zijn plannen voor Griekenland. We zijn maar een paar keer samen op vakantie geweest, en in elk geval niet meer sinds zijn hart tien jaar geleden een pauze inlaste in de vorm van een hartinfarct.

Maar het was grappig om hem zo opgewekt te zien. Sven gaf me bovendien complimentjes en vond het fantastisch dat ik er nog zo jong uitzag.

'Je hebt niet eens grijze haren. Je bent nog net zo rood als vroeger, en je gewicht heb je ook behouden. Als je jezelf vergelijkt met anderen moet je het toch met me eens zijn dat je er goed uitziet?'

Ik tilde mijn glas naar hem op en zei dat hij altijd lief was geweest, en toen we thuiskwamen geloofde ik bijna dat ik deze nacht droomloos zou kunnen slapen.

Maar ik had het mis. We waren nauwelijks binnen toen de telefoon ging en toen ik de hoorn oppakte was het Iréne Sörenson die zo boos en zo dronken was dat ze nauwelijks normaal kon praten.

'Jullie hebben mijn zilveren bestek gestolen! Jullie hebben mijn zilver gestolen, het bestek dat ik van Alexander heb gekregen, en ik weet dat jullie in mijn huis zijn geweest. Je bent tenslotte de enige die de sleutel heeft.'

'Maar lieve Iréne ... maar Iréne ... luister nou, Iréne. Luister! Dat bestek heb je een paar jaar geleden aan Susanne gegeven. Waarom zouden wij het meenemen, we hebben ons eigen zilver toch? Bovendien heeft de thuiszorg ook een sleutel, maar je gaat toch niet beweren dat zij dingen stelen?'

'Je kunt mijn inboedel toch niet verdelen! Maar dat is wat jullie proberen te doen, dat is wat jullie doen. Ik misgun Susanne het zilver niet, ik had het haar best willen geven, maar ik wil het zelf doen, ik wil niet dat jullie hier komen snuffelen ... Jullie zijn slechte mensen. Slecht.'

Sven, die naast me stond, hoorde bijna alles omdat hij in tegenstelling tot andere mannen niet zijn toevlucht had genomen tot doofheid om de dagelijks overblijvende twee-duizend vrouwenwoorden niet te hoeven horen. Nu pakte hij de hoorn van me af omdat hij merkte dat ik begon te trillen. Ik bleef altijd kalm, maar nu werd het me te veel, alsof iemand met scherpe nagels de dag die zo fijn was geweest kapot krabde. Waarom belt ze mij altijd, terwijl ik haar zo vaak help? Waarom belt ze de thuiszorg of haar dochter niet? Dat was trouwens wat Sven tegen haar zei, maar dan op een barsere toon.

'Je hebt iemand om je heen die je niet verdient', zei hij

zoals hij al zo vaak had gezegd, en na een tijdje hing hij op. Toch was het alsof Iréne als rook uit de telefoon bleef komen, ongeveer als een sigarettenpeuk die niet goed is uitgedrukt en die blijft smeulen, en ik kreeg moeite met ademhalen.

In een poging om mijn evenwicht terug te krijgen pakte ik de stofdoek en maakte bijna het hele huis schoon. Ik stofte de maagd Maria op de schoorsteen af en boende de vloer en dacht aan mijn eerste ontmoeting met David Jacobi, terwijl Sven op de achtergrond mompelde: 'Alsjeblieft Eva, zullen we naar bed gaan? Eva, dat kun je morgen toch wel doen?' Ten slotte begon hij een avondboterham te maken. Zwetend van de ouzo en de boosheid zei ik: 'Je medegevoel reikt blijkbaar niet verder dan tot je smaakpapillen.' Arme Sven, veroordeeld voor wat iemand anders had gedaan, niet de enige met dat lot maar net zo verkeerd behandeld. Een onrecht wordt nauwelijks minder erg omdat het wordt herhaald of omdat het anderen eerder heeft getroffen.

Alsof het was gepland door een gemene marionettenspeler bleef ik in bespiegeling hangen toen ik de foto's afstofte en de trouwfoto van mijn vader en moeder in mijn handen kreeg. De foto toont een mooie vrouw met opgestoken blond haar in een knot, die is omringd door een bewust slordig arrangement bloemen waardoor ze er zowel keurig als frivool uitziet. Het is niet te zien dat ze pas een paar weken eerder een kind heeft gekregen. Haar middel in de roomwitte jurk is smal, haar schouders en armen zijn bloot, het boeket is groot en de glimlach zo vochtig dat het glas ervan beslaat. Naast haar staat een blonde man die in tegenstelling tot zijn bruid niet in de camera kijkt maar in haar decolleté. Zo ziet het er in elk geval uit, maar mijn opa heeft verteld dat mijn vader op hun trouwdag griep had en negenendertig graden koorts en nauwelijks rechtop kon staan. Toch lukte het hem om bij de plechtigheid en het feest te zijn, maar na de verplichte wals redde hij het niet meer. Hij ging naar huis en naar bed, en mijn moeder bleef tot ver in de kleine uurtjes en danste en vierde feest op haar eigen bruiloft terwijl haar man thuis doodziek in bed lag.

Mijn oma van vaderskant vergaf het haar nooit. Ze probeerde elke keer dat ze met mijn moeder moest omgaan aan haar afkeer te schaven in de hoop dat deze zou afstompen, maar het was tevergeefs. Het was zo duidelijk dat ik altijd wist dat het er was, het had geen begin en geen eind, zo was het geweest en zo zou het altijd zijn. Mijn moeder trok zich er niets van aan of reageerde als ze er zin in had met afkeer, en daarmee kreeg hun vijandschap bijna iets huiselijks en familiairs. Als oma en opa soms met Kerstmis bij ons waren werd de afkeer zowel bij de kerstham als bij de borrel geserveerd.

'Oma is zo mooi, zei ik een keer toen ze op bezoek waren en ik haar kleurige jurken bewonderde.'

'Wat helpt dat als ze zo uit haar mond stinkt', siste mijn moeder terug.

Ik wreef over mijn moeders lippen en ik dacht aan haar en aan Iréne en ik vroeg me af waarom ik mezelf dwong om met de laatste om te gaan terwijl ik de eerste met zo veel succes had vermoord. Waarschijnlijk zou het boete doen al snel afgelopen zijn, en waarschijnlijk moest ik het verleden gewoon het verleden laten. Ik pakte de foto, vroeg mezelf af waarom ik hem in vredesnaam had bewaard en liep ermee naar de vuilnisbak. Sven had een biertje op het deksel gezet als bedankje voor de vuilnisophaler omdat hij de vorige keer een extra zak had meegenomen. Ik tilde het bier en het deksel op, gooide de foto erin, hoorde het glas versplinteren en voelde een diepe voldoening toen ik het deksel er weer op deed en het biertje terugzette. Daarna liep ik terug naar huis, ging naast Sven liggen en deed alsof ik las, maar ik stond op zodra ik zijn gesnurk hoorde en ging naar de kelder om een goede fles wijn te halen, niet een van mijn verjaardag maar een die ik zelf had gekocht. Ouzo en Griekse wijn en wijn die ik zelf had gekocht, ik vraag vergiffenis aan alle nuchtere goden, maar ik heb het nodig want ik heb het gevoel dat het er niet beter op wordt.

30 juni

En ik had gelijk. Dagen als deze zou de duivel voor zichzelf mogen houden. Voor mij begon de straf 's ochtends al, toen Sven naar mijn bed kwam met thee, lekkere broodjes en een klein glaasje port. Wat hij daarvoor in ruil wilde hebben, wist ik niet, maar het antwoord kwam vrij snel, bijna meteen nadat hij zijn laatste happen en slokken naar binnen had gewerkt.

'Eva, ik heb met Örnen gepraat. Hij komt een dezer dagen naar de leidingen kijken.'

'En?' antwoordde ik terwijl ik me tegelijkertijd afvroeg wat Sven met de aannemer en duvelstoejager van het dorp had bekokstoofd.

'En niets. Ik weet dat onze waterleiding het misschien nog maar een of twee winters overleeft, en ik kan niet tegen die onzekerheid.'

'En dat betekent?'

'Dat betekent dat Örnen ernaar moet kijken en dat we er rekening mee moeten houden dat hij vervangen of hier en daar versterkt moet worden. En ... kijk niet zo naar me, Eva. Het is niet mijn schuld dat de leiding precies onder jouw rozencollectie ligt. Maar gelden voor de rozen niet dezelfde regels als voor de groenten? We kunnen ze in het ergste geval verplaatsen. De rozen hoeven niet voor altijd weg, ze moeten alleen plaatsmaken ...'

Ik nam een slokje van de port terwijl mijn paniek alles overstroomde, het glas, het dekbed en de vloer.

'Je raakt mijn rozen niet aan, hoor je dat, Sven! Graaf voor

en achter en in huis, sloop de vloer als je dat wilt, en mij
meteen ook wat mij betreft, maar je raakt de rozen niet aan,
hoor je?'

'Eva, waarom doe je daar toch zo moeilijk over? Je bent
anders zo logisch en nooit zo emotioneel of onmogelijk om
mee te praten. Natuurlijk zijn het mooie rozen, maar ze zijn
zo sterk als wat, en je kunt ze toch ergens anders planten?
Verplaats ze een stukje. Je kunt niet met rozen douchen als
de leidingen bevriezen en we zonder water zitten, en je kunt
niet alleen wijn drinken als het theewater opraakt ...'

Ik deed geen moeite om antwoord te geven, stond op,
kleedde me aan, ging naar buiten en streelde de rosa dumalis, rook aan een Peace-roos en stopte een handvol bladeren
in mijn zak. Toen ging ik naar binnen om de dochter van
Iréne Sörenson te bellen en ik kreeg haar zowaar te pakken.
Eindelijk kon ik haar over Irénes uitbarsting van de vorige
dag vertellen, dat ze steeds verder in haar eigen wereld leek
weg te glijden en dat ze waarschijnlijk niet zo lang meer
thuis kon blijven wonen. Ik vertelde over de smerige lakens
en het gebrek aan hygiëne en dat de medicijnen die ze pas
geleden had gekregen omdat ze misschien alzheimer heeft,
zo sterk zijn dat ze zich daar niet goed door voelt. Daarna
vroeg ik of ze van plan was om er iets aan te doen, als dochter
dus, niet als medemens.

'Je mag haar vragen hoeveel keer ze bij mij op bezoek is
geweest toen ik in het ziekenhuis lag', antwoordde ze.

Ik wist dat de dochter een paar weken in het ziekenhuis
had gelegen en tussen de twee beroemde uitersten leven en
dood had gezweefd en dat het herstel lang had geduurd, en ik
wist ook dat Iréne geen voet in het ziekenhuis had gezet om
haar te bezoeken. Ik heb langgeleden begrepen dat Iréne

alles verafschuwt wat met ziekte en dood te maken heeft. Soms vertelt ze over oude vrienden of familieleden die ziek zijn of die in een tehuis zijn opgenomen, maar het komt nooit in haar op om hen te bezoeken en nog minder om hun te schrijven of bloemen te sturen. Het heeft natuurlijk met angst te maken, een angst die ze bestrijdt door ziekte en ouderdom uit haar leven te bannen. 'Waarom moet ik in een tehuis wonen, daar wonen toch alleen oude mensen', heeft ze een keer gezegd, waarmee ze haar eigen ouder worden wegredeneerde.

Ondanks het gebrek aan betrokkenheid van de dochter kon ik met haar meevoelen. Ik herinnerde me plotseling hoe ik als veertienjarige met barstende pijn in mijn hoofd naar de eerste hulp was gebracht nadat ik over een stoeprand was gestruikeld en was gevallen. Het personeel van de eerste hulp deed er alles aan om de kwelling te verminderen, maar kon alleen constateren dat het waarschijnlijk een flinke hersenschudding was. Die werd gevolgd door een infectie waardoor ik hoge koorts kreeg, en een paar dagen lang bevond ik me in een droomtoestand waarin een geheimzinnige vrouw, die later de vrouw in het bed naast me bleek te zijn, de hele tijd aanwezig was en siste: 'Nu komt ze bij, nu komt ze bij, nu zullen jullie zien dat ze bij bewustzijn komt.'

Ik kwam ook bij bewustzijn, maar ik moest nog een paar weken blijven. Mijn vader was 's nachts met me meegegaan naar de eerste hulp, en ik herinner me dat ik zijn hand vasthield en zijn geur met me meenam in mijn bewusteloosheid terwijl ik dacht dat mijn moeder er waarschijnlijk zou zijn als ik wakker werd. Dat was niet zo, maar mijn vader kwam elke dag en vroeg hoe ik me voelde en wat ik nodig had. Ik moest tegen mijn vader zeggen dat ik ondergoed of schoolboeken moest hebben en hij was degene die met zijn onbeholpen handen mijn haren kamde. Mijn vader was ook degene die het bericht kreeg dat mijn hoofd helemaal in orde was en dat niemand snapte waarom ik zo'n ernstige infectie had gekregen.

'Je vader is vast heel blij dat je naar huis mag', zei mijn buurvrouw veelbetekenend toen ik ten slotte beter was verklaard. Mijn moeder toonde haar blijdschap door me op te wachten met een heerlijke maaltijd, slavinken, ingemaakte vruchten met slagroom en wijn, waarvan ze zelf het grootste deel dronk omdat je 'elke kans moet aangrijpen om er een feestje van te maken'.

Buster had zijn straf verdiend, maar had eigenlijk plaatsvervangend moeten lijden. Zo was het ook met Karin Thulin. Voor wat betreft mijn bonkende hoofd en de aansluitende infectie, toen niemand een verklaring kon vinden voor de heftige reactie van mijn lichaam, vraag ik me nog steeds soms af of ik ervoor had gekozen om mezelf te straffen. Ik weet alleen dat mijn moeder en ik ruzie hadden gehad en dat ik daardoor flink aangeslagen was, en dat mijn onhandige actie een week daarna plaatsvond. Het feesten van mijn ouders was flink toegenomen en ze waren er vaak niet op vrijdag- en zaterdagavond, als ze geen vrienden bij ons thuis hadden uitgenodigd. Ik vermoedde meer dan ik wist dat mijn vader deze feestjes met veel wijn, dansen en een nogal laag conversatieniveau verafschuwde. Misschien deed hij eraan mee om de illusie overeind te houden dat hij een geslaagd huwelijk had. Maar het is waarschijnlijker dat hij het deed om mijn moeder in de gaten te houden, omdat ze anders zonder enige twijfel alleen op stap ging en zonder dezelfde twijfel niet thuis sliep.

Die vrijdagavond zouden er een paar vrienden op bezoek komen, eigenlijk alleen vrienden van mijn moeder, en ze was vroeg thuisgekomen om alles voor te bereiden. Om de een of andere reden had mijn vader niet gekocht wat ze wilde hebben en ze raakte steeds opgefokter en geïrriteerder omdat ze waarschijnlijk niet genoeg tijd had om zich zo mooi te maken als ze van plan was. Met verwilderde ogen kwam ze naar me toe en schreeuwde dat ik moest stoppen met wat ik aan het doen was, ik was de tafel aan het dekken voor de gasten, en dat ik snel naar de winkel moest om het ontbrekende ingrediënt voor het nagerecht en een hapje voor bij de borrel te kopen.

'En een bos bloemen', riep ze toen ik al buiten stond. Ik kocht alles wat ik moest hebben en pas toen ik bijna thuis was besefte ik dat ik de bloemen was vergeten. Mijn moeder merkte het eerst niet. Mijn vader was thuisgekomen en had de opdracht gekregen om de 'rest' te regelen zodat zij zich klaar kon maken, en het lukte ons samen om alles voor elkaar te krijgen.

'Eva, welke ketting zal ik dragen?' riep ze plotseling. Ik rende naar haar toe en koos er een met parels en maakte hem vast in haar nek omdat ze haar nagels net had gelakt. Ze was mooi in haar zwarte, mouwloze jurk en de glanzende band in haar haren, maar ze was geïrriteerd over het niet met schmink te camoufleren puistje op haar gezicht en de ladder in de kousen die ze aan wilde trekken.

'Ga nu naar papa om hem te helpen. En trek iets leuks aan', voegde ze eraan toe. Ik had me net omgekleed toen er werd aangebeld en de gasten achter elkaar binnendruppelden.

Ik was met mijn veertien jaar oud genoeg om mijn opwachting te maken, maar niet oud genoeg om erbij te blijven en mee te eten, waar ik heel dankbaar voor was. In plaats daarvan schepte ik een bord vol en at op mijn bed in mijn kamer terwijl ik naar een krassende plaat luisterde, die ik afspeelde op een goedkope, maar werkende platenspeler. Natuurlijk luisterde ik net als mijn vrienden naar de bijna grijsgedraaide Elvis Presley en The Beatles, die steeds populairder werden, maar de muziek die me het meest raakte was jazz. Het was mijn moeder gelukt om in Londen een plaat van de Amerikaanse zangeres Nancy Wilson te kopen en haar stem, die werd begeleid door een weemoedige saxofoon, maakte dat ik een rusteloos verlangen naar iets ondefinieerbaars voelde.

Ik zat op bed en was net klaar met eten en toen ik mijn moeder hoorde roepen dat ik binnen kon komen om gedag te zeggen en een toetje te eten. Ik liep naar de keuken en zag eerst alleen een zee van beschilderde gezichten die als paaseieren onze grote houten keukentafel omringden. Mijn moeders mond glom en ze zwaaide met haar glas toen ik binnenkwam. Door hard te schreeuwen lukte het haar om boven het dronken geroezemoes uit te komen.

'En hier is Eva. Een schitterende vrouw, in tegenstelling tot haar moeder, zoals jullie zien. Maar zij heeft ook haar tekortkomingen en ze is niet altijd zo geweldig als haar vader denkt, nietwaar? Ze zou bijvoorbeeld bloemen kopen voor op tafel, maar dat is ze vergeten. Zo gaat dat nu eenmaal als je op je kinderen vertrouwt ...'

Ze tilde haar glas op voor een toost en zei tegen me dat ik tussen twee mannen moest gaan zitten die allebei met nieuw ontwaakte interesse naar me keken. Ik was veertien jaar en bovendien nuchter, maar ik had mooi roodblond haar en geen rimpels en het gaat toch voornamelijk om vraag en aanbod.

De man rechts van me was iets minder aangeschoten dan de rest van het gezelschap, met uitzondering van mijn vader. Hij heette Björn en was een collega van mijn moeder. Hij zal in de vijftig zijn geweest en was daarmee beduidend ouder dan mijn vader en moeder, en hij had bruine haren en vriendelijke ogen. Hij was zo aardig om een redelijk nuchtere poging te doen om uit te vinden wie ik was, en hij was voldoende op de hoogte van school en vrije tijd om iets wat op een gesprek leek met me te kunnen voeren. Hij zei dat hij veel had gereisd toen hij jong was en hij vertelde over rugzakreizen naar Canada en trektochten door de Alpen en hoe meer hij vertelde, des te weemoediger zijn ogen werden, terwijl zijn voeten ongeduldig onder tafel begonnen te tikken.

'Het is vreselijk wat er van me geworden is', zei hij en hij nam een slok van de cognac die hij bij de chocolademousse had gekregen.

'In die tijd hadden we rotsvaste overtuigingen. We waren principieel en we trokken ons niets aan van alle rotzooi die we van alle kanten over ons heen kregen. We stonden boven alles en hadden maling aan de krenterigheid in de grote en de kleine werelden, we waren sterk, we hadden geen cent op zak maar dat kon ons verdomme niet schelen, we hadden onszelf ... Dus proost, meisje, je hebt je beste tijd nog voor je, maak er wat van, proost, roodkopje ...'

Hij sloeg zijn arm om me heen en keek een beetje wazig naar me en het leek bijna alsof hij tranen in zijn ogen had. Ik had misschien ontroerd kunnen raken als de stem van mijn moeder ons gesprek niet had onderbroken.

'Björn. Björn! Hallo! Het heeft geen zin om met Eva over reizen of de liefde te praten, want ze is heel stom als het om dat soort dingen gaat. Eigenlijk weet ze nergens iets van af.'

Björn luisterde niet, alleen ik was geraakt, en ik stond meteen op en liep naar de badkamer en keek in het medicijnkastje. Pijntabletten, slaappillen, er was voldoende om wie dan ook te verdoven, misschien voor altijd. Ik streelde de potten een voor een, probeerde de namen, kietelde de etiketten en voelde hoe de belofte van eeuwige stilte zich verspreidde. Ik was zo in beslag genomen dat ik niet hoorde dat mijn moeder binnenkwam en achter me ging staan. Haar spiegelbeeld was plotseling naast dat van mij, blond naast roodblond, en ik draaide me om en sloeg terug.

'Je denkt dus dat ik stom ben.'

'Doe gerust chagrijnig als je daar zin in hebt.' Mijn moeders antwoord kwam snel en bewust, de alcohol blokkeerde haar stem niet en haar bewegingen waren krachtig toen ze me wegduwde en een lippenstift pakte om de roofdiergrijns op haar gezicht bij te werken. Ik drong langs haar heen, maar ging niet terug naar Björn en zijn verlangen naar vrijheid, ik ging meteen naar mijn kamer en naar bed. Daar viel ik bijna onmiddellijk in slaap, hoewel mijn moeders 'stom, stom, stom' net zo lang in mijn oren schreeuwde tot het leek alsof ik een vlucht meeuwen in mijn hoofd had.

Toen ik wakker werd dacht ik eerst dat Schoppenkoning me dit keer in levenden lijve bezocht. De dromen hadden me opgejaagd en Schoppenkoning had me in zijn armen gedragen en had me op het strand gelegd, waar hij vertelde over de leeuw en de krokodil en de rat terwijl hij me tegelijkertijd naar het water duwde. Op het moment dat ik zo dichtbij was dat ik dacht dat ik er nu in zou vallen, dat ik nu zou verdrinken, dat ik nu geen adem meer kon halen, sloeg hij zijn armen om me heen en kuste me, eerst luchtig en voorzichtig op mijn wangen en in mijn hals en daarna zachtjes op mijn mond.

Ik proefde de smaak van chocolade en sigarettenrook en dacht dat ik op tijd het touw en het kruis had gepakt, maar merkte toen dat de zoenen hard en nat en vies werden. Ik verdedigde me in mijn droom en plotseling ook in het echt, ik keek in een paar ogen en begreep dat er een man in mijn bed lag. Hij was groot en hij lalde, en ik duwde hem in paniek weg en ging rechtop zitten en sloeg het dekbed als bescherming om me heen. Ik wilde schreeuwen, maar zag ervan af toen ik besefte dat het Björn was die naast me was gaan liggen en die nu op de grond zat en probeerde de resten van zijn ego te verzamelen, terwijl hij onduidelijk pratend een onbegrijpelijk verhaal vertelde. Aan de andere kant van de deur dreunde de muziek en ik hoorde gelach en vrolijk geroep op de achtergrond en ik begreep dat het dansen in volle gang was, dansen en daarmee de jacht op een heimelijke aanraking, een verboden borst, huid die rechtmatig van iemand anders is.

'Meisje van me, kleine Eva, je bent nog zo jong, weet je hoeveel pijn het doet om oud te zijn, om alles achter je te hebben, wat ... Kan ik een klein kusje op mijn mond krijgen, alsjeblieft, mag ik een beetje aan je zitten, Eva, een jong meisje voelen ...? Soms verlang je ernaar om een jong meisje naast je te hebben ...'

Hij kroop weer in bed, duwde me terug en ging half op me liggen. Ik probeerde hem weg te duwen, maar hij was zwaar en log en zonder dat ik er iets aan kon doen voelde ik hoe zijn hand onder het dekbed mijn blote been streelde en zijn vingers daarna naar mijn borsten onder mijn nachthemd gleden en ze begonnen te kneden. Ik voelde de zoenen van zijn vieze, natte lippen overal op mijn gezicht en ik rook de alcoholstank en probeerde mijn gezicht weg te draaien.

Waarom ik niet schreeuwde? Misschien omdat ik ondanks mijn gevoelens van walging onbewust wist dat hij niet gevaarlijk was. Hij was een mens met een behoefte aan genegenheid, door mij herinnerde hij zich degene die hij ooit was geweest, en nu wilde hij een scherf van zichzelf te pakken zien te krijgen. Deze veertienjarige inzichten waren voldoende om hem te vragen me met rust te laten, om uit mijn bed te gaan, om me te laten slapen, en hij begon te huilen maar ging ten slotte staan en liep op wankele benen de kamer uit. Pas toen kwam de angst en ik schoot overeind, smeet de deur dicht, deed hem op slot en ging terug naar bed, waar ik me onder het dekbed verstopte. Mijn voeten waren de hele nacht ijskoud en ik lag uur na uur wakker omdat ik mezelf niet durfde over te geven aan een toestand waarin ik opnieuw zonder verdediging was. Af en toe pakte ik Busters oren en vroeg om raad, en na het derde gesprek met het zakje kon ik ten slotte ontspannen en in slaap vallen.

De volgende ochtend waren we allemaal moe. De muziek was in elke betekenis gestopt en de zitkamer en keuken stonden vol vieze borden en niet afgewassen glazen terwijl een zurige rooklucht het huis vulde. Op een van de kleden in de zitkamer zat een zwarte plek waar iemand waarschijnlijk een sigaret had uitgedrukt, en op een hoek van de grijze bank zat een vlek, misschien was het koffie of rode wijn. Bovendien had er iemand in de badkamer overgegeven en hoewel het provisorisch was schoongemaakt waren de lucht en de bruine randen nog aanwezig. Mijn witte kant zou vandaag

moeten schoonmaken en dat verhoogde het gevoel van on-
behagen voor wat er ging komen alleen maar. Mijn vader zat
in zijn badjas in de keuken en dronk koffie en at een boterham. Ik nam hetzelfde en begon toen over het onderwerp dat
op mijn tong brandde.

'Papa, die Björn ...'

'Ja, wat is er met hem?'

'Wie is dat?'

'Ik ken hem niet zo goed. Hij is een collega van mama. Hij
is met zijn gezin op bezoek geweest in ons zomerhuis, weet
je dat niet meer? Hoezo, waarom vraag je dat?'

'Omdat hij ...' Ik wist niet hoe ik verder moest gaan, ik wist
alleen dat wat er was gebeurd nu veel smoezeliger leek dan
het was geweest toen het gebeurde.

'Je weet toch dat hij met me zat te praten over zijn reizen
en hoe het was toen hij jong was, en ... en toen ik vannacht
lag te slapen kwam hij naar mijn kamer ...'

Mijn vader keek naar me. Hij zag er geschrokken uit.

'Kwam hij ... Is hij bij je geweest? In je kamer?'

'Ik werd wakker doordat hij ... Ik werd wakker omdat ik
voelde dat er iemand naast me in bed lag, en hij ... lag daar
plotseling en omhelsde me.'

De zoenen kon ik niet over mijn lippen krijgen, hoe ik het
ook probeerde. Ze zaten op mijn lippen en hielden de woorden tegen, en ik kon ze niet uitspreken. Maar misschien
hoefde dat ook niet want mijn vader stond zo heftig op dat
zijn koffiebeker omviel. De koffie stroomde over de tafel.

'Kom mee naar mama', zei hij met een stem die ik niet
herkende, en ik liep achter hem aan naar de slaapkamer waar
mijn moeder krachteloos in bed lag. Op het nachtkastje
stond een kop koffie die half leeggedronken was, terwijl

de boterham ernaast niet aangeraakt was. De kamer rook muf en toen ik naar mijn moeder keek zag ik dat zij er ook niet fris uitzag. Het blonde haar in haar nek was nat van het zweet en de restanten van de make-up rond haar ogen maakten ze donkerder dan ze anders waren. Ze draaide zich op haar rug en mompelde dat ze hoofdpijn had. 'Doe de gordijnen dicht, ik kan het licht niet verdragen, ik wil nog wat slapen.'

Maar mijn vader deed de lamp aan, zodat het felle schijnsel plotseling haar gezicht verlichtte, en hij liep naar haar toe en ging op de rand van het bed zitten.

'Ga zitten. Drink wat koffie en ga zitten, want ik moet met je praten. We moeten samen met je praten. Zo kan het gewoon niet doorgaan. We kunnen zo niet bezig blijven. Je zult nu de consequenties moeten aanvaarden, ik doe niet meer mee aan die leuke feestjes, er zijn grenzen ...'

Mijn moeder kwam langzaam overeind, zodat ze ten slotte half zat. Ze pakte haar koffie, nam een slok en trok een gezicht.

'Alsjeblieft, liefjes, ik heb zo'n hoofdpijn, waar gaat het over ...'

Mijn vader onderbrak haar. Ik zag hem van achteren, een tamelijk kleine, blonde man met een sterke rug in een blauwgrijze badjas en haren tot in zijn nek.

'Björn, die mooie, lieve collega van je, die kerel die je er zo nodig elke keer bij moet slepen als we dat verdomde groepje van je over de vloer hebben, ik heb tegen je gezegd dat ik hem niet mag, maar nu is het genoeg. Hoor je dat?' Mijn vaders stem brak en ik besefte plotseling dat hij op het punt stond om te gaan huilen.

Mijn moeder nam nog een slok koffie. Mijn vader pakte

plotseling haar schouders zo heftig beet dat ze op het laken morste, de tweede kop koffie waarmee deze ochtend werd geknoeid.

'Björn, je collega en vriend zoals je hem altijd noemt, is vannacht bij Eva geweest. Toen wij volop aan het feesten waren, jij vooral natuurlijk, voelde hij zich niet te goed om naar Eva's kamer te gaan en bij haar in bed te kruipen. Je dochter werd wakker doordat hij naast haar lag en haar omhelsde! Hoe is het in vredesnaam mogelijk, wie weet wat er had kunnen gebeuren als Eva niet wakker was geworden, wat zijn dat voor vrienden die je hebt; het is nu afgelopen, zeg ik je! Jij hebt niets in de gaten en weigert iets te zien, maar ik ben nu degene die zegt dat het afgelopen moet zijn met deze feestjes. Hoor je dat?'

Mijn moeder zei eerst niets. Ze pakte de beker en dronk het laatste restje. Toen keek ze op. Ze glimlachte.

Het was geen mooie glimlach. Er zat een restant lippenstift in haar mondhoek en de zwarte ogen glansden toen ze naar me keek.

'Zozo, dus Björn kwam naar je kamer. Jezus, wat schattig. Hij is dus bij je in bed gekropen? Ja, hij was waarschijnlijk een beetje dronken en zocht een bed, en daar was dat warme, heerlijke bed. Hij heeft waarschijnlijk niet eens gemerkt dat er een meisje in lag.'

Mijn vader staarde naar haar.

'Wat bedoel je?'

Mijn moeder stopte met glimlachen en werd agressief.

'Ik bedoel dat ik zag dat Björn een beetje te veel gedronken had en ik hoorde zelfs dat hij zei dat hij naar bed wilde. Misschien is hij naar Eva's kamer gegaan en is hij in haar bed gaan liggen, maar ik weet dat hij dat niet deed om haar te betasten. Hij was gewoon moe omdat hij een beetje te veel had gedronken. Hij nam elk glas dat hem werd aangeboden, en op een bepaald moment wordt het te veel. Dat overkomt iedereen die populair durft te zijn. Behalve jou, natuurlijk.'

Ik kon mijn vaders gezicht niet zien, maar ik zag hoe zijn rug onder de badjas spande alsof hij op het punt stond om zich op haar te storten.

'Wat zeg je daar? Lig je daar te beweren dat Eva zich alles heeft ingebeeld? Dat ze heeft gedroomd dat Björn haar kamer binnen kwam en naast haar ging liggen en haar omhelsde? Dat kun je gewoon niet menen, er is geen enkele mogelijkheid ...'

Nu begon mama ook harder te praten.

'Ik bedoel dat Eva er niet te veel achter moet zoeken dat Björn in haar bed is gaan liggen, want ik weet dat Björn haar niet zou betasten, zo is hij niet. En trouwens ...'

Ze zweeg en likte haar mond.

'... en trouwens, hij zat ook achter mij aan. Dus als hij behoefte had aan een omhelzing kon hij waarschijnlijk wel iemand anders vinden dan Eva.'

Ik stond in de deuropening naar hen te kijken, naar mijn vaders rug en mijn moeders gevlekte gezicht, en ik voelde hoe een deel van me uit mijn lichaam gleed en hen van bovenaf observeerde en dat dit deel dacht dat het niet waar kon zijn. Ik vertelde dat een vreemde man me had betast, zoals mijn moeder het uitdrukte, en mijn moeder geloofde me niet. Wat zou er zijn gebeurd als ik ook nog had verteld dat hij me wakker had gemaakt met een zoen terwijl hij zei dat hij zo graag een jong meisje wilde voelen? Op dat moment wist ik dat ik haar nooit meer als een moeder zou kunnen beschouwen. Ze kon mijn moeder niet zijn. Het was onmogelijk. En deze vrouw moest ik vermoorden, volgens het besluit dat ik ooit had genomen. Anders zou ik het zelf niet overleven.

Even zwegen we alle drie. Toen explodeerde mijn vader. Hij bulderde en schreeuwde, en ik liep weg zodra ik begreep waarop het allemaal zou uitdraaien, terwijl woorden zoals 'volkomen waanzinnig', 'hou het niet uit', 'zonder enig verantwoordelijkheidsgevoel', 'helemaal onoordeelkundig' werden uitgebraakt in een toestand van volkomen hysterie. Mijn moeder, die haar verdoofde staat voor het moment leek te hebben overwonnen, schreeuwde dat hij een verdomd saaie piet was, dat hij het haar nooit gunde om een beetje plezier te hebben, dat hij altijd partij voor mij trok. 'Nu heb je haar en mijn versie gehoord, en je gaat er alleen van uit dat die van haar klopt, hoewel ik al jarenlang met Björn samenwerk.' En daarna maakte ze gebruik van de plotselinge stilte in de woordenstorm om mijn vader een vernietigende slag toe te dienen.

'En ben je trouwens niet iets vergeten?'

Mijn vader zag er verward uit te midden van de razernij. 'Wat dan?'

'Om te vragen hoe ik me voel. Hoe ík me voel.'

Ik ging naar mijn kamer, deed de deur dicht, pakte het zakje met Busters oren en probeerde de situatie te analyseren. De gebeurtenis op zich had me niet bang gemaakt, dat was waar, zelfs al was wat ik had meegemaakt op verschillende manieren heel akelig geweest. Maar om niet te worden geloofd was erger en voorspelde weinig goeds voor de toekomst. Als ik niet eens op mijn woord werd geloofd als er zoiets als dit gebeurde, dan zouden veel situaties in de toekomst nog veel onbehaaglijker worden.

Mijn vader geloofde me en durfde mijn kant te kiezen. Maar mijn moeder geloofde me niet of had ervoor gekozen om me niet te geloven. Wat had ze daar voor reden voor? Ik kon er maar één bedenken, namelijk dat ze mijn moeder niet was en dat ze zich zelf aangetrokken voelde tot die Björn en gewoon jaloers op me was omdat hij mijn bed in plaats van haar armen had gekozen. Jaloezie. Ik proefde het woord en voelde hoe het in mijn tong beet. Was het mogelijk dat jaloezie ook een reden voor de andere conflicten was? Ze had gezegd dat mijn vader altijd mijn kant koos. Voelde ze zich in de steek gelaten door mijn vader, dacht ze dat wij samen één front tegen haar vormden? Ik kon het niet helemaal geloven, mijn vader, die zich altijd uitsloofde om ervoor te zorgen dat haar leven soepel verliep. Ontbijt op bed was waarschijnlijk een van de bewijzen daarvoor.

De ruzie van mijn vader en moeder duurde lang, hun stemmen rezen en daalden en ik dacht dat het klonk alsof er spullen op de grond werden gegooid. Ten slotte legde ik Busters oren onder mijn kussen, trok kleren aan zonder dat ik naar de badkamer ging om te douchen zodat ik niet zou storen, en sloop naar buiten.

De lucht was fris en helder, er was weinig verkeer en ik haalde diep adem en dacht dat er dit keer iets heel speciaals nodig was. Eerst moest de schuldvraag worden vastgesteld, en ik vond dat ik niet alles op mijn moeder kon afschuiven. Mijn vader had eraan meegewerkt om een feest te geven, Björn was uitgenodigd hoewel mijn vader dat niet wilde, en mijn vader zou mijn moeder niet zover krijgen dat ze tegen me zou zeggen dat het haar speet. Het zweet brak me uit bij de gedachte dat mijn moeder ervoor koos om me niet te geloven als ik vertelde wat een grote sterke man me had aangedaan, maar toch was zij niet degene die de daad had verricht. Dat was Björn, een weliswaar beklagenswaardige maar toch volwassen man, die zijn eigen smerige behoeften voor alle fatsoen en verstand had laten komen.

Toen ik terugkwam sloeg mijn hart rustig en waren mijn gedachten gekalmeerd. Zwart had tegenover wit gestaan en ik had een plan bedacht dat voorlopig nog vaag was, maar dat uitvoerbaar was. Als het goed uitpakte zou het betekenen dat Björn nooit meer in bedden ging liggen als hij daar niet uitdrukkelijk voor was uitgenodigd. Nu moest ik eerst de thuissituatie overleven. Toen ik de voordeur opendeed begreep ik dat er een vorm van wapenstilstand binnen onze muren heerste. Ik ging naar de keuken en zag dat mijn vader en moeder aan de ontbijttafel zaten te lezen. Grote delen van de afwas stonden in de gootsteen.

'Hé, ben je buiten geweest? Dat was verstandig van je, ik had hetzelfde moeten doen na gisteren. Heb je honger? We hebben eieren gebakken, en er is ham en er zijn warme tomaten. We waren vanochtend waarschijnlijk allemaal een beetje moe ...'

Mijn vaders stem stierf weg en hij ontweek mijn ogen. Mijn moeder deed ook geen moeite om op te kijken.

'Idioot flink, om 's ochtends vroeg naar buiten te gaan en sportief bezig te zijn. Niets voor je oude moeder. Maar je zult nooit over me kunnen zeggen dat ik niet van alles heb geprobeerd in dit leven. Ik heb niet alleen veilig thuis gezeten.'

Misschien was ik bang. Misschien werd ik bang. Maar ik denk het niet. Ik was het in elk geval niet, maar misschien was mijn lichaam het. Ruim een week later struikelde ik over de stoep, viel en stootte mijn hoofd met een harde klap en belandde op de eerste hulp voor een hersenschudding die me een paar weken uitschakelde. Ik denk dat het voor ons allemaal een nuttige pauze was, een korte onderbreking in het toneelstuk, waarna het doek na de pauze weer werd opgehaald voor een nieuwe bijdrage van de toneelspelers.

Waarom ik dat zo opschrijf? Misschien omdat ik vermoed dat de tijd korter wordt en dat ik me moet haasten.

Juli

4 juli

De gebeurtenissen zijn in een stroomversnelling geraakt, zodat mijn dagboek onaangeroerd is blijven liggen. Eergisteren belde Iréne in paniek op en vertelde dat er plotseling een vreemde vent in haar slaapkamer had gestaan. Ze had er geen idee van hoe hij was binnengekomen omdat alle deuren op slot waren. Maar toen ze in bed lag en het licht had uitgedaan stond er plotseling iemand in het donker naar haar te kijken. Ze was zo verstandig geweest om op de alarmbel te drukken die ze eindelijk van de thuiszorg had gekregen, zodat ze kon waarschuwen als er iets aan de hand was. Daarna belde ze mij en ze was helemaal vertwijfeld, wat ik kan begrijpen.

Ik moest natuurlijk controleren of het waar was, en het bleek dat het de thuiszorg was geweest die de controleronde voor die avond had gemaakt. Ze hadden aangebeld en omdat er niemand reageerde hadden ze de deur opengemaakt met de sleutel die ze hadden en waren naar binnen gegaan. Ik vertelde dat ze voorzichtig moesten zijn als er iemand in bed kon liggen en dat ze niet zomaar naar binnen konden stampen en naast het bed konden gaan staan. Dat zou iedereen bang maken.

Tegelijkertijd besef ik dat de situatie onhoudbaar begint te worden. Alle gesprekken die ik al met de thuiszorg heb gehad over de verslechterende toestand van Iréne monden uit in kleine druppels bij wijze van oplossing, zoals één keer extra wassen per maand en één keer extra boodschappen doen per week. Dat Iréne elke dag veel meer toezicht nodig heeft is niet opgenomen in het verzorgingsplan.

Irénes dochter heeft haar moeder beloofd om langs te komen, maar een paar uur later belde ze Iréne en zei dat het haar niet lukte omdat ze op haar katten moest letten. Toen Iréne dat vertelde raakte ik zo gedeprimeerd dat ik zin had om Susanne te bellen en te vragen of ze met Sven en mij uit eten wilde in de naburige stad.

Susannes ex-man Jens stond een paar dagen geleden plotseling bij haar op de stoep en vroeg of hij de kinderen kon meenemen. Zijn nieuwe vriendin was een paar dagen naar Denemarken en nu had hij opeens tijd voor vaderliefde. Susanne had er nog over gedacht om de deur voor zijn lange, magere neus dicht te smijten, maar haar behoefte aan wat vrije tijd woog waarschijnlijk zwaarder dan haar trots. Nadat ze Jens in een café in de buurt in quarantaine had gedaan, had ze de kinderen erop voorbereid dat ze hun ene 'thuis' voor hun andere 'thuis' zouden verruilen. Godzijdank is het zomer en dat maakt het gemakkelijker om hen te verhuizen. Het schooljaar met de nooit eindigende stroom leerboeken en briefjes over uitstapjes, lunchpakketten, feestjes en trainingsuren is gelukkig voorbij, en het enige wat absoluut mee moet is zwemkleding, afgekloven knuffels en een stapel boeken voor Anna-Clara.

Ik aarzelde lang voordat ik belde. Het leven dat ik heb geleefd, heeft me gedwongen om mezelf te redden, en de consequentie daarvan is dat ik bang ben om mijn kind of vrienden te bellen en aandacht te vragen als dat niet absoluut noodzakelijk is. Ik zou het verschrikkelijk vinden als ik erachter kwam dat ze verplicht bij me op bezoek komen als ze veel liever iets anders doen. Maar nu kon ik me niet inhouden, als een roker die een sigaret pakt hoewel het verboden smaakt. 'Een moeder kun je niet om de tuin leiden', zei mijn oma soms als mijn moeder siste dat alles fantastisch ging, en ik begrijp wat ze bedoelde. Op dit moment schrijnt Susannes onrust en ongeluk in me. Het is alsof ze een kopie van haar gevoelsleven heeft achtergelaten toen ze bijna veertig jaar geleden mijn lichaam verliet, een kopie die voortdurend wordt bijgewerkt.

Ze klonk niet bepaald gelukkig toen ik haar aan de lijn kreeg. Het duurt nog twee weken voordat het advocatenbureau haar op vakantie laat gaan en ze vertelde dat ze aan een tragische zaak werkte, waarbij een minderjarige jongen was verdronken. Maar toen ik over Irénes situatie begon klonk ze ondanks alles geïnteresseerd.

Susanne en Iréne hebben elkaar vaak genoeg ontmoet om in te zien dat ze om elkaar geven. In Susanne heeft Iréne een geestverwant gevonden als het gaat om interesse voor mooie winkels en grappige hoeden, en het is alsof Susannes waardering ervoor zorgt dat de oude vrouw liever tegen haar doet dan tegen anderen en zich tegenover haar van haar beste kant laat zien. Daardoor voel ik me soms in twee helften gespleten, de witte en de zwarte, een goede die blij is voor Susanne en een slechte die jaloers op haar is.

We spraken af om in Varberg een glas wijn te gaan drinken en iets te eten. Sven was blij dat hij mee mocht en dus gingen we op weg naar het restaurant en zaten daar aan een tafeltje naar de toeristen te kijken terwijl we op haar wachtten.

Toen ze ten slotte binnenkwam werd het zoals gewoonlijk een beetje onrustig in het lokaal. Door de wilde zwarte haren, de bruine vastberaden ogen, de trek rond haar mooi gevormde mond en haar kordate manier van lopen gingen verschillende mensen die eerst ineengezakt op hun stoel hingen rechtop zitten. Ik vond dat ze er goed uitzag, met een flatterende zomerjurk en mooie sandalen, en ze was licht-bruin gebrand hoewel ze nog geen vakantie had gehad.

'Hé, wat fijn dat je er bent. Hoe is het met je? Ga zitten. Heb je het druk gehad?'

Susanne liet zich op de stoel vallen en zuchtte.

'Hebben jullie al besteld?' Ze praatte snel en geknepen en dat betekende dat we ongeveer een half uur met de effectieve Susanne moesten praten voordat de echte Susanne met een beetje geluk tevoorschijn kwam en het overnam.

'Nee, we hebben op jou gewacht.' Voordat ik nog iets kon zeggen stond de bediening bij onze tafel. Susanne bestelde zonder op de menukaart te kijken een salade en een glas wijn, Sven kwam van het toilet en riep dat hij biefstuk en bier wilde, en ik zat daartussenin met vis en wijn. De formali-teiten waren achter de rug en Susanne leunde achterover en deed even haar ogen dicht.

'Hoe is het met de kinderen?' Het lukte Sven om met zijn gebruikelijke fijngevoeligheid als een olifant door de porse-leinkast te stampen.

'De kinderen?' Susanne lachte. 'Die hebben het waar-schijnlijk zo goed als we verdienen. Ik bedoel, soms wonen ze bij een verbitterde moeder die in de steek is gelaten en soms bij een verliefde vader met zijn nieuwe vlam. Over Per ben ik niet ongerust. Hij toont in elk geval zijn gevoelens. Hij schreeuwt en brult en gooit met spullen, en daar ben ik eigenlijk blij om, snap je, mam? Hij gooit zijn rotgevoelens er in elk geval uit. Met Anna-Clara weet ik het niet, ze heeft nooit gepraat en doet dat nu ook niet, dus dat is niet anders. Het ergst is het met Mari. Ze sluit zich op in haar kamer en zit op haar bed voor zich uit te staren en naar muziek te luisteren. Ik kan zeggen wat ik wil, het is alsof ze in zo'n geïsoleerde studio zit met muren die zijn bedekt met schuimrubber. Al het geluid wordt gewoon opgezogen en sterft weg.'

We kregen onze drankjes en Susanne pakte haar glas en nam een flinke slok, zei proost en zette het weer neer. Sven dronk ook gulzig, zo gulzig dat hij een witte snor op zijn bovenlip had.

'En weet je wat het ergst is? Bijna in elk geval? Dat de mensen nauwelijks medelijden met me hebben. Weten jullie waarom? Omdat Jens' nieuwe liefje ouder en lelijker is dan ik ben. En omdat ze alleen maar lerares is, terwijl ik advocaat ben. Het is alsof ze denken dat het probleem daarmee is opgelost. Het is nergens voor nodig om jaloers te zijn als je man verliefd wordt op een collega die ouder en lelijker is dan je zelf bent. Wat een fantastische logica! Met die logica kun je het niet beter treffen dan dat je man er plotseling voor uitkomt dat hij homoseksueel is! Het is natuurlijk een echt bewijs van kwaliteit als een vent geen andere vrouw vindt om je voor in te wisselen maar een man moet nemen om iets gelijkwaardigs te vinden.'

Susanne klonk verbitterder dan anders. Sven mompelde iets als 'meisje, ik snap het eigenlijk niet, jullie leken zo gelukkig, jullie hadden nooit ruzie, hij leek zo afhankelijk van je, ik had altijd het gevoel dat hij meer van jou hield, en vooral omdat hij zo gek op de kinderen is, ik had nooit gedacht dat hij hen zoiets zou aandoen'. Susanne gaf geen antwoord en we kregen ons eten, dat smaakte als in een zomerrestaurant, vrolijk en ongekruid.

Ik probeerde te verbergen dat ik Jens eigenlijk altijd nogal lomp en kleurloos heb gevonden en zei in plaats daarvan dat ik in elk geval niet vond dat Susanne zichzelf iets hoefde te verwijten. Ik praatte maar door over hoe flink en goed ze was, zo succesvol op haar werk en handig in het verzorgen van het huishouden en de kinderen, dat ze het iedereen altijd zo naar de zin kon maken, dat ze zo goed verzorgd en zo mooi was. 'Je weet dat ik van je hou, dat wij van je houden,' zei ik, 'en we helpen je graag als we dat kunnen en we nemen de kinderen als je dat wilt of ... zoiets.' Susanne legde haar vork met sla en garnalen neer en slikte een paar keer. Toen keek ze me aan.

'Houden van en houden van en houden van. Ja, mama, ik weet dat je van me houdt, dat heb je honderden keren gezegd, en ik weet ook dat je het meent. Maar soms ... soms voelt het alsof je me helemaal verstikt met al je liefde, en dat kan me razend maken! Ik weet nog hoe het was toen ik een kind was en als tiener trouwens ook, ik kon heel onredelijk zijn, en toch was jij altijd degene die je verontschuldigingen aanbood en zei dat het je speet. Dat was zo frustrerend. Zo ongelooflijk frustrerend! Je bood voor de kleinste dingetjes je excuses aan. En je was altijd zo beheerst en je deed altijd alles voor me. En toch ... toch was het vaak alsof je er niet was. Ondanks dat eindeloze, verstikkende "ik hou van je, het spijt me, ik ben er altijd voor je", was het soms net alsof je uit twee foto's bestond en dat maar een van die foto's praatte terwijl de andere toekeek. Het was alsof ik een gedeelte van je nooit kon bereiken.'

Ik slikte een hap vis door, maar kon me er nauwelijks toe zetten om op te kijken. Ik was er niet op voorbereid dat we zulke existentiële kwesties zouden bespreken en ik wist ook niet of ik daar aan toe was. Maar Susanne ging onbarmhartig verder terwijl ze haar salade naar binnen werkte zodat ze met haar mond vol eten praatte en dressing op haar jurk morste.

'Eén keer, ik herinner me niet goed wanneer, was ik onredelijk en provoceerde ik je. Ik geloof dat ik mijn kamer moest opruimen of zo, en ik deed het gewoon niet. Ik wilde een reactie uitlokken, en nadat je het me een keer of vijf, zes vriendelijk had gevraagd en ik steeds onvriendelijker antwoord gaf, kwam het. Je schreeuwde tegen me en schudde me door elkaar en je riep: "Nu doe je wat ik zeg, nu respecteer je me, nu doe je wat ik zeg, nu luister je naar me, nu haal je die superieure uitdrukking van je gezicht, nu kijk je me aan", en ik weet niet wat je allemaal nog meer uitkraamde. En weet wat ik dacht, mama? Ik dacht: nu heb ik je. Eindelijk heb ik je. Eindelijk word ik uitgescholden, net zoals alle anderen, eindelijk moet ik terugkrabbelen. Maar ...'

Susanne stopte en nam een grote slok wijn. Sven kauwde doelbewust op een stuk vlees, ervan overtuigd dat hij als winnaar uit de bus zou komen, terwijl de vis in mijn mond groeide en plotseling alleen uit graten bestond. Ik deed of ik in mijn servet hoestte en spuugde de hap uit en nam een slok wijn. Maar Susanne was nog niet klaar met me.

'... maar een uur later kwam je binnen en je zei dat het je speet en toen begon het weer. Ik hou van je, ik hou van je, ongeveer alsof je het volume van een radio opschroeft, en ik had het gevoel alsof er iets doodging binnen in me. Daarna durfde ik nauwelijks meer een grote mond op te zetten, want jij begroef al mijn uitbarstingen in liefde. En soms vraag ik me af of het daarom verkeerd is gegaan tussen Jens en mij. Want elke keer dat ik wilde tieren en schreeuwen en schelden dacht ik dat het geen nut had, omdat je dan toch alleen verstikt wordt met liefde die als een kussen op je gezicht wordt gedrukt zodat je geen adem kunt halen. Ik zweeg en beheerste me. En wat gebeurde er?'

We zwegen, zowel Sven als ik. Ik vroeg me af hoeveel Sven had begrepen van wat Susanne had gezegd, hoeveel het hem kon schelen en hoeveel woorden hij vandaag nog in voorraad had. Misschien niet voldoende om antwoord te geven.

'Hij heeft een oudere vrouw genomen.' Susanne zette haar glas met een klap op tafel.

'Jazeker, hij heeft een oudere vrouw genomen, en Jens zegt dat ze in elk geval een mening durft te hebben, ze durft in elk geval ruzie te maken. Ze is niet perfect en komt daarvoor uit, en dat is heel ontspannen. Mijn man heeft me dus verlaten omdat ik geen ruzie kan maken, mama, en jij bent degene die dat van me heeft afgepakt. Dat weet ik, want ooit kon ik het. Ik heb het gekund!'

Ik wist niet wat ik moest antwoorden of hoe ik me moest verdedigen. Binnen in me klonk het onbarmhartig dat het goed is als je je kinderen een beetje aan hun lot kunt overlaten, je moet ook aan jezelf denken, een beetje lauwe liefde is waarschijnlijk het beste, en ik dacht dat als Susanne dat wilde ik van twee kanten werd aangevallen. Ik voelde dat ik het koud kreeg terwijl ik besefte dat ik geen keus had gehad. Het was gemakkelijker om de schuld op me te nemen, dan hoefde ik in elk geval geen slecht geweten te hebben. Susanne legde haar hand op mijn arm.

'Mama, ik wil je niet verdrietig maken. Het spijt me. Zie je, nu begin ik ook al. Je bent een heel goede moeder geweest, dat is het niet. Maar als iemand een schop in je leven duwt en erop gaat staan, en begint te graven en omhoog te halen en weg te gooien, dan ga je over van alles nadenken. Oude vrienden hebben ineens nieuwe gezichten, de mensen van wie je denkt dat ze je steunen geven niet thuis, terwijl plotseling blijkt dat vage kennissen fantastisch kunnen luisteren en je troosten of gewoon iets liefs doen. En dan begin je te praten over alles wat er is gebeurd en kom je bij je familie terecht, en ... ja, dan begin je te denken aan dingen waarvan je hebt besloten dat je er niet aan wilt denken ... Je weet wel, als je maar diep genoeg graaft kruipen de wormen ten slotte tevoorschijn. Mama, je bent toch niet verdrietig? Ik bedoel, het kan niet gemakkelijk voor je zijn geweest toen ...'

Ik keek naar haar. Effectieve Susanne was verdwenen en vervangen door zorgzame Susanne en misschien ook door de Susanne die een beetje blijer was, en ik deed mijn best om te verbergen hoe ze me had geraakt met wat ze had gezegd en doordat ze had gezinspeeld op datgene wat het meeste pijn deed. Ik wist ook niet dat ze zo veel had nagedacht over datgene waarvan ik dacht dat het vergeten of in elk geval diep genoeg begraven was.

'Het is alleen maar goed dat je met me durft te praten. Het zou vreselijk zijn als je dat niet kon. Maar ik ben toch veranderd? Ik bedoel, ik ben nu toch veel scherper dan toen je kleiner was?'

Susanne had geen tijd om antwoord te geven omdat Sven terugkwam van alweer een bezoekje aan het toilet.

'Hoe gaat het gesprek?' vroeg hij en Susanne en ik begonnen midden in alle ellende te schaterlachen omdat hij wat er gezegd was zo effectief en zonder gemis of begrip naar de bodem liet verdwijnen. In stille eendracht gingen we daarna door op de vrolijke toer. We hadden gepraat over serieuze dingen, we hadden slakken en slijk naar boven gehaald, maar het was ons gelukt om niet al te vies te worden en we durfden geen van beiden nog een duik te nemen uit angst dat we ons weer bevuilden.

We beloofden Susanne dat ze de kinderen wanneer ze

maar wilde naar ons toe kon brengen en vroegen haar dringend, misschien een beetje te dringend, om een keer langs te komen, 'je hoeft niet lang te blijven'. Daarna vertelde ik Susanne hoe slecht het ging met Iréne, en ze zei onmiddellijk dat ze bij haar langs zou gaan zodra ze gelegenheid had.

'Denk je dat het afgelopen is, mama?' vroeg ze ongerust, en ik kon niets anders zeggen dan dat het misschien niet afgelopen was, maar dat het in elk geval afgelopen was met het leven dat Iréne de laatste jaren had geleid. Tegelijkertijd kon ik het niet laten om erop te wijzen dat haar humeur in elk geval niet was veranderd. Iréne had me verteld dat iemand van de thuiszorg had gevraagd of ze naar de hemel verlangde en Iréne had geantwoord dat ze niet zo'n groot verlangen naar boven had omdat het haar daar zo netjes en saai leek. Maar beneden, op die andere plek, daar hoefde je in elk geval niet schoon te maken, had ze gezegd.

Susanne lachte en zei dat het typisch Iréne was en dat ze gelijk had dat het paradijs voortdurende verzorging eiste. Toen namen we afscheid van elkaar. Susanne zei dat ze naar huis wilde lopen en we zagen haar verdwijnen en stapten in de auto. Sven reed en ik zat zo stil naast hem dat hij zich ten slotte genoodzaakt voelde om iets te zeggen.

'Ze overleeft het wel, ze is altijd sterk geweest. Maak je maar niet ongerust', zei hij en hij keek me snel aan.

'Ik maak me niet ongerust, maar toch ben ik bezorgd', antwoordde ik, en daarna lieten we het onderwerp rusten. Sven begon zijn hart uit te storten over een of andere misdadiger over wie Susanne had verteld, die met behulp van een bekende advocaat was vrijgesproken hoewel iedereen wist dat hij schuldig was.

'Vroeger hadden fatsoenlijke misdadigers een cyanidecapsule tussen hun tanden die ze stuk konden bijten als ze gepakt werden, maar tegenwoordig hebben ze het visitekaartje van een goede advocaat op zak', zei hij en was daarop van mening dat dit het bewijs was voor de ongelukkige wending die alles nam.

Ik kon het niet laten om daaraan te denken toen Sven eindelijk sliep en ik weer uit bed kon sluipen. Cyanide of een ander gif was een van de alternatieven die ik had overwogen toen ik nadacht over mijn wraak op Björn. Tegelijkertijd besefte ik dat het niet gemakkelijk was om aan gif te komen en bovendien werd het me langzamerhand duidelijk dat ik Björn niet wilde vermoorden.

Hij had zich natuurlijk onvergeeflijk gedragen, maar het was opnieuw mijn moeder die me het meest had beschadigd doordat ze mijn verhaal over de aanranding niet had geloofd. In plaats daarvan had ze me belachelijk gemaakt. Schoppenkoning had 's nachts 'een leven voor een leven' gefluisterd en ik snapte wat hij bedoelde. Björn moest worden gestraft als een voorbereiding op de strijd met mijn moeder. Zijn daad vereiste straf, maar die straf moest in relatie tot de overtreding staan. Hij was ongedierte, maar ongedierte met een zachte vacht. Als ik hem moest vergelijken met een van de dieren op het schilderij zou hij de rat zijn die aan het touw knaagde.

Door de rat kwam ik ook op het idee hoe ik Björn moest straffen. Op een dag kwam mijn moeder uit de kelder met een spierwit gezicht en ze vertelde dat ze een muis had gezien die zich in een hoek had schuilgehouden. Ze was normaal gesproken niet laf als het om ongedierte of insecten ging, maar ze vond ratten weerzinwekkend en muizen hadden volgens haar een dierlijke verwantschap met ratten.

Mijn vader kreeg de opdracht om muizenvallen te kopen en kwam thuis met een paar ouderwetse vallen van de soort waarbij een stuk kaas de muis verleidt om op een pal te stappen, waarna de ijzeren klem op hem dichtklapt. We testten hem samen, staken er een mes in waarmee we de pal losmaakten en schrokken van de knal. Ik vroeg me af of de muis in één keer dood zou zijn en of je zo ook een vinger kon kwijtraken, maar dat waren eigenlijk geen relevante gedachten. De hoofdzaak was dat het pijn zou doen, zo veel pijn dat hij het nooit meer vergat.

Er heerste een eigenaardige wapenstilstand in ons gezin nadat ik in het ziekenhuis had gelegen. Vlak daarna kreeg mijn vader werk in het filiaal in Göteborg, wat betekende dat hij alleen in het weekend nog thuiskwam. Dat wilde hij niet, maar de hoeveelheid binnenkomende orders was al een tijdje drastisch verminderd en het kantoor in Göteborg had voor zover ik het begreep een flinke reorganisatie nodig om te overleven. Het woord 'werkloos' werd nooit genoemd aan onze keukentafel en het werd niet hardop uitgesproken dat mijn vader zijn baan kon kwijtraken, maar achteraf kan ik me voorstellen dat het risico groot was en dat mijn vader daarom geen nee durfde te zeggen. Ironisch genoeg liep het bedrijf waar mijn moeder werkte beter dan ooit. Ze had het heel druk, maakte promotie en kreeg bovendien regelmatig opslag. Haar salaris kan heel goed hoger dan dat van mijn vader zijn geweest, hoewel ik dat nog steeds niet zeker weet.

Mijn vaders afwezigheid hield in elk geval in dat ons gezinsleven opnieuw veranderde. Mijn moeder en ik werden gedwongen om verschillende dagen achter elkaar met zijn tweeën te zijn en dat lukte ons vooral door bij elkaar uit de buurt te blijven. Mijn moeder werkte vaak over, maar dat kon me niet zoveel schelen zolang we geen ruzie hadden. Ook ging ze vaker uit. Ze belde me dan om te vertellen dat ze meeging met een collega, maar ze verpakte het vaak als een extra inspanning voor haar werk.

'In ben om tien uur thuis, Eva', kon ze zeggen.

'Beloof je dat?' vroeg ik en ze antwoordde: 'Natuurlijk, dat beloof ik, om tien uur ben ik thuis, dan kunnen we nog een kop thee drinken en wat praten.'

Dus wachtte ik tot het tien uur was, en als het kwart over tien werd of misschien half elf en ze nog steeds niet thuis was, belde ik naar Sigrid of Lennart of Jan, die altijd opnamen met een aangeschoten stem terwijl er vrolijk gelach en geschreeuw op de achtergrond klonk. Ten slotte riep Sigrid of Lennart of Jan mijn moeder, die de hoorn pakte en lalde: 'Ik kooooom al, ach wat, ik moet alleen, Eva, hahahahaha, stop nou, dat kietelt, ik ... ik kooooom.' Die procedure kon zich een, twee, drie keer op een avond herhalen, en elke keer dat ik haar sprak hoorde ik dat ze meer had gedronken. Ik sliep vaak als ze thuiskwam en 's ochtends leek ze weer helemaal nuchter. Alleen de lucht in de badkamer en de slaapkamer verraadde in wat voor staat ze de nacht ervoor was geweest.

Het huis was 's avonds akelig stil. Hoewel ik altijd werd gestoord door de lawaaiige feesten van mijn moeder en haar vrienden en de voortdurende logés was ik zo gewend aan het kabaal dat het in al zijn ongezelligheid toch normaal leek. De stilte was niet normaal en daarom beangstigend, en op sommige avonden probeerde ik dat met geluid te camoufleren. Ik luisterde naar swingmuziek, naar Nancy Wilson of The Beatles, liet de radio op de achtergrond praten en probeerde extra hard op de vloer te stampen als ik van mijn kamer naar de keuken of naar het toilet en weer terug liep. Ik nestelde me in mijn kamer, richtte hem in met rode en gele dekens en kaarsen, alsof ik weer in een surrogaatbaarmoeder wilde kruipen.

Soms praatte ik met Busters oren of met het Mariabeeld, en af en toe had ik een vriendin op bezoek, iemand die de stilte niet gewend was en die het heerlijk vond om thuis weg en van het gezeur af te zijn. We maakten samen huiswerk of zaten elk in een hoek te lezen. Omdat ik geen zin had om mijn geheimen te delen, mocht ik die van hen aanhoren, en ik kreeg zo meer vriendinnen dan ooit, vriendinnen die me gebruikten als een filter waarin ze hun problemen schonken, zodat al het koffiedik aan me bleef vastkleven terwijl hun leventje na ons gesprek weer helder en soepel was. De stille uren gaven me ook de kans om me in wiskunde te verdiepen en ik kreeg extra opdrachten mee naar huis van mijn leraar, die dolblij was dat hij in elk geval één leerling had die van procenten en tweedegraadsvergelijkingen hield.

Op een avond was ik het huis voor advent aan het versieren. Ik wachtte op een vriendin die langs zou komen en om de tijd te doden ging ik naar de kelder en haalde de adventspullen naar boven. Ik zette kabouters en Lucia's neer, deed vier kaarsen in kandelaars en hing een ster voor het raam. Mijn vriendin kwam toen ik net klaar was en we waren juist gaan zitten met onze grammatica en iets te drinken toen mijn moeder onverwacht thuiskwam.

'O, het is hier versierd, wat leuk', zei ze terwijl ze haar tassen op de grond zette. Mijn vriendin en ik kwamen de kamer uit en mijn moeder begroette haar.

'Hé, wat leuk. Ik ben Eva's moeder, zoals je wel zult begrijpen. En omdat Eva niet zo geïnteresseerd is in inrichten denk ik dat jij degene bent die dit heeft gedaan.'

Ze maakte een vaag gebaar naar de kerstmannen terwijl haar commentaar bewees dat ze ontevreden was over iets in haar eigen bestaan. Het deed me beseffen dat ik een paar weken had verspild met mijn mentale voorbereiding op het straffen van Björn, omdat ik mijn plannen nog niet in daden had omgezet. Björn was niet meer bij ons thuis geweest sinds het noodlottige feest, maar ik had hem een keer aan de telefoon gehad toen ik belde omdat ik mijn moeder zocht en toen had hij van de gelegenheid gebruikgemaakt om te vragen hoe het met me was. Ik had kortaf geantwoord, maar nu was de tijd van vrede voorbij en was de oorlog begonnen. Kerstmis naderde.

Maar hoe verleid je een man? Het onderwerp leende zich voor gepieker omdat ik op dat gebied helemaal geen ervaring had. Mijn vader en Schoppenkoning waren nog steeds de enige mannen die iets voor me betekenden, en ze hielden van me zonder dat ik me anders voor hoefde te doen. De meisjes in de klas begonnen met make-up en zogenaamd verleidelijke kleren te experimenteren. Ze fluisterden over de mode in Londen, de mode waardoor mijn moeder werd geïnspireerd en waarmee ze werkte, en een van de meisjes in de klas kwam op een dag op school met slordige blauwe oogschaduw, gitzwarte wimpers, en een lok haar die over één oog hing. Ze werd weliswaar genadeloos uitgelachen door een groep jongens, maar ze beweerde twee weken later dat ze verkering had met een jongen van een andere school. De bewering was moeilijk te controleren maar hing boven de klas als een laagvliegend insect, een voorgevoel dat er al snel een onweer zou losbarsten dat moeilijk te beheersen was door zijn kracht, maar mooi was door zijn razernij. De vrienden en vriendinnen om me heen werden langzaam rijp en kwamen terecht in voorstadia van mannen en vrouwen, een verzameling perziken in de kleuren rijpgeel, oranje of rood, terwijl het zachte dons nog aan de buitenkant zat.

Ik bevond me ergens in het midden. Ik had inmiddels borsten en mijn menstruatie was op gang gekomen, al was die zo onregelmatig dat ik er nooit op kon rekenen. Verder had ik mijn onhandigheid gehouden, en het contrast was misschien een beetje spannend. Mijn grootste bezit was nog steeds het rode, ontembare haar, maar ik deed bijna nooit moeite om daar de nadruk op te leggen, het was zelden goed gekamd en ik bond het meestal samen in een staart.

Op een avond toen ik in bed lag en met Busters oren praatte, bedacht ik dat Buster zelf het antwoord was. Hoe groot kon het verschil zijn tussen het lokken van een man en een hond? Ze hielden allebei van lekker eten, ze wilden graag vrij rondlopen zonder aangelijnd te zijn en ze waren allebei gemakkelijk om de tuin te leiden als je ze naar de mond praatte. De procedure met de spinnen en de slakken hoefde ik niet te herhalen, enerzijds omdat ik al had geleerd om mijn angst te beheersen, anderzijds omdat ik niet van plan was om ooit zo bang voor een man te worden als ik voor Buster was geweest.

Maar net zoals ik de teckel van de Olssons had gebruikt om te oefenen voor mijn wraak op Buster, had ik iemand nodig voor een generale repetitie. De proefteckel werd na lang beraad Kalle uit mijn klas. Ik koos hem omdat ik voelde dat hij dezelfde onzekerheid en behoefte aan genegenheid had als Björn, een onzekerheid die schuilging onder een nogal ruwe buitenkant. Ik vermoedde ook dat zowel Kalle als Björn eerder uit was op een goede vriendschap dan op een polarisatie tussen man en vrouw, maar het moest wel een vriendschap zijn die ruimte liet voor een beetje glazuur aan de randen voor die extra zoetheid bij het kauwen.

Ik begon me in de buurt van Kalle op te houden en knoopte korte gesprekjes met hem aan, meestal over wiskunde of dingen die met school te maken hadden. Gelukkig was hij net zo gek op vergelijkingen als ik, hoewel hij er minder goed in was, en ik hoefde niet lang toenadering te zoeken en mijn haren een beetje extra te borstelen, voordat we met elkaar afspraken onder het voorwendsel dat we samen complexe vraagstukken zouden oplossen.

Na de eerste keer volgden er meer afspraakjes en we begonnen vertrouwelijkheden uit te wisselen, die van hem eerlijk en onbeholpen en die van mij goed gedoseerd en berekenend. De filtertactiek functioneerde ook nu, en ik kreeg een heleboel ellende te horen over Kalles huiselijke omstandigheden, waar een dominante vader met eisen voor het leven de hoogst mogelijke prestaties verwachtte bij alles wat Kalle deed, zowel op school als in zijn vrije tijd. Ten slotte was de koffie gezet, zwart en dampend, en Kalles ogen begonnen te glanzen als we elkaar zagen, net zoals bij de teckel van Olsson als ik hem kwam halen voor een wandeling en een stuk worst in de struiken.

'Je bent zo anders', zei hij op een middag toen we thee-dronken, en hij tilde zijn hand op en streek met een ontroerend gebaar een haarlok weg die voor mijn oog hing.

Ik vond het niet vervelend, het was eigenlijk hetzelfde gevoel als de eerste keer dat Jocke, de teckel, aan mijn vingers likte. Net zoals ik Jockes tanden achter zijn tong had gevoeld, vermoedde ik bij Kalle ook iets scherps achter het schijnbaar onschuldige en zachte gebaar. Het betekende dat ik dicht bij de finish was, die ik toch niet van plan was te overschrijden.

Het gebeurde op een avond dat we naar de bioscoop waren geweest en een nogal domme lachfilm hadden gezien. Op weg naar huis kwamen we door een park en ontdekten plotseling dat we helemaal alleen waren. De bomen waren kaal omdat het winter was, de sneeuw dwarrelde aan één stuk door naar beneden en we droegen dikke jassen, mutsen, sjaals en wanten. Ik kreeg een ingeving en raapte wat sneeuw op die ik tot een zachte bal vormde die ik naar Kalle gooide. De sneeuwbal kwam in zijn gezicht terecht en hij proestte, begon te lachen en pakte een handvol sneeuw die hij over me heen gooide zonder dat hij moeite deed om er een bal van te maken. Ineens vielen we elkaar wild aan en probeerden sneeuw in elkaars jas en broek te schuiven en verdedigden we onszelf. Ten slotte duwden en stootten we zo hard tegen elkaar aan dat we in een berg sneeuw belandden. Daar bleven we liggen, ik onder en Kalle boven op me met zijn vuurrode gezicht vlak bij me.

De sneeuw dempte alle geluiden, en als een scalpel sneed de herinnering plotseling door me heen, de herinnering aan Britta en ik die naast elkaar lagen en sneeuwengelen maakten. Mijn muts was afgevallen. Kalle was heel dichtbij en toen gebeurde het onvermijdelijke, als zacht en zacht elkaar ontmoeten en de smaak van iemand anders zich vermengt met die van jezelf. Ik voelde en voelde toch niet, omdat een deel van me mijn gevoelens analyseerde en het andere deel mijn zintuiglijke indrukken probeerde te verwerken. Het deel dat analyseerde zei dat het minder onprettig voelde dan ik had verwacht. Tegelijkertijd merkte mijn zwarte kant dat Kalle begon aan te dringen en te eisen, dat zijn handen onder mijn jas zochten en dat hij tegen me aan begon te schuren op een manier die niets met zacht tegen zacht te maken had.

'Als God had gewild dat we elkaar liefhebben had hij dat in de zomer gedaan', zei hij plotseling, en nu denk ik dat het mooi gezegd was, heel poëtisch zelfs, en in elk geval eerlijk. Toen zorgde het ervoor dat ik onmiddellijk wilde stoppen. Het voelde ineens belachelijk, en ik trok me uit zijn armen los en begon de sneeuw van mijn kleren te vegen en zei dat ik naar huis moest. Ik was bang dat hij het misschien verkeerd opvatte en deed daarom mijn best om een arm om hem heen te slaan toen we naar huis liepen en om hem even te omhelzen voordat ik hem achterliet. Hij vroeg niet of hij mee naar binnen mocht, maar rekende er waarschijnlijk op dat er een betere gelegenheid zou komen.

Hij had het mis. De dag erna liet ik hem vallen, als een trofee die ik niet langer nodig had omdat ik hem al had gewonnen en op de plank kon zetten. Hij deed verschillende pogingen om onze relatie weer op te pakken, hij belde en schreef en zocht zelfs verklaringen, maar ik antwoordde alleen met stilte. Ten slotte gaf hij het op, maar zijn ogen volgden me nog jarenlang en soms zie ik hem voor me als ik mijn ogen dicht doe en in een park loop waar de eerste sneeuw valt. Door hem besefte ik dat een geweten als een fijn spinnenweb over alle organen in het lichaam ligt, en ik besefte dat ik beschadigd was, omdat liefde minachting bij me opriep. Ik was zo gewend dat het andersom was, dat ik degene was die werd geminacht. In de periode dat Kalle en ik met elkaar omgingen begon mijn moeder steeds heviger aan haar lijn te slingeren en toen ze viel trok ze mij in haar val mee, wat zo veel pijn deed dat het zelfs mijn geweten verdoofde.

'Als ik me niet goed voel kan ik geen rekening houden met alles en iedereen en dat moet je accepteren', schreeuwde ze op een dag toen ze me een uitbrander had gegeven omdat ik had gevraagd of ik het medaillon mocht dragen dat oma me voor mijn verjaardag had gegeven. Het was van goud en mooi versierd, en mijn moeder had het op mijn verjaardag in haar eigen sieradenkistje gelegd met de motivatie dat ik hem de komende jaren toch niet zou dragen. De uitbrander zorgde ervoor dat ik mijn gedachten aan Kalle wegduwde en me in plaats daarvan op belangrijkere zaken besloot te concentreren.

Björn had het over reizen en vreemde landen gehad, over rugzakken en ongemakken en antimuggenmiddel en weinig bezittingen. Iets liefs met stroken en kant hoefde ik daarom niet aan te trekken, maar ik zou mijn toekomst als lokaas gebruiken, de oneindige jeugd en het ongerepte en onbevlekte, zowel mentaal als lichamelijk. Ik leende boeken over Azië en Latijns-Amerika en over bekende bergbeklimmers en hoe ze de Mount Everest hadden bedwongen. Ik las alles wat ik te pakken kon krijgen over avontuurlijke reizen en uitrustingen, ik informeerde in winkels en completeerde tegelijkertijd mijn eigen uitrusting met een spijkerbroek, een overhemd en een boerenzakdoek rond mijn hals waarmee ik een vrouwelijke versie van James Dean hoopte te lijken.

Toen ik mijn moeders kantoor belde en vroeg of ik Björn kon spreken bedacht ik dat ik zijn achternaam niet eens wist. De behulpzame telefoniste behoorde echter tot de goed geïnformeerde soort.

'Ik denk dat je Björn Sundelin bedoelt. Van de marketing-afdeling. Ik verbind je door.'

Sundelin. De naam klonk bekend, en plotseling wist ik het

weer, die dag lang geleden toen het gezin onze zomerrust kwam verstoren en mijn moeder aan iedereen vertelde dat ik te lui was geweest om mijn haren te kammen. Zo lang was Björn dus al in beeld geweest. Plotseling besefte ik dat hij degene was die zijn vrouw met Kerst een diamanten ring had gegeven. We waren met andere woorden al heel wat jaren in elkaars leven geweest zonder dat we ons daar bewust van waren. De hoogste tijd om ervoor te zorgen dat er iets gebeurde.

Mijn hand was een beetje nat van het zweet, maar verder maakte de gedachte aan de slakken mijn stem helder en compact toen Björn opnam met 'Sundelin' en ik antwoordde met 'Eva, weet je nog, de dochter van ...' antwoordde.

'Ja, ik weet het.' Björn klonk zowel blij als overrompeld. Een telefoontje van mij was het laatste wat hij had verwacht, en van de reden had hij natuurlijk geen enkel idee. Misschien was hij ook een beetje bang dat ik op de een of andere manier zijn bezoek in mijn bed ter sprake zou brengen. Ik ging meteen in de aanval.

'Ik wil van de zomer gaan reizen. Liever gezegd, ik ben van plan om met een paar vrienden te gaan reizen, en ik wil meer doen dan alleen kerken bekijken in warme, grote steden. Ik bedoel, ik wil de natuur in en een trektocht maken, misschien in de Alpen of zo ... en ik herinnerde me ineens dat we daarover hebben gepraat toen je bij ons thuis was. Je was met je rugzak naar Nepal of zo geweest ... en ik dacht dat ik misschien wat raad van je kon krijgen over wat ik mee moet nemen en welke schoenen geschikt zijn.'

Ik doseerde mijn zekerheid, liet de vislijn voorzichtig stukje bij beetje vieren en liet mijn stem een beetje wisselen tussen zakelijk informeren en schoolmeisjesachtig respect.

Björn snuffelde al aan het aas, al was hij afwachtend. Het was nieuw voor hem.

'Spannend. Ik ben jaloers op je, weet je dat, om gewoon weg te kunnen gaan ... Maar ik heb natuurlijk een heleboel oud materiaal dat ik kan sturen ...'

'Heb je geen tijd om er iets over te vertellen? Als ik naar je werk kom of zo? Als ik iets lees heb ik namelijk altijd vragen en dan wil ik meer weten en dat staat dan nergens.'

Ik probeerde met opzet een beetje naïef te klinken, terwijl het voorstel om naar zijn werk te komen tegelijkertijd nauwkeurig afgewogen was. Björn zou in geen geval met me willen afspreken op een plek waar mijn moeder het zag. Hij wist natuurlijk ook hoe ze onsolidair gedrag bestrafte en een ontmoeting op kantoor zou bovendien veel te officieel zijn. De telefoon ging en er kwamen collega's binnen, zodat ik geen kans zou krijgen om het web van intimiteit te spinnen dat noodzakelijk was om mijn plan te laten slagen. Maar tegelijkertijd bewees mijn voorstel over het kantoor dat ik geen verborgen bedoelingen had, wat in werkelijkheid wel zo was.

Björn aarzelde, waardoor ik hoop kreeg. Dat betekende dat hij me wilde ontmoeten, maar dat hij niet goed wist hoe en op welke manier.

'Het kantoor lijkt me niet zo geschikt', zei hij ten slotte, precies zoals ik had verwacht. 'Het is op dit moment zo druk dat we nergens rustig kunnen zitten. En dan komen er telkens idioten binnen die me nodig hebben en vinden dat ik iets nuttigers moet doen dan in oude boeken staren. Maar wacht. Ik kijk even in mijn agenda.'

Het bleef stil terwijl hij in zijn agenda bladerde. Die van mij was schoon en wit als de onschuld zelf, en ik kon me net zo aanpassen als iemand die verlangt dat kan. Ten slotte hoorde ik zijn stem weer in de hoorn.

'Hier vlak om de hoek zit een leuk klein café en volgende week maandag moet ik overwerken en dan ga ik daar iets eten. Misschien kun je dan langskomen. Als je meeneemt wat jij aan materiaal hebt, dan zal ik kijken wat ik kan vinden. Zullen we rond zeven uur afspreken? Je hoeft trouwens niet ongerust te zijn dat je het avondeten thuis mist. Ik weet dat je moeder een of andere werkbijeenkomst met eten en zo heeft, dus daar hoef je je geen zorgen over te maken ... bedoel ik.'

Hij had gehapt. Hij had de eerste hap genomen en zelfs al kon ik de buit niet meteen binnenhalen, dan was het nog een uitstekend begin. Ik hing op en keerde terug naar de lectuur die mijn bed belegerde. Ik koos een verhaal over een rit op een kameel door de woestijn.

In het weekend kwam mijn vader thuis en hadden we een gezellige zaterdag, maar op zondag kregen mijn ouders ruzie omdat mijn moeder met een paar vrienden uit eten wilde en mijn vader liever nog een avond met zijn gezin doorbracht. Het eindigde ermee dat mijn vader eten voor ons drieën kookte. Mijn moeder ging daarna met een collega naar de bioscoop terwijl mijn vader en ik bij de open haard zaten te lezen en praatten als we daar zin in hadden. Ik vroeg hem hoe het in Göteborg was en hij vertelde dat het allemaal goed zou komen, vooral omdat hij zo hard werkte.

'En dat kan ik doen omdat er 's avonds niemand op me zit te wachten', zei hij terwijl hij naar me keek.

'Het is niet zo gemakkelijk', ging hij even later verder.

Ik weet niet of hij de hele situatie bedoelde of zijn eigen situatie of het gemis of iets anders. Ik gaf geen antwoord en hij ging verder.

'Er is zo veel ... Ik weet dat er veel is dat ik moet doen, maar ik weet niet goed hoe. Mama en ik ...'

Hij zweeg weer en ik wachtte.

'Mama en ik ... Je hebt natuurlijk wel gemerkt dat het niet zo goed gaat tussen ons. Ze is immers zoals ze is en ... ja, we zijn verschillend, en ze verwachtte dingen van me die ik haar niet heb kunnen geven en ik verwachtte misschien ook iets anders van haar. Daar zit jij tussen, Eva. Ik weet, ik bedoel, ik begrijp dat het niet gemakkelijk voor je is nu ik bijna nooit thuis ben.'

'Gaan jullie scheiden?' De vraag ontglipte me zonder dat ik erover had nagedacht. Een scheiding was in die tijd niet iets om lichtzinnig over te praten, zelfs al kwam het voor. Mijn vader keek geschrokken, alsof het feit dat ik het had gevraagd de scheiding al dichterbij bracht.

'Ik wil je niet ongerust maken, Eva', zei hij ten slotte. 'We hebben daar nog geen beslissing over genomen. We hebben erover gepraat. Of liever gezegd, ik heb geprobeerd met je moeder te praten over de dingen die volgens mij moeten veranderen, en zij heeft geantwoord door te schreeuwen: "Dan gaan we toch scheiden!" Ze heeft me gewoon onderbroken en schreeuwde dat tegen me alsof het niet erger is dan een feest afzeggen dat je weliswaar graag had willen geven maar waar je net zo goed buiten kunt. Voor mij is het niet zo gemakkelijk. Jij bent er. En de misschien opgedroogde belofte die we elkaar ooit hebben gedaan om bij elkaar te blijven. Maar ik weet dat je niet hebt gekregen wat je had moeten hebben en ik heb het gevoel dat ik meer voor je had moeten doen. Het is moeilijk op dit moment.'

Hij ging er niet verder op door en ik wist niet of hij ons gezin, zijn werk of iets anders bedoelde. Weer dacht ik dat hij meer wist dan hij wilde vertellen en dat wat hij had gezegd moest betekenen dat wij tweeën bij elkaar hoorden en dat mijn moeder mijn moeder niet kon zijn. Wat hij vertelde over de scheiding had een gevoel bij me moeten oproepen, maar ik voelde nauwelijks iets. Eigenlijk had mijn vader alleen bevestigd wat ik al wist, dat hun huwelijk niet werkte en dat ik ertussenin zat. Plotseling was ik blij dat ik een manier had gevonden om met mijn problemen om te gaan.

Ons gesprek zorgde ervoor dat ik over twee dingen blij was. Enerzijds over de band die ik ondanks alles met mijn slappe vader had, anderzijds was ik blij omdat ik maandagavond een belangrijke ontmoeting had, een maandagavond waarop mijn vader alleen in Göteborg zat en mijn moeder een feest van haar werk had. De gloed van het vuur bereikte ten slotte de perfecte warmte en toen ik er nog een stuk hout op gooide begon het bijna onmiddellijk te branden. De vlammen likten aan de zijkanten en veranderden het lichte hout al snel in as en roet.

Toen het zover was gebruikte ik al mijn controlemechanismen, mijn touw zat opgerold in mijn zak en het kruis was binnen bereik. Ik had mijn nieuwe uitrusting aan, mijn spijkerbroek zat goed, de boerenzakdoek gaf het juiste nonchalante effect en ik had verder alleen extra tijd besteed aan mijn haren, die los over mijn schouders en rug vielen. Onder mijn arm had ik de map met materiaal dat ik nauwkeurig had bestudeerd om mezelf niet te verraden en te onthullen dat Björn al snel klaar zou zijn voor het laatste oliesel.

Björn zat op me te wachten toen ik binnenkwam. Het lokaal was halfvol en niemand besteedde aandacht aan ons, een vijftigplusser met bruin haar en een buik die optisch kleiner leek door het zwarte poloshirt en colbert en een tiener met krullend haar en een spijkerbroek. We begroetten elkaar zonder dubbelzinnigheden, ik ging zitten, Björn bestelde en we begonnen te praten.

Het ging gemakkelijker dan ik had gedacht. Ik pakte de kaart en wees verschillende wandelpaden aan die ik had bestudeerd en die geschikt konden zijn voor iemand van mijn leeftijd, waarna Björn vertelde waar hij was geweest, wat hij op verschillende plekken had meegemaakt, tips gaf voor de uitrusting en voorstellen deed voor overnachtingen. Daarna vertelde hij weer over de reizen die hij had gemaakt.

'Weet je, de persoon die ik toen was zou nooit hebben geloofd dat ik zo zou zijn geworden', zei hij ten slotte en wees naar zichzelf.

'Hoe bedoel je?'

'Ik bedoel dat ik dacht dat ik mijn hele leven onafhankelijk zou blijven. Ik dacht dat ik nooit zou beslissen wat ik zou worden. Ik kon van heel weinig rondkomen en als ik geld nodig had zocht ik gewoon werk. Jezus, kelner in Griekenland of manusje-van-alles op een boerderij of tapijten kopen in India en verkopen in New York. Maar dan kom je vast te zitten. En weet je, je merkt niet eens dat je vastzit. Alsof je door een moeras loopt. Je doet een stap en je zakt een stukje weg, maar niet zo ver, en je kunt immers altijd terug, en dan doe je nog een stap, en plotseling sta je er middenin en zak je wat dieper weg, en je weet niet langer wat voor of achter is en je staat daar maar en zakt langzaam verder.'

'Je?'

'Ja. Ik dus. Ik. Hoewel ik natuurlijk niet alleen ben. Je ontmoet iemand. Plotseling is het belangrijk hoe je, ik dus, of wij eigenlijk, hoe we wonen, en dan ontmoet je mensen, iedereen ontmoet iedereen en vergelijkt zichzelf met anderen en je hebt een goede baan nodig zodat er elke maand geld binnenkomt, en in het begin is dat alleen leuk. Alsof je monopolie speelt en plotseling geld van je medespelers krijgt omdat je een huis in een straat hebt gebouwd. Het is gewoon een kick. En pas als je daar zit met je geld begrijp je dat het verdomme maar een spel is en dat je ervoor had kunnen kiezen om niet mee te spelen.'

Hij zweeg even en ik was net zo stil. Ten slotte haalde hij een foto tevoorschijn en legde die tussen ons in op tafel.

'Deze jongen. Had je hem leuk gevonden, denk je? Als hij door die deur was gekomen en hier aan tafel was gaan zitten en tegen je had gelachen, denk je dat je had teruggelachen? Had je hem willen leren kennen? Misschien met hem op reis willen gaan?'

Hij wees naar de foto en ik pakte hem op en keek er nauwkeurig naar. De foto toonde een slanke, goedgebouwde jongeman met bruin, wat langer haar. Hij stond op een bergplateau, droeg een hemd en een korte broek en had grove schoenen aan zijn voeten. Naast hem stond een rugzak en hij had zijn ogen half dichtgeknepen tegen de zon terwijl hij met zijn hele gezicht lachte en zijn armen uitstrekte alsof hij de fotograaf wilde tonen dat het allemaal van hem was. Het was Björn, hoewel het moeilijk was om te bedenken dat de man tegenover me met de uitgevloeide contouren dezelfde was.

'Grand Canyon, Arizona. We liepen een dag naar beneden, overnachtten in het dal en liepen de volgende dag weer naar boven. De meesten rijden op muildieren naar beneden of lopen maar een klein stukje en gaan dan terug. Maar wij liepen. Het landschap, dat was ... vrijheid. En toen we de rivier in het dal hadden bereikt ... De Navajo-indianen geloven dat de zondvloed door de Grand Canyon liep. Ze vertellen net als wij over de zondvloed. En dat hun voorouders zich van de verdrinkingsdood redden door in vissen te veranderen. Een religieuze Navajo-indiaan eet geen vis omdat hij niet het risico wil lopen dat hij een familielid opeet. Ik was daar iets ouder dan twintig.'

Björn pakte de foto en bekeek hem weer. Hij was beduimeld aan de randen en zat anders misschien in zijn portefeuille. Ik nam een aanloop en keek hem recht aan.

'Ik zou graag met die jongen omgaan en hem goed leren kennen. En wie heeft gezegd dat hij verdwenen is?'

Het klonk te volwassen en clichématig, ik wist het meteen, maar het was wat Björn wilde horen. Hij keek naar me, tilde toen zijn hand op en pakte mijn haar vast, bijna zoals Kalle dat had gedaan.

'Ik weet nog dat we een keer bij jullie op visite waren in jullie zomerhuis. Je was toen nog maar een klein meisje. Je stond in de hal en je moeder had het over je verwarde haar. Maar ik keek ernaar en ik dacht: wat maakt het uit of ze het heeft gekamd of niet, het is verdomme net zo mooi.'

Het ging beter dan ik had verwacht en ik had bijna nog sneller succes dan met de teckel van Olsson. We namen afscheid, maar het was vanzelfsprekend dat we elkaar weer zouden zien. 'Dezelfde tijd en dezelfde plaats, wat zeg je ervan, dan neem ik boeken over Canada mee.'

Hoe vaak we elkaar in het café ontmoetten? Misschien drie of vier keer. Hoe vaak we over Canada praatten? Misschien één keer, maar daarna begon Björn over van alles te praten, over zijn werk en zijn vrouw. 'Met de jaren verandert ze steeds meer van een druif in een rozijn, je ziet gewoon dat ze elk jaar meer uitdroogt. Ik bedoel, het is natuurlijk niet erg dat haar lichaam ouder wordt, dat heb ik tenslotte ook, maar het is erg dat ze ook geestelijk uitdroogt, het zit in haar hoofd.'

Wat uiteindelijk overbleef was Björns heimwee, zijn enorme verlangen naar het verleden, naar de vrijheid en de jeugd die hij ooit had gehad en naar de zon waarvan hij ooit had genoten. Ik verzamelde zijn dromen in mijn koffiefilter en gaf een gedeelte terug in de vorm van mijn eigen toekomstplannen, waarbij ik er zorgvuldig op lette dat ze overeenkwamen met Björns ideaalbeeld. Ik kon vooral niet genoeg benadrukken dat ik nooit vast wilde zitten in een materieel spinnenweb, en Björn keek naar me alsof ik een toffee was die hij dolgraag in zijn mond wilde stoppen om te proeven.

Toen hij ten slotte bij me thuis kwam had ik flink geoefend. De muizenval had een palletje waarop je moest drukken om de val te laten dichtklappen en normaal gesproken gebeurde dat natuurlijk doordat de muis erop stapte. Nu moest ik ervoor zorgen dat hij dichtsloeg zonder dat mijn vingers ertussen kwamen, en dat vereiste veel oefening omdat het zich allemaal onder het dekbed afspeelde. Ik probeerde het eerst met een wortel en toen met een worst. Het bleek behoorlijk moeilijk om de pal met behulp van de worst te ontgrendelen omdat hij zachter was. Ik moest hem in één hand houden en hem dwars in de val schuiven en dan zo hard mogelijk duwen.

Ten slotte lukte het, zelfs al klapte de val een keer op mijn hand dicht met een kracht waardoor mijn hoofd gonsde en het bliksemde voor mijn ogen. Maar ik had de techniek te pakken en ik hield er rekening mee dat Björn zo opgewonden zou zijn dat hij niet in de gaten had wat ik aan het doen was. Toen de val met de worst erin dichtklapte was het effect bovendien beter dan met de wortel. Het vel van de worst krulde onmiddellijk omhoog en het vlees eronder scheurde stuk. Het was onmogelijk om de worst uit de val te krijgen zonder dat hij doormidden brak. Er was assistentie nodig om hem in zijn geheel los te krijgen.

Wat er precies in bed zou gebeuren wist ik niet, hoewel ik onvrijwillig getuige was geweest van mijn moeders avontuurtje. Mijn kennis was theoretisch en stamde af van een paar gênante biologielessen en giechelige onthullingen van vriendinnen, maar naast de boeken over bergwandelingen had ik ook een paar boeken geleend met seksuele informatie en bijbehorende foto's. Ze waren droog en wetenschappelijk, maar gaven me wat theoretische kennis. Ik moest erop vertrouwen dat het ook in de praktijk zou werken.

Björn begon steeds hongeriger naar me te kijken in het café en één keer was hij een stuk met me meegegaan, want een jong meisje moest niet alleen in het donker lopen, zei hij. Hij probeerde zo vaak mogelijk een arm om me heen te slaan of een kus op mijn wang te geven als we afscheid namen. Het voelde heel anders dan met Kalle, die een zachtere vacht had, en ik moest me flink op de slakken concentreren als hij dat deed zodat hij mijn weerzin niet zag.

Deze avond was hij een heel eind meegelopen en pas toen we er bijna waren zei ik dat er niemand thuis was en dat hij binnen kon komen om thee te drinken als hij dat wilde. Ik zei dat ik een boek had geleend dat ik hem graag wilde laten zien. Het ging over indianen in Zuid-Amerika en Björn had verteld dat hij een heleboel oude en nieuwe reservaten had bezocht en dat hij zich interesseerde voor hun cultuur.

Björn had toegehapt en had tijdens onze ontmoetingen met toenemende agressie aan het aas gesabbeld, maar pas toen ik hem uitnodigde klapten zijn kaken dicht en had ik beet. Hij opende zijn mond, zei 'graag' en deed hem met een klap dicht. Ik zag dat het haakje door zijn wang naar buiten stak en vroeg me af hoe het kwam dat hij het niet uitschreeuwde.

We gingen naar binnen, ik deed een paar lampen aan, zette thee en stak veel kaarsen aan, zelfs in mijn rode kamer. De muizenval lag al op zijn plek onder het dekbed en de lakens waren een dag oud, schoon maar toch gevuld met mijn geur. Ik zette de theepot op de keukentafel maar bedacht me, liep naar mijn kamer en zette hem op de grond. Björn volgde me en we gingen op het kleed zitten. We dronken zwijgend en keken naar de flakkerende vlammetjes van de kaarsen. Ten slotte haalde ik het boek, en ik ging naast hem zitten om te laten zien wat ik had gelezen. Ik zorgde ervoor dat mijn been dat van hem aanraakte terwijl zijn neus in mijn haar stak en ik merkte dat er iets in de lucht veranderde en dat zijn ademhaling sneller werd terwijl zijn borstkas steeds heftiger bewoog.

Plotseling zoende hij me. Zonder dat ik wist hoe het was gebeurd, lag zijn mond plotseling op de mijne en zijn handen op mijn schouders. De instinctieve reactie van mijn lichaam was om hem weg te duwen, maar ik maakte gebruik van de spinnen en de ervaring met Kalle en ik gleed naar het plafond en stuurde mezelf van bovenaf. Daar hoefde ik niet te voelen hoe zijn baardstoppels over mijn wangen schuurden en hoe zijn kwijl mijn gezicht nat maakte, en ik trok mezelf aan mijn haren omhoog zodat we ten slotte op het bed zaten. Hij rukte mijn bloes uit en wat hij eronder aantrof hield hem zo bezig dat ik me kon concentreren op zijn broek, die ik met moeite uitkreeg omdat zijn beste vriend fungeerde als een haak en tegenspartelde. Ik liet hem mijn borsten kneden, dacht aan spinnen en ratten, en ten slotte kreeg ik zijn onderbroek uit. Wat ik had ontbloot was erger dan wat ik in de boeken had gezien en ik dacht dat de werkelijkheid toch altijd lelijker was dan wat de fictie liet vermoeden.

We gingen liggen en het lukte me om onder het dekbed te schuiven. Björn begon aan de rits van mijn spijkerbroek te trekken terwijl hij mompelde 'roodkopje, roodkopje, dit is waar je op hebt gewacht, nietwaar, dit is wat je wilde', waardoor ik de gelegenheid had om de muizenval te pakken. Even raakte ik in paniek toen ik hem niet meteen vond en ik besefte dat ik was overgeleverd aan krachten waarop ik helemaal geen vat had. Björn was groot en zwaar en kon met me doen wat hij wilde. Niemand zou me om hulp horen roepen als ik de controle over de situatie kwijtraakte.

Ten slotte kreeg ik de val te pakken en ik trok hem met mijn rechterhand naar me toe. Met mijn linkerhand pakte ik zijn trots vast, schrok toen ik hem in mijn hand voelde vibreren, kneep er een beetje in om te testen en hoorde hoe Björn tegen mijn wang begon te grommen. Het was gemakkelijker dan ik dacht, ik kneep weer, Björn liet zich gewillig verwennen en ik bracht zijn heerlijkheid naar mijn rechterhand. Hij voelde net zo aan als de worst waarmee ik had geoefend en ik schoof hem in de val. Hij gleed erin zoals ik had gepland, ik drukte hem naar beneden en de pal ontgrendelde. De val klapte dicht.

Björns gebrul had de hele buurt kunnen alarmeren. Het was een dierlijk gebrul dat overging in gejammer en hij vloog eerst overeind, keek naar de val en viel toen op zijn knieën. Hij schreeuwde terwijl hij probeerde hem los te maken, maar midden in de schreeuw zag ik zijn ogen plotseling wegdraaien en helemaal wit worden. Hij wankelde en viel en lag ten slotte in foetushouding op de grond met zijn handen tussen zijn dijbenen. Ik vloog op trillende benen overeind, trok mijn bloes aan en boog me over hem heen. Net als bij de worst was Björns geslachtsorgaan in het midden flink samengedrukt, en rond de stalen draad hingen stukken huid terwijl het bloed eruit stroomde. Ik vroeg me even af of hij kon doodbloeden en bedacht dat het maar goed was dat hij was flauwgevallen, anders had hij zich misschien op me gestort om me ter plekke te wurgen.

Ik kon maar één ding doen en dat was een ambulance bellen, wat ik deed nadat ik me had aangekleed. De vrouw aan de telefoon kreeg weliswaar de hik toen ik vertelde dat er een man met zijn penis klem zat in een muizenval, maar ze noteerde alles met vanzelfsprekende professionaliteit en beloofde om zo snel mogelijk een ambulance te sturen. Die was er een kwartier later. Door de gedachte aan wat hen te wachten stond hadden ze waarschijnlijk extra snel gereden en ik liet twee stevige mannen binnen, een donkere en een blonde. Ze kwamen met volmaakte kalmte binnen en liepen naar de roerloze bult op de vloer.

Ze bukten allebei en onderzochten Björn tussen zijn benen. Daarna draaide de donkere man zich naar me toe en zuchtte.

'Ik dacht dat ik alles had gezien wat er in mijn beroep te zien is. En geloof me, dat is heel wat. Maar dit heb ik nog nooit meegemaakt. Denk je dat je me kunt vertellen wat er is gebeurd?'

Ik slikte en voelde plotseling dat ik ook op het punt stond om flauw te vallen.

'Het was de tweede keer dat deze man me heeft lastiggevallen. Ik ben veertien jaar en ik dacht dat ik het recht had om nee te zeggen op een manier die hij niet meer zou vergeten.'

Nu keken de mannen me allebei zwijgend aan.

'Heeft hij je iets gedaan?' vroeg de blonde ten slotte, degene die tot nu toe stil was geweest.

'Hij heeft alleen aan mijn borsten gezeten en dat was erg genoeg', antwoordde ik.

De twee mannen gingen zonder iets te zeggen naar buiten en kwamen terug met een brancard. Björn begon nu zachtjes te jammeren en de mannen tilden hem nogal ruw op en gooiden hem op de brancard. Ze pakten zijn broek en onderbroek, legden die op hem en liepen naar de deur. Daar draaiden ze zich om en vroegen of hij mijn vader was. Toen ik antwoordde: 'Nee, hij is een vriend van mijn ouders en moest alleen iets ophalen', knikten ze, duidelijk opgelucht.

'Dan ga ik ervan uit dat je niet mee wilt naar het ziekenhuis', zei de donkere. Ze schoven Björn in de ambulance en sloegen de deuren dicht. Toen kwam de donkere weer terug.

'Red je het wel? Ik bedoel, wil je met iemand praten of moet ik iemand bellen of zullen we ...'

Ik onderbrak hem en zei dat ik mezelf kon redden. Hij keek me een hele tijd aan. Toen glimlachte hij scheef naar me.

'Ik ben heel blij dat er niets ergers is gebeurd dan wat je hebt verteld. En ik wil alleen nog zeggen dat wat je hebt gedaan ... Het is het mooiste wat ik in lange tijd heb gezien. Dit zal ik nooit vergeten. Ik heet trouwens Roland. Als je hulp nodig hebt kun je me bellen. Bel gewoon het ziekenhuis en vraag naar Roland. Als je wilt.'

Toen draaide hij zich om en liep naar de ambulance.

7 juli

Eergisternacht bezocht hij me weer. Ik lag te woelen en kon niet slapen, en ten slotte vermoedde ik meer dan ik het zag dat er iemand op de rand van mijn bed zat. Ik keek op en daar zat Schoppenkoning, precies zoals hij er altijd had uitgezien. Ik was ouder geworden maar hij niet, en nu stonden we op dezelfde traptrede van verval. Sven snurkte in het bed naast me, in het donker was Schoppenkoning niet meer dan een schaduw, een donkere gestalte met een iets hogere densiteit dan zijn omgeving.

'Je bent onrustig, Eva', zei hij lief, zo lief dat ik tranen in mijn ogen kreeg.

'Ja, ik ben onrustig, maar ik weet niet waarom', antwoordde ik.

'Je bent bezig om je rozen op te graven, daarom ben je onrustig', antwoordde hij en hij streelde mijn haren.

'Ik graaf de rozen niet op, ik schrijf alleen maar over ze', antwoordde ik.

'Rozen kun je op zo veel manieren opgraven, Eva. Jij doet dat door over ze te schrijven en zelfs ik voel dat de wortels op weg naar het licht zijn. Het kan goed zijn om de weg naar het licht te zoeken, maar voor wortels is dat de verkeerde richting. Dat weet je.'

'Ja, ik weet het. Ik weet het. Maar ik kan het niet tegenhouden. Het is begonnen. Het is alsof ik er geen controle meer over heb en dat maakt me bang.'

'Je bent de controle niet kwijt, Eva. Niemand kan de controle kwijtraken, want niemand heeft de controle. Controle is als een spinnenweb, Eva. Het ziet er sterk uit en is in staat om weerstand te bieden, maar het is niet bestand tegen regen of wind. Controle heb ik alleen, en zelfs ik word in de maling genomen.'

'Maar ik ben toch bang.'

'Nee, Eva, je bent niet bang. Zij noemde je bang, maar je bent niet bang en dat ben je nooit geweest. Mensen die iemand anders bang noemen zijn zelf zo gevangen in hun angst dat hun besef over wat angst eigenlijk is verdwenen is.'

'En wat is angst dan?'

'Angst is niets doen, Eva.'

'Ik mis je.'

'Ik mis jou ook. Ik heb je altijd gemist en dat zal ik blijven doen. Maar je weet dat ik zo vaak mogelijk bij je ben. En dat we ooit samen zullen zijn. Voor altijd. Dan kom ik naar boven en slok ik je op als een walvis, en dan mag je in mijn maag boete doen voor je schulden tot ik je op een afgelegen strand uitspuug.'

Daarna ging hij naast me in bed liggen. Ik draaide me op mijn zij, hij lag achter me en hield me vast en ik rook de geur van warme rotsen en zee. Zo moet ik in slaap zijn gevallen, want ik werd wakker doordat Sven in de badkamer rommelde en riep dat ik vannacht in mijn slaap had gepraat, een heleboel onzin waarvan hij niets had begrepen.

'Ik zat naast je en probeerde tegen je te zeggen dat je niet bang hoefde te zijn, maar toen begon je nog meer te raaskallen. Waar droomde je over?'

'Ik droomde dat je mijn rozen wilt opgraven. Nu zie je wat ervan komt. Ik word zelfs beroofd van mijn rechtmatige slaap en zal voor mijn tijd sterven', antwoordde ik. Sven mompelde dat er genoeg was gezegd over de rozen. Hij wilde in elk geval met Örnen praten, en ooit zou ik moeten toegeven.

Maar ik luisterde niet langer naar wat hij zei, want ik wist plotseling wat het bezoek van die nacht te betekenen had gehad.

'We moeten naar Iréne. Er is iets gebeurd, ik weet het', fluisterde ik terwijl ik verward met één hand mijn haren begon te kammen en met mijn andere hand mijn tanden poetste.

Sven staarde me aan.

'Iréne? Gisteren was ze niet te ziek om je te bellen en ruzie met je te maken, dus ik denk niet ...'

Ik luisterde niet naar hem. Ik rende naar de slaapkamer met mijn haren recht overeind en het tandpastaschuim nog in mijn mond en begon het eerste wat ik te pakken kreeg aan te trekken. Sven kwam ongerust achter me aan.

'Eva, wat is er met je? Ik kan me niet voorstellen dat er iets ernstigs aan de hand is. Je moet toch in elk geval ontbijten? Het is niet goed voor je om zo rond te rennen ...'

'Sven!' Ik holde naar hem toe en pakte zijn schouder. 'Sven, vertrouw me alsjeblieft zoals je altijd doet en lieverd, praat niet zo veel, maar kleed je gewoon aan en kom mee. Dan kun je meteen wat woorden overhouden voor vanavond. Als ik het mis heb mag je straks tegen me uitvaren, maar wil je nu doen wat ik zeg?'

Omdat hij verstandig genoeg is om te weten wanneer ik het echt meen kleedde hij zich aan en ging zonder een woord te zeggen met me naar de auto, zelfs al zouden we normaal gesproken nooit met de auto zijn gegaan op zo'n mooie ochtend. Ik had pijn in mijn maag en mijn tong was droog, en ik sprong uit de auto terwijl hij nog steeds rolde en rende naar Irénes deur en belde aan. Toen er niemand opendeed probeerde ik het met de sleutel, maar dat lukte niet. Sven probeerde het ook, zonder resultaat. Ik bonkte op de deur en keek door het raam naar binnen zonder iets te zien en ik besefte dat ze hem op het nachtslot had gedaan.

Sven ging terug naar de auto om Örnen te halen, die tevens de slotenmaker van de omgeving is, maar kwam in plaats daarvan terug met zijn gereedschapskist die hij in de auto had staan en liep naar het raam. Hij zette een schroevendraaier tussen het kozijn en de muur terwijl hij duwde en begon te transpireren, en ten slotte lukte het hem. Er brak een stuk glas af en het regende houtschilfers, maar het raam was open en met wat moeite lukte het me om naar binnen te klimmen. Ik sneed mijn hand, maar schonk er geen aandacht aan, rende naar de voordeur, draaide de sleutel die in het slot zat om en deed open voor Sven. Ik voelde mijn hand warm worden en zag dat hij rood was van het bloed.

Ik riep naar Iréne terwijl ik van kamer naar kamer rende. In de keuken pakte ik een oude theedoek, draaide hem rond mijn hand en zag een pan met oude saus die was bedekt met vliegen. Daarna rende ik naar de slaapkamer, waar ik zag dat het bed niet was opgemaakt. Intussen ging Sven naar de badkamer en even later riep hij me. Ik rende naar hem toe, keek over zijn schouder en zag haar.

Ze zat op de grond, alsof ze met haar rug tegen het bad geleund uitrustte. Haar ogen waren half dicht, haar mond hing open en haar tong lag als een vormeloze massa aan één kant. Ze leek zich niet te hebben gestoten want ik zag geen bloed op de vloer, maar ze moest op de grond zijn gezakt, misschien gisteravond, misschien vannacht, misschien vanochtend. Waarschijnlijk op het moment dat Schoppenkoning op de rand van mijn bed was gaan zitten.

Sven verdween naar de telefoon en ik hoorde dat hij om een ambulance vroeg. Ik knielde bij Iréne, die me niet zag, en pakte haar hand, en daarna legde ik mijn hand op haar wang die koud en een beetje klam was.

'Iréne. Het is Eva. Eva is hier. Kun je me horen? Hoor je me?'

Ze antwoordde niet en leek niet te reageren. Ik streelde haar wang en voelde dat hij na al die jaren nog steeds zacht was. Zo zat ik bij haar tot het ambulancepersoneel kwam, en met de oneindige autoriteit die ze voor elke situatie die ze aantreffen bezitten tilden ze haar op en brachten haar naar het ziekenhuis in de naburige stad. Eén vluchtig moment dacht ik aan Roland, de ambulancemedewerker die ik mocht bellen en ik vroeg me af of hij nog steeds in de gezondheidszorg werkte. Daarna gingen Sven en ik naar de auto, ik nadat ik volkomen willekeurig wat spulletjes in een toilettas had gegooid, een haarborstel vol haren, een stuk zeep, een bril en een vieze tandenborstel. Ze zou 's nachts blijven, dat was duidelijk, en ik zou nog voldoende tijd hebben om te brengen wat ze nodig had.

Ze brachten haar meteen naar de eerste hulp en kwamen uiteindelijk weer naar buiten en vertelden dat ze waarschijnlijk een hersenbloeding had gehad die haar hele rechterkant had verlamd. Na een paar uur kwam ze op een afdeling waar ze een eenpersoonskamer kreeg, en ik zat bij haar en keek naar haar gezicht, dat bleek was, en naar de slangen die uit haar armen staken. Ik zag het verfomfaaide haar en dacht dat het haar kapsel was dat haar toestand verraadde, niet de slangen. Zo zat ik bij haar tot ze haar ogen opendeed en naar me keek.

'Hoe is het met je, Iréne? Herken je me?' vroeg ik.

Ze keek versuft naar me en deed toen haar mond open. 'Aaaaaaaagh', zei ze. Het reutelde in haar keel terwijl ze probeerde haar tong te bewegen. Ik zag dat ze vocht om iets te zeggen, maar de tong die altijd zo scherp was geweest, was nu rond en log, weerloos en niet in staat om aan te vallen. Pas toen dacht ik aan haar dochter, die hier zou moeten zijn, en ik vroeg of ik een telefoon mocht lenen en belde haar op. Ik kreeg haar te pakken en vertelde in het kort wat er was gebeurd. Uit haar stem kon ik niet opmaken of ze onder de indruk was van wat ik zei, maar misschien was dat een onrechtvaardige beschuldiging. Ze beloofde dat ze naar het ziekenhuis zou komen, maar dat ze er pas over een paar uur kon zijn.

'Dan kunnen we alleen maar hopen dat Iréne attent genoeg is om nog even te wachten met doodgaan', zei ik en ik legde de hoorn neer. Daarna belde ik Susanne, die verdrietig maar beheerst klonk en beloofde dat ze zo snel mogelijk zou komen.

We konden niets meer doen, dus gingen Sven en ik naar huis, staken de open haard aan en genoten van de warmte en de geur van het hout. Susanne belde om te vertellen dat ze bij Iréne was geweest en dat ze haar hand had vastgehouden. Iréne had er bang uitgezien en dat was niet verwonderlijk. Voor iemand die nauwelijks weet wat ziek zijn is, moest het een nachtmerrieachtige situatie zijn. Ik liet de gedachten gedachten blijven. Mijn psyche was niet ingesteld op de bittere waarheid maar op verdriet, en zelfs al was dat gevoel me niet vreemd, toch was het altijd een verrassing als het gebeurde. Plotseling vroeg ik me af of Eric, mijn jongste, Iréne zou missen. Hij had altijd van haar gehouden, misschien omdat hij een man is en Iréne hem altijd naar de mond had gepraat.

Afgelopen nacht sliep ik onrustig, en vandaag was ik vroeg op en keek naar de rozen. Een paar van de honingrozen bloeiden in een waterval van roomgele bloemen die altijd in juli uitkomen, en ik dacht eraan dat de gele kleur van de roos zijn oorsprong in Perzië had. De ochtend was heerlijk, koel maar zonnig, het zou een warme dag worden. Ik zette koffie, schuimde melk op, ging op het nog steeds vochtige gras zitten en liet de zon mijn rimpels verwarmen. Iréne had heerlijk weer getroffen voor deze pauze in haar leven, zoals altijd had ze de juiste omlijsting voor het beste effect gekozen. Sven kwam een uur later naar buiten en zag dat het goed was als hij zijn mond hield. Dus haalde hij alleen meer koffie en brood en ging naast me zitten. We dronken in stilte en genoten van het gebrek aan woorden toen de telefoon ging. Het was Gudrun die wilde weten hoe het was.

'Is Iréne een engel geworden?' vroeg ze ten slotte.

'Nog niet echt', antwoordde ik.

10 juli

En zo zijn we terechtgekomen in een soort omgekeerde tijd van afwachten, waarin we waarschijnlijk hoopten dat het zou gebeuren. Dat Iréne eindelijk zou loslaten, het liefst als ze iemands hand vasthield. 'Rusten kun je lang genoeg doen als je dood bent, dat hoef je niet te doen zolang je leeft', zei ze altijd als mensen weigerden om zich te laten gaan als er een feest was. Dus nu vocht ze waarschijnlijk tegen het eeuwige rusten. Sven, Susanne en ik zijn om de beurt bij haar geweest, ik heb met Eric gepraat toen niemand anders wilde luisteren en hij heeft me op zijn manier getroost.

Het is vreemd hoe gevoelens kunnen veranderen. Ik dacht dat het bijna liefde was wat ik voelde toen ik nog maar een paar dagen geleden haar wang streelde, terwijl ik nu, naarmate het beter met haar gaat, zelfs al is dat tijdelijk, langzamerhand terugkeer naar mijn oude, vertrouwde gevoelens. Ik had gedacht dat zo'n schokkende gebeurtenis langere tijd invloed zou hebben op het hele scala van gevoelens, maar dat lijkt niet zo te zijn. Daarmee zie ik ook in dat ik er niet langer tegen kan vechten, maar dat ik het onvermijdelijke moet opschrijven. Eén keer, één enkele keer, werd ik opgeslokt en verteerd door een gevoel, zo verteerd dat het gevoel en ik één waren. Liefde en Eva waren niet langer twee grootheden en ik ben het aan mezelf verplicht om te vertellen hoe het was. Verplicht, zelfs al ben ik de enige die luistert.

Hoe het met Björn ging hoorde ik alleen via via. Hij verdween in de ambulance, ik veegde het bloed weg, zocht 'erectie' op in het woordenboek en begreep plotseling waarom hij zo erg had gebloed. Daar beneden bevonden zich behoorlijk wat zwellichamen die met bloed gevuld raakten als dat nodig was en wie weet, misschien had zijn gezonde verstand hem daarom zo in de steek gelaten, misschien had hij een acuut tekort aan bloed gehad op de plek waar zijn gezonde verstand huisde. Toen mijn moeder thuiskwam zat ik zedig op mijn bed en ik kan me herinneren dat we die avond een heel gezellig gesprek over een van haar projecten hadden.

Daarna wachtte ik een paar weken tot de grote klap zou komen en ik een oproep zou krijgen om voor de rechtbank te verschijnen en verantwoording af te leggen voor de veroorzaakte lichamelijke schade. Maar er gebeurde niets. Björn belde niet en schreef ook niet en toen mijn ouders een paar weken later weer een feest hadden waarbij mijn vader vermoeider dan anders leek, was Björn en niet bij. Mijn moeder amuseerde zich kostelijk met een paar nieuwe, jongere collega's die net bij het bedrijf waren begonnen en niemand praatte over zwerftochten door Nepal. Ik begon te denken dat ik Björn met mijn muizenval van het aardoppervlak had weggevaagd.

Pas veel later, toen we met z'n drieën voor het avondeten aan tafel zaten, vertelde mijn moeder dat Björn en zijn vrouw naar Londen gingen verhuizen. Björns vrouw had daar blijkbaar een goede baan aangeboden gekregen en Björn zou meegaan en zou daar iets voor het bedrijf gaan doen.

'Maar dat is waarschijnlijk alleen een schijnmanoeuvre om hem weg te krijgen, want na wat er is gebeurd, is hij zo chagrijnig dat het voor niemand een pretje is', zei mijn moeder. Ik slikte een stuk vlees door, voelde het groeien maar dacht dat dit misschien de laatste mogelijkheid was om informatie te krijgen.

'Is er iets met hem gebeurd?' vroeg ik zo nonchalant mogelijk terwijl ik sneed en sneed in het kleine stukje vlees dat nog op mijn bord lag.

'Hij is overvallen', zei ze.

'Overvallen?' Nu keek ik op zonder mijn nieuwsgierigheid, die bovendien echt was, te kunnen verbergen. Mijn moeder overlegde even met zichzelf en ik zag hoe de behoefte om een smeuïg verhaal te vertellen het ten slotte won van haar desinteresse in mij.

'Er is een paar maanden geleden iets gebeurd. Björn was van een vergadering op weg naar huis toen er een man naar hem toe kwam die eiste dat hij zijn portefeuille zou afgeven. Björn weigerde en toen pakte de man een mes en zonder dat Björn zich kon verweren heeft hij hem gestoken. Björn heeft tamelijk lang in het ziekenhuis gelegen en is sinds hij terug is zichzelf niet meer. Natuurlijk is het traumatisch voor hem geweest.'

'Waar is hij gestoken?' Het lukt mijn vader onbewust om de relevante vraag te stellen.

'Ik weet het niet.' Mijn moeder klonk een beetje verongelijkt.

'Er is in elk geval niets aan zijn gezicht of zijn armen te zien, en hij wil er niet over praten. Ik heb het een keer gevraagd en toen zei hij tegen me dat ik naar de hel kon lopen. Waarop ik natuurlijk antwoordde: "Graag, het lijkt me daar gezelliger dan bij jou", en toen ging ik weg. Sindsdien hebben we niet veel meer met elkaar te maken gehad en elke keer dat we elkaar tegenkomen staart hij naar me alsof hij me wel kan vermoorden. En ik weet niet waarom, ik ben toch de laatste die iets heeft gedaan, maar het is zoals het is. En nu is hij bijna weg en dat is maar goed ook.'

Mijn moeder concentreerde zich weer op haar vlees en likte bijna voldaan langs haar lippen. Ik had gehoord in welke werkelijkheid Björn wilde leven en mijn lichte kant voelde plotseling medelijden met de man die iets doms had gedaan en die eigenlijk geen verdorven mens was, maar die verdwaald was en bescherming en troost zocht. Mijn zwarte kant antwoordde met een superieur lachje en fluisterde toen dat zelfs het ambulancepersoneel aan mijn kant stond. Als mijn moeder geen medelijden had met haar vriend, die misschien zelfs haar minnaar was geweest, hoefde ik dat ook niet te hebben. En dat ze oude minnaars afdankte als ze begonnen te schimmelen was ook geen verrassing. Daar kwam haar vermogen om vervelende kwesties te vergeten weer tot zijn recht.

De tijd die volgde kon niet harmonisch worden genoemd, maar werd wel gekenmerkt door een soort impasse, waarin we vanuit onze loopgraven op elkaar schoten zonder dat het front zich ook maar een millimeter verplaatste. Mijn vaders afwezigheid was zo nadrukkelijk dat ik me er soms zelfs aan moest herinneren dat ik niet vaderloos was en werd opgevoed door een alleenstaande vrouw en ik rekende niet langer op hem, wat misschien trouweloosheid van beide kanten was. Mijn moeder werd steeds onverschilliger als hij in het weekend thuiskwam. Ze werd erg in beslag genomen door haar werk, waarin ze nog steeds succes had, en tussendoor zette ze de bloemetjes flink buiten. Het kon gebeuren dat mijn vrienden en ik in een dancing of restaurant in de stad waren en dat mijn moeder de eerste was die ik zag als ik binnenkwam, lachend aan de bar en altijd omringd door een paar mannen.

'Natuurlijk dans ik als ik word gevraagd', hoorde ik haar

een keer roepen toen ik net in de garderobe mijn jas uitdeed. De stem was dik maar vertrouwd, ik kreeg het lege gevoel van 'alsjeblieft, niet nu' en toen ik binnenkwam danste ze wild met een man die eruitzag alsof zijn leeftijd ergens tussen die van haar en van mij lag.

'Kijk, daar is je moeder', zei een van mijn vriendinnen en wees naar haar voordat ik kon voorstellen om ergens anders naartoe te gaan. Veel te veel mensen met wie ik omging dachten dat het heerlijk was om een moeder te hebben zoals die van mij, een moeder die er jong uitzag en die op een voor hen begrijpelijke, kameraadschappelijke manier tegen hen praatte. Omdat ze graag extra vriendelijk tegen hen was en hen overal complimentjes voor gaf, vaak met een hatelijke verwijzing naar mijn onkunde op dat gebied, voelden ze zich bovendien groeien in haar gezelschap. Mijn mannelijke vrienden voelden beslist ook een zekere aantrekkingskracht in haar nabijheid, een aantrekkingskracht die ze niet konden definiëren maar die soms tot uiting kwam in opmerkingen als 'ze ziet er verdomd jong uit'. Aan een enkeling had ik het een en ander verteld over de werkelijkheid waarin ik leefde, maar niemand kende het hele plaatje en niemand zou het begrepen hebben. De enige die genoeg geduld hadden om naar het hele verhaal te luisteren waren Busters oren.

Het werd extra moeilijk toen mijn moeder op vriendelijkheid overschakelde en ik me koesterde in de hoop dat ze was veranderd. Als ik terugkijk op die wensdroom vraag ik me af hoe het mogelijk was dat ik er steeds maar weer in geloofde, maar hoewel mijn zwarte kant langgeleden had besloten om haar uit te schakelen leek de witte kant de hoop nooit op te geven dat het reddende kruis ten slotte zou verschijnen. Twee gebeurtenissen zorgden er echter voor dat alles veranderde, hoewel het litteken van wat er gebeurde pas veel later zichtbaar zou worden.

Het eerste incident vond plaats toen ik vijftien jaar was. Ik had Freud gelezen en voelde dat ik een poging moest doen om aan mijn moeder uit te leggen hoe ik me heel vaak had gevoeld, hoe onrechtvaardig ik was behandeld, hoe erg ik me dat had aangetrokken. We hadden gedurende een ongewoon lange periode relatief vreedzaam samengeleefd en dat gaf me het gevoel dat een gesprek nu echt iets teweeg kon brengen, dat er een permanente verandering mogelijk was. Ik vertelde dat ik over iets belangrijks wilde praten en mijn moeder leek te willen luisteren. 'Natuurlijk,' zei ze, 'we kunnen naar de stad gaan. Ik heb een bloes nodig, laten we die kopen en dan kunnen we daarna praten.'

We liepen uren rond om bloezen te passen, en ik haalde en hing terug en zocht en gaf advies. Ten slotte kochten we er een en gingen een kop koffie drinken. Ik dacht dat het nu mijn beurt was, maar mijn moeder leek te zijn vergeten dat ik iets wilde vertellen en kletste maar door over een kennis van wie ze dacht dat hij te veel in beslag werd genomen door zichzelf. Ten slotte raapte ik al mijn moed bij elkaar en begon een beetje aarzelend en met gloeiende wangen te vertellen hoe een relatie kon zijn en dat het moeilijk was om te praten, maar dat we dat toch moesten doen. Mijn inleiding kostte zo veel tijd dat mijn moeder ten slotte om de rekening vroeg en betaalde. We stonden op en gingen weg en ik probeerde uit te leggen hoe het was om altijd genegeerd, belachelijk gemaakt en als minder dan anderen beschouwd te worden toen ze me midden in een zin in de rede viel en naar een etalage wees.

'Kijk die bloes eens. Denk je dat die beter was geweest?'

Ik wist niet of ik mijn schreeuw moest uiten of binnen

moest houden en het werd binnen. Ten slotte stamelde ik: 'Waarom, waarom is alles wat ik doe zo verkeerd en ...'

'We zijn gewoon heel anders, jij en ik', zei mijn moeder terwijl ze de winkel in liep. Ik pakte haar bij de mouw van haar jas en trok haar terug.

'Maar je kreeg mij toch! Je kreeg mij toch en geen ander! Waarom, waarom is het dan zo moeilijk om van me te houden zoals ik ben?'

Een paar mensen bleven stilstaan en luisterden onopvallend mee naar de woordenwisseling tussen de twee ogenschijnlijk degelijke vrouwen. Mijn moeder zag het, trok zich los en keek me aan. Heel even was er alleen walging in haar ogen te lezen, net alsof ik een weerzinwekkend insect was dat over haar arm kroop, maar misschien verbeeldde ik me dat. Het kan ook totale desinteresse zijn geweest.

'Weet je,' zei ze, 'mijn moeder heeft me ook nooit gewaardeerd. Ik heb geleerd om mezelf te waarderen. Dat moet jij ook doen.' Toen liep ze de winkel in en paste de bloes.

De tweede gebeurtenis die een litteken opleverde vond plaats toen ik zeventien werd en John ontmoette.

11 juli

Ik was gisteren van plan om meer te schrijven. Alles was voorbereid, de wijn en de kaarsen en de nacht die voor me lag, Sven in zijn bed en Schoppenkoning slapend binnen in me als in een kist. Maar de naam opschrijven was voldoende om het koud krijgen. Ik deed mijn pantoffels aan, pakte nog een trui en stak ten slotte de open haard aan, maar niets hielp. Dus ging ik met een extra deken in bed liggen en probeerde te slapen, maar ik had het gevoel dat ik koorts kreeg. Ten slotte viel ik in slaap en werd midden in de nacht wakker omdat ik nog steeds al mijn kleren aanhad en daardoor zweette. Ik gooide ze op een stapel op de grond, trok mijn nachthemd aan en kroop weer in bed, en toen ik de volgende ochtend wakker werd had ik nog steeds het gevoel dat ik koorts had.

's Ochtends deed ik het kalm aan, ik verzorgde de rozen en bereidde me geestelijk voor, en toen Sven zei dat hij naar de boot wilde om hem leeg te hozen beschouwde ik dat als een vriendelijk gebaar van het goddelijke, hoewel ik niet eens weet of dat bestaat. Zodra hij weg was zette ik thee en ging ik bij mijn secretaire zitten, nog steeds in mijn nachthemd, badjas en pantoffels.

Ik was bijna zeventien, ik was eenzaam en ik walgde van de liefde. De episode met Björn had me beroofd van alle illusies dat het mooi kon zijn. Zijn geslachtsorgaan had heel effectief het tegendeel bewezen, en ik gebruikte mijn minachting voor de liefde als een schild. Iedereen die tegen mijn schild botste stuiterde terug en stierf ter plekke. Ik ging soms uit omdat ik gek was op dansen en het interesseerde me niet wie er voor me stond of wie me in zijn armen hield. Ik gaf me over aan de muziek en danste daarom graag met gesloten ogen, en ik was me er niet van bewust dat heel wat hoopvolle mannen dat als een teken van emotionele capitulatie beschouwden.

Die keer waren we met een tamelijk grote groep op stap. Het was vrijdagavond en we gingen naar de haven omdat we hadden gehoord dat er marineschepen waren aangekomen. Het uitzicht bij Slussen overtrof alle verwachtingen. Verschillende schepen lagen aangemeerd bij de kade, en iemand fluisterde opgewonden dat hij een periscoop van een onderzeeboot had gezien. We keken naar het gekrioel op de boten en lieten ons toen met de stroom mee naar de stad voeren, waar we in een bar in Gamla Stan terechtkwamen. Het wemelde er van de jongemannen in uniform, ik hoorde Engels praten, en er werd geschreeuwd en gezongen, terwijl de Zweden zich mengden onder de bezoekers en zich probeerden te gedragen alsof ze gewend waren aan volksfeesten.

Het bleek om de Engelse marine te gaan en ik raakte tamelijk snel betrokken bij een gesprek met een groep mannen van een schip dat nog maar een paar uur daarvoor was gearriveerd. Een van hen, een lange blonde man met blauwe ogen, begon onmiddellijk uitgebreid met me te flirten en dat was geen vervelend gevoel, misschien vond ik het zelfs leuk. Hij vroeg of ik bier wilde en toen ik ja zei drong hij door de menigte naar de bar en kwam even later terug met twee volle glazen.

'Ik denk dat hij me heeft afgezet', zei hij terwijl hij me een glas gaf.

'Hoezo?' vroeg ik en ik vroeg me af hoe dat in zo'n relatief korte tijd gebeurd kon zijn.

'Ik moest een vermogen voor dat bier betalen', zei hij waarna hij een flinke slok nam.

Ik probeerde uit te leggen dat hij helemaal niet was afgezet, maar dat het bier in Zweden nu eenmaal zo duur was, vooral als je het op een terrasje dronk. De Engelsman, die zich had voorgesteld als Andrew, schudde zijn hoofd toen hij dat hoorde.

'*Poor Sweden*', zei hij en daarmee was het onderwerp uitgeput. We hadden een gezellige avond, maar toen mijn vrienden verder wilden gaan besloot ik dat ik met hen meeging. Andrew vroeg meteen of we elkaar de volgende dag weer konden zien, op dezelfde plek.

'Ik betaal voor het bier', zei hij. Ik lachte, dacht aan Kalle en zei nee.

Het was nog steeds licht buiten. Het was eind mei en plotseling kwam ik op het idee om afscheid van de anderen te nemen en alleen terug te gaan naar de boten die voor anker lagen bij de kade en die Slussen een zweem van internationalisme en belangrijk bondgenootschap verleenden. De boten tekenden zich nachtgrijs af tegen de hemel en er stonden een paar mannen op het dek die uitkeken over de stad en daarna weer aan het werk gingen. Aan een van de schepen hing een ladder en ik gaf gehoor aan een plotselinge ingeving en begon naar boven te klimmen. Ik had geen reden voor mijn actie, ik was gewoon wat obstinaat en wilde het noodlot bewijzen dat ik het durfde, hoewel ik het risico liep dat iemand me op mijn binnendringen zou aanspreken.

Dat gebeurde ook. Ik was nog maar halverwege toen een officier zich naar me toe haastte. Dat hij officier was wist ik toen overigens nog niet, maar ik zag meteen dat hij een hogere rang had dan Andrew en zijn vrienden in de pub, omdat zijn uniform ingewikkelder was en de band rond zijn uniformpet op een andere manier was versierd.

'Het spijt me, maar je mag zonder escorte helaas niet aan boord van het schip komen. Ik moet je vragen om weer naar beneden te gaan.'

Hij was iets ouder dan Andrew en zijn kameraden, maar mijn eerste indruk had niets met leeftijd te maken. Hij was lang en donker, had kortgeknipt haar onder de witte pet en had bruine ogen en geprononceerde wenkbrauwen. Zijn huid was ongewoon glad, de mond was fijn getekend met een duidelijke, enigszins vrouwelijke welving van de bovenlip en zijn lippen krulden bij zijn mondhoeken omhoog, waardoor het zelfs als hij serieus was leek alsof hij glimlachte. Hij had mooi gevormde ogen en leek goedgebouwd, en misschien voelde ik me voor het eerst verlegen in de nabijheid van een man, een innerlijk blozen, onzekerheid in mijn ogen. Ik bestrafte mijn zwakheid onmiddellijk door hem in zijn ogen te kijken en te antwoorden dat er dan een bord had moeten staan, een trap omhoog is altijd verleidelijk voor mensen die ambitieus zijn. Daarna ging ik zonder nog een keer naar hem te kijken weer naar beneden. Ik voelde dat de blik waarmee hij me nakeek zo intens was dat hij mijn rug doorboorde en er aan de voorkant weer uitkwam, en ik liep door tot ik een bank vond die voldoende beschut lag. Ik ging zitten en keek uit over het water terwijl ik erover nadacht wat ik nu moest doen.

Het duurde niet lang, maar een eeuwigheid, toen ik zijn schaduw zag en opkeek. Hij stond voor de bank en keek naar me met de glimlach die geen glimlach was.

'Heb je zin in een kop koffie?' vroeg hij en ik wist toen al dat ik me die zin de rest van mijn leven zou herinneren, wat inderdaad zo is. Heb je zin in een kop koffie. Ik herinner me elke lettergreep, klemtoon, woordkeuze, en ik herinner me dat mijn lichaam ja antwoordde zonder dat ik maar iets hoefde te doen en dat we samen de verboden trap op liepen die nu plotseling toegestaan was omdat we met z'n tweeën waren. Op het dek draaide hij zich om en strekte zijn hand uit.

'Ik heet John', zei hij.

'Eva', antwoordde ik en ik drukte zijn hand een beetje steviger dan noodzakelijk was.

Soms wens ik dat alles daar was gestopt. Bij John en Eva op een boot op een warme avond in mei met een kop koffie voor zich en geen gezamenlijke teleurstelling achter zich. Dat de tijd was blijven stilstaan, dat alles een gelukkig einde had gekregen en dat de gebeurtenissen daarna nooit hadden plaatsgevonden. Maar toen, juist toen, wilde ik niet dat de tijd stilstond. Ik wilde met John wandelen, met John koffiedrinken en hem telkens weer begroeten, alleen maar om zijn hand weer in de mijne te voelen. Ik kon niet weten wat de toekomst voor heksenbrouwsel had samengesteld en was voor één keer weerloos, misschien voor het eerst sinds ik Buster had vermoord.

John gaf me een korte rondleiding op het schip, de Minerva, en liet de uitrusting, de voorraad en, als ik het me goed herinner, de torpedo's zien. Ik vroeg hem wat voor wapens ze vervoerden en voor welk soort oorlog een schip als dit was uitgerust, en hij gaf antwoord alsof het hem echt interesseerde. We belandden onmiddellijk in een discussie over de landen in de wereld die als echte vijanden moesten worden beschouwd, maar werden onderbroken toen er een superieur naar ons toe kwam. Even was ik bang dat ik weer van het schip af moest, maar hij begroette ons alleen, eerst John en toen mij.

'Ik zie dat je het goed voor elkaar hebt, John', zei hij op een licht spottende toon, en toen liep hij verder. Na een tijdje kwamen we bij een gesloten deur, die John opendeed om me binnen te laten. Een gejuich steeg op naar het plafond, John zuchtte en draaide zich naar me om.

'We zijn helaas niet alleen', zei hij en hij stapte opzij zodat ik beter kon kijken. De ruimte was gevuld met mannen in alle stadia van ontspanning, en toen ik binnenkwam begroetten ze me met een staande ovatie. Ze schoven gewillig dichter naar elkaar toe zodat ik kon zitten en John baande zich voorzichtig een weg naar de keuken, waar het hem na een tijdje lukte om een kop koffie te produceren, die hij aan me gaf.

Het was niet de enige kop koffie die we samen zouden drinken en het was beslist niet de beste. Hij was nogal slap en lauw en werd vergezeld door het geschreeuw en gebulder en de vrolijke uitroepen van een stel aangeschoten mariniers. Maar het was de eerste, en daarom zal ik hem nooit vergeten. Toen ik de koffie op had stelde John voor om nog een stukje te wandelen, 'als jullie haar tenminste laten gaan', en tijdens die wandeling vroeg John of ik de volgende dag iets te doen had.

'Dan ben ik namelijk vrij', zei hij en hij vertelde dat hij wat meer van Stockholm wilde zien en dat hij dat heel graag samen met mij wilde doen. Een gedeelte had hij weliswaar al eens gezien, hij was hier al verschillende keren geweest. 'Stockholm is mijn droomstad,' zei hij, 'maar we zijn hier altijd maar kort en ik ben nog nooit rondgeleid door iemand die hier woont.'

Ik zei ja, hoewel mijn maag samentrok van ongewone nervositeit, en we besloten dat ik de volgende dag rond elf uur hij het schip zou zijn. Toen we afscheid namen stak John zijn hand weer uit en toen ik hem vastpakte hield hij mijn hand wat langer vast dan toen we elkaar had begroet.

'Hoe oud ben je, Eva?' vroeg hij.

Ik weet niet waarom hij het vroeg, maar ik denk dat hij er misschien aan twijfelde of ik de leeftijd had waarop het vanzelfsprekend was dat ik 's nachts zo lang op stap was met oudere officieren. Waar lag de grens van zijn waakzaamheid? Ik zag er eigenlijk niet ouder uit dan ik was, dus moest ik mijn ogen gebruiken. Ik dacht eraan dat ik moest leren om mezelf te waarderen als niemand anders dat deed, voelde dat de glans minder werd en keek toen naar Johns gezicht.

'Ik ben twintig.'

'Ik ben vierentwintig.'

En met die merkwaardige uitwisseling van numerieke informatie namen we afscheid.

Die avond kregen Busters oren misschien voor het eerst iets positiefs te horen, en ik voelde bijna dat de harde stukken in het zakje een beetje zachter werden of misschien zelfs craquelé vormden. De volgende ochtend hadden mijn vader en moeder weer een verschrikkelijke ruzie. Het ging over een feest waar mijn moeder naartoe wilde en mijn vader niet, en het leek zo zinloos dat het me niet eens lukte om geschokt te zijn. Ik legde een briefje op de keukentafel waarop stond dat ik naar de stad was en dat het misschien laat zou worden, en daarna liep ik naar buiten. Het had zonnig weer moeten zijn, maar in plaats daarvan viel er een fijne regen, alles was nat en de hemel was grijs en weigerde zich met de dag te verzoenen. Het was natuurlijk leuker geweest om Stockholm te laten zien als het mooi weer was, en het was vooral leuker geweest om me voor warm weer te kleden, maar het kon me niet zoveel schelen. Een klein zonnetje begon binnen in me te schijnen, maar ik maande mezelf tot voorzichtigheid en kreeg het gevoel dat het innerlijke licht door iets anders werd verdreven. Heel even verbeeldde ik me dat ik zag hoe Schoppenkoning in mijn hoofd zat en zijn ogen afschermde voor het licht.

John stond al op me te wachten toen ik bij de Minerva aankwam. Hij droeg burgerkleren, een spijkerbroek, een colbert en donkere schoenen die ongeschikt leken voor het natte weer. Hij ontving me met een heel beschaafde kus op mijn wang en ik voelde opnieuw dat ik het warm kreeg, zowel van onrust als van afkeer over mijn eigen gevoelens.

We wandelden een beetje doelloos door Slussen terwijl ik hem vroeg wat hij wilde zien.

'Weet je, als ik zo'n mooie vrouw naast me heb maakt het me niet zoveel uit wat ik zie', zei hij en hij klonk volkomen ernstig.

Ik stelde voor om naar Gamla Stan te gaan, dat vlakbij lag, en al snel liepen we door de nauwe straatjes en steegjes, waar we gebouwen en pleinen bekeken totdat we bij het paleis kwamen en doorliepen naar Kungsträdgården. We praatten vanaf het begin met het gevoel dat we de inleidende holle frasen achterwege konden laten en met een saamhorigheid alsof we elkaar al heel lang kenden.

We hadden het over de oorlog in Vietnam. Ik had meegelopen in een protestmars tegen de Amerikaanse bombardementen op dat kleine land, en ik vroeg me af waarom hij bij de marine was gegaan. Als ik dacht aan mijn eigen strijd kon ik mezelf eigenlijk geen vreedzaam persoon noemen, maar toch was het heel anders om oorlog te voeren tegen je eigen demonen dan tegen mensen die je niet eens kende. Ik had weliswaar besloten om mijn moeder te vermoorden, maar ik vond het heel moeilijk om me voor te stellen dat ik de oren zou afsnijden van een willekeurige vreemdeling die me niets had gedaan. John liet zich niet provoceren. Hij had ook kritiek op de manier waarop de oorlog in Vietnam zich ontwikkelde, maar hij was het tegelijkertijd niet categorisch oneens met grote landen die zich met de aangelegenheden van kleine landen bemoeiden.

'Ik denk dat dit werk bij me past', zei hij en hij vertelde over zijn belangstelling voor de zee en het enorme vrijheidsgevoel dat hij had als hij de stad en het land met zijn geuren en nadelen achter zich liet.

'Zou je het niet op prijs stellen als iemand je zou komen verdedigen als je van je vrijheid was beroofd?' ging hij daarna verder. Ik vond het een beladen vraag en besloot te wachten met het antwoord.

John vertelde verder dat zijn vader professor in de natuurkunde was en dat zijn moeder cultuurlessen gaf.

'Ze is jaloers op me, omdat ik in de steden met de bekendste kunstmusea ter wereld kom. Toch lukt het me maar heel zelden om er een te bezoeken. Niet omdat ik er geen belangstelling voor heb, maar omdat onze tijd op het land beperkt is.'

John had een zus, Susan, die nog thuis woonde. Hij had op dat moment geen eigen woning in Engeland, en tijdens de korte periodes dat hij verlof had woonde hij bij zijn ouders. De afgelopen maanden waren gekenmerkt door studeren voor zijn examen en veel stages lopen op verschillende schepen, en hij had zijn appartement van de hand gedaan 'om geld uit te sparen en te ontsnappen aan een heleboel administratieve rompslomp', zoals hij het uitdrukte.

John onderbrak zichzelf de hele tijd om vragen over mijn leven te stellen, hij wilde van alles weten over mijn huis, mijn ouders en de westkust. Ik verzon er wat bij en vertelde dat ik bij een modebedrijf had gewerkt en wiskunde studeerde. Ik dacht dat ik voldoende over mijn moeders werk wist om er geloofwaardig over te kunnen praten, en mijn kennis van wiskunde was ongetwijfeld toereikend. John was onder de indruk en zei dat ook.

'Je hebt een doel en daar hou ik van. Je moet weten dat het maar heel weinig voorkomt dat ik zo veel te bespreken heb met iemand die ik op de kade heb ontmoet. In mijn werk is het helaas zo dat ik van de meeste mensen die ik ontmoet na een paar uur of dagen of in het beste geval weken weer afscheid moet nemen. Daarom moet ik snel beslissen of ik een vriend of een kennis voor me heb. Ik moet altijd snel zijn.'

Even trok er een schaduw over zijn gezicht, zijn huid werd een schakering grauwer, en hij keek naar me met ogen die wat vochtig leken.

'En dan is het ook niet vreemd dat ik teleurgesteld raak', zei hij. Ik had het gevoel dat ik verder moest vragen, maar koos ervoor om te wachten. Een twintigjarige was geduldiger dan iemand van zeventien, en als John het wilde zou hij er zelf over beginnen.

We waren aangekomen bij de Nybrokade en keken uit over het water en de boten. John verbaasde zich erover dat Stockholm zo schoon was.

'Een paar maanden geleden waren we in Liverpool, en dat verschil is enorm. Niets slechts over die stad, maar in vergelijking met Stockholm was het er somber en vies. En alle gevels van de huizen hier zijn zo fascinerend. In veel grote steden lijken de gevels op een slecht gerepareerde rij tanden. Mooi huis, mooi huis, lelijke nieuwbouw waar een bom is ingeslagen, weer een lelijk huis, mooi, lelijk, soms allemaal nieuw opgebouwd. Straten zoals die van jullie zijn uniek in Europa.'

Ik kreeg een ingeving en nam hem mee naar het museum waar het Vasa-schip tentoongesteld stond. We stonden zwijgend in de zaal en keken naar het water dat het schip aan alle kanten besproeide om het te conserveren, een proces waarvan het resultaat ooit zou zijn dat de Vasa in droge toestand kon worden getoond. John was gefascineerd dat er zo veel over was van het schip en dat een land dat zich niet bijzonder leek te interesseren voor gewapende conflicten zo veel moeite deed om een oud oorlogsschip te restaureren.

'Misschien komt het omdat het schip niet heeft meegedaan aan een oorlog maar voor die tijd zonk. Daarmee is de Vasa het ultieme symbool voor neutraliteit. Een oorlogsschip dat nooit is gebruikt', zei hij. Ik kon het alleen maar met hem eens zijn, zelfs al had ik de Vasa nog nooit op die manier bekeken.

Ons gesprek ging moeiteloos verder, alsof het geen begin had gehad en nooit een eind zou krijgen. We discussieerden over de conflicten in de wereld, over de moord op president Kennedy die een paar jaren daarvoor was gepleegd en over de escalatie van de strijd tussen oost en west, die vaak in een onschuldig land leek te worden uitgevochten. En we praatten veel over de zee. John vertelde dat het leven op zee eenzaam was, maar dat hij niemand kende die niet terugverlangde als hij eenmaal op het vasteland werkte. Hij probeerde een gedicht te citeren over de gevoelens van een Engelse soldaat, maar kon zich de woorden niet herinneren en beloofde dat hij de tekst zou opzoeken. Pas veel later merkten we dat we honger hadden en we gingen iets eten, en toen het steeds later werd beseften we dat we niet wisten waar we de nacht samen konden doorbrengen.

Uiteindelijk belde ik een vriendin die bij me in de buurt woonde en vroeg of ik bij haar kon overnachten. Ze hadden een huisje voor logés in hun tuin en ik had daar een keer geslapen toen het 's avonds laat was geworden. Ik suggereerde dat ik niet naar huis kon omdat ik wat problemen had en werd begrepen zonder dat ze er iets van begreep. John stelde onmiddellijk voor dat we een taxi zouden nemen en we waren er binnen een half uur. Terwijl hij een sigaret opstak liep ik naar het huis en haalde de sleutel. Het was vroeg genoeg om geen wantrouwen te wekken, maar zo laat dat niemand nog vragen zou stellen. De moeder van mijn vriendin gaf me een zak met verse broodjes en zei dat ik thee en koffie in de kleine kookhoek in het huisje kon vinden. Nu denk ik dat ze misschien meer wist dan ik toen dacht.

We gingen naar het huisje en deden een paar lampen aan. Het rook een beetje muf, maar we zetten een raam open en staken de kaarsstompjes die we vonden aan, zetten thee en praatten verder. Ik deed de televisie even aan om naar het weerbericht te kijken en werd onromantisch in beslag genomen door een nieuwsonderdeel dat me interesseerde. John vertelde later dat hij naar me had zitten kijken zonder dat ik het merkte en dat hij dat beeld in zijn herinnering had opgeslagen, een roodblonde 'lady' die geboeid naar de televisie keek en zich totaal niet bewust was van de signalen ze uitzond. Pas toen het drie uur was en ik een vierde kop thee had ingeschonken en begon te drinken, pakte John vastbesloten het kopje uit mijn hand en kuste me. Ik wilde dat ik kon vertellen over de grond die zich opende of symfonieorkesten die plotseling begonnen te spelen, over ganzenlever of frambozen in het bos, maar in plaats daarvan herinner ik me vanzelfsprekendheid. Ik weet dat ik de hele tijd dacht dat het fantastisch was dat ik wist wat ik moest doen en hoe het zou zijn, terwijl ik nooit had kunnen of willen oefenen. Toen we op bed gingen liggen, wist ik eerst niet hoe het verder zou gaan, maar John nam het initiatief.

'Ik heb ...' begon hij en toen zweeg hij even. 'We blijven gewoon liggen en houden elkaar een tijdje vast. Dat mis ik het meest als ik op zee ben. Die unieke vrouwelijke aanwezigheid die niets heeft te maken met ...' ging hij verder.

Ik deed net alsof ik naïef en onschuldig was, hoewel ik me niet zo voelde. Het eindigde ermee dat we dicht tegen elkaar aan sliepen tot hij me wakker maakte en zei dat hij weg moest omdat hij over een uur bij de Minerva moest zijn. Ik ging naar de moeder van mijn vriendin, mocht haar telefoon gebruiken en belde een taxi, terwijl zij tactvol naar een andere kamer ging. John was al buiten en toen de taxi kwam gaf hij me drie adressen, twee van schepen waar hij de komende tijd zou worden gestationeerd en het adres van zijn ouders. Ik gaf hem het mijne, hij vertrok en ik dacht dat het een ervaring was om een onderdeel van een cliché te zijn, een zeeman die het warme bed van zijn vriendin verlaat om naar zee te gaan. Mijn zwarte helft lachte ruw om de witte.

Dat verhinderde niet dat mijn witte kant na een onrustige

slaap naar de metro rende en naar Slussen ging. De Minerva zou om twaalf uur de haven uit varen en toen ik daar aankwam stond de kade vol zwaaiende mensen. Op het voorste dek stond een rij mannen in uniform, maar ik zag John nergens. Toen het schip een stuk het water op gevaren was, draaide het en zag ik dat er aan de andere kant ook een rij mannen stond, maar ik zag geen bekend gezicht.

Toen ik thuiskwam had niemand me gemist. Mijn moeder lag nog te slapen en mijn vader was er blijkbaar niet omdat hij geen antwoord gaf toen ik riep. Ik kon in alle rust en heel neutraal telefoneren en ik ontdekte dat de HMS Minerva naar Hudiksvall zou varen en kreeg een adres. De man die me het adres gaf vroeg een beetje plagerig of ik een onvergetelijke nacht had gehad omdat ik zo graag iets van me wilde laten horen. Ik negeerde de toespeling en schreef in plaats daarvan een brief naar John, waarin ik eerlijk vertelde dat hij me had geraakt.

Twee dagen later kreeg ik een brief uit Hudiksvall. 'Dear Eva' stond erboven. En daarna:

Het was moeilijk om de juiste woorden te vinden om te zeggen wat ik zaterdagavond tegen je wilde zeggen. Ik wil je bedanken omdat je mijn bezoek aan Stockholm zo speciaal hebt gemaakt. Ik zal me dit bezoek herinneren en het meer waarderen dan mijn bezoekjes aan andere steden.

Ik ben onzeker over jouw gevoelens voor wat betreft de relatie die tussen ons begon te groeien, maar ik vond het heel mooi. Er waren tekenen dat er iets duurzaams tussen ons kan ontstaan.

Wat ik eigenlijk probeer te zeggen is dat ik heel gelukkig zou zijn als je zou besluiten dat je me nog een keer wilt ontmoeten.

Vreemd genoeg heb ik waarschijnlijk nog nooit zo veel met een vrouw over zo veel verschillende onderwerpen gepraat. We hebben het er ook over gehad dat het Engels een taal is waarin je gemakkelijk dingen kunt omschrijven, maar zoals je ziet heb ik daar wat moeite mee.

Ik zal je weer schrijven en je vertellen over ons bezoek aan Hudiksvall. Zorg goed voor jezelf en ik zou het fijn vinden als je ook een keer schreef.

Love,
John

Er waren tekenen dat er iets duurzaams tussen ons kan ontstaan. Ik ben zo zwak als ik alleen ben dat de herinnering aan die woorden genoeg is om het weer koud te krijgen. Dus neem ik een groot glas wijn en denk dat het voor mij duurzaam was. Ik ben het nooit vergeten en als ik eenmaal in de grond wegrot is het die zekerheid die de bloemen op mijn graf zullen bemesten.

13 juli

Het slechte weer heeft het opnieuw overgenomen met gure regen en stormen. Het is alsof de zonnige dagen die we hebben gehad ons alleen een beetje wilden plagen door te vertellen dat het paradijs bestaat, maar niet voor ons. Ik kreeg zelfs een lichte infectie met koorts, maar vanochtend ben ik naar het dorp gegaan. Ik ging naar de Marokkaan op de hoek die bijna alles verkoopt op het gebied van eten, in elk geval groenten en brood, en als je ernaar vraagt verkoopt hij onder de toonbank rijst en pasta met verschillende sauzen en allerlei nagerechten. Hij zat voor zijn winkel op klanten te wachten, zoals hij altijd van 's ochtends vroeg tot 's avonds laat doet, zonder zich iets aan te trekken van de wettelijk voorgeschreven openingstijden. Voor hem is een klant het waard om drie uur op te wachten, misschien een erfenis van een cultuur waarin tijd en haast niet hetzelfde zijn.

Nu ging ik naar hem toe om brood te kopen en hij begroette me net zo vrolijk als altijd.

'Hallo, Eva. Ik heb hier iets lekkers voor je. Ik weet dat je graag je eigen aardappelen eet, maar deze aardappelen komen uit mijn land, Marokko. Je moet ze proeven. Je krijgt ze goedkoop, maar je moet ze proeven. Echt waar.'

Hij bleef ze aanprijzen met de langgerekte en zachte klinkers waarmee hij zijn Zweeds kleurt. Voordat ik hem kon tegenhouden, begon hij aardappelen in een zak te scheppen en ik liet hem zijn gang gaan en vroeg tegelijkertijd, zoals ik af en toe doe, of hij het land waarin hij geboren is niet mist, vooral als het weer in Zweden zo slecht is als nu. Hij zuchtte een beetje.

'Ben je op de Champs-Élysées in Parijs geweest?' vroeg hij. 'Waar de cafés naast elkaar liggen, zij aan zij? Zo is het in mijn land ook. Het is er anders dan hier. En ze gaan niet dicht. Ze zijn altijd open en de mensen zitten er te drinken en te praten.'

Ik deed mijn ogen dicht en hoorde hoe het zachte Zweeds van de Marokkaan veranderde in Frans terwijl ik in gedachten over de Champs-Élysées liep. Ik zag mezelf afslaan naar smalle dwarsstraatjes om adressen te zoeken waarover ik was getipt, zag me uitkijken over de mensenmassa en genieten van de kleuren en de koffie en zag me brieven voor Zweden in een brievenbus doen om daarmee de moord te maskeren. Ik probeerde me voor te stellen wat de Marokkaan wilde dat ik in zijn thuisland zou zien. Misschien de krioelende mensenmassa's, rode en oranje en bruine kleuren, geuren van kruiden en thee met munt, hitte en blote voeten in sandalen.

Zoals altijd had ik het idee dat hij en zijn gezin zich moesten voelen alsof de walvis hen aan het eind van de wereld had uitgespuugd, maar als ik dat vraag zegt zowel de Marokkaan als zijn vrouw dat ze het hier naar hun zin hebben. Ik zeg en denk Marokkaan, hoewel ik weet dat hij net zoals wij een naam heeft, alleen is die van hem moeilijker te onthouden. Zijn vrouw is trouwens helderziend.

'Je rent en je rent, maar je kunt zoveel rennen als je wilt, hij zal je blijven achtervolgen', zei ze toen ik een keer haast had en radijsjes wilde hebben. Ik ging onmiddellijk weg, zelfs al weet ik dat ze het goed bedoelde. Ik denk dat zij en haar man misschien net zoals ik geuren in een depot hebben opgeslagen, maar ze begrepen niet wat ik bedoelde toen ik het onderwerp ter sprake bracht. Geuren kun je niet opslaan, ze zijn er gewoon, zeggen ze en daar hebben ze natuurlijk gelijk in. In feite kan niets worden bewaard.

Ik was net thuis toen Petra belde. Hoewel ik haar al heel lang ken duurde het een tijd voordat ik begreep dat zij het was. Natuurlijk stroomden de woorden net zo overvloedig als altijd, maar ze schreeuwde en huilde zo hard dat ik er eerst niets van verstond.

'Je moet me helpen. Je moet hiernaartoe komen, je moet hiernaartoe komen', schreeuwde ze telkens weer in de hoorn.

'Met wie spreek ik?' vroeg ik net zo lang tot ze eindelijk snikkend uit kon brengen dat ze Petra was.

'Haast je', riep ze in paniek.

'Maar lieve Petra, wat is er? Is er iets gebeurd? Wat is er met je, zeg in elk geval wat er is gebeurd, ik ...'

'Het is Hans. Ik heb hem er uitgegooid', riep ze ten slotte. Ik bedacht dat de wonderen de wereld nog niet uit waren.

'Hem eruit gegooid? Wat bedoel je?'

'Kom gewoon hiernaartoe. En praat met niemand', huilde ze. Ik vroeg of het een goed idee was om Sven mee te nemen, bij wijze van expert op het gebied van de mannelijke psyche, maar ze schreeuwde alleen 'nee, nee, nee'. Ten slotte leek het me beter om haar haar zin te geven.

Dus trok ik mijn regenpak aan, maakte een omweg langs de rozenstruiken en knipte een paar mooie theerozen af om haar mee te kalmeren. De bloemen ruisten in de wind maar zagen er vrolijk uit, en ik dacht dat het zo eenvoudig was om je energie aan de rozenstruiken te besteden. Hun welvarend-heid staat in directe relatie tot de zorg die ze krijgen, dus als ik van ze hou en ze snoei en ze mest geef en alles wat ze nodig hebben, krijg ik liefde en schoonheid terug, tevreden wezens die laten zien dat ze de behandeling die ze krijgen waarderen. Bovendien houden ze hun mond over wat ze weten. Het is niet zo vreemd dat deze relatie de bestendigste en meest troostrijke in mijn leven is, want ik zie de doornen en kan ze daarom ontwijken. Weliswaar hebben moeilijkheden me nooit bang gemaakt, maar onzichtbaar geweld is zo gevaarlijk dat het machteloosheid creëert.

Sven loste een kruiswoordpuzzel op en keek maar heel even op toen ik mijn hoofd om de deur stak om te zeggen dat ik weg ging.

'Waar ga je naartoe?' vroeg hij en ik vertelde maar de halve waarheid. Ik zei dat ik naar Petra ging, die had gebeld en gedeprimeerd klonk. Sven vroeg of we later naar de Griek konden gaan, hij had zin in lamsvlees, en ik stemde half toe terwijl ik me afvroeg wat Petra ermee had bedoeld dat ze Hans eruit had gegooid en of het echt zo ernstig was.

Ik liep gebogen door de regen en was kletsnat toen ik bij het huis van Petra en Hans aankwam. Hun huis is het lelijkste huis dat ik ken. Het meubilair en de stoffen passen zo slecht bij elkaar dat het bijna een kunst is dat ze dit effect hebben bereikt. Grenenhouten tafels met halve antiquiteiten, linnen gordijnen met fluwelen volants op de kussens, strepen met ruiten, zelf geweven met kristal, en alles bewaard en naar binnen geperst en ergens onder geschoven. Petra deed al open voordat ik had geklopt. Ze had blijkbaar achter het gordijn gestaan en had me aan zien komen, en ze trok me naar binnen en deed de deur dicht. Ze zag er verwilderd uit. Haar ogen waren bloeddoorlopen, de grijze haren stonden recht overeind, haar borsten hingen los op haar buik en ze droeg alleen een oude, tot op de draad versleten gele ochtendjas. De wonden in haar mondhoeken waren

groter dan anders en vuurrood, wat haar mond op een gro-
teske en clowneske manier ruïneerde.

'Kom mee naar de keuken', jammerde ze. Ik moest haar
met zacht geweld van me af duwen, zodat ik mijn regenpak
en laarzen kon uittrekken, en Petra rukte ze uit mijn handen
en smeet alles op het zeil. Toen trok ze me mee naar de
keuken en duwde me op een stoel.

'Je moet iets doen', kermde ze. Daarna stapte ze opzij zodat ik het beter kon zien.

Op Petra's keukenvloer ligt sinds jaar en dag een vloer-
kleed van repen stof waarvan ze ooit heeft gezegd dat het 'het
examenwerkstuk van de oma van mijn tante' was. Hoewel
het de vloer generaties lang met zijn schreeuwerige kleuren
had bedekt, had het nu een harmonische en uniforme kleur
gekregen. Het kleed was doordrenkt met bloed en voor de
eerste keer besefte ik dat Petra's hysterie misschien een
goede reden had. Mijn eigen herinneringen overvielen me
zo heftig dat ik een golf van misselijkheid voelde opkomen,
terwijl Petra om me heen fladderde als een nachtvlinder rond
de vlam van een kaars.

'Wat moeten we doen, wat moeten we doen, ik weet niet
wat ik moet doen, ik weet niet wat er gebeurd is, wat moeten
we doen, Eva, je moet me helpen, je moet, je moet het kleed
wassen, ik, Eva, jij ...'

'Stil!' Ik voelde dat de controle waarover ik nog steeds
beschikte aan het verdwijnen was en ging daarom staan,
pakte haar schouders en schudde haar door elkaar.

'Stil', zei ik. 'Kalmeer en vertel me wat er is gebeurd, anders ga ik weg. Probeer voor één keer om één zin tegelijk uit
te spreken en tussendoor adem te halen. Dus, wat heeft dit te
betekenen?'

Petra hield haar mond en staarde me aan. Ze was een paar seconden stil, wat bewees hoe geschokt ze moet zijn geweest.

'Wil je koffie?' vroeg ze ten slotte. 'Ik denk dat ik me beter kan concentreren als ik een kop koffie drink, het is ten slotte onze normale tijd om koffie te drinken en Hans ...'

'Thee graag', onderbrak ik haar, en Petra zweeg weer en zette water op. Ze maakte koffie en thee, stak een kaars aan, ging zitten maar stond weer op en kwam terug met een schaal broodjes die nog warm waren.

'Ik vergat bijna dat ik die had. Terwijl het hiermee is begonnen, met de broodjes, want ik ...'

Eén blik van mij was voldoende. Vijf minuten lang dronken we zwijgend koffie en thee en aten verse broodjes. Het was het fijnste koffiemoment dat Petra en ik ooit hadden gehad, en toen ik na een tijdje naar haar keek zuchtte ze en nam een hap van haar derde broodje. Ze haalde nu rustig adem.

'Typisch dat het juist vandaag moest gebeuren', zei ze ten slotte. 'Ik bedoel, ik ga op donderdag altijd naar de gymnastiekles in de kerk, en Hans weet dat het heel veel voor me betekent om naar de kerk te gaan, naar de gymnastiekles dus, niet naar de kerk maar naar de gymnastiekles in de kerk, en hij had daarom toch kunnen wachten met zich zo te gedragen. Hij weet dat ik veel rustiger ben als ik naar mijn gymnastiekles ben geweest, maar dat is zo typisch Hans, hij had wat meer rekening met me kunnen houden. Morgen had ik veel meer tijd gehad.'

Ik nam een grote slok thee en keek naar haar. Het leek er niet op dat ze dacht dat ze iets vreemds had gezegd, het was eerder een tamelijk kalme constatering van een feit.

'Petra, kun je nu langzaam vertellen wat er hier is gebeurd?'

Petra zuchtte weer.

'Ja, weet je, dat hij hier niet meer woont ... dat maakt eigenlijk geen verschil. Want het is toch net alsof ik al jaren met een geest leef. De paar woorden die ik uit hem krijg kan ik waarschijnlijk ook uit een lijk krijgen. En ik weet dat iedereen denkt dat ik de hele tijd zo veel praat, terwijl Hans de aangename is die zo meegaand naast me staat te luisteren. Maar wat moet ik doen als mijn man nooit een woord zegt? Als je hier thuis zit of staat of loopt en alleen stilte of het gezoem van de koelkast hoort en dat wezen ziet zwijgen en zwijgen? Ik zal je vertellen wat je dan doet. Je praat om de stilte weg te houden. Je praat om de paniek en de duisternis en de teleurstelling over hoe je leven is geworden weg te houden en de angst te verdrijven dat je iemand hebt gekozen of dat je bent gekozen door iemand die minder interessant is dan de radio of de televisie. En nu is hij vertrokken nadat hij het voor elkaar heeft gekregen om het hele kleed vies te maken. Als hij maar een stukje meer naar rechts was gevallen, was hij op de keukenvloer terechtgekomen en dan had ik er alleen een dweil overheen hoeven te halen en dan was het schoon geweest. Maar zo was hij. Stil en zonder rekening te houden met mij en voor honderd procent gevaccineerd tegen elke vorm van inlevingsvermogen.'

Ze krabde aan haar mondhoek. Er bleef een stukje korst onder haar nagel vastzitten, dat ze met de wijsvinger van haar andere hand verwijderde.

'Petra. Wat ... is ... er ... hier ... gebeurd?'

Ik benadrukte elke lettergreep. Petra keek op en streek met haar handen door haar haren, alsof ze voor de eerste keer besefte in welk stadium ze zich op het gebied van uiterlijk bevond.

'Dat probeer ik je te vertellen. Zijn nietsontziendheid, daar begon het mee. Ik bedoel dat ik naar Konsum was geweest om boodschappen te doen, en ik zag daar een mooi stuk bevroren lamsvlees, je weet hoe zelden je daar lamsvlees kunt krijgen, dus ik nam het meteen en kocht tegelijk alles voor deze broodjes, want ik weet hoe gek Hans op verse broodjes is, dat zegt hij tenminste altijd, ik bedoel dat hij altijd zei dat het lekker was, en dan hadden we bijna zoiets als een gesprek, dacht ik. Dus ik sjouwde alles naar huis, en Hans zei hallo toen ik binnenkwam, en dat leek me een goed begin. Daarna stond ik hier te wegen en te mengen en te kneden, en toen de broodjes bijna klaar waren ging Hans aan de keukentafel zitten. Ik zag dat als een teken van wat menselijke nabijheid en begon te vertellen dat ik me de laatste tijd niet zo goed voel, ik heb een knagend gevoel in mijn borst, en soms heb ik zulke krampen in mijn maag en ... ik weet het niet, dat heb ik anders nooit, maar in elk geval zei ik tegen Hans dat ik misschien naar het gezondheidscentrum moest om me te laten onderzoeken, en ik vertelde dat ik 's nachts soms zo bang ben dat ik doodga en dat alles dan gewoon ophoudt en ten slotte vroeg ik aan Hans of hij wist waardoor het komt dat ik overal zo bang voor ben, en toen ...'

Petra stopte en keek me recht in mijn ogen.

'... en toen, ik bedoel, ik had tenslotte de hele tijd het deeg staan kneden, maar toen draaide ik me om en zag ik dat Hans de krant zat te lezen. En hij voelde misschien dat ik naar hem staarde, want hij keek op en zag me kijken, en toen glimlachte hij en leek heel gelukkig, en toen zei hij ...'

'Wat zei hij?'

Er rolde een traan uit Petra's ene ooghoek, die in de wallen onder haar oog bleef hangen.

'Hij zei dat ... Weet je, zei hij, weet je dat we een jaar-contract hebben?'

'Een jaarcontract?'

'Een jaarcontract. Voor ons afval. Je weet wel, we wonen hier niet het hele jaar, en daarom wordt het afval alleen 's zomers opgehaald, en het was altijd moeilijk om het afval kwijt te raken als we hier 's winters waren. We moesten knoeien met verschillende zakken en als dieven in de nacht rondsluipen en langs verschillende openbare vuilnisbakken rijden en het afval soms in de bak van de buren gooien, en dat was een probleem, en nu had Hans, hoewel hij het niet met mij had besproken, nu had Hans dat op eigen houtje aan-gepast, dus nu had hij geregeld dat ons afval het hele jaar wordt opgehaald. En dat is natuurlijk goed, maar daar zat hij dus en praatte meer dan hij wekenlang had gedaan en zei dat hij ervoor had gezorgd dat ons afval het hele jaar werd op-gehaald terwijl ik net had verteld dat ik me helemaal niet goed voelde en misschien doodging terwijl ik tegelijkertijd broodjes voor hem bakte. En toen ...'

'Ja, Petra?'

'Ik pakte de steelpan die op het aanrecht stond, en ik ging voor hem staan en zei tegen hem "hier heb je je jaarcontract" en toen gaf ik hem een klap, ik bedoel, dat deed ik natuurlijk niet, ik hield de pan voor me en Hans bukte zich en raakte de pan, en dat moet heel ongelukkig aangekomen zijn want plotseling viel hij op de grond, en hij kwam natuurlijk op het kleed terecht, en toen begon hij verschrikkelijk te bloeden. En ik kon niet zoveel doen, ik moest trouwens op de broodjes letten, en ik dacht dat hij wel weer zou gaan staan, maar dat deed hij niet, en toen ik weer naar hem keek zag ik dat het bloed begon te stollen, en plotseling dacht ik dat hij nu misschien echt dood was, en toen werd ik bang, en ik merkte dat ik ook helemaal onder het bloed zat, op mijn handen en overal, dus ging ik een douche nemen. Daarna ging ik terug naar de keuken, en toen stond Hans op en hij zwaaide heen en weer en toen werd ik stapelgek. "Maak dat je wegkomt! Verdwijn!" riep ik. "Verdwijn uit mijn huis", ging ik verder, zelfs al staat het huis op de naam van Hans. En toen sloop hij de kamer uit en kwam even later terug met een gepakte koffer. "Ik ben bij mijn zus", zei hij voordat hij de deur uit liep, en toen was hij weg. En ik voelde dat ik helemaal in de war was en dat ik niet helder kon nadenken, en toen belde ik jou.'

Ik durf er niet aan te denken wat voor instinct haar ertoe heeft gebracht om juist mij te bellen. Het bloed op het kleed had niet alleen associaties met Buster maar ook met die ander, en ik wist precies wat we moesten doen maar ik had het idee dat ik mijn ervaring beter kon verbergen. Ik haalde diep adem en pakte Petra's pas gedouchte handen, die nog een beetje kleverig van de broodjes waren.

'Ik denk dat we moeten beginnen met schoonmaken, Petra. Ik ben een paar dagen geleden heel veel woede kwijt-geraakt met schoonmaken, en nu is het jouw beurt.'

Petra keek me niet-begrijpend aan en ik beheerste mijn ongeduld.

'Petra, hoe het ook zit, of Hans nu op de pan viel of dat jij hem ermee hebt geslagen ... ik geloof dat je hoe dan ook niet aan het feit voorbij kunt gaan dat jij de pan vasthield. En het ziet er nooit goed uit als een getrouwde man naar de dokter gaat omdat zijn vrouw met een pan heeft gezwaaid. Het risico bestaat dat hij je aangeeft voor mishandeling en je bent misschien een beetje te oud om je aan te passen aan het leven achter de tralies. Ik geloof niet dat je in de gevangenis verse broodjes krijgt als je daar trek in hebt. Maar als we al het bewijs wegwerken is het jouw woord tegen dat van Hans. Dan stijgen je kansen aanzienlijk.'

Ik koos bewust ruwe woorden zodat Petra zich zou vermannen, en dat leek te lukken. Ze zweeg een paar minuten en toen ze weer begon te praten waren de zinnen bij wijze van uitzondering accuraat en logisch.

'Het is misschien het beste om te stofzuigen. En om af te stoffen en nat af te nemen. Daarna moeten we kijken waar Hans heeft gelopen en waar hij zijn koffer heeft ingepakt om te controleren of hij bloedsporen heeft achtergelaten.'

We pakten de stofzuiger, doeken en schoonmaakmiddel, verdeelden de taken en begonnen de keuken te boenen. Petra gooide het kleed in de wasmachine zonder aan de gevolgen te denken, 'ik denk dat de oma van mijn tante mijn kant zou hebben gekozen', en daarna boenden we de vloer en namen we alles af waar spatten op konden zitten. Toen we klaar waren glom de keuken zoals hij dat in jaren niet had gedaan en Petra keek glimlachend naar me.'

'Fijn dat het gedaan is. Ik ben niet echt slecht in schoonmaken, ik vind het altijd fijn om te stofzuigen, want dat maakt geluid en dan is er een beetje leven in huis, maar ik maak niet zo vaak grondig schoon. Maar als je eenmaal bezig bent is het heel leuk.'

Ik dacht dat ze bezig was om het beetje verstand dat ze overhad ook nog kwijt te raken. Maar het leek alsof ze begreep wat ik dacht, want ze keek me sluw aan.

'Je lijkt zo onbewogen, het is net alsof je dit eerder hebt gedaan. Dat bewijst maar weer eens dat ik er goed aan heb gedaan om jou meteen te bellen. Op de een of andere manier heb ik altijd het gevoel gehad dat jij in jouw tijd ook een aantal lijken hebt begraven.'

Haar nieuwe manier om kort en direct te praten was een beetje angstaanjagend. Ik gaf geen antwoord maar ging door met waar ik mee bezig was, en ten slotte konden we uitgeput aan tafel gaan zitten. Petra schonk nieuwe koffie en thee in en we namen allebei nog een broodje zonder over de gevolgen na te denken. Zo zaten we een paar minuten zwijgend te eten en te drinken. Buiten was het aardedonker en het onweer begon af te nemen. Petra zuchtte weer.

'Weet je, Eva, hoe meer ik erover nadenk, des te meer ik "eindelijk" zou willen schreeuwen. Ik bedoel, er is een verschil tussen stilte omdat je alleen bent en stilte die ontstaat omdat iemand anders weigert te praten. Het laatste voelt als eczeem, maar het is een beetje beschamend om te krabben omdat je je moet beheersen en dus hou je vol tot alles uit elkaar knalt en je jezelf gewoon stuk krabt. Ik ging soms naar de badkamer om het uit te schreeuwen als Hans niet meer dan drie zinnen op een hele dag had gezegd. Nu hoef ik dat niet meer te doen. Ik kan het me eindelijk veroorloven om stil te zijn.'

Ik gaf geen antwoord en Petra ging verder. Ze leek plotseling in een zeldzaam goed humeur te zijn. De hysterische vrouw in de versleten badjas was helemaal verdwenen en haar haren, die droog begonnen te worden, krulden opgewekt rond haar oren.

'Ik denk dat het voor jou en Sven anders is. Het lijkt alsof jullie ongeveer evenveel praten. Maar aan de andere kant kennen jullie elkaar langer. Soms vond ik het maar vreemd. Hij is tenslotte ...'

'Dat is hij niet.'

'Nee, dat weet ik, dat is hij niet, maar toch. Ik denk er soms wel over na.'

'Waarover?'

'Aan toen je moeder gewoon verdween. En dat je besloot om hier te blijven. En Sven ook. Er is iets mee wat ... Ja, ik heb er soms wel over nagedacht.'

'Wat is daar zo vreemd aan?' Ik verstrengelde mijn handen in mijn schoot en probeerde mijn stem onverschillig te laten klinken.

'Dat ze verdween terwijl wij allemaal dachten dat jij degene was die naar Engeland zou verhuizen. En toen ging zij plotseling weg en ze heeft ook geen afscheid genomen, en geen ...'

'Ze heeft geschreven, dat weet je.'

Petra knikte.

'Overal vandaan, of niet soms? Uit Duitsland en Frankrijk en Engeland en allerlei andere plekken, dat weet je toch? Tot ze ...'

'Ja. Dat is zo.'

'Ze is nooit aardig geweest. Je weet dat ik dat tegen je heb gezegd. Het is niet gemakkelijk voor je geweest. Er waren niet veel die het zagen, maar ik wel.'

Dat klopte. En dat is ook de reden dat Petra en ik zo lang vriendinnen zijn geweest, hoewel ze me vaak stapelgek maakte. Petra's hulp met Susanne toen ik voor David Jacobi werkte en op zijn kosten in Europa rondreisde is nog steeds voldoende om solidair met haar te zijn. Maar nu deed het pijn, en ik wilde Petra net aan haar lot overlaten toen ze plotseling van onderwerp veranderde.

'Geloof jij dat je van iemand kunt houden? Echt, bedoel ik? Zodat je het voelt?'

'I wonder if you still look the same, or has the flower whose delicate beauty I once sat and watched now bloomed into perfection?'

'Weet je wat ik geloof?' Petra wachtte niet op antwoord en hoorde niet wat ik in mijn hoofd hoorde, de zin die weigert te zwijgen en die toeslaat als ik denk dat ik veilig ben.

'Ik geloof dat ik niet zo goed ben in houden van. Ik geloof dat ik het heb geprobeerd, maar dat het nooit echt gelukt is. Ik denk dat ik met de liefde misschien hetzelfde heb gedaan als wanneer ik broodjes bak. Ik gooi alle ingrediënten bij elkaar, een beetje zorg en een beetje waardering en een beetje bewondering en een beetje goede eigenschappen, en dan maak ik het op smaak, en dan heb ik deeg. Ik geloof dat als ik maar lang genoeg kneed het deeg of de liefde glanzend en soepel en zacht wordt, en dan worden het mooie broodjes. Zo ben ik mijn hele leven bezig geweest. Ik heb gekneed en gekneed. Misschien was het heel logisch dat het gebeurd is terwijl ik broodjes aan het bakken was en hij niet luisterde, hoewel ik zo goed aan het praten en kneden was.'

'Je had zijn oren eraf kunnen snijden.'

Petra keek me aan. Het broodje waarvan ze net een grote hap wilde nemen bleef halverwege steken.

'Soms kan ik echt bang van je worden, Eva.'

'Wie van ons is degene die zijn man met een pan heeft geslagen en hem daarna heeft weggestuurd? Dat vraag ik me af. Dus wie zou er bang voor wie moeten zijn?'

Petra mompelde wat en keek naar het broodje, zodat ik verder kon gaan.

'Ik bedoel dat je puur hypothetisch zijn oren eraf had kunnen snijden en ze in een zakje had kunnen stoppen. Dan had je zijn oren tevoorschijn kunnen halen wanneer je maar wilde, en je had lang en overtuigend tegen ze kunnen praten. Hij zou geen kans hebben gehad om weg te sluipen of te doen alsof hij doof is, en jij had troost en nabijheid gehad.'

Petra knikte.

'Het is niet zo'n slecht idee, nu ik erover nadenk. Maar het was waarschijnlijk lastig geweest om Hans zover te krijgen dat hij dat ook vond. Niet dat het te merken was geweest. De mensen kijken zelden lang naar Hans. Waarschijnlijk is hij daarom nog steeds niet weggerationaliseerd bij de bank. Hij is onzichtbaar. Zijn schoonheid is van het soort dat een houdbaarheidsdatum heeft. Ik had veel grondiger naar de verpakking moeten kijken voordat ik toehapte. Of ik had moeten eisen dat ik hem op zicht kreeg.'

'Örnen zegt altijd dat er niets erger is dan op zicht krijgen. Dat we met op zicht krijgen een hele generatie hebben opgevoed die niet heeft geleerd om besluiten te nemen en dat dat een gruwel is.'

Petra zuchtte.

'Natuurlijk, daar heeft hij misschien gelijk in, maar soms voelt het alsof ik het besluit niet heb genomen, maar de omstandigheden. Iets anders. Voordat ik Hans ontmoette was ik zo depressief dat ik er serieus over nadacht om zelfmoord te plegen. Maar toen dacht ik dat het niemand iets zou kunnen schelen, en dan had het eigenlijk geen nut. Dus bedacht ik dat ik mijn keus zou laten vallen op wie me maar wilde hebben, en toen kwam Hans en hij wilde me hebben, dat zei hij in elk geval, hij nam me in genade aan, en ik was zo dom om dankbaar te zijn. Ik deed mezelf in de uitverkoop, om in winkeltaal te blijven, en ik was niet zo verstandig om na te denken over wat ik wel en niet wilde.'

Ze keek naar de schaal met de lege broodvormpjes.

'En nu heb ik vijf broodjes naar binnen gewerkt omdat ze zo lekker zijn. Vijf broodjes, en ik had helemaal geen slecht geweten toen ik ze at, maar nu heb ik wel een slecht geweten.'

'Heb je het nu over de broodjes? Niet over Hans?'

'Ik heb het over de broodjes.'

Ik zuchtte en keek naar de klok. Er was al heel wat tijd voorbij, en Sven zou zich afvragen wat ik aan het doen was. Ik wilde niet het risico lopen dat hij plotseling voor de deur zou staan om me gezelschap te houden. Ik had gedaan wat ik kon. Petra leek hetzelfde te denken, want ze keek ook naar de klok.

'Misschien moet ik de zus van Hans bellen. Informeren of hij van plan is om me aan te geven. Of hij bereid is om te praten of te luisteren, hoewel zijn oren niet in een zakje zitten. Bedankt dat je bent gekomen. Ik voel me nu veel kalmer. En de lamsbout ...'

Ze liep naar het aanrecht, waar de half ontdooide lamsbout op een stuk papier lag.

'Kun jij hem niet meenemen? Je mag ermee doen wat je wilt, ik heb vanavond geen trek in lamsvlees. We hebben tenslotte broodjes gegeten, en zolang ik alleen ben hoef ik misschien niet zo veel eten te koken. Ik neem in plaats daarvan een boterham. Hans is trouwens degene die van lamsvlees houdt.'

Ik kreeg de lamsbout mee in een zak en liep naar de hal en trok mijn regenpak aan, dat bijna droog was. Ik herinnerde Petra eraan dat ze het kleed zo snel mogelijk op de vloer moest leggen, en daarna maakte ik een controleronde. Alles was schoon en droog en uit niets bleek wat er was gebeurd.

We spraken af dat ik tegen Sven zou zeggen dat we elkaar helemaal niet hadden gezien. Ik had aangebeld, maar was Petra misgelopen en had een wandeling gemaakt. Petra omhelsde me en bleef me bedanken. Ik omhelsde haar ook en dacht dat ze aanvoelde als een pas gebakken broodje, een beetje kleverig en met kaneel aan de buitenkant.

Toen liep ik naar buiten, waar ik werd opgewacht door een gepaste zondvloed en waardoor ik misschien gedwongen zou worden om in een vis te veranderen om te overleven. Een bliksemflits scheurde de hemel plotseling open en ik had het gevoel dat de wereld bezig was om in twee stukken te breken terwijl ik van bovenaf werd uitgescholden. Ik dacht dat als Petra blij was dat ze niet hoefde te praten, Hans misschien blij was dat hij niet hoefde te luisteren en dat ze in maar een paar seconden met behulp van een steelpan een conflict hadden opgelost dat al jarenlang bezig was. Ik tilde mijn hand op en zwaaide naar Petra, die voor het raam stond. Thuis vroeg Sven zich af waarom ik zo lang was weggebleven en of we nog naar de Griek gingen. Ik gaf hem de zak met de lamsbout die ik van Petra had gekregen.

'Je krijgt lamsvlees. Maar vanavond maak ik het zelf en eten we thuis. Ze hadden zulk mooi lamsvlees bij Konsum. In de aanbieding.'

16 juli

Onze kleine dorpskern gonst plotseling opgewonden van de reacties op de wereldschokkende gebeurtenissen die de laatste dagen hebben plaatsgevonden. Irénes plotselinge ziekte heeft de dood een beetje dichter bij ons allemaal gebracht, want zolang ze gezond en gemeen was, was het niet moeilijk om in eeuwige gezondheid en onsterfelijkheid te geloven. Nu kan het ons ook gebeuren. Daarbij komt Hans' vlucht naar zijn zus na de confrontatie met Petra, die bewijst dat de huiselijke omgeving inderdaad de gevaarlijkste plek is waar een mens zich kan ophouden. Ik kruidde de lamsbout trouwens met rozemarijn en tomaten en at met een betere eetlust dan ik lange tijd had gedaan, wat een fijn gevoel was. Straks krijgt Susanne namelijk nog gelijk met haar bewering dat ik met de dag magerder word.

Sven was trouwens degene die me vertelde wat er tussen Petra en Hans Frederiksson was gebeurd. Hij had het gehoord van Örnen, die iemand van het gezondheidscentrum kende die de wond van Hans had verzorgd.

'Kun je je voorstellen dat Hans Frederiksson is mishandeld door Petra en niet meer thuis woont?' riep hij vanuit de hal op de dag nadat ik bij Petra was geweest. Ik was net de ramen aan het lappen, hoewel dat eigenlijk geen nut had omdat het nog steeds regende. Maar het lappen was een manier om te ontsnappen aan het gevoel van verval. Onze oude vertrouwde meubelen leken plotseling te stammen uit een tijd die snel voorbij zou zijn. De kleden op de vloer waren verschoten, de verf op de bank leek versleten en de koperen schalen aan de muur in de keuken moesten gepoetst worden, maar zouden nooit tot moderniteit opgewreven kunnen worden. Onze tijdloze landelijke stijl voelde plotseling verouderd en passé.

Sven ging naast me staan en verspilde een heleboel woorden van zijn voorraad van die dag met het verhaal hoe Hans in het gezondheidscentrum zijn hart had gelucht over de agressiviteit van zijn vrouw. Daarna keek hij naar me, alsof ik kon uitleggen wat er was gebeurd. Ik antwoordde eerst niet en wreef over een vliegenpoepje dat bleef vastzitten.

'Heb je gehoord hoe het met Petra is?' vroeg ik ten slotte. Ik had Petra niet gebeld sinds het incident met Hans en zij had ook geen contact met mij gezocht, wat betekende dat ze de situatie met meer kalmte opnam dan ik had gedacht.

'Ik kwam Gudrun in Konsum tegen. Wat zag ze er trouwens uit, dikker dan ooit en met een enorme knalblauwe jas van een wollen stof die ze in de Middeleeuwen leek te hebben gekocht. Ze stond bij de kaasafdeling en schoof de plakken achter elkaar in haar mond met het excuus dat het niet smaakte zoals ze had gedacht, maar waarschijnlijk was het tijd voor een tussendoortje. In elk geval vertelde ze me dat ze bij Petra was geweest en dat Petra bijna angstaanjagend kalm en beheerst was. Gudrun denkt dat het de schok is waardoor ze als een soort robot reageert, en ze bant Hans uit met schoonmaken. Ze heeft een grote container voor de deur staan en daar gooit ze blijkbaar de halve huisraad in. Toen Gudrun langskwam was Petra bezig om de kleren van Hans weg te gooien, en het lukte Gudrun in de laatste seconde om een paar overhemden te redden die ze mee naar huis wilde nemen voor Sixten. Petra wilde niet eens pauzeren voor een kop koffie en een kletspraatje. Gudrun was ongerust.'

Ik zag Petra voor me en dacht eraan hoe ik zelf ooit de sporen van een mens had verwijderd. Maar Petra verwijderde een levende en ik had een dode verwijderd. Sven begon te praten over de prostaatfontein voor Konsum, die uit pure sympathie iets meer water spoot dan de normale, armzalige hoeveelheid druppels, maar ik kon me niet concentreren. Ten slotte vroeg hij of ik me nog steeds koortsig voelde.

'Ik heb geen goed gevoel over Iréne', antwoordde ik kort, en daarmee ging de deur van Svens woordvoorraad dicht. Sven had geen zin om over Iréne te praten, wat ik bij voorbaat wist. Soms kennen we elkaar zo goed dat het niet gezond is.

Tot overmaat van ramp hadden de Marokkaan en zijn vrouw bezoek gekregen van het soort waarvan wij dachten dat we daar in Frillesås verschoond van zouden blijven. Toen hij 's ochtends in zijn winkel kwam waren alle ramen kapotgeslagen en iemand had 'ga naar huis, kutmarokkaan' op de deur geschreven. Ze hebben hier heel wat jaren gewoond zonder dat iemand er aanstoot aan nam, we waren juist blij met de mogelijkheid om op elk moment van de dag groenten en andere spullen te kopen. Nu heeft iemand plotseling ontdekt welke kleur haar ze hebben, of misschien dat de eigen haarkleur niet deugt in een bepaald verband. De kinderen van de Marokkaan waren blijkbaar ook bedreigd door een paar grotere jongens die gewapend waren met stokken, wat verbazingwekkend is. Hier aan de westkust worden anders alleen vrouwelijke predikanten zo behandeld, in spirituele zin natuurlijk, maar net zo effectief.

Gisteren kreeg ik een wanhopig telefoontje van Susanne, waarin ze vertelde dat ze naar het ziekenhuis was gegaan om Iréne te bezoeken en daar te horen had gekregen dat ze was overgeplaatst naar een verzorgingstehuis, zonder dat iemand dat aan ons had gemeld.

'Ze beweerden dat ze ons hebben geprobeerd te bereiken maar dat het niet is gelukt. Ik heb ze natuurlijk de waarheid gezegd, en ze schamen zich, maar wat helpt dat als ze al weg is?'

Volgens Susanne hadden ze haar overgeplaatst naar een tehuis dat gesloten was geweest omdat het gerenoveerd werd en dat net weer open was. Een uitstekende gelegenheid om een paar oudjes te lozen zodat ze de dure ziekenzorg niet langer belasten. Susanne was meteen naar het tehuis gegaan om te kijken hoe het er was. Iréne was op een plek terechtgekomen waar de gangen zich uitstrekten als de tentakels van een inktvis en waar her en der nog steeds werd gehamerd en gespijkerd. Het kostte haar een kwartier om een personeelslid te vinden, een twintigjarige vakantiekracht die Susanne ten slotte naar de kamer van Iréne had gebracht. Iréne lag op bed en droeg alleen een ziekenhuishemd, omdat de paar kleren die ik naar het ziekenhuis had gebracht daar nog steeds waren. Haar kamer was groot en er was een mooie keuken die was uitgerust met allerlei moderne snufjes. Er waren echter geen meubelen, handdoeken of kleren omdat de familie daar zelf voor moest zorgen. Susanne begon bijna te huilen.

'Iréne leek er veel slechter aan toe te zijn. Ze klampte zich met één hand aan me vast zodra ik bij haar was en zei steeds maar weer: "Nu gaan we naar huis, nu gaan we naar huis." Ik kon haar bijna niet verstaan, maar ze leek zo bang, mama. Ik kon haast niet loskomen en ik had zo'n slecht geweten toen ik wegging. En toch was ze zo dankbaar. Ze zei dat ik een engel zonder vleugels was.'

Dankbaar. Ik voelde de woede opkomen, ging meteen naar de auto en reed naar het ziekenhuis. Daar haalde ik haar spullen terwijl ik tegelijkertijd het personeel uitschold omdat niemand iets van zich had laten horen. Ze verdedigden zich ermee dat ze verschillende keren naar de dochter hadden gebeld, die had beloofd om te komen maar het niet had gedaan, en dat ze niet langer konden wachten en dat het hen speet. Ik dacht dat de haat van de dochter diep en intens moest zijn, met wortels die tot ver in de aarde en de vuiligheid groeiden en gaf daarom geen antwoord. In plaats daarvan ging ik naar Irénes huis en haalde een paar schilderijen en snuisterijen op en nog wat kleren.

Toen ik bij het tehuis kwam moest ik net als Susanne lang zoeken voordat ik Iréne vond. Ze zat in een rolstoel in een soort eetzaal, nog steeds in een ziekenhuishemd, zo ver van de tafel waarop een gevuld glas stond dat ze er niet bij kon en ze sliep met haar hoofd scheef op haar schouder hangend. Ik schudde haar voorzichtig heen en weer en ten slotte keek ze naar me. Haar haren stonden recht overeind en in haar nek zat een flinke klit, terwijl de haren op haar bovenlip over haar lippen hingen, wat ik bij haar nog nooit had gezien.

'Je bent gekomen om me naar huis te brengen', zei ze met een verbazingwekkend heldere en duidelijke stem, terwijl ze met haar gezonde hand aan de haren op haar bovenlip plukte. Ik gaf haar wat te drinken en plotseling kwam er een vrouw uit de keuken die zich voorstelde als 'het hoofd van de afdeling'. Ze was in de vijftig, had een keurig pagekapsel en was leuk gekleed in een zwarte broek en een witte bloes. Aan de muur achter haar hing informatie waaruit bleek dat het tehuis Sundgården heette.

'Ja, het is allemaal nogal snel gegaan', begroette ze me met een gemaakt lachje.

'We zijn net open. Maar we zullen ervoor zorgen dat Iréne het hier zo prettig mogelijk heeft. Ze krijgt een persoonlijke assistent, maar dat lukt pas in augustus, in verband met de vakantieperiode. Maar dan krijgt ze een geschikt iemand die zich uitsluitend met haar bezighoudt. En we zijn van plan een heleboel te gaan organiseren. In augustus willen we een feest geven met *surströmming* en kreeft. Dat wordt vast ontzettend leuk.'

Ik antwoordde ironisch dat Iréne zowel van surströmming als van kreeft hield, 'het is immers gemakkelijk te eten voedsel'. Toen keek ik om me heen en zag hoe drie oudjes half in hun stoelen lagen met gevulde borden buiten bereik voor zich op tafel.

'Mama, mama, mama', jammerde een van hen onafgebroken. Misschien hoopte ze in haar verwarring dat haar moeder zou luisteren nu het personeel dat niet deed.

'Mama komt zo', hoorde ik iemand in de gang zeggen, maar een mama of iemand anders liet zich niet zien. Ik vluchtte naar buiten en ging in de auto zitten, en toen ik wegreed trilden mijn handen ongecontroleerd. Ik dacht aan de rotsen van Nordsten, waar ik mijn eigen dood tegemoet wilde springen, en hoe ik daar moest zien te komen als het mijn beurt was, voordat het Sundgården lukte om mij ook op te slokken.

Er wordt gezegd dat er in de Herinneringskerk zal worden gebeden voor Iréne en voor de Marokkaan. Een naam en een nationaliteit hebben onze steun nodig, niet in het minst omdat we in het vervolg ook iets te praten moeten hebben. Ik vraag me af of het morgen mooi weer wordt, want het begint lichter te worden achter de gelapte ramen en het lijkt erop dat de zon misschien tevoorschijn gaat komen als deze nacht overgaat in de dag. De zon, die de kleinkinderen en vooral Anna-Clara zo graag tekenen. Ze tekent de zon altijd met een bril op, en één keer vroeg ik haar waarom ze dat deed.

'Het is toch een zonnebril', zei ze en ik herinner me dat ik in haar ogen keek en voor het eerst besefte dat ze ooit heel mooi zal zijn. Vannacht speelde de radio op de achtergrond tijdens het schrijven, en op dit moment draaien ze Edith Piaf met 'Non, je ne regrette rien', met een rollende r. Edith Piaf, die haar minnaar en haar dochtertje verloor en die zo intens en maar zo kort heeft geleefd. Ik heb ook nergens spijt van. Dat moet ik aan Busters oren vertellen voordat ik ga slapen.

18 juli

Sven is bij Örnen. Ik huiver bij de gedachte dat ze weer gaan praten over de waterleiding onder de rozen. Maar op dit moment lukt het me niet om verder te denken dan tot het volgende woord of de volgende zin. Ik denk dat ik de woorden vandaag moet bevrijden, dat ik de riem moet losmaken zodat ze vrij rond kunnen huppelen. De zon schijnt nog steeds, hij schijnt niet vaker omdat ik erover schrijf, maar ik doe het toch. Misschien heeft het betekenis voor de woorden die ik kies om de liefde mee te beschrijven.

Ik ontmoette John in mei, de voorzomer was ongewoon heet en de warmte sloop in mijn lichaam en vond overal bevroren ijskristallen. Ik kon voelen hoe het smeltwater onder mijn huid stroomde en hoe het plassen vormde die mijn lichaam verlieten in ongecontroleerde huilbuien of in hevige menstruaties die nog steeds zo onregelmatig waren dat ik er nooit op kon vertrouwen. Mijn moeder had een vaste minnaar die ze slechts halfhartig camoufleerde als een belangrijke collega en medewerker. Mijn vader zei niets, kwam op vrijdag thuis en was stil en verdween op zondag en nam de stilte weer mee. Met dezelfde regelmaat verdween de minnaar op vrijdagochtend en kwam zondagavond terug.

'Hij woont in Västerås en kan voorlopig niet hiernaartoe verhuizen, het is het minste wat ik kan doen nu er hier toch een bed leegstaat. Een vrouw moet niet zonder een man in huis hoeven te slapen. Stel je voor dat er iets gebeurt', zei mijn moeder tegen mij toen ik durfde te vragen waarom hij zo vaak bij ons sliep.

Toch ging ze netter met haar nachtelijke escapades om nu er een zekere regelmaat in was gekomen. Ik zag nooit meer hoe olie en azijn zich vermengden en hoefde niet te horen wat een eindeloos genot het kan zijn om te worden verlost van een krokodil of een leeuw. Ik kon me naar mijn eigen redding uitstrekken. Ik had John ontmoet.

Onze eerste brieven hadden elkaar gekruist, wat we in de volgende brief allebei constateerden. John beklaagde zich erover dat hij me niet op de kade had gezien toen de Minerva wegvoer en ik had hem geschreven dat hij me 'een onrustig gevoel' had bezorgd. 'Je hebt hetzelfde met mij gedaan', schreef hij, en hij schreef verder dat het niet vaak gebeurt dat je een mooie vrouw ontmoet die niet alleen charmant gezelschap maar ook een fantastische gesprekspartner is. 'Ik voel me bevoorrecht omdat ik jou heb ontmoet en ik ben vereerd dat je me je gevoelens laat zien', schreef hij en hij voegde eraan toe dat hij hoopte dat zijn indruk van mij juist was, omdat het heel goed mogelijk was dat hij zou kunnen houden van de Eva die hij tijdens een koud en nat weekend in Stockholm had ontmoet.

Het woord 'liefde' beïnvloedde me op een vreemde manier. Eerst lachte ik erom, daarna voelde ik weerzin. 'Verwacht niet te veel van mij', schreef ik terug, alsof ik mezelf moest beschermen. 'Maak van mij geen gevoelsmatige hindernis als je andere vrouwen ontmoet', schreef ik ook. Hij mocht zich niet blootgeven, dan zouden mijn gevoelens voor hem overgaan in spot en weerzin, en ik zou minachting voelen voor zijn liefdesverklaringen. Ik weet niet of hij het begreep, ik snapte zelf nauwelijks wat er in me omging. Ik weet alleen dat hij antwoordde dat hij natuurlijk andere vrouwen ontmoette, maar dat ze na de inleidende holle frasen meestal niets interessants te melden hadden. 'Maak je geen zorgen over wat ik wel of niet verwacht,' schreef hij verder, 'want ik verwacht nooit iets van iemand en vermijd daarmee dat ik te vaak teleurgesteld word.' En daarna vroeg hij of ik die zomer naar Engeland kwam als hij vakantie had.

Mijn moeder ontdekte de brieven tamelijk snel en ik maakte er ook geen geheim van dat ik een Engelsman had ontmoet met wie ik schreef. Op een dag sloop ze naar me toe en keek over mijn schouder terwijl ik naar een foto staarde die John van zichzelf had gestuurd. De foto toonde hem in vol uniform-ornaat. Hij was genomen tijdens een bruiloft, en hij keek recht in de camera en glimlachte zonder te glimlachen terwijl zijn ogen bijna zwart leken. Hij stond voor een struik roze rozen en op de achtergrond was de oude kerk te zien waar zijn vriend blijkbaar was getrouwd.

'O jee, wat een ontzettend rechte rug', zei mijn moeder lachend, maar ze constateerde na een tijdje dat hij er in elk geval mannelijk uitzag. Ik vertelde dat ik erover dacht om in augustus een week naar hem toe te gaan en ze antwoordde onverschillig dat dat waarschijnlijk een goed idee was.

'Daar vrolijk je misschien een beetje van op, want soms vraag ik me af of je eigenlijk wel vrolijk kunt zijn. En misschien leer je dan dat alles niet zo perfect hoeft te zijn, want als ik zie hoe je de keuken hebt schoongemaakt vraag ik me af of je niet in het ziekenhuis moet gaan wonen.'

Zoals altijd lukte het haar om iets smerig te maken wat voor die tijd schoon was geweest, en daarna zorgde ik er nauwgezet voor dat ik de brieven verstopte en dat ik ze alleen las als ze het niet zag. Tegelijkertijd had ik er voor één keer voordeel van dat ze zo onconventioneel was, een werkende vrouw die af en toe naar het buitenland reisde, genoot van het goede van het leven, gemakkelijk te beïnvloeden was en er daardoor niet op reageerde toen haar tamelijk jonge dochter aankondigde dat ze alleen naar Engeland ging om een vreemde man te ontmoeten.

Engeland, en vooral Londen, was iets waarmee mijn moeder zo dweepte dat ze waarschijnlijk dacht dat het nuttig voor mij was om daarnaartoe te gaan. 'Je kunt wel een oppepper gebruiken', zei ze, en daarna legde ze uit dat Parijs en couture passé waren. Het bedrijf waar ze werkte liet zich beïnvloeden door Londen, en namen als Mary Quant, Vidal Sassoon en Carnaby Street circuleerden in ons huis terwijl mijn moeder steeds kortere rokken droeg er haar ogen groter schminkte.

Maar dat ik uiteindelijk naar Engeland ging heb ik aan John te danken, niet aan mijn moeder en ook niet aan mezelf. De school sloot ergens in juni en ik ging naar ons zomerhuis, waar mijn vader ook naartoe kwam terwijl mijn moeder er de voorkeur aan gaf om in Stockholm te blijven werken. Ik werd zeventien zonder dat iemand het in de gaten had en was bijna voortdurend op zee en op de eilanden. Ik kreeg bruine voeten, genoot van de ongewoon warme zomer en werd overstelpt met een stroom brieven met smeekbeden of ik naar Engeland kwam. John had ze zowel naar Stockholm als naar Frillesås gestuurd en verzekerde me ervan dat hij er alles aan zou doen om mijn verblijf gedenkwaardig te maken. 'Het geld is geen probleem', schreef hij. 'Je hoeft niets te betalen als je hier bent, en als je geen geld hebt voor een vliegticket stuur ik je dat.'

Zijn brieven gaven me ten slotte het gevoel dat het onvermijdelijk was dat ik daarnaartoe zou gaan om mijn onschuld te verliezen. Om te worden *deflowered*, ontmaagd. Hij had me niet geloofd toen ik vertelde dat ik lichamelijk gezien nog maagd was en maakte er daarom vaak grapjes over dat hij zijn twintigjarige onschuld *'very soon'* wilde ontmoeten. Ik wist wat het betekende en mijn vader vermoedde het. Op een avond, toen we naar Nordsten waren gegaan en daar op een zeldzaam zachte zomeravond garnalen aten, vroeg hij of ik van plan was om mezelf te sparen voor de enige echte.

'Het moet in elk geval goed voelen,' zei hij, 'maar ik denk niet dat je bang moet zijn om wat ervaring op te doen.'

Ik mompelde iets onverstaanbaars en mijn vader praatte door over de keer dat hij zijn eerste seksuele voorlichting had gehad.

'Dat was tijdens mijn confirmatie. We waren op weg naar de kerk en ik zat alleen met mijn vader in de auto, met jouw opa dus, en toen zei hij tegen me: "Je weet waarschijnlijk dat er dingen bestaan." Ik zei dat ik dat wist. En toen vertelde hij hoe het vroeger was geweest, toen de mannen ervoor zorgden dat ze aan hun trekken kwamen als ze aandrang hadden en de vrouwen de gevolgen moesten dragen in de vorm van voortdurende zwangerschappen. Hij had zich er altijd over opgewonden, omdat er "dingen" waren die je kon gebruiken, en hij wilde dat ik ze zou gebruiken. Dat ik al heel wat wist over die "dingen" kwam niet in hem op, maar dat maakt niet uit. Het was een fijn gesprek.'

Hij zweeg en ik dacht dat ik me dit gesprek waarschijnlijk op dezelfde manier zou herinneren. Een antwoord leek niet nodig en we keken samen uit over de zee, die glanzend en stil voor ons lag. Ergens schreeuwde een vogel en ik dacht eraan dat mijn vader me een onbewuste aanmoediging had gegeven om mezelf aan iemand anders te geven. 's Nachts kwam Schoppenkoning en kuste me en verdween voordat ik tijd had om hem te vragen wat hij wilde, en ik beschouwde dat als een teken dat hij me ook toestemming gaf om op reis te gaan.

Ik kan me niet veel van de reis naar Londen herinneren, hoewel de eerste vliegreis een belevenis moet zijn geweest. Ik herinner me slanke, vriendelijke stewardessen die rondliepen met exclusieve hapjes, maar ik weet niet wat ik dacht, of ik bang of verwachtingsvol of alleen vastbesloten was. Daarentegen herinner ik me heel goed dat ik in de aankomsthal door John werd opgewacht en dat we bijna hetzelfde gekleed waren. Ik droeg een witte bloes en een blauwe rok, hij een blauwe broek en een wit overhemd. Hij lachte toen hij me zag, kwam naar me toe, kuste me op mijn wang en gaf me een prachtige crèmekleurige roos waarvan ik later begreep dat hij uit de tuin van zijn ouders kwam.

'Ik ben zo blij dat je er bent, Eva. En ik ben blij dat je me hebt laten weten met welke vlucht je zou komen. Ik was bang dat ik anders zo lang op Heathrow moest ronddwalen om je te zoeken dat het alweer bijna tijd was om naar huis te gaan.'

Hij klonk een beetje zenuwachtig en gaf zonder eromheen te draaien toe dat hij dat ook was, vandaar zijn formele woordkeuze, en ik antwoordde dat ik ook zenuwachtig was, waarna we allebei begonnen te lachen. Hij zag eruit zoals ik hem in mijn herinnering had, dezelfde glimlach zonder glimlach, dezelfde donkere ogen en kortgeknipte haren en dezelfde sterke armen waarmee hij zonder commentaar mijn koffer pakte. Zijn huid was niet zo zongebruind als de mijne, maar ik had ook eerder vakantie gekregen, wat hij constateerde toen hij mijn bruine voeten in de open sandalen zag.

'Die voeten breken me', zei hij, en we lachten weer en durfden toen we naar zijn auto liepen tegen elkaar aan te leunen, als een voorstadium van intimiteit. John reed weg van de luchthaven en na een tijdje lieten we Londen achter ons en gingen op weg naar Reading, waar zijn ouders woonden en bij wie hij op dit moment in huis was in afwachting van een langere periode op de wal, zodat hij voldoende tijd had om een appartement of een huis te kopen, 'misschien in Portsmouth'. Het was zonnig en warm, de weg was omzoomd met groene heuvels en John vertelde dat hij Engeland het mooiste land ter wereld vond.

'Weet je nog dat ik in Stockholm probeerde een gedicht te citeren dat ik me niet herinnerde? Ik heb het opgezocht. Het is geschreven door Rupert Brooke.'

Hij begon te citeren:

If I should die, think only this of me:
That there's some corner of a foreign field
That is forever England.

'Voel je dat zo? Dat je, als je doodgaat in een vreemd land, daar een stukje Engeland achterlaat dat altijd zal blijven bestaan?'

'Ik geloof dat de vrijheid van andere mensen iets is wat het waard is om te verdedigen. En ik hou van mijn land.'

Ik kan nu denken dat het gemakkelijk was geweest om die woorden te verpulveren, het gepraat over vrijheid en liefde voor het vaderland. Zelfs toen was ik niet vrij van cynisme dat wilde vernietigen, maar ik deed het niet omdat ik hoorde dat hij meende wat hij zei. We begonnen in plaats daarvan een discussie die we de hele week niet zouden afsluiten, een discussie over oorlog en vrede en de noodzaak van militaire operaties, opnieuw over de Vietnam-oorlog en over de deko-

Ionisatie van Groot-Brittannië. Het gesprek duurde tot we in Reading waren, een idyllische stad met kleine huizen en fantastische tuinen, en bij elke warme kilometer die we achter ons lieten verdampte de zenuwachtigheid steeds meer en werd deze vervangen door een nabijheid die volwassen en heel vanzelfsprekend voelde. We zaten samen in een auto omdat we daar samen moesten zitten. Iets anders was niet mogelijk of geloofwaardig geweest.

De zenuwachtigheid kwam pas terug toen we naar binnen gingen en ik Johns ouders en zijn zusje Susan ontmoette. Maar ze spreidden collectief hun armen voor me uit en ik hoefde er alleen nog in te kruipen; mijn gewone veiligheidsmaatregelen leken al snel overbodig. Johns moeder, een elegante vrouw in een wijnrood mantelpakje en donker haar dat bijna net zo kort was als dat van haar zoon, had een heerlijke maaltijd gekookt. Maar voordat het eten op tafel kwam kreeg ik tijd om me te installeren. Ze wees me de logeerkamer, met roze tapijt, gebloemde lakens, kussens met ruches en droogbloemen op het nachtkastje.

'Ik hoop dat je het hier naar je zin hebt. En ik heb tegen John gezegd dat hij zich moet gedragen', zei ze enigszins dubbelzinnig voordat ze de trap weer af liep en mij achterliet om uit te pakken.

Vanzelfsprekendheid is wat ik me herinner van de maaltijd met Johns ouders. De vanzelfsprekendheid in de omgang met elkaar en een onverwachte maar welkome gast, de vanzelfsprekendheid waarmee de vader van John, een vriendelijke man met grijs haar, een hoornen bril en een grijs kostuum, het vlees serveerde terwijl Johns moeder de saus ronddeelde, de vanzelfsprekendheid van hun vrolijke oogcontact en hun goedmoedige gekibbel. Ze waren onder de indruk van mijn kennis van het Engels, 'stel je voor, Engelsen zijn zo slecht in het spreken van vreemde talen', en Johns moeder leek oprecht blij met de glazen kandelaar die ik voor haar had meegenomen. Pas bij het dessert begreep ik dat hun koffers in de hal klaarstonden en dat ze alleen hadden gewacht om mij welkom te heten voordat ze op vakantie naar Schotland gingen.

'Daarom was het zo belangrijk om samen te eten, want het is misschien de enige eetbare maaltijd die je krijgt zolang je hier bent. De rest van de week moet je het doen met mijn kookkunsten. Dus moet je met me mee als ik boodschappen ga doen, zodat je me kunt vertellen wat je lekker vindt', zei John glimlachend tegen me. De glimlach bereikte zijn ogen en ik zag dat hij ongewoon lange wimpers had voor een man.

'Hij kan heel goed koken', zei Susan, die de hele maaltijd naar me had gekeken zonder haar nieuwsgierigheid te verbergen over de bezoeker uit een land dat Zweden heette. Ze was een sympathiek meisje van veertien jaar dat er geen idee van had dat ik maar drie jaar ouder was dan zij en dat we misschien heel wat gemeen hadden, zelfs al duidde mijn eerste indruk van haar familie erop dat haar jeugd heel anders was geweest dan de mijne.

Vlak na de afsluitende thee begonnen ze zich klaar te maken, en toen ze me hadden omarmd en hadden gezegd dat het *very nice* was geweest om me te ontmoeten, waren ze zo snel de deur uit dat we nauwelijks buiten stonden om te zwaaien toen ze al weg waren. Ik draaide me naar John en hij sloeg zijn armen om me heen.

'Ze vonden je aardig, maar dat wist ik wel', zei hij. Ik drukte mijn gezicht tegen zijn witte overhemd en rook een zwakke geur van wasmiddel en iets anders, en ik had er nog geen genoeg van toen John me van zich af duwde.

'Nu gaan we naar de tuin, en daar ga jij zitten lezen en dan kom ik straks met thee', zei hij en hij pakte mijn hand. We liepen samen naar de achtertuin, die veel mooier was dan de voortuin deed vermoeden. Er stonden allerlei soorten bloemen, maar wat ik me vooral herinner zijn de rozen; struikrozen en klimrozen, witte, gele en roze rozen, grote en kleine rozen, bloeiende rozen en rozen in de knop. Ik had nog nooit zoiets gezien.

'Mijn moeder houdt veel van tuinieren', antwoordde John op mijn onuitgesproken vraag, terwijl hij een zonnestoel naar voren trok die in een hoek van de tuin stond. Hij ging weer naar binnen en kwam terug met een deken en een tijdschrift terwijl ik aan de rozen rook die in trossen langs een hekwerk naar beneden hingen.

'Ga zitten en ontspan je en zorg dat je het naar je zin hebt', zei hij en hij duwde me met zachte drang in de stoel en gaf me het tijdschrift. Hij keek zo vriendelijk en welwillend naar me dat het me onzeker maakte. Zijn overhemd spande een beetje over zijn borst en de donkere haren waren zo kort dat ze altijd goed zaten. Toen ik zag dat hij naar het huis liep bedacht ik dat ik sinds ik in Engeland was aangekomen alleen goede dingen over mezelf had gehoord. Ik voelde me slaperig worden en leunde achterover, deed mijn ogen dicht, voelde hoe de zon op mijn oogleden brandde en dat ik begon te transpireren. Vlakbij zoemde een hommel en de bloemen geurden fantastisch. Toen ik wakker werd stond John naast de stoel met een blad met daarop een theepot, twee bekers en een schaaltje met stukjes chocola.

'Ik dacht dat je zo vlak na het eten waarschijnlijk niet zo veel honger zou hebben', zei hij alsof hij zich wilde verontschuldigen dat het niet meer was, en hij zette het blad in het gras. Ik kwam overeind, ging naast hem zitten en ontdekte dat het me in deze korte tijd al was gelukt om de deken nat van het zweet te maken op de plek waar ik er met mijn rug tegenaan had geleund.

We waren net aan de thee begonnen toen de telefoon ging. John liep naar binnen om op te nemen en kwam even later lachend weer naar buiten.

'Dat was mijn moeder. Ze wilde alleen nog een keer tegen me zeggen dat ik me moest gedragen en dat ik me niet ... hoe zal ik het zeggen, aan je mocht opdringen. Je hebt het voor elkaar gekregen dat ze echt om je geeft. En dat in zo'n korte tijd.'

Ik antwoordde zonder te huichelen dat ik ook om haar gaf en nam een slok thee, die ondanks het warme weer heerlijk smaakte. John vertelde dat hij nog een paar examens had gedaan en dat ze hem uit de marine hadden kunnen zetten als hij ze niet had gehaald. Maar hij had het goed gedaan, zowel het administratieve gedeelte als het navigeren. Hij vertelde dat hij na de vakantie op veel verschillende schepen zou varen en dat hij waarschijnlijk zou beginnen aan een opleiding voor onderzeeboten.

'Is het niet moeilijk om zo vaak bij je familie en vrienden weg te zijn?' Ik wist dat we er eerder over hadden gepraat, maar ik kon het niet laten om het nog een keer te vragen. John keek eerst een hele tijd naar mij en daarna naar de tuin. Toen hij weer naar me keek dacht ik dat ik zijn ogen zag glanzen, maar misschien had ik het mis.

'Er is een tijd geweest dat ik dat dacht. Er is ook een tijd geweest dat ik dat niet dacht. Toen was ik ontzettend dankbaar dat ik op zee mocht zijn en kon meemaken hoe het soms stormde en soms kalm was, net als het binnen in me was. De zee is een fantastische plek voor wie wil vergeten wat er is gebeurd of dat in elk geval tot de juiste proporties wil terugbrengen.'

Hij fronste zijn wenkbrauwen en ik vroeg niet verder. We zaten zwijgend in het gras en dronken onze thee en John vroeg wat ik de volgende dag wilde doen.

'Mijn moeder vroeg zich af of je zin hebt om naar de kerk te gaan. Ik weet niet goed waarom, maar ze dacht dat je misschien wilde zien hoe een kerkdienst in een ander land verloopt. Misschien dacht ze dat je daar veilig zou zijn voor ongepaste toenaderingspogingen.'

'Dat wil ik inderdaad graag. Ik zat op zondagsschool toen ik klein was en heb heel veel over kerkelijke rituelen geleerd, ook in andere landen.'

'En om dat te compenseren kunnen we vanavond misschien naar de pub gaan? Ik heb een paar goede vrienden die je heel graag willen ontmoeten. We kunnen naar Henley rijden. Dat is een mooie stad en dan kun je op weg daarnaartoe een beetje van de omgeving zien. Mijn gelukkige dal bijvoorbeeld.'

'Je gelukkige dal?'

'Zo noem ik het. Het is een fantastisch stuk Engels platteland, en als ik niet op zee ben ga ik daarnaartoe als ik alleen wil zijn om na te denken.'

Zijn ogen werden weer zwart. Ik zei niets en ten slotte tilde hij zijn handen op en legde ze rond mijn gezicht.

'Ik heb nog nooit een vrouw ontmoet met wie ik zulke vruchtbare en inspirerende gesprekken heb gevoerd. De vrouw die ik bedoel zou een vriendin voor mijn hele leven kunnen zijn. Wat er ook gebeurt.'

Ik ben onder mijn rozenstruiken gaan zitten om dit te schrijven. Zo kan ik al mijn zintuigen activeren en kunnen ze me helpen om de herinneringen op te halen. En natuurlijk helpt de sterke geur van de Peace-roos, de zoetere geur van de rosa dumalis, de warmte van het gras en de thee die ik heb gezet en mee naar buiten heb genomen om het me beter te herinneren. Als ik mijn ogen dichtdoe ruik ik niet alleen de geuren, maar kan ik mezelf bijna van bovenaf zien zitten, niet alleen zoals ik nu in het gras zit, met een kop thee en alleen, maar ook hoe ik toen zat, met de handen van een man rond mijn gezicht. Ik zie me daar zitten, met mijn zongebruinde lichaam en nog bruinere voeten, kleine sproetjes op mijn neus, roodblond onhandelbaar haar dat in die zomer tot mijn middel reikte, transpiratie onder mijn bloes en verhitte gedachten. Ik zie John op zijn knieën voor me zitten, met zijn donkere haren en de glimlach die soms zijn ogen bereikte en soms niet, en ik voel dat de angst en de minachting worden overwonnen door iets anders. Ik voel zelfs hoe de tranen zouden kunnen komen als ik dat zou toelaten, maar ik heb ze al heel lang niet toegelaten, zo lang dat ze me inderdaad gehoorzamen.

We reden naar Henley, gingen naar een pub met een fantastisch uitzicht over de Theems en ontmoetten een paar van Johns vrienden. Ik herinner me een groepje Engelse vrouwen die hun voeten in schoenen met hoge hakken hadden geperst en die zwaar opgemaakt waren. Ze heetten Janet en Caroline en Laura en hadden weinig overeenkomsten met de platte, androgyne modellen op de foto's van Mary Quant. Andere daarentegen droegen jeans en rafelige truien, dronken en rookten en gaven luidruchtig en goed geïnformeerd hun mening tijdens discussies met mannen in strakke truien of gekreukte colberts. Ze accepteerden me bijna allemaal met een warmte en een interesse die me zowel ontroerde als verlegen maakte, en sommige mannen bestudeerden me op een manier die ervoor zorgde dat John zijn arm om mijn schouders sloeg en onder de aandacht bracht dat hij van plan was om Eva's geconcentreerde liefde voor de Engelsen voor zichzelf te houden.

We begonnen om de een of andere reden over politiek te praten en voerden een verhitte discussie over de voortdurende machtsstrijd tussen Rusland en Amerika en over de hippiebeweging die in het laatste land leek te groeien. Ik had de uitdrukking pasgeleden voor het eerst gehoord en leerde nu dat hippie een geconstrueerd woord was, een samentrekking van 'hip' en 'happy'. John en een paar anderen waren van mening dat het hasj rokende lanterfanters waren, anderen, waaronder ik, dachten dat het ergens anders om ging. Het meisje dat Laura heette en dat nogal onder de indruk van John leek te zijn glimlachte alleen toen haar werd gevraagd hoe zij erover dacht en antwoordde: 'Ik weet er zo weinig van.' Ik begreep niet wat ze bedoelde.

Het bier steeg me na een tijdje naar mijn hoofd, de omgeving begon een beetje te draaien en ik liep naar de trap, waar ook Stephen, een van Johns vrienden, naartoe was gegaan.

'Heb je te veel gedronken?' vroeg hij en hij lachte een beetje.

'Misschien. En ik denk dat ik nogal moe ben', antwoordde ik terwijl ik bedacht dat mijn oude leven in Zweden, dat ik nog maar een paar uur geleden achter me had gelaten, bij de naden begon te scheuren, zodat ik al snel wedergeboren en naakt naar buiten zou kruipen, als een slang die vervelt.

We zwegen een tijdje. Stephen stak een sigaret op nadat hij mij er eerst een had aangeboden en die ik afsloeg. Daarna begon hij weer te praten.

'Ik heb John in jaren niet zo gelukkig gezien. Je doet hem goed.'

'Ken je hem al lang?' Ik durfde niet meer te vragen.

'Mijn hele leven al, zo lijkt het. We hebben bij elkaar op school gezeten. Slimme kerel. Maar het leven is niet altijd even vriendelijk voor hem geweest.'

'Wat bedoel je?'

Stephen gaf geen antwoord. In plaats daarvan rookte hij zijn sigaret op, maar voordat hij naar binnen ging draaide hij zich nog een keer naar me om.

'Hij kan goed alleen zijn. Maar dat is ook zijn grootste angst. Zorg voor hem, Eva. Hij heeft liefde nodig.'

Ik glimlachte om mijn onzekerheid te verbergen.

'En wat is liefde eigenlijk?'

'Tja. Wie zal het zeggen?' Stephen lachte een beetje, draaide me zijn rug toe en ging naar binnen. Ik volgde hem en ging weer naast John zitten, die me onmiddellijk vroeg waar ik was geweest. Toen ik vertelde dat ik buiten was geweest en met Stephen had gepraat lachte hij.

'Stephen. Een betere vriend kun je niet krijgen. Maar ik zou willen dat hij een doel in zijn leven had. Hij weet niet wat hij wil en hij weet niet wat hij moet doen. Op dit moment is hij net een stuk drijfhout dat ronddobbert tot het door de golven naar een of ander strand wordt meegevoerd. Het maakt niet uit waar.'

'Hij zei ook iets over jou.'

'Wat dan?'

'Dat je ... een van zijn oudste vrienden bent.'

Ik had willen vertellen dat hij had gezegd dat John een gespleten verhouding met eenzaamheid had, maar dacht plotseling dat het misschien in vertrouwen was gezegd. John antwoordde niet, sloeg zijn arm weer om mijn schouders en trok me dichter tegen zich aan. Ik rook de geur van sigarettenrook en zijn spieren spanden onder de mouwen van zijn overhemd. Kort daarna namen we afscheid en reden we weer naar huis. In Zweden was er geen sprake van dat je reed als je zo veel bier op had, maar ik had begrepen dat er hier geen promillegrens bestond die autorijden verbood als je had gedronken. Ik bracht het onder zijn aandacht en John lachte een beetje.

'Heel correct en heel fatsoenlijk. Zijn jullie zo in Zweden?'

'Soms. En soms niet.'

'Ik begrijp het.' John keek me glimlachend aan. Ik dacht aan mijn vader en zijn onuitgesproken toestemming en dat ik nu werd gedwongen om in de afgrond te springen zonder dat er een touw of een kruis in de buurt was. We zwegen, de avondlucht die door het open raam naar binnen stroomde was warm en een beetje vochtig en ik keek naar mijn bruine voeten en voelde me zenuwachtig voor wat misschien zou komen. Maar ik had me niet druk hoeven maken. We gingen naar binnen en waren net de trap naar de slaapkamer en de badkamer op gelopen, toen John me vastpakte. Hij kuste me lang, alsof hij alle tijd van de wereld had, streelde mijn wenkbrauwen met zijn lippen, raakte mijn wangen licht aan, opnieuw zo vanzelfsprekend dat de weerzin geen kans had om op te komen. Toen schoof hij me naar mijn kamer en deed de deur open.

'Mijn moeder heeft gezegd dat ik me moest gedragen en dat ben ik ook van plan. Is het niet fantastisch dat ik haar gehoorzaam terwijl ik al vierentwintig ben?'

En met die woorden duwde hij me de kamer in en deed de deur achter me dicht.

Het duurde een hele tijd voordat ik tot rust kwam in de gebloemde kamer met de geuren van gedroogde rozen en verwachting, maar uiteindelijk viel ik in slaap. Ik sliep heerlijk, alleen Schoppenkoning maakte me een keer wakker. Hij was op de rand van het bed gaan zitten en ik werd wakker omdat hij mijn gezicht net zo vasthield als John had gedaan.

'Hoe zit dat nu, ben je van plan jezelf te sparen voor de enige echte?' vroeg hij plagend en hij maakte een krassend geluid dat klonk als een kraai.

'Laat me met rust', antwoordde ik en ik probeerde tevergeefs mijn hoofd weg te draaien.

'Ai ai ai, sla je zo'n toon aan? Toch kun je niet weten wie de enige echte is. Maar ik zal het je vertellen. Dat ben ik, want ik ben de eerste man in je leven', antwoordde hij en toen lachte hij weer.

Ik draaide mijn hoofd weer weg en deze keer lukte het. Ik verborg mijn gezicht in het kussen, mijn vochtige lichaam werd kalm en toen ik opkeek was hij verdwenen. Ik viel in slaap en werd wakker omdat John bij mijn bed stond met thee en brood en een roze roos op een blad.

'Ontbijt op bed', zei hij.

En ik at.

19 juli

Sven is eerder terug dan ik had verwacht. Hij heeft stokvis gekocht bij de viskar en praat in de hal al over boter en mierikswortel. Dat geeft me de tijd om de verraderlijke brieven weg te schuiven, de brieven waarvan ik tot mijn schande moet bekennen dat ik ze al die jaren heb bewaard in een oude koffer helemaal achter in de garage, waar Sven nooit zou zoeken. Bewaarde brieven. Zo pathetisch, zo pijnlijk, alsof ze iets kunnen veranderen of, in mijn geval, kunnen troosten. Het lezen van oude liefdesverklaringen die uit enveloppen komen die zijn bedekt met spinnenwebben en vliegenpoep is als het drinken van kwaliteitswijn die te lang heeft gelegen. Er is alleen azijn over. Toch aarzelde ik elke keer als ik naar de garage liep om ze weg te gooien.

Nu is het me in elk geval gelukt om de bewijzen te verbergen, hoewel er niets te bewijzen of te ontkennen is omdat Sven bijna alles weet en waarschijnlijk niet jaloers wordt als hij zou zien wat ik had gelezen. Maar ergens heeft hij waarschijnlijk gedacht dat hij voldoende was, en het onthullende bestaan van deze oude brieven zou hem misschien aan het twijfelen brengen.

Ik ben 's nachts weer op als niemand me kan storen. De duisternis is ondanks alles vergevingsgezinder voor de herinneringen en maakt dat ze minder ver lijken en aan betekenis winnen. De tijd krimpt en mijn tijdschaal krijgt vervaagde contouren. Misschien helpt het. Ik weet het niet meer.

Maar ik weet dat de week met John, die twee en ten slotte

drie weken werden omdat ik mijn vliegreis naar huis eerst één keer en daarna nog een keer verschoof, de gelukkigste tijd van mijn leven is geweest. Ja, dat durf ik op te schrijven, zelfs al ziet het woord 'gelukkig' er belachelijk uit in dit dagboek. Er zijn tijden geweest dat ik er hard om zou hebben gelachen, maar hier, in het donker en zonder andere bescherming dan een badjas en een fles wijn, een chardonnay dit keer, glimlach ik alleen als ik zie dat ik dit kan schrijven, zelfs al ben ik alleen in staat om de vertrapte restanten te voelen.

Er is een tijd geweest dat ik op twee handen werd gedragen en dat ik maar hoefde te kikken om mijn wensen in vervulling te zien gaan, drie weken waarin ik geliefd was, niet ondanks wie ik was maar om wie ik was. Die 'ik' kreeg elke ochtend thee op bed en als we niet uit eten gingen kookte John, terwijl ik in de tuin tussen de rozen zat te lezen. Hij was een begenadigd kok, in tegenstelling tot wat hij had gezegd op de dag dat ik aankwam, en ik at met genotvolle verbazing terwijl John soms zijn vork en mes neerlegde om naar me te kijken. Dat deed hij trouwens vaak, hij observeerde me als ik las of televisie keek of het uitzicht bewonderde en ik vond het eerst gênant, maar beschouwde het daarna als het compliment dat het was.

'Ik voel een eindeloze rust als ik je zie en het is zo lang geleden dat ik me zo voelde', verdedigde hij zichzelf toen ik hem plaagde met zijn ongepaste gestaar. Op mijn beurt observeerde ik hem tijdens de lange autotochten die we naar verschillende bezienswaardigheden in het land maakten. John nam me mee naar Oxford en Cambridge, waar we 'punting' probeerden, met lange roeispanen in op gondels lijkende boten op de rivier varen. We picknickten in het gras terwijl ik de gebouwen van de oude universiteitssteden bewonderde en hem vertelde over mijn verlangen om daar ooit te studeren, wat John onmiddellijk in zijn oren knoopte. We brachten een dag door in Stratford-upon-Avon, Shakespeares veronderstelde geboortestad, zagen *Een midzomernachtdroom* in het theater en verbaasden ons over de dikke kasteelmuren in Hampton Court. Daartussen ontmoetten we Johns vrienden in de pub of gingen zelf wat eten en drinken. Op een dag nam hij me mee voor een lange wandeling in zijn 'gelukkige dal' en verraste me met wijn en broodjes die hij had verstopt onder een boom die we na een paar uur passeerden.

John had een mening over de toestand in de wereld en het geweld dat in veel landen steeds heviger leek te worden. Hij beschouwde zichzelf als een pacifist en een christen, maar verafschuwde demonstraties in naam van de vrede, zelfs al gaf hij toe dat het paradoxaal was om kerkdiensten te houden op de schepen van de marine die waren volgestouwd met dood en verderf zaaiende wapens. Ik geloofde rotsvast in zijn eerlijke bedoelingen, maar vond het toch moeilijk om te accepteren dat bewapening beter was dan ontwapening. We praatten veel over vrede en harmonie, ook in onszelf, en verzonnen uitdrukkingen voor de rust die we voelden als we bij elkaar waren.

'Wil je vandaag met me harmoniëren?' vroeg hij bijvoorbeeld als hij me 's ochtends wakker maakte met een ontbijtje.

'Ik wil rust met je voelen', kon ik antwoorden, en dan begon hij te lachen en gooide kussens naar me toe, waarna hij erop toezag dat ik alles opat wat er op het blad lag. In drie weken kwam ik twee kilo aan, omdat mijn lichaam de warmte en het eten blijkbaar op een andere manier opsloeg dan thuis. Misschien woog de liefde ook mee.

Eén keer maakten we ruzie. Op het nieuws werden beelden van Vietnam getoond, waar de inheemse bevolking op de vlucht sloeg voor de Amerikaanse bommenwerpers. Vrouwen en kinderen renden voor hun leven en ik voelde ontzetting bij het zien van hun gezichten en was verontwaardigd over het feit dat een grote mogendheid zich bemoeide met de aangelegenheden van een ander land. John reageerde door te vragen hoe de wereld eruit had gezien als Engeland, in tegenstelling tot het zogenaamd neutrale Zweden, niet had ingegrepen toen Duitsland Polen binnenviel tijdens het conflict dat zich later tot de Tweede Wereldoorlog ontwikkelde. Plotseling bevond ik me in een situatie waarin ik me gedwongen voelde om Zweden te verdedigen zonder dat ik wist of ik dat eigenlijk wel wilde, en het eindigde ermee dat ik erop wees dat de hippiebeweging het misschien niet zo verkeerd had als ze predikten dat mensen van elkaar moesten houden in plaats van tegen elkaar vechten.

'Jouw werk maakt me cynisch', zei ik ten slotte.

'Neutraliteit maakt mij cynisch', antwoordde John.

We schreeuwden een hele tijd tegen elkaar, tot John plotseling begon te lachen.

'Je bent zo mooi als je boos bent. Je zou eens moeten zien hoe je ogen glanzen en hoeveel kleur je op je wangen hebt. Ik zou wat vaker ruzie met je moeten maken.'

Ik wist er niets tegen in te brengen. Het eindigde ermee dat hij me omhelsde op een manier die mijn weerzin zo ver wegdrukte dat ik het niet meer kon vinden.

Ik weet dat ik in het begin van dit dagboek schreef dat ik mezelf had gedwongen om te vergeten hoe het voelde als de handen van iemand anders over mijn lichaam dwaalden en hoe ik op aanrakingen reageerde. Nu lees ik die regels weer en kan ik niet anders dan lachen om mezelf. Natuurlijk herinner ik het me. Hoe zou ik het anders al deze jaren hebben kunnen volhouden om mijn ene voet voor de andere te zetten? Hoe zou ik me hebben kunnen herinneren dat op een inademing een uitademing volgt? Het is de enige reden waarom ik rechtop loop en niet naar de bodem zak om daar een nieuw leven te vinden, net als de walvissen.

John kwam de eerste nacht niet naar mijn kamer en de tweede nacht ook niet. Maar na onze derde dag samen volgde hij me de gebloemde kamer in en deed de deur achter zich dicht. Misschien wist hij al dat ik een beslissing had genomen, want zonder een woord te zeggen kleedden we elkaar uit en gingen op bed liggen. Zijn bruine ogen en mijn groene, zijn stevige armen en mijn slanke, zijn donkere haren en mijn rode, en onze benen die in elkaar verstrengeld waren als de draden van de kwallen in het zeewier. Zij lippen die leken te glimlachen hoewel hij niet glimlachte, de mijne die zo lang hadden geweigerd om toe te geven, zijn tranen op mijn gezicht en ten slotte ook mijn tranen op het zijne. Onze vingertoppen, die van hem smaakten naar rode wijn en die van mij naar honing en chocolade, onze oren die de geluiden van de nacht opvingen. De pijn onder onze huid die langzaam uit onze poriën naar buiten drong en verdampte in de tocht van het open raam. Ik herinner me dat ik viel en verdween en water in mijn longen kreeg zonder dat ik doodging en dat hij me naar boven trok en beademde en weer naar het licht haalde, en ik herinner me dat alles opnieuw zo vanzelfsprekend was dat zelfs het laken wit bleef en niet bevlekt raakte door die eerste keer.

'Ontmaagd zonder bloedvergieten', zei hij terwijl onze lippen elkaar raakten.

'Wanneer is het de beste tijd om een roos te plukken, als hij in de knop zit of als hij bloeit?' antwoordde ik.

'Dit was mooi. Maar ik weet zeker dat je ook bloeit als je vijfenzestig bent', antwoordde hij.

En soms denk ik dat dit de belangrijkste reden is dat ik nog steeds leef. Ik wil mijn vijfenzestigste verjaardag meemaken en kijken wat er over is.

Die nacht zou gevolgd worden door meer. Door nachten en ochtenden en warme middagen in de tuin in de schaduw onder de rozen. Terwijl het gras onze rug open schuurde zochten we, niet alleen op onze huid maar ook onder onze huid, we leerden elkaars wensen kennen die niet hoefden te worden verruwd met woorden en ten slotte bereikten we iets waarvan ik overtuigd was dat het de climax was van alles wat vanzelfsprekende schoonheid kon betekenen. Ik voelde geen verlegenheid meer voor de wensen van mijn lichaam en kon rechtop staan in mijn naaktheid en mijn armen uitspreiden naar de zon of de maan. Johns lichaam was in vertrouwd territorium veranderd. Ik raakte zijn huid aan, die glad was voor een man, de spieren op zijn dijbenen en armen, het litteken op zijn borst en het kuiltje van zijn navel, voelde het zout op mijn tong en dacht dat ik nooit zou vergeten wat mijn ogen, lippen en handen hadden ontdekt. Busters oren bleven op de bodem van mijn koffer liggen. Ik had oren gevonden die luisterden.

Pas een van de laatste avonden vond ik de, zoals ik geloofde, laatste kronkelende gang in het labyrint dat me naar Johns hart zou leiden. Hij had me veel vragen gesteld over mijn leven gedurende onze tijd samen. Ik had eerst nietszeggende antwoorden gegeven, maar na een tijdje durfde ik te vertellen over het verscheurende gevoel van waardeloosheid en nietigheid dat me altijd had opgejaagd en dat me tot wanhopige handelingen dreef die ik echter niet specificeerde. Ik had verteld over mijn ouders, mijn lieve maar zwakke vader en mijn moeder die vond dat ik mezelf moest waarderen omdat zij dat niet kon. John schudde alleen zijn hoofd.

'Hoe het mogelijk is om niet trots te zijn op een dochter zoals jij is me een raadsel. Ik kan er maar één reden voor bedenken. Ze is jaloers, zelfs al zou jaloezie niet mogen bestaan tussen ouders en kinderen.'

'Ik geloof niet dat ze jaloers is. Ik geloof dat ze misschien ... dat het niet bij haar paste om kinderen te hebben. Dat ze net zo graag geen kind had gehad. Soms verbeeld ik me ... dat ze misschien niet eens mijn moeder is.'

'Hoe ziet ze eruit?'

'Ze is mooi.'

'Maar ze kan niet zo mooi zijn als jij.'

Ik gaf geen antwoord. Ik wist het niet, ik wist alleen dat ze mannen aftelde als parels aan een rozenkrans terwijl ik nooit verder zou komen dan één steen aan een ketting rond mijn hals. Maar ik had een belangrijk stuk van mezelf weggegeven, het ijs was gebarsten en iemand had een stuk glas uit mijn voet getrokken. Misschien merkte John het ook, want een van de daaropvolgende avonden besloot hij om zelf te vertellen.

We zaten in de pub aan de Theems in Henley, die ik de pub met het mooie uitzicht noemde, waar Johns vriend Stephen had verteld dat John bang was voor eenzaamheid. Het was zo warm dat we buiten bij het water konden zitten. John had een biertje voor ons gehaald, een lichte voor mij en een donkere voor hem, en nu dronken we en ik keek hoe het schuim bij elke slok ronddraaide. De hittegolf die deze zomer kenmerkte hield aan en we zaten met blote armen te luisteren naar het geklots van de rivier toen John mijn handen vastpakte en zei dat hij iets te bekennen had. Eén vluchtige seconde voelde ik de glassplinter weer in mijn voet, maar het gevoel verdween toen hij begon te vertellen.

'Als wij gaan ... ik bedoel, ik wil een relatie met je. En als we dat hebben moet ik alles over mezelf vertellen. De afgelopen tijd heb ik ontdekt dat jij heel speciaal bent, Eva. Je bent een unieke vrouw met een eigen mening en gedachten, niet alleen over jezelf maar ook over de toestand in de wereld en ... ja, dat hebben andere vrouwen van jouw leeftijd waarschijnlijk ook, maar ik heb nooit iemand ontmoet die daar zo bereidwillig met anderen over praat. Met jou ... kan ik open zijn en dingen vertellen die ik normaal gesproken voor me hou.'

'Ik voel dat ik je kan vertrouwen. Vroeger hoorde ik altijd dat het moeilijk is om me te leren kennen. Dat ik tussen mezelf en de anderen een muur probeer op te trekken die onmogelijk te doorbreken lijkt. Het klopt dat ik er niet van hou om alles over mezelf te vertellen. Maar ik heb me nog nooit zo gevoeld als bij jou, en ik hoop dat jij voelt dat je net zo open tegen mij kunt zijn. Ik heb trouwens niet eens geprobeerd dit gevoel aan anderen uit te leggen, dus ik hoop dat je het niet erg vindt.'

Hij stopte met praten en keek naar me, streelde mijn wang en zijn wijsvinger volgde de lijn van mijn bovenlip. Ik ben zeventien jaar, ik ben uitgespuugd op het strand van het leven, ik heb een hond gedood, ik heb ervoor gezorgd dat een lerares werd ontslagen, ik heb de penis van een man in een muizenval vastgeklemd en ik wil mijn moeder vermoorden, antwoordde Schoppenkoning, die nu in mijn hoofd zat en achter mijn oogleden schreeuwde. Maar er kwam niets naar buiten en John ging verder.

'Wat ik nu ga vertellen is ... ja, veel van mijn vrienden kennen een deel van het verhaal, maar niemand kent het helemaal. Het gebeurde toen ik twintig was. Zoals jij nu bent. Ik zwom en ik was een van Engelands beloften voor de volgende Olympische Spelen. Ik had thuis alle kampioenschappen gewonnen en werd als getalenteerd beschouwd en ik trainde elke dag een paar uur, zeven dagen per week. Het kostte een groot deel van mijn tijd en kracht, en het betekende vooral dat ik niet veel energie overhad voor mijn toenmalige vriendin. Ze heette Anne. We waren een jaar samen. Ze was ontzettend verliefd op me en ik ook op haar, maar misschien op een andere manier. Achteraf klinkt het heel cynisch, maar ik geloof dat ik haar hele wereld was terwijl zij een deel van mijn wereld was. Mijn wereld bestond ook uit andere dingen. Voor een belangrijk deel uit zwemmen. Anne was nodig om er een geheel van te maken, maar ze was geen geheel, als je begrijpt wat ik bedoel. En ik vermoed dat het voor haar andersom was. Ik was alles voor haar. Ze was een gevoelig meisje.'

Hij zweeg en keek uit over het water terwijl zijn greep om mijn handen steviger werd. Ik begreep plotseling dat zijn combinatie van kracht en soepelheid en zijn liefde voor de zee niet alleen door zijn militaire training werd veroorzaakt. Ik wachtte terwijl mijn ademhaling oppervlakkig en dun werd.

'Haar drugsgebruik begon sluipend. Eerst deed ze het alleen als we uitgingen. Soms was ze een beetje high als ik haar kwam halen en ik had het eerst nauwelijks in de gaten, ik merkte alleen dat ze plotseling zo anders was. Dat ze zich kon laten gaan als we met anderen waren, terwijl ze vroeger altijd wilde dat we met z'n tweeën waren, alleen, in onze eigen kleine cocon. Ze kon een paar uur lachen en vrolijk zijn en daarna stortte ze in en trilde helemaal en huilde dat ik haar niet in de steek mocht laten. Het duurde een tijd voordat ik begreep waar ze mee bezig was. Toen was ze al overgegaan op sterker spul.'

Hij keek naar me alsof hij wilde controleren of ik het snapte. Dat deed ik maar gedeeltelijk. Drugs waren voor mij iets theoretisch, iets om over te lezen in kranten of te horen op school, en die op een mythische manier waren verbonden met de hippiebeweging in Amerika. Niemand in mijn buurt hield zich ermee bezig of werd erdoor beïnvloed. Ik dacht er niet over na dat alcohol ook als een drug kon worden beschouwd en dat ik vanuit dat gezichtspunt mijn hele leven met een verslaafde had geleefd. Ik zou pas later beseffen dat mijn moeder waarschijnlijk, in elk geval met regelmatige tussenpozen, een soort 'beschaafde' alcoholiste was geweest. Nu klonk wat John vertelde alleen verschrikkelijk. En vreemd. Hij ging verder.

'Tot mijn schande moet ik bekennen dat ik een paar pogingen deed om de situatie te relativeren door het ook te proberen. Ik nam een paar keer lichtere drugs en ging met Anne naar feesten en ik was gevat en vrolijk, net zoals zij was. Even verlevendigde dat onze relatie, alsof we wat extra vitaminen hadden genomen. Anne was gelukkig en ik dacht dat we de situatie aankonden. Maar zoals je begrijpt was dat van korte duur.'

Hij nam een grote slok bier en keek uit over het water; het werd donker aan de horizon.

'Het duurde niet lang voordat zowel mijn trainer als ik het effect merkte van mijn "onschuldige" drugsgebruik. Ik presteerde minder en merkte tegelijkertijd dat mijn concentratie op de beslissende momenten wankelde. Ik stopte onmiddellijk toen me dat duidelijk was en ik had een aantal ernstige gesprekken met Anne en zei haar dat ze ook moest stoppen. Maar het was alsof ik tegen de waterkraan of zoiets praatte. Alles spoelde gewoon in de gootsteen en verdween.'

Ik keek naar Johns gezicht, dat ik op de manier had leren kennen waarop een blinde leert lezen. De huid, die net zo zacht was als de mijne, de smalle lippen, de krulling van de mondhoeken, de lange wimpers, de mooi gevormde oren, het stevige haar, de vorm van de neus, de moedervlek op zijn rechterslaap, verborgen voor iedereen behalve voor iemand die zijn haarlok opzij blies. Het is voldoende om hem te beschrijven zoals ik nu doe om te beseffen dat alle onbeduidende woorden die ik tot nu toe heb gebruikt om te beschrijven wat ik voor hem voelde niet meer zijn dan een echo van de oerschreeuw die liefde wordt genoemd, een kleine en nietszeggende echo die keer op keer op keer tussen bergwanden weerkaatst zodat hij aan kracht verliest. Zo voelt de beschrijving van mijn liefde voor John. Als een ver verwijderde echo. Dat maakt het volkomen zinloos om te schrijven dat ik van hem hield. Maar toen we daar bij het water zaten wist ik dat ik nooit zo van iemand anders zou kunnen houden als van hem. En daar dacht ik de hele tijd aan terwijl hij verder vertelde.

'Ten slotte moest ik heel duidelijk zijn. Ik herinner me dat we in een pub zaten, Anne en ik, niet zo'n leuke als deze maar een pub zoals alle andere. Ze was op haar manier heel mooi, blond en stevig en met blauwe ogen, maar de drugs waren haar al kapot aan het maken. Haar ogen hadden een deel van hun onschuldige glans verloren, haar haren waren dof en haar manier van praten was gemaakt en werd gekenmerkt door heftige schommelingen. Ik herinner me dat ik een paar keer tegen haar moest zeggen dat ik het serieus meende en ik weet nog dat ze terwijl ik aan het praten was plotseling begon te lachen. Ten slotte pakte ik haar nogal heftig beet en herhaalde het keer op keer. "Anne," zei ik, "als je niet stopt met drugs maak ik een eind aan onze relatie. Ik maak een eind aan onze relatie. Ik help je met stoppen, ik breng je naar een kliniek als dat nodig is, ik ben er voor je. Maar als je ermee doorgaat is het voorbij. Ik meen wat ik zeg." Weet je wat ze antwoordde? Ze antwoordde: "Als je me in de steek laat pleeg ik zelfmoord."'

Hij zweeg en keek intens naar me, en ik keek naar hem en vroeg me af of ze net zo veel van hem had gehouden als ik deed. Kon je liefde delen? Was liefde net zo oneindig als het brood en de vissen van Jezus, zodat iedereen die dat wilde ten slotte verzadigd was? Een groep mannen bij het tafeltje naast ons begon plotseling het Engelse volkslied te zingen terwijl ze hun glazen bier boven hun hoofd tilden. John ging verder en ik zag dat zijn ogen vochtig glansden, zoals ik al eerder had gezien.

'Ze stopte niet. Ik weet niet of ze dacht dat ik het niet serieus meende of dat ze het niet kon, maar ze stopte in elk geval niet. Ze verminderde haar consumptie ook niet, maar ging zelfs nog meer gebruiken, en ik kon haar niet de hele tijd in de gaten houden omdat ik zo intensief trainde. Ik probeerde alles, dat dacht ik in elk geval, maar uiteindelijk ... maakte ik mijn dreiging waar. Ik verliet haar. Ik zei tegen haar dat onze relatie voorbij was. De situatie was onhoudbaar geworden.'

God save our gracious Queen, long live our noble Queen, God save the Queen! Het gebrul van de tafel naast ons vulde de stilte tussen John en mij op. John boog zijn hoofd en we zwegen zo lang dat het plaatselijke drinklied al was ingezet toen John opkeek en ik zag dat hij huilde.

'Ik zei dat ik meende wat ik had gezegd. Dat deed zij ook. Ze pleegde zelfmoord. Twee dagen na ons gesprek gooide ze zich voor een trein. De machinist had geen schijn van kans om te stoppen omdat ze zich achter de bosjes bij het spoor had verstopt en naar voren sprong op het moment dat hij langsreed. Ik weet dat omdat ik hem achteraf heb gesproken. Hij stopte met zijn werk en is nooit teruggekomen. Een paar jaar later had hij een ernstig alcoholprobleem. De schok moet verschrikkelijk zijn geweest.'

'O, John. Wat vreselijk. Het spijt me zo ... het spijt me zo ... Het moet verschrikkelijk ...'

Ik weet dat mijn woorden niet toereikend waren. Ik probeerde iets moois te zeggen en het klonk banaal en afgezaagd. John kneep nu zo hard in mijn handen dat het pijn deed, en de tranen liepen over zijn wangen.

'Tijdens de begrafenis ... ik bedoel, er kwam natuurlijk een begrafenis ... was de kerk vol. Ze had een grote familie en we hadden veel gezamenlijke vrienden en ... haar familie had een mooie oude kapel uitgekozen en die was tot de laatste plek bezet. Annes kist was wit en bedekt met bloemen. Ik herinner me niet veel van de begrafenisplechtigheid, alleen dat er iemand zong en dat er toespraken werden gehouden over wat een goed mens ze was geweest en hoeveel iedereen van haar had gehouden. Ik herinner me dat ik niet eens echt kon huilen, maar dat mijn keel dicht zat en dat mijn spieren zo verstijfd waren dat ik me bijna niet kon bewegen, en ik kon nauwelijks van de bank opstaan om mijn bloemen neer te leggen. Tulpen in alle kleuren. Ze hield van tulpen en ze stierf ook in het voorjaar toen de tulpen op hun mooist waren.'

Godzijdank waren het geen rozen. Godzijdank, dacht ik terwijl John verderging. Mijn handen deden pijn in zijn handen, maar de pijn verzachtte datgene wat hij te vertellen had, net als de ketting die ooit mijn handpalm had open geschuurd.

'In elk geval ... ik liep langs de kist en wilde mijn bloemen neerleggen en toen zag ik de ogen van haar broer. Ik keek om me heen en zag dat de haat die hij uitstraalde in honderden ogen weerspiegeld werd. De hele kerk leek plotseling slechts te bestaan uit ogen die naar me keken, zwarte ogen vol afkeer en minachting. En pal voor Annes kist zei haar broer dat ik geen bloemen mocht neerleggen omdat het niet gebruikelijk is dat moordenaars rouwen om hun slachtoffers. Ja, dat zei hij. "Moordenaars rouwen niet om hun slachtoffers." Eerst zei hij het zacht. Toen iets harder. En ten slotte schreeuwde hij het. "Moordenaars rouwen niet om hun slachtoffers, moordenaars rouwen niet om hun slachtoffers." Ik kan het nog steeds horen. Als ik mijn ogen dichtdoe en mijn gedachten de vrije loop laat klinkt het nog steeds in mijn oren. Moordenaars rouwen niet om hun slachtoffers.'

'O, John. Het was jouw fout niet. Hoe had het jouw fout kunnen zijn? Hij moet het hebben gezegd door de emotionele spanning of de woede omdat hij haar niet heeft kunnen helpen, dat moet iedereen toch begrepen hebben? Dat het jouw fout niet was? We zijn allemaal toch verantwoordelijk voor ons eigen leven? Ze was depressief, het was toch gebeurd, je had haar niet door het leven kunnen dragen ...' Ik praatte mechanisch terwijl ik dacht dat niet iedereen de oren van een hond kon afsnijden om het leven vol te houden. Sommigen sneden in plaats daarvan zichzelf af.

'Depressief? Ja, waarschijnlijk. Maar weet je, dat woord zegt me niets. Helemaal niets. Want wat zegt het over mij als zij depressief was? Ik rende die verdomde kapel uit en gooide de bloemen in een struik. Toen holde ik de hele weg naar huis. Het leken tientallen kilometers en toen ik eenmaal thuis was pakte ik mijn rugzak en mijn paspoort. Ik verzamelde het geld dat ik had en ging ervandoor. Wat er was gebeurd als mijn ouders of Susan thuis waren geweest, weet ik niet. Nu schreef ik alleen een briefje dat ik op reis ging, liep naar het station en stapte op de eerste trein naar Londen, waar ik overstapte op een trein naar Parijs.

Jezus, Parijs ... Ik bleef er een tijdje. Ik woonde in een goedkoop hotel. Ik schreef mijn ouders waar ik was en kreeg na een week een brief van hen. In die brief zat Annes afscheidsbrief aan mij. Haar broer was zo vriendelijk geweest om hem persoonlijk af te geven en hij vertelde aan mijn ouders dat zijn familie vond dat mijn familie moest weten wat ik had gedaan. Hij was niet opengemaakt. Mijn ouders schreven heel lief dat ze niet hadden geweten wat ze moesten doen. Dat ze de brief wel stuurden, maar dat ik hem natuurlijk ongelezen kon weggooien. Ze zouden altijd aan mijn kant staan. En daar, in een slecht hotel in Parijs en dronken van de goedkope wijn, las ik hem.

Ze schreef hoeveel ze van me hield. Dat het leven zonder mij het niet waard was om te leven. Dat ik de zon in haar leven was en dat ze hoopte dat ... dat haar zelfmoord er in elk geval voor zou zorgen dat ik elke dag aan haar dacht, en dat ik dat niet zou doen als ze leefde. En het ergste, Eva, het ergste is dat ze gelijk heeft gekregen. Hoe zou ik niet aan haar kunnen denken? Ik dacht dat het mijn straf was. Dus stopte ik de brief in een zakje dat ik rond mijn nek droeg zodat hij op mijn hart lag. Niemand zal ooit nog van me houden, dacht ik, niemand zal er doorheen kunnen komen. Dat ging een paar jaar goed. Ik liet niemand toe. En mijn hardheid hielp me overleven. God weet dat ik zowel mezelf als mijn familie pijn deed door niet thuis te komen. Ik werkte overal op de wereld. Plukte druiven in wijngaarden in Frankrijk. Werkte in de haven in Spanje. Ging een tijdje naar zee. Verzorgde bananen en kippen in een kibboets in Israël. Ik sliep waar een leeg bed was, ik bezat nooit meer dan ik in mijn rugzak kon stoppen. Ik droeg de brief als een schild voor mijn hart en vluchtte zodra ik merkte dat ik iets meer dan niets begon te voelen.'

De duisternis was op de Theems neergedaald en Johns gezicht was net zo donker geworden.

'Maar ... uiteindelijk ben je naar huis gegaan?'

'Ja, uiteindelijk ben ik naar huis gegaan.' John ging plotseling staan, draaide zich om, liep weg en kwam al snel terug met twee nieuwe biertjes. De mannen aan het tafeltje naast ons kwamen ook overeind en gingen luidruchtig schreeuwend weg en toen waren we alleen.

'Mijn vader werd ziek en ik besefte dat ik nog een leven op mijn geweten kon hebben als ik niets deed. Dus ging ik naar huis, nadat ik twee jaar weg was geweest. Ik ging eerst bij mijn ouders wonen en solliciteerde toen bij de marine. De zee leek de enige plek waar ik rust kon vinden, en die instelling beviel hen. Wie naar huis verlangt is niet geschikt om in het leger te gaan. Mijn vader werd beter en mijn familie was dolgelukkig dat ik weer thuis was. Aan de buitenkant herstelde ik waarschijnlijk ook. Ik droeg een uniform in plaats van psychedelische Indiase hemden, had mijn haren geknipt en mijn baard afgeschoren en ik rook schoon en verzorgd. Maar ik droeg de brief nog steeds op mijn hart. Ik had hem in Stockholm toen ik jou ontmoette. Ik had hem toen jij in Engeland aankwam. Tot ...'

'Tot?'

'... tot gisteren. Toen je gisternacht in slaap was gevallen sloop ik uit bed. Ik kuste je op je wang, maar je merkte het niet, en daarna ging ik naar de zitkamer en stak ik de open haard aan. De vlammen laaiden meteen op omdat het hout zo droog was, en toen het vuur goed brandde ... legde ik de brief erin. Ik zat erbij en zag hoe de vlammen hem te pakken kregen. Hoe het vuur aan de woorden en de beschuldigingen likte en ze in gloed en as veranderde. Ik wachtte tot alles was afgekoeld. Daarna veegde ik de as bij elkaar en ging naar buiten en strooide alles over een van de rozenstruiken. Een Peace. Ken je het verhaal van de Peace-rozen? Mijn moeder krijgt er nooit genoeg van om te vertellen hoe alle afgevaardigden bij de vn-conferentie in San Francisco in 1945 een geschreven vredesoproep en een groot boeket Peace-rozen kregen. Berlijn was net gevallen. En gisteravond sloot ik vrede met mezelf, Eva. Omdat ik weet dat ik van je hou, en als ik dat niet kan zeggen heeft de wereld geen betekenis voor mij. Met de brief op mijn hart waren de woorden niet tevoorschijn gekomen. Nu weet je het.'

Peace. Vrede. Harmonie. Geloof, hoop en liefde. En de waarheid.

'Ik ben geen twintig, John. Ik ben nog maar zeventien.'

23 juli

Eerlijk gezegd heb ik Petra de laatste dagen ontweken omdat haar gegraaf in het verleden me een onbehaaglijk gevoel bezorgde. Maar Frillesås is zo klein dat je elkaar vroeg of laat tegenkomt en dat gebeurde gisteren bij het strand. We maakten allebei een wandeling in de zon.

Petra kwam onmiddellijk naar me toe, stak haar arm door de mijne en zei dat we een heleboel dingen moesten afspreken. Haar woordkeuze maakte me geïrriteerd en onzeker, omdat ze daarmee te kennen gaf dat ze me als een medeplichtige zag, en ik dacht dat ik waarschijnlijk genoeg had aan mijn eigen verborgen misdaden. In elk geval zag ze er beter uit dan sinds lange tijd. De grijze pieken rond haar hoofd leken plotseling niet alleen veerkrachtiger, maar waren ook blonder, en ze fluisterde samenzweerderig dat ze de mogelijkheid had om naar de kapper te gaan nu ze geen rekening hoefde te houden met warme maaltijden en de kosten die het met zich meebracht. De plekken in haar mondhoeken, die jarenlang chronisch rood waren geweest, waren alleen nog lichtrode vlekken en de zomerjurk die ze droeg hing bij wijze van uitzondering stil rond haar lichaam en probeerde niet te ontsnappen.

Ik vroeg wat er sinds de laatste keer was gebeurd, en ze zei dat alles verrassend goed voelde. Ze had de zus van Hans gebeld en had gehoord dat Hans daar was en dat de wond niet erg diep was. Daar had ze het bij gelaten. Met Hans had ze niet gepraat en ze wist ook niet wanneer dat zou gebeuren. Maar omdat ze nu zelf over het huis en haar tijd kon beschikken had ze gedacht om zondag na de kerkdienst een zomerfeest 'voor iedereen' te organiseren. De kerkdienst was natuurlijk niet verplicht, maar ze wilde de predikant ook uitnodigen en dan ontkwam je er misschien niet aan om je plicht te doen en een beetje goede wil te tonen.

'Jij en Sven komen toch?' vroeg ze ongerust, en ik antwoordde dat dat vanzelfsprekend was. Misschien wilde Petra met haar feestje bewijzen dat ze niet zo gevaarlijk was als ze leek door het geroddel over haar mishandeling van Hans. Ik beloofde dat Sven en ik voor haar klaar zouden staan als secondanten in het duel tussen haar reputatie en het dorp.

In een fantastische stilte liepen we daarna langs de rotsen en keken naar de meeuwen die over het water vlogen. Het schuim op de golfkoppen deed me denken aan het bier van langgeleden, en ik weet dat het mijn eigen schuld is. Ik haal zelf van alles naar boven dat verstopt zouden moeten zitten in de duurste kist van de begrafenisonderneming.

Veel meer werd er niet gezegd, en vandaag zaten we allemaal in de kerk om daarna naar Petra te gaan. Gudrun droeg de middeleeuwse blauwe jas die Sven een paar dagen geleden had geprobeerd te beschrijven. De halflange pieken had ze bij elkaar gebonden in een dunne staart en haar gezwollen, rode voeten puilden aan alle kanten over haar sandalen. Als kind was ze ook al gezet geweest, maar dat het verval zo snel zou gaan had ik nooit verwacht. Sixten zag er daarentegen keurig uit in zijn lichte kostuum, en ik dacht eraan dat hij had gezegd dat hij was getrouwd met de vrouw die ze toen was en niet met de vrouw die ze nu is. Nu keek hij verrast en verlangend naar Petra, die een nieuw geel mantelpakje droeg dat haar niet alleen goed stond, maar waardoor haar nieuwe kapsel ook tot zijn recht kwam.

Sven en ik hadden ons ook feestelijk aangekleed en Örnen leek voor de verandering nuchter. Holmlund, de tandarts die zo had moeten vechten om de kaken van Hans op elkaar te krijgen, was er ook en ik zag dat hij Petra een paar keer aanraakte terwijl hij haar misschien aanspoorde om wat vaker naar de tandarts te gaan. Zelfs Polykarpus, onze eigen 'dorpsgriek', kwam met een fantastisch boeket klaprozen en korenbloemen die hij waarschijnlijk aan Petra zou geven als we eenmaal bij haar waren. Ik weet niet of Polykarpus ook te maken had gehad met de golf van aversie die de Marokkaan en zijn gezin had getroffen, maar ik denk het eigenlijk niet. Zelfs de ergste relschoppers in de omgeving houden van zijn lamskoteletten.

Tijdens de kerkdienst kon ik het niet laten om erover na te denken waarom ik hier eigenlijk zat, tussen alle goede en minder goede vrienden en bekenden. Om God? Die oppermacht van wiens bestaan ik niet eens overtuigd ben en met wie ik een hartig woordje te spreken heb als dat wel zo is? Om mijn vrienden en kennissen te observeren en te begrijpen dat we allemaal onze rol spelen en dat ons kleine dorp eigenlijk niet meer dan een podium is, en dat de echte gebeurtenissen zich achter het gordijn afspelen en niet ervoor? Zouden God en ik uiteindelijk tot overeenstemming komen over mijn verleden, hoewel de rotsen daar een betere plek voor zijn dan de kerkbanken?

De predikant praatte over verdriet en de onberekenbaarheid van het leven en ik stopte al snel met luisteren. Na afloop verzamelden we ons voor de kerk en kletsen wat voordat we naar het huis van Petra en Hans, tegenwoordig alleen van Petra, gingen. Ik liep naast Gudrun, die transpireerde en zich beklaagde over het tactloze gedrag van de predikant.

'Ik zag hem gisteren in Åsa. Bij de broodafdeling van ICA. Ik stopte net een maanzaadbroodje in een zak en toen zei hij dat ik er moe uitzag. Terwijl ik vond dat ik er heel goed uitzag omdat ik make-up op had en mijn haren had gedaan en deze blauwe jas droeg.'

Een predikant die de waarheid zegt, dacht ik. Iedereen zou moe worden als je dag en nacht zo'n pantser in de vorm van uitpuilend vet moest meeslepen, en een paardenstaart is niet voldoende om blijdschap in uitgebluste ogen te creëren. Maar ik kon niets troostends zeggen omdat we al bij Petra waren en aan tafel konden gaan zitten.

Ze had in de tuin gedekt. Er stonden lange tafels met tafelkleden, borden, glazen en bestek, alles in plastic en in vrolijke kleuren, en we zaten nauwelijks toen Petra de ene na de andere schaal naar buiten droeg. Gudrun en ik kwamen in vrouwelijke solidariteit overeind en liepen met haar mee naar de keuken, waar het eten klaarstond. We hapten allebei naar adem toen we de overvloed zagen. Er was eigengemaakte aardappelsalade en gegrilde visfilet en gemarineerde zalm en ingelegde Oostzeeharing. Op het fornuis pruttelden wortelen, bonen en nieuwe aardappelen, en in de oven stonden twee zelfgebakken broden met een geur die mijn smaakpapillen met jeugdige soepelheid deden samentrekken. Er waren bovendien gehaktballetjes, dunne plakjes runderfilet in korstdeeg, gerookte ham en licht gestoomde spinazie. De boter was uitgestoken in de vorm van hartjes. Op tafel stonden drie taarten, een met rode bessen en frambozen, een met donkere chocolade en een kwarktaart met slagroom en eigengemaakte zwartebessenjam. Intussen haalde Petra de ene na de andere beslagen fles witte wijn uit de koelkast en ten slotte ook nog een fles bruisende champagne, heel passend een 'gouden weduwe', de halfdroge Veuve Cliquot. Ik hoorde dat Gudrun kleine jammerende kreetjes van wellust begon te slaken en zelfs ik, die nauwelijks nog iets kan eten, werd overvallen door zin in een braspartij. Onze reactie leek Petra niet te raken en ze begon te praten, bijna alsof ze het tegen zichzelf had. De wondjes rond haar mond leken helemaal genezen.

'Voor Hans was de vorm belangrijk en niet de inhoud, en daarom serveerden we altijd heel karig, maar schijnheilig genoeg op het mooiste porselein. Vandaag wilde ik het andersom doen. Niemand hoeft zich na afloop druk te maken over de afwas en is het niet fantastisch leuk om iets te doen als het niet hoeft? Zoals eten koken bijvoorbeeld?'

Gudrun hoorde niets, ze was al bij de schaal met slagroom. Ze stak haar vinger er een stuk in en likte hem met vochtige lippen af toen ze dacht dat we het niet zagen. Ik keek om me heen en zag plotseling dat het meeste uit de keuken was verdwenen. De helft van het meubilair was weg, borden en keukengerei waren van de muren gehaald, en toen ik in de zitkamer keek zag ik dat het daar net zo kaal was als in de keuken. Het bankstel was verdwenen, de vloer leek kaal zonder kleden, de boekenkast was leeg en bijna alle decoraties waren van hun plek gehaald. Petra zag mijn blik en gaf antwoord op mijn stille vraag.

'Dit is nog maar het begin, Eva. Ik weet niet hoe het tussen Hans en mij zal gaan, maar ik voel plotseling dat ik nog een paar jaar overheb om het leven te leiden dat ik al lang geleden had moeten leiden. Daarom moet ik sneller leven, ik bedoel, ik heb geen tijd om na te denken. Als ik denk dat ik iets weg moet gooien dan gooi ik het weg, en is het verkeerd dan is het verkeerd. Er bestaat geen fotokopie van mijn oude leven en ik kan het niet terug krijgen. Het leven dat voor me ligt is blanco en ik heb geen zin om dat leven met Hans te vullen. En hoe meer ik erover nadenk, Eva, des te meer ik geloof dat wat er gebeurd is, heeft plaatsgevonden omdat het moest. Ik vind het begin van mijn nieuwe leven niet zo gek. Ik moet nu oefenen om te leven, en dit feest is toch een goede start?'

Was het zo eenvoudig? Ik kon er geen antwoord op geven. Ooit heb ik mijn leven ook radicaal omgegooid en ik kon alleen naar Gudrun kijken, die niets leek te horen. Ze snikte bijna van genot toen ze een stukje runderfilet in haar mond stopte, en daarna pakte ze twee schalen en liep ermee naar buiten. Ik fluisterde tegen Petra dat ze misschien een beetje voorzichtig moest zijn en zij fluisterde net zo snel terug dat ze geen tijd had om voorzichtig te zijn.

'Ik heb gehoord dat ze het feng shui noemen. Je gooit spullen weg en daar word je blij van. En wat je kunt doen met mensen, dat moet ook kunnen met spullen, denk je niet? Probeer niet te doen alsof je niet weet wat ik bedoel, Eva, jij hebt ook genoeg weggegooid, misschien zelfs te veel. Soms denk ik dat jij degene bent die me heeft geïnspireerd, ik heb tenslotte gezien hoe je hebt geleefd en dat was tamelijk sober ...'

'Stil!' Ik voelde dat mijn beheersing me bijna in de steek liet en ik keek haar woedend aan, pakte toen een paar borden en liep naar buiten. Het was warm, een heerlijke Zweedse zomerdag, en er hing een bijna jeugdige verwachting in de tuin.

De sfeer was fantastisch. De mannen keken heel opgewekt toen de wijn op tafel kwam en toen Petra ten slotte naar buiten kwam en de champagne openmaakte, waarbij de kurk door de halve tuin vloog, kreeg ze applaus. We hadden nog maar net al het eten naar buiten gebracht toen de tafelstrijd begon. Schalen wisselden van eigenaar, wijn werd ingeschonken, toosten werden uitgebracht en iemand was net van plan om een lied aan te heffen toen Petra ging staan en vroeg of ze iedereen welkom mocht heten. Ze hield het voorbeeldig kort en zei dat niemand hoefde te doen alsof hij niet op de hoogte was omdat ze zelf niet van plan was om te huichelen.

'Met Hans gaat het zoals het gaat en tot het moment dat het gaat zoals het gaat wil ik dat we het samen leuk hebben en dat we eten en drinken en het naar onze zin hebben zonder dat we ons hoeven te schamen', zei ze.

Die aansporing zorgde ervoor dat Gudrun gelukzalig glimlachte. Ik weet dat haar kerkgenootschap voorschrijft dat ze geen alcohol schenkt als ze een feest geeft, maar haar god is tolerant genoeg als het gaat om het aanvullen van haar reserves als ze op visite is. Ze was al aan haar tweede glas bezig.

'Hoe is het met Iréne?' riep Sixten van de andere kant van de tafel terwijl hij zich uitstrekte naar de aardappelen. Ik riep boven het steeds luidruchtigere geroezemoes uit dat de situatie in verzorgingstehuis Sundgården verschrikkelijk was.

'Elke keer dat ik daar kom moet ik zoeken om personeel te vinden, en uiteindelijk vind ik dan een zielig klein meisje dat verantwoordelijk is voor zwaar zieke, oude mensen. Iréne hangt als een vaatdoek in haar rolstoel en zeurt dat ze naar huis wil zodra ik daar kom. Ik heb een slecht geweten, maar ze kan niet naar huis. Met geen mogelijkheid. En toen ik het hoofd van de afdeling sprak en vroeg welke medicijnen Iréne krijgt, waarom er nooit een arts is en waarom hun haren en voeten niet worden verzorgd, antwoordde ze alleen: "We gaan een feest geven met kreeft en surströmming, we gaan een feest geven met kreeft en surströmming." Ik weet eerlijk gezegd niet wat ik moet doen. Ik weet alleen dat ik niet oud wil worden in de zomer, ik zorg ervoor dat ik oud word tijdens de maanden dat het personeel niet op vakantie is. In oktober misschien, voordat de kerstdrukte begint.'

Sixten smakte meelevend met zijn lippen. Ik zag dat hij reageerde zoals de meeste mensen. Vreselijk, maar het heeft niets met mij te maken. Als ik oud word, als ik dat word, dan is alles anders. Verderop zag ik dat Sven en Örnen met hun hoofden dicht bij elkaar zaten. Örnen zag er zwarter uit dan ooit, het donkere haar zat slordig en hij keek af en toe in mijn richting alsof hij wilde controleren dat ik niet hoorde wat ze zeiden. Petra praatte met de predikant, een lange, dunne, bleke man die eruitzag alsof de kraaien zowel in zijn hoofd als in zijn haar een nest hadden gebouwd.

'Die drie wijzen', hoorde ik haar zeggen. 'De mannen die gaven voor Jezus bij zich hadden, waar je het vandaag tijdens de preek over had? Weet je wat ik dacht? Ik dacht dat als de drie wijzen vrouwen waren geweest, hadden ze niet zulke onpraktische dingen als mirre of wierook of wat het ook was meegenomen. Nee, ten eerste hadden ze de weg gevraagd en ervoor gezorgd dat ze op tijd waren zodat ze bij de bevalling konden helpen. Daarna hadden ze de stal schoongemaakt en ze zouden schone kleren en luiers en voldoende eten bij zich hebben. En dan ...'

Verder kwam ze niet omdat Örnen over tafel leunde.

'En wat was er daarna gebeurd? Dat zal ik je vertellen. Als ze amper de stal uit waren zouden ze al fluisteren dat Maria's sandalen niet bij haar tuniek pasten en dat de baby helemaal niet op Jozef leek en dat hun ezel behoorlijk uitgeput was en dat Jozef natuurlijk werkloos was en dat ze de schaal waarin de gehaktballetjes hadden gezeten waarschijnlijk nooit terug zouden krijgen. En ten slotte had iemand gezegd dat ze zich dood had gelachen toen ze hoorde vertellen dat Maria nog maagd was, want ze kende Maria al van school en ze wist precies wat zij er voor een was.'

De predikant was ontsteld over de lastering van de Heilige Schriften maar kon niet voorkomen dat Örnen en Petra in een verhitte discussie terechtkwamen over de rol van vrouwen en mannen in de Bijbel. De inhoud van de schalen slonk, maar de stemming was prima en werd nog beter toen Petra met koffie en de ene taart na de andere naar buiten kwam. Gudrun riep tegen me dat het jammer was dat Iréne niet was terechtgekomen in het tehuis waar zij soms werkte. Daar liep het in elk geval een beetje beter, zelfs al was het er soms zo vol dat de oudjes de muren bijna lieten exploderen. Niemand had tijd om hen mee naar buiten te nemen en daarom brachten ze de zomer door met achter de ramen naar buiten kijken en dromen over een duik in het Helsjön, dat heel dichtbij lag. Het klonk eigenlijk alsof het in het tehuis van Gudrun niet veel beter was, het tehuis waarvan ik altijd de naam vergeet, maar dat Sven Huize Pikloos noemt omdat er zo weinig mannen zijn. De naam doet me altijd denken aan muizenvallen en Björn Sundelin.

Pas toen de taarten bijna op waren begon het hoog op te lopen. Örnen nam plotseling het woord en zei dat hij had gehoord dat de Marokkaan en zijn gezin hadden besloten om te verhuizen. Hij zei het op een aangeschoten toon die bewees dat hij een of twee glazen wijn te veel had gedronken.

'Toch denk ik verdomme dat we heel tolerant zijn in dit dorp. Maar Frillesås heeft een gewelddadige geschiedenis, weten jullie dat? Een geschiedenis gevuld met vandalisme en vechtpartijen, daar heeft Olrog trouwens een lied over geschreven. Dat je op moet passen voor Frillesås, omdat er vechtersbazen wonen. Ik heb trouwens niets tegen buitenlanders, al begrijp ik niet alles wat ze doen. En deze hebben nooit last veroorzaakt.'

'Hoe bedoel je dat?' Mijn vraag klonk scherper dan ik van plan was, maar ik voelde hoe mijn oude behoefte om me tegen verdrukking te verzetten opkwam, en de woorden van Örnen ademden verdrukking. Hij keek me sluw aan met zijn blauwe, waterige vissenogen.

'Wat ik bedoel, Eva? Ik bedoel dat andere mensen mogen doen wat ze willen, daar trek ik me niets van aan, maar iedereen heeft tenslotte het recht om te kiezen met wie hij omgaat, of niet soms? En ik kies ervoor om met mensen om te gaan die ik begrijp. Met mensen die geen lamshersenen eten en die op dezelfde manier bidden als ik. Maar let wel, ik zeg het niet tegen hen en ik doe hun ook niets. Ik heb daar net als iedereen boodschappen gedaan en ik heb met de kinderen gepraat en zo. Maar ik hoef hen niet thuis uit te nodigen, of wel soms? Je kunt het noemen zoals je wilt, Eva, maar ik noem het tolerantie. En dan wil ik tolerantie terug. Ik wil dat mensen accepteren dat Örnen in zijn vrije tijd omgaat met wie hij wil.'

Ik kon het niet laten om een beetje te lachen.

'Je vindt dus dat ze dankbaar moeten zijn? Dankbaar omdat ze hier mogen zijn en hun eigen zeden en gebruiken kunnen hebben zolang ze niemand storen? Wanneer beginnen ze dan te storen? Waar ligt de grens? Is dat als ze zich te afwijkend beginnen te kleden? Of als ze hun mond opendoen, misschien bij een vergadering over een privéweg of op school? Is dat waar de tolerantie ophoudt?'

Örnens ogen versmalden.

'Kijk nu heel goed uit, Eva. Kijk uit dat je niet suggereert dat ik niet tolerant ben. Is het geen tolerantie waarmee ik, en trouwens de hele tafel hier, Sven en jou al deze jaren heb behandeld? Anderen zouden hebben gedacht dat het nogal ...'

'Nogal wat?' Sven mengde zich in het gesprek met een energie en een woede die hij zo zelden laat zien dat de omgeving verbijsterd is als het gebeurt.

'Je weet wat ik bedoel. Dat weet iedereen hier trouwens. Wat zeggen jullie ervan? Weet niet iedereen wat ik bedoel als ik zeg dat we tolerant zijn in dit dorp?'

Het was heel even stil. Toen begon iedereen door elkaar te praten. De predikant, die het niet gelukt was om zijn waardigheid terug te krijgen na de discussie over de drie wijzen, probeerde op te staan terwijl hij tegelijkertijd iets mompelde over vergiffenis en de onberekenbaarheid van het bestaan. Sixten riep dat iemands motor in de haven was gestolen en dat de havenwachters niets hadden gezien, en was het geen tijd om de havenwacht af te schaffen, hoe moesten vermoeide dorpsbewoners boeven verjagen die van het water kwamen? Gudrun riep tegen Petra dat er over een paar dagen een garnalenfeest in Frillesberg zou zijn en vroeg of ze daar samen naartoe zouden gaan zodat Petra zich niet zo alleen hoefde te voelen, terwijl Holmlund voornamelijk tegen zichzelf constateerde dat de kampeerders dit jaar ongewoon vreugdeloos leken. Ze speelden niet eens volleybal, zoals ze altijd deden.

Sven en ik keken elkaar aan, en als op een afgesproken, innerlijk commando, veroorzaakt door het onuitgesproken

286

contact dat onze zielen met elkaar hebben, gingen we staan en liepen de keuken in. Petra volgde ons.

'Trek je niets van Örnen aan, wie heeft zich ooit iets van Örnen aangetrokken, hij is niet helemaal nuchter meer en je weet hoe hij is als hij niet nuchter is.'

'Aan wiens kant sta jij eigenlijk, Petra? Dat vraag ik me toch wel af als ik je zo hoor praten.'

'Aan jouw kant, Eva. Dat heb ik altijd gedaan. Zoals jij altijd aan mijn kant hebt gestaan.'

Kort en bondig. Onderwerp en gezegde. Plotseling wist ik dat het waar was. We wilden gaan, maar toen Petra uitdrukkelijk vroeg of we bleven omdat ze niet wilde dat haar 'bevrijdingsfeest' zo zou eindigen, en zei dat Örnen degene was die zich moest schamen en dat de beste manier om dat te tonen was om je niets van hem aan te trekken, onderbraken we de woordenvloed en zeiden: 'Goed, we blijven wel. Voor jou.' Toen liepen we naar buiten als het paar dat we zijn, knikten en lachten, gingen op onze stoelen zitten en begonnen over alledaagse dingen te praten. We dronken koffie en zagen dat Örnen kalmeerde en zelfs naar Sven leunde om iets te zeggen wat klonk als: 'Je weet toch hoe ik het bedoel, Sven, we kennen elkaar al zo lang.'

'Örnen was zo berouwvol als een ambachtsman maar kan zijn', zei Sven toen we naar huis liepen, een beetje aangeschoten en volgegeten maar ondanks alles tevreden dat de zon scheen. Ik dacht dat het interessant zou zijn om Petra's ontwikkeling te volgen. Ze had zich heel ver op het slappe koord begeven, dat was duidelijk, en de vraag was of ze voldoende evenwichtsgevoel had.

Ze zou wat kunnen leren van Eric, die ik altijd mijn jongste heb genoemd. Het is nacht en Eric is niet zoals anders naar buiten gegaan voor een van zijn gewone zwerftochten, maar heeft me in plaats daarvan vanaf de bank geobserveerd. Hij zat daar een hele tijd te kijken met een ondoorgrondelijke blik in zijn groene ogen en sprong toen plotseling soepel naar beneden om daarna langs mijn been te strijken. Ik weet dat de loyaliteit van een kat een hersenschim is. Een hond die zit opgesloten in een huis waar het baasje of vrouwtje is overleden wacht zo lang mogelijk met het eten van de handen die hem ooit hebben gevoed. Dat is het verschil met katten, die wachten gewoon.

25 juli

Op de dag dat John op bezoek kwam was mijn moeder jarig en was ik ziek aan het worden. De schok om hem voor onze deur te zien toen ik met een bonkend hoofd opendeed was zo overweldigend dat ik eerst niet eens het fatsoen had om hem te tonen hoe blij ik was. Nu denk ik soms dat ik door mijn onvermogen om spontaan te zijn misschien alles ben kwijtgeraakt.

De tijd na de vakantie in Engeland was zowel de ergste als de beste die ik had meegemaakt. Ik kwam thuis met het gevoel alsof iemand met kracht een heipaal door mijn hart had geboord en daarmee de vampier binnen in me had gedood. Mijn verlangen om bloed uit de wereld te zuigen, in elk geval uit degenen die gestraft moesten worden, was verminderd, de woorden van de banvloek waren uitgewist en ik was er heel dichtbij om Busters oren weg te gooien. Nu ik levende oren had gevonden die luisterden had ik ze niet meer nodig. Ik ging zelfs zo ver dat ik voorzichtig aan mijn klasgenoot Kalle vroeg hoe hij zich voelde en mijn verontschuldigingen aanbood voor de manier waarop ik me tegenover hem had gedragen. Hij kon weliswaar niet meer van me houden, maar hij werd ten slotte een soort vriend.

Johns brieven hielden me staande, waren mijn reddingsboei en mijn kussen. Toen we afscheid namen hadden we elkaar de stellige belofte gedaan om elkaar zo snel mogelijk terug te zien. Ik was een beetje bang om hem thuis te ontvangen en hem in mijn wereld te introduceren, maar ik wist ook dat het zijn beurt was om naar mij toe te komen.

Er waren geen vluchtwegen uit de hel en geen korte door-steekjes naar het paradijs. Zijn bedoelingen waren duidelijk en precies. 'Ik wil succes hebben in mijn beroep en ik wil carrière maken bij de marine en ooit de verantwoordelijk-heid hebben voor een van onze schepen. Ik wil een eigen huis met een tuin en alles wat daarbij hoort, rozen natuurlijk, en ik wil reizen naar de plaatsen die ik niet heb kunnen zien tijdens mijn zwerversbestaan. En voor wat betreft de liefde weet ik ook wat ik wil. Ik wil meer van jou zien en je beter leren kennen.'

Dat schreef hij in een van zijn brieven, en ik antwoordde alleen dat ik thuis ben waar ik mijn hoed neerleg. Ik hoopte dat hij zou begrijpen dat ik wilde dat mijn hoed bij hem terecht zou komen. Hij antwoordde dat ik voorzichtig moest zijn. 'Let goed op als je je hoed ergens neerlegt, want het kan anders een probleem zijn om hem terug te vinden', schreef hij. 'Denk eraan dat je elke keer als je je hoed opzet om weg te gaan een stukje van jezelf achterlaat. Ik heb rondgezworven en wil je graag waarschuwen. Het kan natuurlijk aantrek-kelijk lijken, maar het is ook heel eenzaam.'

Hij schreef in elke brief over liefde, hoeveel hij van me hield, 'my beautiful rose', en hoe graag hij me terug wilde zien en me nog beter wilde leren kennen. Ik durfde niet zo onbeheerst te antwoorden. De liefde was nog steeds verbon-den met angst, en ik was bang om me bloot te geven en te horen dat het toch het veiligst is om van jezelf te houden. Ik dacht dat ik hem tijdens de zomer alles had gegeven, dat er niets meer te verbergen was, maar met de afstand groeide de onzekerheid en met de onzekerheid kwam de angst dat de liefde misschien was geweven van spinnenwebben die bij de minste aanraking stuk konden gaan. Daarom verpakte ik mijn gevoelens in woorden, herinnerde hem aan de vrede en harmonie die ik met hem had gevoeld, en dat ik bij hem durfde te laten zien wie ik was.

'Er is een god die ons lot scherpt, zelfs als we ons zo goed mogelijk proberen te verdedigen', schreef ik en ik citeerde daarmee vrij uit de Engelstalige poëzie die ik verslond om de taal beter te leren. Hij kon niet weten dat het voor mij vergelijkbaar was met de meest extatische liefdesverklaringen in het Hooglied, dat dit was waartoe ik in staat was en dat het genoeg was om het gevoel te hebben dat het touw bijna was doorgeknaagd. Als hij dat had begrepen was het misschien anders gelopen. Hij antwoordde dat er misschien een god was die scherpt, maar dat hij van plan om was om aan te vallen en het lot naar zijn hand te zetten.

'Het leven is niet onvermijdelijk', schreef hij. 'Onvermijdelijk is alleen de dood, en voor de dood hoeven we niet bang te zijn, als het maar snel en waardig gebeurt als het ons en onze naasten treft.' Hij schreef niet dat hij aan een meisje dacht dat was verpletterd door een trein, maar ik wist dat het zo was, dat haar pijn tussen zijn regels schreeuwde. Ik schreef dat ik ernst wilde maken met mijn plannen om in Oxford of Cambridge of op een andere plek in Engeland te gaan studeren en hij antwoordde dat niets hem gelukkiger zou maken en dat hij, zodra hij het bevel over een marineschip voerde, in hoogsteigen persoon langs zou komen om me op te halen.

Ik lachte, en mijn blijdschap was voldoende om het dagelijkse leven aan te kunnen, de school en het feit dat mijn vader en moeder een verzoek tot echtscheiding hadden ingediend terwijl ik in Engeland was. Iets had ervoor gezorgd dat mijn vader de knoop had doorgehakt en ik wist niet wat het was en wilde het ook niet vragen, ik wist alleen dat er destijds meer explosieven dan tegenwoordig nodig waren om de constructie op te blazen. Het was de bedoeling dat mijn vader in Göteborg bleef en dat ik bij mijn moeder in Stockholm bleef wonen tot ik examen had gedaan. Als ik John niet had gehad, had ik hen gestraft voor hun daad, maar nu had ik het gevoel dat ze hun leven zelf moesten regelen.

Mijn moeder had me in een paar hatelijke uitbarstingen duidelijk gemaakt dat mijn vader haar op alle fronten in de steek had gelaten. Dat hij gierig was en haar niets gunde, maar dat ik dat soort dingen niet kon begrijpen. Mijn vader had me tijdens een weekend geprobeerd uit te leggen dat hij het niet langer kon opbrengen. Dat hij wist dat er anderen waren. Dat hij dat de hele tijd had geweten. Dat hij mijn moeder niet kon geven wat ze nodig had en eiste en dat zijn gevoelens niet langer toereikend waren om het te proberen. Hij huilde en vroeg me om vergiffenis, en hij zei dat hij boven alles wenste dat hij een mogelijkheid zou krijgen om goed te maken dat ik er zo vaak alleen voor stond. Hij hoopte dat we een leven samen konden opbouwen als ik klaar was met school en kon verhuizen en hij beloofde dat hij me ook in de toekomst zou steunen als ik daar behoefte aan had. Hij groef een beetje van het slijk op dat op zijn eigen bodem begraven lag en ik luisterde, sorteerde het in gedachten in verschillende vakjes en bewaarde het verdriet voor regenachtige dagen. Mijn ouders hadden geen controle meer over hun leven. Ik had controle over dat van mij. En ik had John.

Het gebeurde op een vrijdag in oktober, een vrijdag die bovendien de verjaardag van mijn moeder was. Ze was een week lang ziek geweest, een flinke verkoudheid, en ze had een vreselijk slecht humeur. We hadden tijdenlang logés gehad en het waren late en natte avonden geweest, zo laat zelfs dat het afweersysteem van mijn moeder het misschien niet langer had aangekund. In de buitenwereld leken landen als Frankrijk en West-Duitsland aarzelende pogingen te doen om banden aan te knopen met de landen achter het IJzeren Gordijn, zelfs al leek de situatie in bijvoorbeeld Tsjecho-Slowakije gespannen. Niemand wist of de Sovjet-Unie de landen die contact met het Westen durfden te hebben zou straffen. Het enige waar mijn moeder zich druk over maakte was dat degene die haar had aangestoken op gepaste wijze gestraft zou worden.

'Als je kunt uitrekenen hoeveel snot ik in mijn linkerneusgat heb, dan ben je geweldig. Dan heb je nog wat aan die wiskunde waar je altijd mee bezig bent', schreeuwde ze op een dag tegen me toen ik van school thuiskwam. Haar oude vermogen om zich door haar omgeving te laten bedienen bereikte nieuwe dimensies tijdens haar ziekte, ik rende heen en weer met eten, geneesmiddelen en warme drankjes. Maar nu ik John in me droeg kon ik de situatie vanuit een soort spottend perspectief bekijken, terwijl ik tegelijkertijd dacht dat de gevangenisdeuren op een kier stonden. We zaten niet voor altijd aan elkaar vast. Ik zou verhuizen. Ik zou vrij zijn.

Ze was net op tijd beter voor haar verjaardag, ongeveer op hetzelfde moment dat ik de eerste steek in mijn keel voelde en wist dat ze mij had aangestoken. Mijn moeder had besloten dat de dag flink gevierd zou worden. Ze vond dat ze het waard was, en daarom had ze een hele horde mensen op haar verjaardag uitgenodigd. Mijn vader was in Göteborg en ze vond het niet meer zo belangrijk om de tafel mooi te dekken en bloemen neer te zetten. De hoofdzaak was dat er voldoende drank was, en daarom had mijn moeder het eten alleen provisorisch voorbereid. Voor haar uiterlijk had ze echter alle mogelijke moeite gedaan.

Ze was naar de kapper en de schoonheidssalon geweest, en toen ik thuiskwam hingen haar haren glanzend en blond over haar schouders terwijl de rouge op haar wangen de koortsblosjes van een paar dagen geleden verving. Ze had ook nieuwe kleren gekocht, een jurk met een modern grafisch patroon in groen en blauw en laklaarzen, en toen ze klaar was zag ze er zo jong uit dat ze gemakkelijk door kon gaan voor mijn oudere zus.

Ik had geen moeite gedaan om me feestelijk aan te kleden. Ik zou naar een vriendin gaan om aan het feest te ontsnappen en het gegil en geschreeuw en het dronken betasten niet te hoeven meemaken. Toen er werd aangebeld was ik daarom totaal niet voorbereid en ervan overtuigd dat het een van de gasten was. Ik deed de deur open en zag eerst alleen een enorm boeket rode rozen, zo rood dat ze bijna zwart waren, en ik wilde net naar mijn moeder roepen dat het feest was begonnen toen John het boeket liet zakken en ik zijn gezicht zag.

'Ik dacht dat je misschien behoefte had aan gezelschap. Ik heb maar één weekend, Eva, maar ik miste je zo, en het spijt me dat ik niet eerst heb gebeld, maar ik wilde gewoon, ik wilde, ik ben naar de luchthaven gegaan en heb het eerste het beste vliegtuig genomen en ... god, wat ben ik blij om je weer te zien.'

Daar stond hij, vlak voor me, met de bloemen als een schild voor zich en een rugzak bij zijn voeten. Hij was natuurlijk niet veranderd, hetzelfde donkere haar en dezelfde mond, en ik kon eerst alleen naar zijn ogen staren om naar een verklaring te zoeken. We stonden een paar seconden tegenover elkaar met de rozen als een muur tussen ons in voordat mijn lichaam besloot om zonder bevel van bovenaf te reageren. Ik ging naar hem toe en nam zijn gezicht in mijn handen, zoals hij dat ooit bij mij had gedaan, en zonder dat ik het kon helpen begonnen de tranen te stromen terwijl mijn ogen tegelijkertijd blijdschap uitgestraald moeten hebben. Iets anders is onmogelijk.

Het kwam niet eens bij me op om hem te vragen binnen te komen, en ten slotte deed mijn moeder dat, toen ze aan kwam hollen in de veronderstelling dat het bezoek voor haar was. Eerst zag ze alleen de rozen en ze gilde van verrukking.

'O, ze zijn fantastisch. Precies wat ik nodig had. Ik ...'

Pas toen merkte ze dat ze de bezoeker niet kende. Ze keek me vragend aan en ik kreeg mijn vermogen om te praten terug en stelde hen aan elkaar voor. Mijn moeder herstelde zich het eerst.

'Kom binnen, kom in hemelsnaam binnen, als Eva niet zo verstandig is geweest om dat te zeggen. Ze dacht misschien dat je het hele weekend buiten wilde blijven staan. Ja, misschien heb je al door dat ik Eva's moeder ben.'

Ze lachte een verblindende, stralende, uitdagende glimlach terwijl ze tegelijkertijd een goedverzorgde hand met pas gelakte nagels uitstak. John pakte hem en bracht hem na een korte aarzeling naar zijn mond en gaf haar een handkus, waardoor ze verrukt begon te giechelen.

'Geen land heeft zulke geweldige mannen als Engeland. Zo charmant. En dat je op zo'n fantastisch moment komt. Je kunt het niet weten, maar vandaag is het mijn verjaardag. *My birthday.*'

Haar Engels was niet perfect maar vol zelfvertrouwen. Ze

was gewend aan buitenlandse klanten, eraan gewend om in Londen te zijn en ze wist zich te gedragen. John keek eerst een beetje verward naar haar en daarna naar mij. Toen vermande hij zich. Hij deelde het boeket zorgvuldig in tweeën en gaf de ene helft aan mijn moeder en de andere aan mij.

'Dan is het niet meer dan eerlijk dat jullie de blocmen delen.'

Mijn moeder pakte haar deel en begroef haar gezicht erin en keek toen glimlachend op.

'Ze ruiken heerlijk. Heerlijk. Hoe wist je dat rozen mijn lievelingsbloemen zijn?'

John glimlachte alleen en zei dat hij dat niet kon weten, maar dat hij gewoon van rozen hield, net als Eva. Hij keek naar mij en ik probeerde iets te zeggen wat de schittering rond mijn moeder zou laten verbleken, maar ik kon niets uitbrengen.

'Kom, dan gaan we naar de keuken om ze in een vaas te zetten. Als we wachten tot Eva bedankt zijn ze al lang uitgebloeid. En kom in hemelsnaam binnen en doe je jas uit. Wil je iets drinken?'

'Graag', antwoordde John, en toen mijn moeder verdween keek hij naar me met ogen die glimlachten.

'Ze lijkt in een goed humeur. Door wat jij hebt verteld dacht ik dat ze altijd boos en gemeen is.'

'Nee, ze is niet altijd gemeen', antwoordde ik. 'Alleen tegen mij', antwoordde Schoppenkoning, maar dat kon John niet horen. Hij pakte me zonder meer vast en omhelsde me, en ik voelde zijn hart onder zijn jas slaan en de ruwe stof tegen mijn wang, en door zijn vertrouwde geur, licht vermengd met de meegebrachte rozen, dacht ik terug aan de zomer en hoe het geluk op mijn tong proefde.

'Je bent als een roos die het hele jaar bloeit. Dat ben je toch niet vergeten?' fluisterde hij in mijn haar en kuste me toen. Zijn lippen waren droog en warm en daardoor vergat ik dat mijn moeder in de buurt was. Pas toen ik haar lach hoorde kwam ik weer bij mijn positieven.

'Ik krijg de mijne straks wel. Maar nu moeten jullie stoppen met elkaar te betasten. Het is mijn verjaardag en dat gaan we vieren, en natuurlijk zijn jullie erbij. En ik duld geen tegenspraak, als je dat maar weet', zei ze tegen John. Hij maakte zich van me los en keek naar haar. Ze droeg twee vazen, een zwarte met haar deel van de rozen in haar linkerhand en een witte met mijn rozen in haar rechterhand.

'Dit is wat ik noem een goed begin', riep ze en ze begon te lachen. John lachte terug, eerst een beetje voorzichtig en daarna bevrijd, en dat was het tafereel dat de eerste gasten zagen. Twee lachende mensen, een met haar armen vol rozen, een tweede nog steeds met zijn jas aan en een derde die als een zoutpilaar naar het schouwspel keek zonder mee te kunnen doen met de vrolijkheid van de anderen.

Er kwamen al snel meer lachende mensen. John en ik werden in een hoek gedreven en ten slotte was de hal vol mensen die grapjes maakten en uitbundig lachten. Mijn moeder had koortsachtige rode vlekken in haar hals terwijl ze de een na de ander omhelsde en degenen met de aantrekkelijkste wangen kuste. De rozen had ze op de grond gezet en ik dacht dat er waarschijnlijk meer zouden volgen, maar ik zag geen bloemen of cadeautjes. Niemand had iets meegenomen, en mijn moeder keek ook een beetje verbaasd maar werd stil toen een van de nieuw aangekomen mannen het woord nam.

Hij was een soort middelmanager bij het bedrijf en had

vettig zwart haar dat in bijna vrouwelijke krullen rond zijn hoofd lag, een vrouwelijkheid die nog eens werd geaccentueerd door het smal gesneden colbert en de elegante zwarte schoenen.

'Mag ik dit illustere gezelschap verzoeken om de grootst mogelijke stilte?' begon hij. Hij schraapte luidruchtig zijn keel, zo luidruchtig dat het geroezemoes dempte tot een verwachtingsvol gemompel toen hij zich naar mijn moeder keerde en zijn armen naar haar uitstrekte.

'Prachtvrouw. Je weet wat ik van je vind. Knap en elegant en een voorbeeld voor het bedrijf. Flink en vrolijk. Het is prettig om met je te werken, en dat is het altijd geweest. Daarom hebben we dit keer besloten om geen bloemen en wijn mee te nemen; we vinden je volwassen genoeg om zelf te beslissen wat je wilt hebben. We hebben geld ingezameld. Een flink bedrag, als ik het zo mag zeggen. Natuurlijk, ik weet dat je nog lang geen veertig bent, maar wie weet, dan zijn we er misschien niet eens meer, we leven nu. Alsjeblieft, dit is van ons allemaal. En je krijgt natuurlijk een knuffel.'

Hij liep naar mijn moeder toe en omhelsde haar en zij omhelsde hem terug. 'Mmm, neem je me vandaag van voren?' zei ze en ze lachte ruw. Ten slotte lieten ze elkaar los en mijn moeder kreeg een enveloppe in haar handen gedrukt.

Ze likte haar lippen en scheurde hem open zonder hem eerst met haar vinger los te maken. De papiersnippers vielen op de grond, zoals altijd als ze brieven of pakjes openmaakte, en ze vervloekte het plakband, maar het lukte haar ten slotte om een heel pak bankbiljetten tevoorschijn te halen. Ze begon ze met begerige vingers te tellen terwijl de gasten met zelfgenoegzame blijdschap over de inzameling toekeken. Toen keek ze op en glimlachte stralend.

'Dank je wel. Dank je wel, allemaal. Wat een vrienden heb ik, dat is het enige wat ik kan zeggen. En zulke vrienden verdienen het beste. En dus blijven we niet thuis om op varkenskarbonades te kluiven. Ik mag toch doen wat ik wil met het geld? Dan gaan we nu naar Hasselbacken om het te vieren. Ik trakteer!'

Het laatste schreeuwde ze met triomf in haar stem, en het leek alsof de vreugdekreten nooit meer zouden stoppen. 'Wat een vrouw, wat een vrouw', riep een man met blond haar die wat achteraf stond, terwijl twee vrouwen die gemakkelijk te beïnvloeden leken mijn moeder een voor een omhelsden.

John had de hele tijd aandachtig naar het schouwspel gekeken en keerde zich nu naar mij.

'Wat gebeurt er?' vroeg hij. Ik legde uit dat de gasten geld bij elkaar hadden gelegd in plaats van cadeaus te geven en dat mijn moeder met dat geld iedereen uitnodigde voor een etentje en dansen in de stad. John staarde naar haar.

'Ze lijkt een heel speciale vrouw', zei hij. Ik wilde net antwoord geven toen mijn moeder naar ons toe kwam en Johns handen vastpakte.

'Jullie gaan met ons mee, en ik duld zoals ik al zei geen tegenspraak. Eva houdt niet van dansen en plezier maken, maar dat doe jij vast wel. Hoe dan ook, ik wil geen chagrijnige gezichten op mijn verjaardag. We nemen een taxi naar Djurgården en jullie rijden met mij mee, en jullie doen wat ik zeg.'

De grond bewoog onder mijn voeten. In paniek draaide ik me naar John, maar voordat ik iets kon zeggen, antwoordde hij dat we natuurlijk mee zouden gaan, en dat het onbeleefd was om te weigeren. Hij zei het half tegen mij en half tegen mijn moeder, en terwijl een paar mannen taxi's regelden zag ik dat hij gefascineerd keek hoe ze tussen de gasten rondliep en naar hen lachte of hun arm streelde.

'John, wil je echt ... Ik voel me niet zo goed, en ik wil liever alleen met je zijn. Kunnen we niet ...?'

John draaide zich naar me om en keek me vragend aan, terwijl ik probeerde de mislukte en volkomen nietszeggende woorden te herhalen. Hij fronste zijn voorhoofd.

'Ik denk dat het heel onbeleefd is als we niet meegaan. En jij bent toch degene met wie ik de hele tijd samen ben. En het is misschien een goede gelegenheid om je moeder een beetje beter te leren kennen. Dat moet toch gebeuren. We hebben de avond voor ons, Eva. En de nacht ook, hoop ik.'

Hij zei het met overtuiging, maar vermengd met een ontroerende onzekerheid, en ik voelde een warm verlangen naar de eenzame uren die hopelijk voor ons lagen. Plotseling verachtte ik mezelf om mijn lafheid, ik was bang om John met anderen te delen, net zoals zijn ex-vriendin Anne was geweest, een gedrag dat had bijgedragen aan de catastrofe. Ik besloot om niet naar mijn zwarte kant te luisteren, ging naar mijn kamer en trok snel iets aan wat geschikter was. Ik borstelde mijn haren, verwenste mezelf omdat ik ze niet had gewassen en was net op tijd terug om te zien dat de voordeur openstond en de gasten al bezig waren om in de wachtende taxi's te stappen. Mijn moeder stond met John bij een auto, duwde hem naar binnen en begon toen naar mij te roepen.

'Doe de deur op slot, Eva. Ik heb gezegd dat ze op je moeten wachten.'

Ze ging naast John in de taxi zitten, die plankgas wegreed. Ik haastte me om alle lampen in huis uit te doen, blies de kaarsen uit, deed de deur op slot en rende de straat op, waar een eenzame taxi stond te wachten. De man met de vettige golven in zijn haar en een vrouw in een oranje jurk zaten al op de achterbank, en zodra ik naast hen was gaan zitten reed de chauffeur weg. De andere auto's waren veel eerder weggereden en ik zag ze niet meer.

'Wat leuk. Hier zit ik samen met twee elegante dames, allebei in oranje, een aan de bovenkant en een aan de onderkant', lachte de vetkuif. Hij stelde zich voor als Gunnar en sloeg daarna een arm om ons heen. Ik rook een sterke geur van aftershave vermengd met het parfum van de vrouw, de stank vulde mijn neusgaten en maakte dat het gebonk in mijn hoofd erger werd terwijl ik tegelijkertijd voelde dat ik het warm kreeg. Gunnar lachte.

'Wat een deksele vrouw is die moeder van jou. Ik beloof je, Eva, dit zal ik nooit vergeten. Zoals ze dat zei! "Dan nemen we het geld en gaan we nu naar Hasselbacken. Ik trakteer." Ik trakteer! Ze is verdorie een vrouw uit duizenden. Ze trekt zich er niets van aan wat de mensen denken. Ik zeg je dit, Eva, jouw moeder is een heel speciaal iemand.'

'Heel speciaal', echode de in oranje geklede vrouw terwijl ze haar lippenstift bijwerkte. Ik keek gefascineerd hoe ze de huls en een spiegeltje tevoorschijn haalde, de stift omhoog draaide, haar lippen tuitte en ze net zo lang opnieuw stiftte tot ze tevreden was.

'Altijd vrolijk', ging ze door terwijl ze de lippenstift terug stopte. 'Het is zo ontzettend leuk om met haar om te gaan. Er gebeurt altijd iets. Je hebt geluk dat je zo'n moeder hebt. Ik wilde dat mijn moeder zo was geweest. Die zat alleen thuis en liet het leven achter het keukenraam voorbijtrekken terwijl ze de bloemen water gaf en geen enkele moeite deed om bekkenbodemspieroefeningen te doen, zodat ze waarschijnlijk helemaal uitgerekt was daar beneden. Dat zou jouw moeder nooit gebeuren. Daar kun je iets van leren.'

Ik hoorde de stemmen alsof ze langzaam in mijn oor werden gegoten en ergens in mijn binnenste samensmolten tot een mengsel van ideaal en werkelijkheid. Het maakte me kotsmisselijk, maar ten slotte naderden we Djurgården en stopten we voor een lokaal dat Hasselbacken heette. Ik trok me niets aan van mijn medepassagiers of de garderobe en zocht vertwijfeld tussen de feestelijk geklede, transpirerende ruggen en pas gekapte haren, terwijl ik naar de zaal liep waar het dansen al was begonnen. Ook hier was het vol, en ik zag eerst alleen een golvende massa lichamen die aan elkaar rukten en trokken zodat de afzonderlijke componenten op de maat van de muziek samenkwamen en weer scheidden. Ik zag elegante kostuums, kleurige zwaaiende rokken, nylonkousen en schouderbandjes die naar beneden gleden. Ten slotte zag ik John en mijn moeder.

Ze dansten de foxtrot in een variant waarin John mijn moeder af en toe losliet en haar daarna weer opving. Hasselbacken probeerde nog steeds om de rock weg te houden met jazz en swingmuziek, en omdat er niet veel werk was voor goede musici was het een buitenkans om hier te mogen spelen en was de muziek van een hoog niveau. Maar dat maakte mijn moeder niet uit, als ze maar kon dansen. Nu lachte en schitterde ze en ze liet de ogen van haar partner geen seconde los, terwijl John voorzichtig over zijn schouder naar de ingang keek. Hij had een stropdas om zijn nek geknoopt, waarschijnlijk geleend zodat hij binnen kon komen, en hij danste goed, hij had ritme in zijn lichaam en een natuurlijke soepelheid die misschien het resultaat was van de zwemtrainingen. Ik keek naar hen en zag wat veel anderen ook zagen, ze waren een mooi paar en pasten goed bij elkaar.

'Wie is die nieuwe van haar?' hoorde ik plotseling de in oranje geklede vrouw achter me vragen. Ze had me ingehaald en stond nu te frunniken met een sigaret die ze ten slotte opgestoken kreeg.

'Hij heet John en hij is mijn vriend', antwoordde ik. De in het oranje geklede vrouw keek naar me met een ondoorgrondelijke blik die misschien een zweem medelijden bevatte.

'Zo zo', antwoordde ze dubbelzinnig en toen verdween ze in de dansende massa die de muren bijna liet exploderen.

Ik had geen tijd om ongerust te zijn over wat ze had gezegd. Ik had niet eens tijd om iets te voelen. Op hetzelfde moment ontdekte John me en hij glimlachte. Hij boog zich naar mijn moeder en fluisterde iets in haar oor, pakte haar onder haar arm, leidde haar van de dansvloer af en liet haar bij een paar van haar vrienden achter. Daarna baande hij zich een weg tussen de swingende paren door, kwam naar me toe en sloeg zijn armen om me heen.

'Eindelijk ben je er. Eerlijk gezegd ben ik nogal in de war over dit alles. Plotseling zat ik in een taxi op weg ergens naartoe. Jij was er niet en ik probeerde te weigeren. Maar ik ben nu eenmaal niet opgevoed om een dame onnodig terecht te wijzen, en daarna werd ik op de dansvloer getrokken en moest ik dansen. Ik bedoel, ik dans heel graag, maar alleen als ik er zin in heb. Het was allemaal zo ... vreemd. Gelukkig ben je er nu. Ik ben ten slotte voor jou hiernaartoe gekomen.'

De nacht is mijn vriend, en dat is een geluk. In het daglicht zou zo'n tekst net zo klef en suikerzoet klinken als het beslag in een suikercakevorm. Maar de nacht is barmhartig genoeg om de scherpe kantjes van het banale af te slijpen. Ik denk aan alle liefdeswoorden die 's nachts worden gefluisterd, alle strelingen die worden beschermd door de schemering en de ontmoetingen tussen lichamen die worden verborgen door het vlies van de duisternis dat alle onhandigheid en schimmelvlekken verzacht. Nu ik hier zit en één word met de zomerduisternis voel ik dat hij het meende en begrijp ik waarom ik zo opgelucht was door wat hij zei. Als ik morgenochtend bij een kop thee nog een keer lees wat ik heb opgeschreven, verandert het echter weer, dan verliest het zijn derde dimensie en verandert het in een oude zwart-witfoto die in een fotoalbum is geplakt en is gereduceerd tot onbeduidendheid, een kleine onderbreking in de tijd, niet meer waard dan de klik waarmee hij is gemaakt. Maar ik weet nog steeds hoe het voelde. De opluchting. Het vertrouwen. De spot over mijn kleinheid. De verbazing over het feit dat mijn geloof in wat we die drie zomerweken hadden beleefd en gedeeld niet voldoende was om over de kleinste alledaagse drempel te kunnen stappen.

We dansten grote delen van de avond. Ik bewoog me als in een koortsdroom die waarschijnlijk echt was. Mijn stijgende temperatuur had niet alleen met John te maken, maar ook met de infectie die de overhand kreeg en die ervoor zorgde dat ik soms het gevoel had dat alles ronddraaide. Toch was ik gelukkig. Door de rooksluiers zag ik Johns donkere haar, zijn glimlach, zijn bruine ogen en het witte overhemd, dat onder de armen en op de rug al snel transpiratievlekken vertoonde.

'Voordat je naar Engeland kwam droomde ik er de hele tijd van om met je te kunnen praten. Sinds je bij me bent geweest is het nog erger geworden, want nu droom ik ervan om je in mijn armen te houden. Je geur te ruiken. Ik heb zo naar je verlangd. Elke avond. En natuurlijk is het fijn om te weten dat er iemand is om te missen, maar het helpt niet als ik niets anders wil dan mijn armen om je heen slaan. Dicht bij je zijn. Je zien', fluisterde hij terwijl zijn hand langs mijn ruggengraat gleed. 'Ik hou van je', hoop ik dat ik terug fluisterde, maar ik geloof niet dat hij het hoorde.

Af en toe kwamen mijn moeder of een van haar vrienden langs en probeerden ze ons naar de tafel te trekken die ze in beslag hadden genomen en waar het verjaardagsgeld van mijn moeder in de loop van de avond werd omgezet in vlees, hapjes, salade en natuurlijk champagne, wijn, bier en diverse longdrinks. Eén keer gingen we er ook naartoe, aten wat, nipten ergens aan en merkten dat de dronkenschap met elk uur dat voorbijging toenam.

Mijn moeder struikelde soms over haar woorden toen ze haar gal spuugde over een collega terwijl ze tegelijkertijd wijn morste op het tafelkleed. Ze deed dat tegen een vrouw die een intieme vriendin moet zijn geweest, gezien het vertrouwelijke stemvolume van mijn moeder, maar ik had haar nog nooit ontmoet. De man met de zwarte krullen wilde zich in het gesprek mengen, maar slaagde daar niet in.

'Wanneer komen Emil Iwring en Asta Jaeder', lalde hij en hij viel in slaap toen hij begreep dat de musicus en de zangeres die hij bewonderde vanavond niet speelden. De vrouw met de oranje jurk probeerde keer op keer een gesprek met John aan te knopen en hem uit te horen. Toen ze begreep dat hij net was begonnen met een opleiding om aan boord van onderzeeboten te werken kende haar enthousiasme geen grenzen.

'We all live in a yellow submarine', neuriede ze, en het lied plantte zich voort naar de andere leden van het gezelschap, die ten slotte allemaal begonnen te brullen: 'We all live in a yellow submarine, yellow submarine, yellow submarine.' Mijn moeder zong mee en plotseling brandde de fakkel in haar ogen die aankondigde dat ze op de rand van de afgrond heen en weer zwaaide maar niet van plan was om een stap naar achteren te doen. Ze ging staan, wankelde even en liep naar het podium, waar ze met wat moeite op klom.

De geroutineerde musici glimlachten tegen haar en gingen door met spelen terwijl mijn moeder naast hen stond en meedanste en -zong alsof ze een volwaardig orkestlid was. Toen de laatste toon had geklonken liep ze naar de zanger, sloeg haar arm om hem heen en fluisterde iets in zijn oor. Door de manier waarop hij met haar praatte kreeg ik de indruk dat ze elkaar kenden.

De pauze in de muziek zorgde ervoor dat de dansende massa stopte en er werden verwachtingsvolle blikken op het podium gericht. Mijn moeder stond in het centrum van de belangstelling en ze had het enorm naar haar zin in die rol. Plotseling stond ze voor de microfoon en zei met een verbazingwekkend heldere en duidelijke stem dat ze iets te zeggen had.

'We hebben hier vanavond een vertegenwoordiger van de Engelse marine. John, hallo. Kom eens op het podium. Come on up, John.'

John, die naast me stond, hoorde alleen zijn naam en keek me vragend aan. Ik probeerde uit te leggen wat mijn moeder had gezegd, maar het lukte me niet om mijn zin af te maken omdat twee vrienden van mijn moeder elk een arm van John vastpakten en hem naar het podium trokken. Ik zag hoe hij werd weggevoerd tussen de mensen die bereidwillig plaatsmaakten en hoe hij ten slotte werd opgetild zonder dat hij zich kon verweren. Even later stond hij naast mijn moeder, die hem lachend omarmde en in de microfoon riep: 'Dit is John, zeg hallo tegen John. We gaan John welkom heten in Zweden en zingen daarom met zijn allen "Yellow Submarine".'

Voordat iemand had kunnen protesteren speelde de band de klanken van een van de nieuwste en bekendste nummers van het jaar. Het hoorde beslist niet bij hun gewone repertoire, maar ze waren professioneel genoeg om te improviseren, en mijn moeder ging met John bij de microfoon staan en begon te zingen. Haar stem ging een beetje door merg en been, ze zong normaal gesproken heel goed, maar ze was nu wat losser door de alcohol en niet helemaal zuiver van toon. Maar ze was vrolijk, mooi, enthousiast, en natuurlijk zong de hele zaal het refrein mee. *We all live in a yellow submarine, yellow submarine, yellow submarine*', echode het in Hasselbacken, en mijn moeder dirigeerde de massa terwijl ze tegelijkertijd John onder zijn arm pakte en hem dwong mee te deinen op de maat van de muziek. Hij keek gegeneerd, maar zijn vriendelijkheid weerhield hem er waarschijnlijk van om meteen van het podium te springen of op een andere manier te tonen dat hij zich niet op zijn gemak voelde. In plaats daarvan probeerde hij om in de maat te blijven terwijl hij de Zweedse hulde aan de Engelse marine in ontvangst nam.

Ik weet dat het lied stopte. Ik weet dat mijn moeder een daverend applaus kreeg. Ik weet dat er geen eind aan de juichkreten leek te komen. Ze liep weer naar de microfoon en schreeuwde: 'Nu moet Eva zingen!' Ik weet dat ik daar stond en naar haar keek en dat ze naar me wees en het herhaalde: 'Nu moet Eva zingen.' Ik kon me niet bewegen, alle kleur trok weg uit mijn gezicht. Ik werd onverbiddelijk naar het podium geduwd en erop getild. Plotseling keek ik naar de zee van mensen onder me, die naar me opkeken en lachten en wezen, en ik herinner me dat John naar me toe wilde lopen, maar dat mijn moeder hem tegenhield en nog een keer in de microfoon riep dat ik moest zingen.

'Ze moet zingen voor haar geliefde. Ze moet "Smoke Gets in Your Eyes" zingen', riep ze en ze draaide zich dwingend om naar het orkest.

Ik hoop dat ik me dit moment verkeerd herinner. Ze wist dat ik het een mooi nummer vond, maar dat ik het nooit in het openbaar had gezongen. Nu ik erover nadenk kan ik niet geloven dat een professioneel orkest op bevel van een weliswaar mooie, maar dronken vrouw het nummer inderdaad speelde en dat een tot op het bot vernederd meisje dat zelf geen toestemming had gegeven werd gedwongen om te zingen. Als ik de woorden 's nachts vrijlaat hoop ik dat mijn geheugen me in een labyrint heeft gelokt en me achter mijn rug uitlacht. Maar ik herinner het me.

Ik herinner me hoe het hele publiek naar me keek. Hoe John naar me keek. Hoe mijn moeder lachend naar me keek. Hoe het orkest begon te spelen. Hoe ik als een marionet voor de microfoon ging staan en begon te zingen over de rook die je zo gemakkelijk in je ogen krijgt als je verliefd bent. Hoe mijn stem niet droeg, hoe hij brak, hoe ik over de woorden struikelde. Hoe mijn hele lichaam koud werd. Hoe de zweetdruppels uit mijn oksels liepen en langs de naakte huid onder mijn bloes naar beneden rolden. Hoe mijn hart steeds sneller ging slaan, tot ik dacht dat het zou losschieten en op de vloer terecht zou komen en vertrapt zou worden. Hoe mijn benen ongecontroleerd gingen trillen. Hoe alles wazig werd. Hoe ik viel.

Ik werd pas veel later wakker. Ik lag in mijn bed en John zat naast me en hield mijn hand vast. Mijn moeder was nergens te bekennen en ik zag alleen hem, een zwarte gestalte in de duisternis, die op zijn knieën op de vloer viel en mijn wang streelde toen ik bewoog.

'Eva, hoe is het met je? Voel je je beter? Lieve hemel, wat heb je me laten schrikken.'

'Wat is er gebeurd?' Ik probeerde overeind te komen, maar John duwde me voorzichtig in het kussen terug en bracht een glas water naar mijn lippen. Ik dronk een beetje, terwijl een deel van de inhoud over het kussen liep en mijn haar nat maakte.

'Je bent flauwgevallen. Als de zanger van het orkest je niet had opgevangen was je in het publiek terechtgekomen. Ik stond te ver weg. Maar het lukte ons om je naar beneden te tillen en zo veel leven in je te krijgen dat je naar buiten kon lopen en we een taxi konden nemen. Je moeder was ontzettend ongerust. Ze is met ons mee naar huis gegaan en we hebben samen geprobeerd je wakker te krijgen, maar je mompelde alleen onsamenhangende dingen over een hond en iets over kaarten.'

'Is mijn moeder hier?'

'Ik denk dat ze naar bed is gegaan. We hebben hier samen over je gewaakt. Ze was buiten zichzelf van ongerustheid en wilde eigenlijk een dokter bellen. Maar toen dachten we dat we misschien moesten wachten.'

'Heeft mijn moeder hier gezeten? Met jou?'

'Ja. Maar nu is ze er niet meer. Ik denk dat ...'

John, hou me vast. Hou me vast. Bescherm me.

'John, kun je bij me komen liggen? Alsjeblieft? Kun je me vasthouden? Hou me vast, John. Laat me de rest vergeten.'

Hij keek naar me met oneindig lieve ogen. Toen kleedde hij zich uit en kwam in het bed liggen waaruit ik tot dat moment alle indringers met verstand en muizenvallen had verjaagd.

'Ik was er heel zenuwachtig over om je terug te zien', zei hij voordat hij zijn armen om me heen sloeg. Ik lag weliswaar aangekleed tussen lakens die warm aanvoelden van de koorts, maar ik had niets meer bloot te leggen behalve het diepst van mijn ziel, die al was vergeven. John hielp me met het uittrekken van mijn kleren, die doordrenkt waren van het zweet en stonken naar sigarettenrook; hij legde ze op de grond met bewegingen die gezien de situatie ongewoon gecontroleerd waren. En toen begon de nacht die me er nog steeds toe kan brengen dat ik mijn handen zo hard bal dat de knokkels wit worden, terwijl mijn ogen het liefst de werkelijkheid zien die was, niet die is. Ik weet dat er na die nacht geen geheimen meer tussen ons waren. We gleden over elkaar met onze handen en lippen en tongen en vonden de steen der wijzen waar we deze het minst verwachtten, en we roken, proefden en voelden hard en zacht in een moment van dauw en rozengeur. Mijn lichaam was warm, en wat er gebeurde liet de koortscurve omhoog vliegen en daarna afdalen in een weiland ver weg van de beschaving. John had mijn helft van het boeket rozen op de grond gezet, waardoor alles gebeurde tegen een achtergrond van bloeiend donkerrood, op de grens van zwart. Zo zag de liefde eruit. Zo ziet ze er nog steeds uit. En ik weet dat John me die nacht iets gaf wat ik nog steeds heb.

We vielen met onze armen om elkaar heen in slaap en werden pas wakker toen mijn moeder de volgende ochtend mijn kamer binnenkwam en zei dat het ontbijt klaar stond.

Het was nog vroeg en terwijl ik vocht tegen de restanten van de slaap dacht ik dat het langgeleden was dat ze op zaterdagochtend zo vroeg op was.

'Als jullie klaar zijn met aan elkaar zitten kunnen jullie naar de keuken komen', zei ze plagerig terwijl ze zich over me heen boog.

'Hoe is het met je, Eva? Je voelt een beetje warm. Zal ik de thermometer halen? Of wil je liever je ontbijt op bed hebben dan aan de keukentafel?'

Ze zag er fris uit, was net gedoucht en droeg koele, schone kleren, en ik rook de geur van haar parfum toen ze haar hand op mijn voorhoofd legde. Door de aanraking begon ik te trillen en ik ging haastig zitten met het dekbed om me heen gewikkeld, zo haastig dat John even ontbloot bleef liggen voordat het hem lukte zich met het kussen te bedekken. Het zakje met de oren van Buster werd zichtbaar en ik pakte het snel en stopte het onder mijn matras. Mijn moeder zag het niet. Ze keek naar John en glimlachte een beetje.

'Er zijn grenzen aan hoe ziek iemand kan zijn', zei ze dubbelzinnig. Toen zei ze nog een keer dat het ontbijt op tafel stond, dat de koffie warm was en de kaarsen brandden.

John keek opgelaten en kleedde zich snel aan. Nadat hij een toilettas uit zijn rugzak had gehaald, verdween hij in de badkamer. Ik kon niet overeind komen. De wereld draaide nog steeds rond, omdat de nacht geen verlichting van de infectie had gebracht. Maar toen John de badkamer uit kwam lukte het me toch om daar ook naartoe te lopen. Ik zag een roodgevlekt, zwetend wezen in de spiegel, en het kostte me grote moeite om me een beetje te wassen en naar mijn kamer te gaan om mijn kleren te pakken. Op weg naar de keuken zag ik dat mijn moeder en John al aan het ontbijten waren. De tafel was gedekt met vers brood, lekker beleg en een grote kan koffie, en ik vroeg me af hoe mijn moeder het voor elkaar had gekregen om dit allemaal te verzorgen, iets wat ze anders nooit deed.

'Je houdt dus van Eva, daar lijkt het tenminste op', hoorde ik in de hal. John antwoordde iets wat klonk als 'ja, heel veel' en mijn moeder lachte.

'De hoofdzaak is dat jij tevreden bent', zei ze en ze lachte weer. Ik deed mijn uiterste best om niet te laten merken hoe ziek ik was, maar het lukte me nauwelijks om mee te doen aan het gesprek, dat over Johns werk ging. Mijn moeder vroeg zich af waarom hij het leger had gekozen en John vertelde dat hij een vredelievend mens was, maar dat hij een sterke voorstander was van het verdedigen van de vrijheid waarin grote delen van de westerse wereld zich konden verheugen.

'Eva heeft helaas een keer gezegd dat mijn werk haar cynisch maakt en dat ze mijn mening niet deelt voor wat betreft het recht van een land om zich te mengen in de binnenlandse aangelegenheden van een ander land. Maar dat zijn allemaal zaken waarvan ik hoop dat ik de mogelijkheid krijg om ze uitvoeriger met haar te bespreken, zodat we onze tegenstellingen kunnen overbruggen.'

Mijn moeder nam een grote slok koffie. Toen ze weer naar John keek had ze de licht krankzinnige glans in haar ogen die ze de vorige avond in Hasselbacken ook had gehad.

'Ja, kinderen geloven in sprookjes, en ondanks alles ben je nog een kind, Eva. Misschien is het anders als je een oorlog hebt meegemaakt en begrijpt wat dat inhoudt.'

Ze begon te vertellen hoe het in Norrland tijdens de Tweede Wereldoorlog was geweest en hoe de rantsoenen het dagelijkse leven hadden beïnvloed. Als jong meisje had ze met een kan room onder haar jas verborgen moeten lopen, room die haar vader had geruild voor meubelen die hij had gemaakt. John vertelde dat hij geen concrete herinneringen had aan de oorlog, maar dat zijn ouders hadden verteld over de bombardementen van Londen en de verschrikkingen die de burgerbevolking had moeten doorstaan. Ik voelde hoe mijn hoofd bonkte, en ten slotte moest ik naar mijn bed terug, waar ik me op liet vallen terwijl ik het gevoel had dat de Tweede Wereldoorlog niet alleen buiten maar ook in mijn lichaam woedde. Ik haalde Busters oren tevoorschijn en probeerde te vertellen.

De zaterdag verdween in een mist. Ik sliep en werd wakker en sliep weer, en John zat de meeste tijd bij me, maar niet aldoor, en hij aaide mijn wangen als ik mijn gezwollen ogen opendeed. Eén keer bracht hij me eten dat ik niet naar binnen kreeg, en 's avonds ging hij op de matras liggen die mijn moeder naar binnen had gesleept en naast het bed had gelegd. Ik weet dat ik bijna niet durfde te slapen uit angst dat de matras leeg zou zijn, maar dat ik dacht dat ik zijn lichaam de hele nacht naast me zag en ten slotte zakte ik weg in een onrustige droomtoestand. De volgende ochtend maakte hij me wakker. Hij was aangekleed en kuste mijn hele gezicht en fluisterde dat hij naar het vliegveld moest om naar huis te gaan, maar dat hij van me hield en hoopte dat hij me snel weer zou zien, misschien al tijdens de kerstvakantie. Hij sloeg zijn armen om me heen en ik begon tegen zijn schouder te huilen terwijl ik hem om vergiffenis smeekte omdat ik alles had verpest. Ten slotte moest hij zich bijna losrukken.

'Je hoort van me, Eva, je hoort van me, en alsjeblieft, schrijf me. Jouw brieven houden me overeind en als ik er een krijg verstop ik hem vaak in mijn uniform en lees ik hem 's avonds pas. Ik draag je brieven vlak bij mijn hart, Eva, en dat is geen straf meer. Het is een beloning.'

Het was het laatste wat hij zei voordat hij zijn hand naar zijn hoofd bracht alsof hij salueerde. Toen draaide hij zich om en verdween. De deur was nauwelijks achter hem dichtgevallen of ik voelde het gemis door me heen snijden, alsof iemand me van boven tot onder had opengereten. Ik kwam op trillende benen overeind, trok een broek en een trui aan, liep naar de hal, vond een jas die van mijn moeder bleek te zijn, trok hem aan, pakte mijn schoenen en holde naar buiten. De oktoberkou benam me bijna de adem en ik keek vertwijfeld om me heen tot ik dacht dat ik John om de hoek van de straat zag verdwijnen. Mijn fiets stond bij het hek, niet op slot zoals altijd, en ik pakte hem en sprong erop. Een nevelige regen sloeg in mijn gezicht en koelde mijn wangen terwijl mijn benen trapten in een wanhopige poging om de persoon in te halen van wie ik dacht dat het John was. Ik sloeg de hoek om en keek panisch om me heen, maar ik zag hem niet en ik fietste alle kanten op terwijl ik telkens opnieuw Johns naam riep. Ten slotte besefte ik dat het tevergeefs was, dat hij weg was en dat de afstand tussen ons steeds groter werd.

Pas toen voelde ik dat ik op het punt stond om te vallen, en ik moest van mijn fiets stappen en tegen het stuur leunen om op adem te komen. Er kwam een man naar me toe die voorzichtig vroeg of het wel ging, en het lukte me om uit te brengen dat alles goed was, waarna ik mijn fiets omdraaide en probeerde thuis te komen. Ik kon niet langer trappen, maar duwde en trok de fiets afwisselend, en toen ik bij ons huis kwam gooide ik hem gewoon op het gras en strompelde naar de voordeur.

Mijn moeder stond in de hal. Ik deed de deur dicht en trok mijn schoenen uit. Toen ik overeind kwam zag ik dat ze er nog steeds stond en met haar armen over haar borst gekruist naar me keek. Pas nu zag ik dat haar gezicht buitenproportioneel woedend was, en ik wist bij voorbaat al dat ik had verloren. Ik had geen kracht om tegen haar in te gaan.

'Je hebt mijn jas gepakt', schreeuwde ze.

Ik probeerde uit te leggen dat John wegging en dat ik hem snel wilde inhalen om hem gedag te zeggen, en dat ik de eerste jas had gepakt die ik zag, en ...

'Ik wilde met de auto weg omdat ik in de stad heb afgesproken met Annika. Maar toen ik mijn jas wilde pakken was hij weg, en de autosleutels zitten in de zak. Wie heeft je toestemming gegeven om mijn jas te pakken? Je weet dat ik eis dat hij daar hangt, nu kom ik te laat, je hebt je eigen kleren, hoe durf je hier te komen en mijn jas te pakken en mijn plannen te doorkruisen. Je kunt niets, helemaal niets, zo gedraag je je niet tegen mij, hoe kun je je op die manier gedragen? Mijn jas hangt daar omdat het mijn jas is en omdat mijn autosleutels in mijn jas zitten. Nu kom ik te laat. Te laat! En jij ...'

'Het spijt me, mama. Het spijt me. Ik probeerde alleen John in te halen, ik bedoel, ik wilde hem maar heel even lenen om ...'

Mijn stem brak. Ik kon geen weerstand meer bieden, kon niet meer horen hoe armzalig ik was, kon niet meer denken aan opstand. Alle bezorgdheid was van haar gezicht verdwenen, het mooie en barmhartige was verwrongen en rood, en haar ogen schreeuwden naar me met een hysterische haat die geen bovengrens had. Ze ging door over haar jas tot ik zei: 'Mama, zo is het genoeg.' Mijn opmerking maakte de krankzinnigheid nog groter. Ze schreeuwde nu zo hard dat haar gezicht helemaal vlekkerig was.

'Je zegt niet tegen mij dat het genoeg is! Hoor je dat, je zegt niet tegen mij wat ik moet doen, je hoort naar me te luisteren, je hoort me te respecteren, je kraakt me niet af, je bent altijd nukkig, je hoort niet ...'

Mijn benen vouwden dubbel zonder dat ik er iets tegen kon doen en ik ging voor haar op de grond liggen en schreeuwde: 'Hou op, hou op, mama, het spijt me, maar hou op, hou op, hou op ...'

'Sta op! Kom overeind. Kom overeind, zeg ik je. Hoe durf je je zo tegen me te gedragen?!'

Ik keek op naar haar gezicht, haar ogen waren vol zwarte afgrond, afkeer en minachting, en ik hoorde haar stem, en ik werd bang voor wat me te wachten stond. Ik keek vanachter een rode haarlok die voor mijn ogen was gegleden naar de vrouw die mijn moeder niet kon zijn. Toen deed mijn lichaam zonder dat ik erbij betrokken was wat het moest doen en het stond op terwijl het fluisterde: 'Het spijt me, het spijt me, het spijt me, het spijt me, lieve mama, het spijt me.' Daarna draaide ik me om en liep naar mijn kamer. Toen ik de deur dichtdeed dacht ik dat ik nooit meer naar buiten zou kunnen gaan, tenzij het was om haar te vermoorden. Ik trok mijn broek en mijn trui uit, kroop naakt tussen de vochtige lakens en beefde ongecontroleerd tot ik ten slotte in slaap viel. Toen Schoppenkoning kwam was hij een bevrijder die me kuste zoals John dat had gedaan en hij plaagde me omdat ik ontrouw was geweest.

Sven keek even later de kamer in. Ik denk dat hij naar het

toilet moest en hij was een beetje geschokt dat ik erbij zat als een geestverschijning die de demonen uit haar eigen verleden bezweert. Ik heb mijn slaapmutsje opgedronken, God vergeef me dat het dit keer cognac was, en ik zie aan mijn armen dat Susanne gelijk heeft als ze zegt dat ik te weinig eet, wat betekent dat ik te veel drink. Ik ben deze zomer magerder geworden. Misschien moet ik toch naar de slaapkamer gaan, voordat Sven naar buiten komt om me met zachte drang mee te nemen. Hij heeft me nog nooit zo gekust als John. Dat wilde ik ook nooit. Dat wilden we allebei niet.

27 juli

Vandaag scheen de zon uitbundig. Daar waren Sven en ik blij om, want Susanne en de kinderen zouden komen omdat Susanne jarig is. Ze is achtendertig geworden en was van plan om het te vieren door het helemaal niet te vieren, en het kostte me grote moeite om haar over te halen in elk geval taart bij ons te komen eten. Ten slotte gaf ze toe en kwam ze langs met de kinderen, Per en Mari en Anna-Clara, die er vrolijk en gebruind uitzagen. Anna-Clara wordt met de dag mooier. Dat zie ik nu, alsof mijn plotselinge besef van haar schoonheid nodig was om deze voortdurend te bewonderen.

Zoals gewoonlijk pakte ze tamelijk snel een paar boeken en tijdschriften en ging bij de rozen zitten lezen, maar eerst vroeg ze of ik nog in mijn dagboek had geschreven.

'Inderdaad, Anna-Clara, dat heb ik. Ik schrijf zo veel dat ik steken onder water krijg dat ik mijn memoires aan het schrijven ben', antwoordde ik.

'Maar dat is toch ook zo', zei ze met opgetrokken wenkbrauwen, alsof mijn opmerking totaal irrelevant was.

'Ja, misschien heb je wel gelijk', antwoordde ik eerlijk en daarna vroeg ik wat ze wilde drinken. Ze nam limonade, zoals de anderen, en het lukt me probleemloos om siroop met water te vermengen en aan te vullen met ijsblokjes. De taart is daarentegen afkomstig van Åsa Hembageri.

De kinderen vroegen al snel of ze van tafel mochten en Susanne, Sven en ik bleven achter. We kletsten over ditjes en datjes. Ik vertelde dat Hans door Petra was aangevallen en dat hij haar had verlaten, wat ze had gevierd met een feest.

Susanne smakte vrolijk met haar lippen toen ze hoorde wat we allemaal hadden gegeten en gedronken.

'Ik heb altijd gedacht dat Hans Frederiksson maar een saaie piet was en dat Petra waarschijnlijk niet veel leuker was. Het is inspirerend om te horen dat ze zich niet langer op haar kop laat zitten. Misschien moet ik eens met haar praten om haar een beetje op te peppen. Zelfvertrouwen is toch verse waar en kan snel bederven.'

Ik keek naar mijn dochter, die wat kleur op haar benen had gekregen en vrolijker leek dan de afgelopen keer. De donkere haren krulden bijna wellustig over haar schouders en haar blote voeten in het gras zagen er gelukkig uit. Haar jurk was blauw, en ze droeg gekleurde armbanden rond haar polsen.

'Je ziet er opgewekt uit, Susanne. En heel mooi', ontviel me, hoewel ze me had verteld dat ik iemand dood kan knuffelen. Maar het leek alsof ze me had vergeven.

'Dank je. Ja, op het moment voel ik me best goed. Mari en ik hebben veel gepraat en misschien, heel misschien voelt ze zich wat beter. Ik durf niet op de zaak vooruit te lopen, je weet hoe ik ben, mama, maar ik denk soms dat we het wel zullen redden. Zonder Jens. Wie weet, misschien haalt het ongeluk hem wel in, precies op het moment dat wij er overheen zijn.'

Ze lachte een beetje, de glimlach die ik zo goed ken, en ging toen naar binnen om taart te halen. Ik had zoals gewoonlijk geen trek, maar dacht dat ik mezelf moest dwingen om iets te eten om geen commentaar te krijgen. Sven hield op een bepaald moment een toespraakje over wat Susanne voor ons betekent. Daarna vertelde hij dat we een flink bedrag op haar rekening zouden storten zodat ze een nieuwe auto kan kopen. We wisten dat Susanne normaal gesproken nooit financiële steun zou aannemen, maar we hoopten dat ze het wel deed als het geheel was gecamoufleerd als een verjaardagscadeau. Ze was zo goed opgevoed dat ze niet meteen ruzie begon te maken, hoewel ze onmiddellijk haar wenkbrauwen fronste.

Anna-Clara kwam bij ons staan en vertelde dat er een blauwe vlinder op haar hand had gezeten toen ze las en dat hij bijna een uur lang was blijven zitten. Hij had over haar vingers gelopen en was naar het boek gevlogen en was op de kaft gaan zitten alsof hij ook wilde lezen. Daarna was hij weer naar haar hand gefladderd.

'Ik denk dat het een engel was, oma. Ze had dezelfde kleur als een engel, en de engel heeft vast het lichaam van de vlinder geleend om naar ons toe te kunnen vliegen en bij ons te zijn', verkondigde ze. Ik glimlachte om de mooie gedachte en streelde voorzichtig over haar haren, ik weet dat het moeilijk kan zijn om iemand te omhelzen. Ze liet het heel even toe en verdween toen weer naar haar leeshol.

Ten slotte gingen ze weer naar huis. Susanne had haar armen vol rozen. Ik had een hele arm vol afgesneden van een soort die de Engelsen *The Sweetheart Rose* noemen, een half-volle, lichtroze theehybride met gele zonnevlekken die in grote trossen groeit en waarmee ik 's winters erg voorzichtig moet zijn. Susanne weet waarschijnlijk niet hoe ze heten en dat ik ze aan haar geef omdat ze zo veel voor me betekent, en ze kon het niet laten om te lachen toen ze me omringd door dwarrelende rozenblaadjes uit de struiken zag komen.

'Dat je de energie hebt om rozen te verzorgen, mama, dat heb ik nooit begrepen. Al die jaren. Eigenlijk zijn het best moeilijke bloemen. Nukkig op de een of andere manier. On-betrouwbaar. Soms krijg ik een prachtige roos die ik volgens alle regels der kunst verzorg en toch hangt hij na een paar dagen slap zonder dat hij is uitgekomen. En soms krijg ik een kleine, goedkope bos waarvan ik denk dat de bloemen het maar een dag overleven, en in plaats daarvan komen ze uit en bloeien ze onwaarschijnlijk mooi.'

Ze duwde haar neus in de rozen en ik dacht dat alles een kwestie van vergelijking is en dat de nukkigste bloemen voorspelbaarder kunnen zijn dan de liefste mensen. Daarom is het nooit bij me opgekomen dat het me te veel inspanning kost. Het entreebiljet voor de hemel kost ongetwijfeld ook heel veel, terwijl de hel gratis is.

Het kostte Susanne veel moeite om haar kinderen bij de kittens weg te krijgen die Isa eindelijk had gekregen. Zelfs Anna-Clara rukte zich los van haar boeken om naar de drie wolbaaltjes in grijs, zwart en bont te kijken, en ik hoop en geloof dat ten minste eentje bij hen in huis mag komen wonen. Eric miauwt als een trotse casanova, en ik kan hem begrijpen. Ik kreeg één kind, maar het is hem gelukt om het driedubbele te presteren.

Ik had gedacht dat de dag in hetzelfde gezapige tempo verder zou gaan, maar ik kwam grondig bedrogen uit. Zodra Susannes auto om de hoek was verdwenen, stapte ik in mijn eigen auto om naar Iréne te rijden. Ik was een paar dagen niet bij haar geweest, maar ik weet dat ze in haar rolstoel zit en over de armleuning hangt als een afgebroken tak, en bij de gedachte aan de warmte had ik het gevoel dat ik moest zorgen dat ze genoeg water kreeg. Misschien zou ik haar zelfs naar buiten kunnen rijden. Sven ging niet mee en zou in plaats daarvan de afwas en de boodschappen doen en zo gingen we uit elkaar, elk met een eigen taak.

In Sundgården was zoals gewoonlijk niemand te vinden

en pas toen ik langs een personeelsruimte kwam zag ik vier of vijf personen in afzondering zitten met koffiebekers voor hen op tafel. Ik keek in de eetzaal en daar zat Iréne. Ze sliep toen ik binnenkwam en zag er magerder en ellendiger uit dan ooit. Haar bovenlip was weer bedekt met dikke haren, ze had eten op haar wang en ze droeg een smerige groene bloes die schoon was geweest toen ik hem laatst naar haar toe had gebracht. Ik keek om me heen om te zien of er ten minste iemand in de buurt was die verantwoordelijk was voor het eten, maar het was helemaal verlaten. De deur naar de binnenplaats stond open en ik zag hoe een oude man met zijn rolstoel vocht om naar buiten te komen. Ik liep naar hem toe en bood aan om hem te helpen, maar kreeg een nukkig 'nee' als antwoord en ging terug naar Iréne. Misschien voelde ze mijn nabijheid, want ze keek op. Haar ogen zochten de mijne, maar haar mond deed niet mee en hing scheef.

'Ben je gekomen om me mee naar huis te nemen?' vroeg ze, en ik hoorde dat haar stem dik was, zelfs al was de boodschap duidelijk. Naar huis. Naar het gezonde en vertrouwde, maar ik kon niets meer doen dan opnieuw mijn litanie afsteken dat ze naar huis zou gaan, natuurlijk, maar niet vandaag. 'Je bent te ziek, Iréne.' Ze vroeg om water en ik pakte het uit de koelkast, zonder enige schaamte omdat ik in het domein van iemand anders rommelde. Ze dronk een paar slokken en ik hield haar hand vast, die koud aanvoelde, en ik dacht dat ze hier levend begraven was, maar wat moest ik doen? Misschien voelde Iréne het ook, want plotseling pakte ze mijn arm met haar gezonde hand verbazingwekkend stevig beet.

'Ik voel me ziek. Ik voel me zo verschrikkelijk ziek', zei ze, en toen ik naar haar keek zag ik dat ze ondanks haar koude handen transpireerde. Ik riep in paniek, maar niemand gaf antwoord. Ik riep weer, en eindelijk kwamen er twee jonge meisjes binnen die ik allebei nog nooit had gezien.

'Ze voelt zich heel ziek', zei ik, en de meisjes pakten de rolstoel nadat ze zich vriendelijk hadden voorgesteld. De een had een ring in haar lip en sprietig, zwart haar en de ander had een grote tatoeage, maar ze hielpen Iréne naar haar kamer en tilden haar met voorzichtige, lieve bewegingen in de lift die haar tot boven haar bed bracht. Toen belden ze een verpleegster.

Ik ging bij Iréne zitten en hield haar hand vast.

'Wat een geluk dat ik juist vandaag ben gekomen', zei ik.

'Ja, dat was een enorm geluk', antwoordde ze terwijl ze in mijn vingers kneep. Zo zaten we in klauwachtige verbondenheid tot er een verpleegster binnenkwam die Iréne begon te onderzoeken en haar bloeddruk opnam.

'Ik denk dat we een ambulance moeten bellen', zei ze ten slotte. Ik vroeg me af wat er was gebeurd als ik vandaag niet op bezoek was gekomen. Zou Iréne in stilte zijn gestorven in een met vliegen gevulde kamer in Sundgården of zou ze de kracht hebben gehad om met haar symptomen te wachten tot mijn volgende bezoek? Het duurde in elk geval niet lang voordat het ambulancepersoneel er was, twee rustige, jonge mannen die me deden denken aan de twee ambulancebroeders van langgeleden. Ze legden Iréne op een brancard en begonnen haar naar buiten te rijden. Ik vertelde wie ik was en ze antwoordden dat ik achter hen aan mocht rijden als ik dat wilde. We stapten het zonlicht in en daarmee het bestaan dat plotseling denkbeeldig leek, teer als een zeepbel en misschien niet eens reëel.

Ik volgde de ambulance terwijl ik Sven belde en vertelde dat ik op weg was naar de eerste hulp. Daarna belde ik Irénes dochter en toen ik haar te pakken kreeg vertelde ik wat er was gebeurd en dat het misschien ernstig was. Ze beloofde om te komen als het haar lukte. Daarna werd ze heel breedsprakig in haar ontboezemingen over de onrechtvaardigheden die Iréne haar had aangedaan.

'Ze is de kwaadaardigheid zelf', zei ze ten slotte.

Ergens binnen in me klikte het, alsof er een gesp werd vastgemaakt. De kwaadaardigheid zelf noemde ze haar moeder, zelfs als de dood om de hoek gluurde. Dat was niet alleen huiveringwekkend, het was op een bepaalde manier ook moedig. Ze stond voor haar haat, zelfs als het onherroepelijk zou zijn, en ik bedacht dat het kracht vereiste om schuldgevoelens en een slecht geweten zo categorisch uit te dagen. Toch hielp het niet tegen de weemoed, en toen het me was gelukt om een parkeerplek te vinden en ik bij de eerste hulp binnenkwam en Iréne had gevonden, kon ik het niet helpen dat het verdriet achter mijn oogleden prikte. Ze had slangen in haar armen en kreeg zuurstof via haar neus. Het bekwame personeel liep heen en weer, en alles zag er tenminste schoon en licht uit, in tegenstelling tot de ellende in het tehuis. Ten slotte bleef er een arts voor me staan.

'We zijn bang dat ze een hartinfarct heeft gehad, maar we kunnen het niet met zekerheid zeggen. De resultaten van de testen krijgen we later, maar eerst willen we haar naar de röntgenafdeling brengen', zei hij.

'Wordt ze opgenomen?' vroeg ik vertwijfeld met de gedachte aan opnieuw een transport naar Sundgården.

'We houden haar in elk geval vannacht hier. Er is op dit moment weinig plaats en de eerste hulp ligt vol uitgedroogde bejaarden. Maar het is ons gelukt om een bed op de afdeling interne geneeskunde te regelen. Daar kan ze voorlopig blijven', antwoordde de arts.

Ze rolden haar weg nadat ze me hadden verzekerd dat ik niets meer kon doen, en toen ik wegging dacht ik dat deze zorgstoelendans een keer moest ophouden. Het kon toch niet zo zijn dat een heel leven hard werk resulteerde in een oude dag in de stal omdat er geen plaats was in de herberg?

Op weg naar huis kwam ik langs de winkel van de Marokkaan, maar de deuren waren dicht en er was niemand te zien. In een impuls stapte ik uit de auto en klopte op de deur, en na een tijdje werd hij op een kier opengedaan. Een van de zoons van de Marokkaan stak zijn hoofd naar buiten en begroette me toen hij zag dat ik het was.

'Is je vader thuis?' vroeg ik.

'Nee, maar mijn moeder wel', antwoordde hij en hij riep iets over zijn schouder. Meteen daarna kwam de vrouw van de Marokkaan naar de deur. Het donkere haar lag los over haar schouders en de rimpels in haar gezicht waren duidelijker zichtbaar dan vroeger. Ze keek me vragend aan en ik zei dat ik alleen wilde weten hoe het met hen was en dat het me speet wat er was gebeurd.

'Wil je binnenkomen voor een kop thee?' vroeg ze, en ik kon geen nee zeggen hoewel ik eigenlijk naar huis wilde. Ik knikte en ze opende de deur en deed hem direct achter me op slot terwijl ze zich verontschuldigde voor de rommel.

Pas toen zag ik dat alles in de winkel van zijn plaats was gehaald. Kisten met fruit en groenten stonden op elkaar gestapeld en daartussen stonden koffers en zakken gevuld met kleren. De vrouw van de Marokkaan verdween in de keuken en kwam terug met een glas dampende thee met een mooie, geelgroene kleur waarin een muntblaadje dreef. Ik nam een slok van het aromatische vocht en deed mijn mond open om te vragen wat ik dronk, maar ze was me voor.

'We maken de thee met verse munt waarop we heet water gieten. Daarna roeren we er suiker door. Eigenlijk horen er dadels bij.'

Ze zweeg even en ging toen verder.

'We verhuizen. Naar familie in Stockholm. Ze hebben een winkel en hebben hulp nodig.'

Weer deed ik mijn mond open om te vertellen hoe vreselijk ik het vond dat het niet langer mogelijk zou zijn om op elk moment van de dag boodschappen bij hen te doen, maar opnieuw was ze me voor. Haar Zweeds klonk net zo aromatisch als de thee die we dronken, net zo voedzaam en net zo warm.

'Barmhartigheid hoeft niet uitgesproken te worden. Ik weet dat je om ons geeft, Eva, en dat is voldoende. Je moet niet aan ons denken. Je hebt genoeg aan je hoofd.'

Ze nam een slok van haar thee en keek weer naar me.

'Mag ik je hand lezen?' vroeg ze. Ik strekte mijn hand uit zonder aan de consequenties te denken. Ze keek ernaar, volgde een paar lijnen met haar wijsvinger en keek me daarna aan. Haar ogen hadden een merkwaardige kleur, donker maar met een gele vlek in de diepte. Ze keek weer naar beneden en bestudeerde mijn hand nog een keer.

'Je moet een keer thuiskomen', zei ze ten slotte. 'Je bent zo lang weg geweest. Nu moet je thuiskomen. En hij kan met je meegaan. Of naar je toe komen.'

'Is het de bedoeling dat ik het begrijp?' Ik vroeg het half voor de grap en half serieus, maar ze vatte het serieus op en antwoordde in één adem.

'Dat is niet alleen de bedoeling, dat is het enige belangrijke', legde ze uit. Daarna liet ze mijn hand los en lachte.

'Zie je dat ik me net zo gedraag als wordt verwacht van een vrouw uit Marokko? Ik lees je hand. Hoe noemen jullie dat ook alweer? Een cliché, toch?'

Ik keek haar verbaasd aan, maar ze zei niets meer en ik wilde niet verder vragen. In plaats daarvan dronken we in stilte onze thee. Na een tijdje bedankte ik haar en vroeg met onpartijdig pseudomedeleven of ik iets voor hen kon doen. Ze schudde haar hoofd.

'Je hebt genoeg met jezelf te stellen', zei ze en ze strekte haar hand uit. Ik pakte hem en wenste haar veel geluk en vroeg of ze haar man de groeten van me wilde doen. Dat beloofde ze, en daarna gaf ze me twee mooie meloenen.

'Neem ze. Je was een fijne klant en we mochten je graag. Dat weet je wel', zei ze. Ik knikte en ging weg, stapte in de auto en liet de familie achter me die ik al jarenlang kende zonder iets essentieels van hen te weten. Örnen was er eerlijk voor uitgekomen dat hij vond dat iedereen mocht zijn zoals hij wilde, als hij zelf maar mocht kiezen met wie hij omging, en nu leek het erop dat wat me daaraan had geërgerd misschien ook voor mij gold. Mijn concrete betrokkenheid was niet anders geweest dan die van hem. Het was gewoon een andere spelling van hetzelfde woord.

Mijn rug deed pijn en ik liep moeizaam de trap op en hoopte dat Sven zin had gehad om iets voor het avondeten te maken, al was het maar een omelet, omdat ik voor de verandering honger had. Daarna ging ik gewoontegetrouw naar mijn rozencollectie, maar ik stopte halverwege. Er stond iets tussen de rozen en toen ik dichterbij kwam zag ik dat het een grote houten paal was. De ontzetting stroomde door mijn lichaam en ik haastte me naar de keuken, waar Sven in een schaal stond te roeren.

'Sven, wat heb je gedaan? Wat staat er tussen de rozen? Hoe kun je dat doen als ik er niet ben, ik ...'

'Eva, kalm. Ik zei toch dat Örnen langs zou komen om naar de waterleiding te kijken en dat heeft hij gedaan. Het is alleen een markering om aan te geven waar we moeten graven en Eva, Örnen zegt dat ...'

Maar ik luisterde niet meer. Ik rende zo snel mogelijk naar mijn rozencollectie, wrong me door het dichte bladerwerk naar het midden, haalde mijn handen open, pakte de paal en probeerde hem tevergeefs omhoog te trekken. Tegelijkertijd kwamen de tranen, die zoutvlekken op mijn huid waarvan ik niet dacht dat ik ze nog kon produceren, en ik rukte en trok terwijl een stroom gevoelens mijn lichaam ontvluchtte en een weg zocht over mijn wangen. Je moet een keer thuiskomen, je moet een keer thuiskomen. Zo vond Sven me, half hysterisch in de struiken, trekkend aan de paal en huilend op een manier waaraan forse beperkingen gesteld zouden moeten worden.

Hij maakte een bed voor me op de bank. Bracht een omelet. Gaf me een glas wijn zonder dat ik erom had gevraagd. Vroeg naar Iréne en liet me huilen. Keek me lief aan. Liet me vertellen over de vrouw van de Marokkaan en wat ze had gezegd en dat ik haar serieus nam.

'Sinds wanneer vertrouw jij mensen?' vroeg Sven, en ik moest hem het antwoord schuldig blijven. Hij bleef zeggen dat hij dacht dat ik vannacht moest slapen in plaats van schrijven. Hij zei dat hij hoopte dat hij genoeg was. Nu en in de toekomst.

28 juli

Als ik in het dagboek blader zie ik dat veel is voltooid, maar nog lang niet alles. Het is alsof ik me heb voorbereid op het laatste bedrijf. Want wat heb ik met mijn schrijven anders gedaan dan de rekwisieten op het podium verplaatsen, de toneelspelers de juiste kostuums aantrekken en ze voorbereiden op de doorslaggevende teksten? Het ziet er redelijk goed uit. Rood en zwart voor de liefde en de dood, blauw voor de zomer die de achtergrond vormt, geel voor de vermeende passie en hier en daar een groene stip voor het leven. En een laatste draai van het mes zodat de wond cirkelvormig is.

Het is ook goed dat het doek wordt opgetrokken in de overgang van juli naar augustus, de overgang die misschien de verdrietigste van allemaal is omdat de illusie van de zomer nog aanwezig is en we daarom niet merken dat de muizenval dichtklapt op de lichte tijden, die daarmee troonsafstand doen voor de duisternis. Augustus met zijn fluwelen nachten gevoerd met kou in de bodem. Lampions in de bomen om de geesten te verjagen. Augustus, de beste tijd in Frillesås en misschien aan de hele westkust omdat de meeste toeristen verdwenen zijn en ze het opgewarmde water, de rijpe kleuren en de eenzame rotsen hebben achtergelaten. Ik ga deze zomer één keer naar de eilanden, beloof ik mezelf op het betoverende moment dat de nog steeds lichte julinacht mijn voorhoofd kietelt alsof het een grassprietje is.

Toneelspel? Een leven als een theaterstuk? Nee, eerder een droom. Het leven is een onaangename droom. Dat denk ik vannacht als ik naar buiten kijk en hoor hoe de takken door elkaar geschud worden. Toen ik samen met Sven naar bed ging en hoorde dat zijn ademhaling overging in het snuiven van de slaap pakte ik Busters oren. Ze liggen nog steeds onder mijn kussen en ik bekeek het oude zakje met genegenheid en dacht aan alles wat deze nu verpulverde oren hadden gehoord. Sven heeft mijn verklaring dat het zakje mijn versie van de troostpoppen van de indianen is langgeleden geaccepteerd en heeft nooit de moeite genomen om de inhoud te controleren. Dat denk ik in elk geval, en als hij het wel heeft gedaan zou hij toch alleen tot de conclusie zijn gekomen dat ik het zakje heb gevuld met een beetje van de geliefde aarde waaruit mijn rozen hun voeding halen.

Met Busters oren in mijn hand voelde het plotseling goed om na te denken over wat er was gebeurd met de toneelspelers die ik bijrollen had gegeven zonder hen te reduceren tot onbeduidendheid. Ik weet niets over de rest van Busters lichaam, waarschijnlijk zijn de buren er nooit achter gekomen wat er met hem is gebeurd. Zo hadden ook zij een onopgehelderd mysterie in hun leven, net zoals veel anderen. Jocke, de teckel van de Olssons, is overreden en nooit vervangen, en ik kan me herinneren dat ik een zeker gemis voelde toen ik het hoorde.

Kalle promoveerde in de wiskunde, trouwde en kreeg kinderen. We hielden een paar jaar contact, maar dat verwaterde omdat hij zich nooit naar de westkust waagde en ik na mijn verhuizing naar Frillesås niet graag naar Stockholm ging. Björn Sundelin stierf jaren geleden, nadat hij volgens het stukje in de krant lange tijd ziek was geweest. De foto die erbij stond was oud, want hij zag er bijna net uit zo als toen we voor het eerst met elkaar afspraken in het café om over reizen te praten. Ik herinner me dat ik het triest vond dat ze de foto waarop hij in de Grand Canyon stond niet hadden genomen, omdat hij die zelf vast had gekozen als hij dat had gekund.

Karin Thulin, mijn oude lerares, lijkt bekeerd te zijn. Het is puur toeval dat ik dat weet. Het krantenartikel was niet groot en ging over een groep Zweedse missionarissen die de boodschap van Christus in Afrika zouden verspreiden, en op de foto kon ik een weliswaar oudere, maar gelukkig lachende Karin Thulin onderscheiden. Het maakte me blij om haar te zien, zo haatdragend ben ik niet, en ik had me trouwens gewroken op een manier waardoor mijn rekening dubbel en dwars was betaald. Als ze tegen een achtergrond van wilde dieren het evangelie in Afrika wilde verkondigen, dan was ik de eerste om haar geluk te wensen en te hopen dat ze een opgerold stuk touw in haar zak had.

En Britta? Mijn eerste liefde? Die in mijn lichaam verdween en die me de zekerheid gaf dat iemand het goede altijd in verraad zou veranderen? Gedurende vele jaren dreef ze rond in mijn onderbewustzijn, als een wrakstuk dat nooit aan land spoelde. Ik miste haar zo intens dat ten slotte alleen het gemis overbleef, terwijl Britta als fysiek persoon niet langer bestond. Pas toen Susanne ongeveer net zo oud was als ik was geweest toen Britta bij ons werkte, besefte ik plotseling dat Britta niet alleen had bestaan, maar misschien nog steeds bestond. Ik nam echter nooit contact met haar op. Ik besefte dat elk gesprek en elke ontmoeting het beeld dat ik nog altijd van haar heb zou verstoren. Het beeld dat ik wilde behouden.

Ik heb een arm vol rozen mee naar binnen genomen en op de secretaire gezet, en door de geur denk ik terug aan alle mooie vergelijkingen met rozen waarmee John me altijd blij maakte. Na zijn bezoek aan Stockholm schreef ik verschillende brieven, opgejaagd door de angst dat er iets veranderd was, en ik was zo opgelucht dat ik had kunnen huilen toen ik een brief terugkreeg waaruit ik kon opmaken dat mijn ongerustheid ongegrond was. Het weekend met John en de onrust daarna hadden zich in mijn maag vastgezet, en ik had verschrikkelijke krampen die werden afgewisseld met misselijkheid en overgeven. Ik had hem een paar foto's van onze zomer gestuurd en was vooral blij met een foto die John met mijn camera van me had genomen, waarop ik midden tussen de rozen stond te lachen, met losse haren, blote voeten en alleen gekleed in een dun nachthemd.

'Mijn beschrijving dat je bloeit als de mooiste Engelse roos was heel juist. Je bent niet alleen ontzettend mooi, je zorgt ook dat ik er zo naar verlang om je te omhelzen dat het niet goed is voor mijn concentratie. Toch heb ik de foto op mijn bureau gezet, zodat het lijkt alsof je naar me kijkt, waar ik ook ben in de kamer', schreef hij terug en hij voegde eraan toe dat hij vastbesloten was om me zo snel mogelijk weer te zien.

Hij vertelde veel over zijn werk, dat hij was begonnen aan een onderzeebootopleiding en dat die vooraf was gegaan door krachtproeven, zoals inspannende marsen op onbegaanbaar terrein zonder eten of slaap. Hij schreef dat hij beter gewapend was tegen dit soort beproevingen dan veel van zijn collega's, deels door de zwemtrainingen, deels door het jaar dat hij had rondgezworven, toen hij zichzelf onder meer strafte door bij extreme kou onvoldoende kleren aan te trekken en geen handschoenen te dragen. Hij schreef over cursussen in militaire strategieën, over wapenkennis en eerstehulptrainingen voor het slagveld, waar van hem en de anderen werd verwacht dat ze wonden konden dichtnaaien, kogels konden verwijderen en ter plekke lichaamsdelen konden amputeren.

'Raar werk heb ik, vind je niet?' schreef hij. Ik antwoordde dat mijn wantrouwen tegen alles wat het leger vertegenwoordigde alleen maar groter werd door zijn beschrijvingen. We belandden vaak in die discussie, een woordenwisseling die aan de oppervlakte liefdevol leek, maar die een afgrond onthulde voor wie verder naar beneden keek. De kwestie raakte hem waarschijnlijk veel meer dan ik toen vermoedde, en hij hechtte er misschien een grotere betekenis aan.

Ik moest de brieven voortdurend naar nieuwe schepen of onderzeeboten sturen en ik vroeg hem of het geen eenzaam gevoel was om altijd op weg te zijn zonder ooit ergens aan te komen. Hij antwoordde dat het natuurlijk eenzaam was, maar dat hij had geleerd om met die eenzaamheid te leven, zelfs al kon hij soms jaloers worden op zijn vrienden die op het vasteland werkten. Toen schreef hij dat hij zich zelden zo eenzaam had gevoeld als de keer dat zijn schip na ons eerste weekend samen de haven van Stockholm verliet.

'Ik had een zeldzaam mooie vrouw ontmoet die me fascineerde. Een vrouw die me haar stad liet zien, hoewel ik er niet veel van zag omdat ik de hele tijd in beslag werd genomen door mijn gesprekken met haar. Ik moest haar achterlaten met het gevoel dat ik iets had aangeraakt wat ik nooit eerder had meegemaakt. Het was een vreselijk gevoel, maar de vrouw schreef me en kwam me ten slotte opzoeken in het land waar ik zo van hou. Opnieuw was ik gelukkig dat ik met haar samen was en ik vond dat onze uiteenlopende meningen over bepaalde zaken haar alleen maar interessanter maakten, zelfs al maakte haar groeiende kritiek op mijn werk me onzeker en was ik bang dat deze verschillen niet te overbruggen waren. Toen ontmoette ik haar weer, en na dat weekend vraag ik me elke dag af hoe dit gaat eindigen. Het enige wat ik weet is dat ik bij haar wil zijn. Ik wil dat het gevoel dat is ontkiemd doorgroeit. En dat is toch een mooi sprookje? Heel geschikt voor een boek of een film, maar dan moet ik wel proberen om een goed einde te bedenken voordat ik het verhaal schrijf.'

Ik begon de mogelijkheden te onderzoeken om wiskunde aan een universiteit in Engeland te studeren. De kosten leken onoverkomelijk, maar misschien kon ik een beurs krijgen en daarvan leven. Ik schreef erover naar John en hij antwoordde dat niets hem gelukkiger zou maken. Hij had het aan zijn vader verteld en omdat zijn familie volgens hem veel om me gaf waren ze blij als ze me konden helpen met informatie. Zijn moeder brandde vaak een kaars in de kandelaar die ik haar had gegeven, vooral op zondagmiddag, het moment waarvan ze wist dat John mij het meest miste, schreef hij. We praatten over de mogelijkheid om elkaar tijdens de kerstdagen te zien, misschien kon ik overkomen om een echte Engelse Kerst te vieren met alles wat daarbij hoorde. Daarna nodigde hij me in een brief plotseling uit voor een bal.

Ik begreep dat het een van de chicste feesten van de marine was. Iedereen was volgens John altijd onder de indruk van 'the glory' die deze feesten omringde, en het was hem gelukt om een kaartje te krijgen. 'Je weet dat ik met jou en met niemand anders wil gaan', schreef hij, en ik voelde de knoop in mijn maag weer. Ik wist dat het moeilijk zou zijn om het geld dat ik nodig had bij elkaar te krijgen, afgezien van het feit dat het helemaal niet vanzelfsprekend was dat een zeventienjarige midden in het schoolsemester op reis ging om een man in een ander land te ontmoeten. Het contact tussen mijn moeder en mij had een niveau bereikt waarop we nauwelijks nog met elkaar praatten, en ik kon en wilde haar geen geld vragen om naar Engeland te gaan en me op haar kosten te amuseren. Mijn vader zou me waarschijnlijk wel willen helpen, maar ik voelde dat zijn financiële situatie niet bijster florissant was en dat de scheiding gaten had geslagen in de vlekkeloze façade van welstand die we altijd hadden opgehouden. Bovendien viel het bal samen met een heel belangrijk eindtentamen wiskunde, een tentamen dat bovendien belangrijk was voor mijn plannen om in het buitenland te studeren. Met een zwaar hart schreef ik dat ik niet kon komen, maar dat ik zijn uitnodiging om hem en zijn familie met Kerst te bezoeken graag aannam, omdat ik wist dat mijn oma en opa geld in plaats van cadeautjes zouden geven als ik het hen vroeg. John antwoordde dat hij me vergaf, dat hij me altijd zou vergeven en dat hij blij was dat we toch snel samen zouden zijn.

Dat was eind november. Begin december kreeg ik een roos met een kaartje van John, waarop stond dat hij me miste. Het was een rode roos, niet zo zwart als de rozen die hij bij zich had gehad, maar hij was lang en sterk en kwam uit en stond nog steeds in volle bloei toen ik een paar dagen later een brief kreeg waarin stond dat we mijn bezoek met Kerst moesten uitstellen. Er was onverwacht een cursus verplaatst en nu zou hij de kerstdagen op zee doorbrengen in plaats van thuis bij zijn familie.

'Zoals ze hier zeggen, dat is het leven in een blauw uniform, en als je geen gevoel voor humor hebt had je de baan niet moeten nemen', schreef hij. Hij voegde eraan toe dat hij het geen geslaagde grap vond, maar dat hij werd betaald om zulke dingen te accepteren en dat hij er niets aan kon doen. Hij schreef dat het niets veranderde aan zijn vastberadenheid om me zo snel mogelijk te zien, misschien in het voorjaar. De dag erna kwam er een klein pakje en een brief, waarin hij me ondanks alles een heel speciale Kerst wenste.

'Doe je familie de groeten en zeg dat ik jaloers op hen ben omdat zij met Kerst jouw gezelschap hebben en ik niet', schreef hij. 'Ze weten waarschijnlijk niet hoe gelukkig ze zijn. Steek een kaars aan met Kerst en denk aan mij, zoals ik aan jou denk, meer dan je misschien vermoedt.'

Het was een van de weinige verwijzingen naar mijn familie sinds we elkaar in oktober hadden gezien. Mijn moeder had hij niet genoemd, behalve toen hij me vroeg of ik haar de groeten wilde doen en haar wilde bedanken voor zijn verblijf, maar verder hadden we het niet meer gehad over de dansavond en haar vrienden. Tijdens de keren dat mijn moeder en ik praatten vroeg ze maar één keer of ik nog steeds contact had met John, en toen ik bevestigend antwoordde vroeg ze me om hem de groeten te doen, meer niet. In de tijd dat de roos van John kwam vertelde ze me plotseling dat ze op zakenreis zou gaan en twee weken weg zou blijven, misschien meer. Het bedrijf had besloten tot een eventuele expansie naar het buitenland en mijn moeder had de opdracht gekregen om de mogelijkheden in Europa te onderzoeken. Ze zou naar Duitsland, Frankrijk, Engeland en Italië gaan en ze wilde het voor Kerstmis achter de rug hebben, zodat er in het voorjaar snelle beslissingen konden worden genomen. Het was trouwens heel waarschijnlijk dat ze tijdens de kerstdagen ook weg zou zijn.

Het bericht dat ik tot Kerst alleen zou zijn stoorde me helemaal niet, maar was eerder een opluchting. Mijn moeder had bijna de hele maand november gasten gehad en de zitkamer had eruitgezien als een provisorisch kamp, waar matrassen, dekbedden en kleren van anderen één grote, muffe, naar sigarettenrook en zweet stinkende chaos vormde als ik thuiskwam van school. De mededeling dat ze met Kerstmis waarschijnlijk nog niet terug zou zijn, was daarom zelfs prettig. Het bericht dat John en ik elkaar niet zouden zien had echter invloed op mijn aan de randen beschadigde gezondheid. Ik voelde me voortdurend ziek en gaf krampachtig over. Mijn maag leek een eigen leven te leiden. Bijna al het eten stond me tegen en ik vond het zelfs moeilijk om eten binnen te houden waar ik vroeger gek op was geweest, iets wat niemand trouwens merkte omdat ik meestal alleen at. Toen het pakje van John kwam voelde ik me zo ellendig dat het me niet lukte om volwassen genoeg te zijn om het tot Kerstavond te bewaren. Ik stak een kaars aan zoals hij me had gevraagd, dacht intens aan hem en maakte het kleine doosje open waarin een gouden sieraad bleek te zitten, een roos die aan een dun kettinkje hing.

Ik deed hem meteen om een beloofde mezelf om hem niet af te doen tot we elkaar weer ontmoetten, en ik voelde meer dan ooit dat niets in mijn leven voltooid was als we niet samen konden zijn. Mijn barrières waren afgebroken, de witte vlag waaide uit het raam en de soldaten zaten op hun knieën. Iedereen kon gewoon doorlopen.

Ik stuurde John een elpee met Zweedse jazzmuziek, een schort bij wijze van inspiratie voor komende eetorgieën als mijn eetlust terug was en een roze overhemd waarvan ik dacht dat het onweerstaanbaar zou staan bij zijn donkere haar. Mijn moeder vertrok nadat ze definitief bericht had gekregen dat ze ook tijdens de Kerst weg zou zijn, en mijn vader en ik spraken daarom af dat we Kerst samen zouden vieren in het huis in Stockholm en niet in zijn kleine flat in Göteborg. Ik miste mijn moeder niet. De spanning in mijn maag en keel verminderde zelfs, maar het gemis van John verscheurde me, en ik wachtte gespannen op zijn commentaar over wat ik hem had gestuurd. De roos die ik van hem had gekregen had ik gedroogd. Hij zat nu in het fotoalbum waarin ik de foto's van onze tijd samen had geplakt.

Er kwam geen brief. Dag na dag ging voorbij, Kerstmis en de tijd van de vrede kwamen onbarmhartig dichterbij en ik hoorde niets. Als ik rozen ruik en aan die tijd terugdenk kan ik me erover verbazen dat ik zo lang wachtte. Nu zou ik de telefoon pakken en onmiddellijk bellen om duidelijkheid te krijgen. Toen was het respect voor de telefoon groter en de kosten voor een internationaal gesprek enorm. Bovendien had ik alleen een telefoonnummer van zijn ouders en ik aarzelde om hen te bellen omdat ik bang was om mezelf belachelijk te maken. Toch werd ik steeds banger dat er iets was gebeurd. Het snelle besluit om hem naar een opleiding te sturen en de totale stilte, alles wees op een crisissituatie en de dag voor Kerstavond, toen ik bijna drie weken niets had gehoord, was ik vertwijfeld. In die toestand trof mijn vader me aan toen hij uit Göteborg aankwam, nadat hij eindelijk vrij had gekregen, en met dat gevoel moest ik proberen Kerstmis te vieren. Het had een tijd van vrede voor mijn vader en mij kunnen zijn, maar binnen in me woedde een strijd en de wetenschap dat John me nog nooit zo lang op een brief had laten wachten.

Op de ochtend voor Kerstavond werd ik wakker van de kerstmuziek die mijn vader draaide en die onder mijn deur door mijn kamer binnenstroomde. Zoals gewoonlijk was mijn maag onrustig, en toen ik naar de badkamer sloop en de geur rook van de ham die we de avond ervoor hadden gegrild kreeg ik zulke hevige braakneigingen dat ik amper op tijd bij het toilet was. Ik deed de kraan aan en liet het water lopen terwijl ik overgaf. Voor het eerst begon ik me af te vragen of er iets met me aan de hand was. Ik was in elk geval niet van plan om Kerstmis ermee te bederven, en ik ging terug naar mijn kamer, trok mijn badjas aan en liep naar de zitkamer. Daar wachtte mijn vader voor het haardvuur.

De kamer zag er een beetje versleten maar liefdevol uit. Met mijn moeder waren ook de matrassen en de vreemde kleren verdwenen, en er sloop een soort kerststemming mijn verscheurde bewustzijn binnen, een zekerheid dat er ondanks alles misschien vrede mogelijk was. Rond mijn hals droeg ik zoals gewoonlijk Johns ketting, hij was koud tegen mijn huid toen mijn vader opkeek vanuit de stoel waarin hij zat.

'Prettig Kerstfeest, Eva, kom zitten. Of trouwens, ga eerst maar naar de keuken om te ontbijten. Alles staat op het aanrecht. Misschien niet zo feestelijk als anders, maar we zijn tenslotte maar met z'n tweeën. Ik dacht dat we het een beetje eenvoudig konden houden.'

Ik wist niet of hij verdrietig was dat de opa's en oma's van beide kanten geen Kerstmis met ons konden vieren, maar dacht dat hij het waarschijnlijk prettig vond om geen theater te hoeven spelen. Normaal gesproken had ik hen dolgraag hier gehad, maar in mijn huidige toestand verkoos ik de eenzaamheid met mijn vader. Ik ging naar de keuken, waar ik na een tijdje aan de geuren wende, maakte thee omdat ik van koffie braakneigingen kreeg en roosterde wat brood. Mijn vader keek me onderzoekend aan toen ik terugkwam.

'Je ziet een beetje bleek. Voel je je niet goed of ben je gewoon moe?'

'Ik ben moe. En ik heb niet zo'n honger. Maar het is fijn dat we met z'n tweeën zijn, papa. Ik ...'

'Ik weet het, Eva. Je hebt het niet gemakkelijk gehad. Ik ben tekortgeschoten. Maar ...'

'Jij hebt het ook niet bepaald gemakkelijk gehad, papa.'

Hij zweeg. We keken naar het vuur en ik dacht dat ons gesprek voorbij was toen hij antwoord gaf.

'Je hebt waarschijnlijk gelijk. We hebben allebei gelijk. We hebben het niet gemakkelijk gehad, geen van tweeën.'

Ik gaf geen antwoord en we zaten zwijgend in het vuur te kijken zoals we vroeger zo vaak deden, we keken hoe de vlammen de blokken hout zwart likten en hoe de gloed daartussen zijn eigen leven leidde. Ik dronk mijn thee en genoot ervan, mijn maag kalmeerde en we begonnen na een tijdje te praten over alledaagse dingen, alsof we het niet konden opbrengen om Kerstmis in te wijden met een gesprek over hoe anders deze Kerst was, hoewel ik het huis zoals altijd had versierd. Mijn vader vroeg hoe het op school ging en ik vertelde over wiskunde en mijn plannen om in het buitenland te studeren, iets wat hij met hart en ziel steunde hoewel hij me zou missen, zoals hij zei. Ik vroeg naar zijn werk, en hij zei dat het slecht ging met het bedrijf en dat er een paar onaangename kwesties hadden gespeeld. Een van zijn naaste medewerkers, een vrouw, was een paar jaar eerder in de steek gelaten door haar man en was toen volledig ingestort. Later had ze een nieuwe levenspartner gevonden met wie ze samenwoonde en iedereen dacht dat er nieuw geluk voor haar was opgebloeid. De dagen voor Kerst had ze het hele bedrijf gechoqueerd door haar nieuwe vriend net zo wreed aan de kant te schuiven als haar destijds zelf was overkomen. Mijn vader zuchtte.

'Waarschijnlijk is het grappig. Mensen lijken anderen vaak op net zo'n manier pijn te doen als hen zelf is overkomen. Ze uiten hun ontzetting over hun eigen lot maar doen daarna hetzelfde, en ze hebben altijd een passende verklaring waarom hun gedragswijze niet vergeleken kan worden met die van een ander. Ik heb het meerdere keren gezien. Mensen die geslagen worden slaan, mensen die in de steek worden gelaten laten in de steek en mensen met een ontrouwe partner ...'

Hij maakte zijn zin niet af en ik vroeg niet verder. Er bleef een stuk brood in mijn keel steken waardoor ik een hoestbui kreeg. De onrust over John lag plotseling als een natte kat op mijn schouders en drukte zwaar op me. Johns ex-vriendin Anne, die voor mij alleen een naam voor een trein was, en Johns zwijgen. Maar waarom zou hij zelfmoord plegen? Hij wilde me terugzien en ik beantwoordde al zijn gevoelens. Kon hij een ongeluk hebben gehad? Hij zou ten slotte een opleiding op zee krijgen die te maken had met zijn toekomstige stationering op een onderzeeboot. Was er misschien iets gebeurd? Wisten Johns ouders wel waar ze me konden bereiken als er echt iets was gebeurd?

Op dat moment ging de telefoon. Heel even dacht ik dat het John was die belde om me een prettig Kerstfeest te wensen en alle bange vermoedens te verdrijven en ik haastte me naar de telefoon om op te nemen. Maar mijn vader was me voor. Uit zijn toon en wat hij zei begreep ik dat het mijn moeder was. Ze was net in Parijs aangekomen nadat ze in Londen was geweest en ze had het blijkbaar naar haar zin, als ik afging op de reacties van mijn vader. Ze wenste ons een prettig Kerstfeest en vroeg blijkbaar niet of ze met mij kon praten, want mijn vader hing op.

'Dat was mama', zei hij ietwat overbodig. Ik wilde het niet vragen, maar mijn vader vertelde dat ze blijkbaar tevreden was over haar bezoek aan Londen, dat de zakenreis succesvol was geweest en dat ze het ritme van die stad zo heerlijk vond dat ze daar heel goed zou kunnen wonen als ze mocht kiezen. Nu ging ze met een paar Franse collega's Parijs bekijken en vanavond zou ze Kerst in een nachtclub vieren. Mijn vader schudde zijn hoofd.

'Soms vraag ik me af hoe het mogelijk is dat ze het op haar werk zo goed doet terwijl ze in haar privéleven niets op orde heeft. Heb je weleens een la van haar opengetrokken en gekeken hoe die eruitziet? Ik geloof dat ze in haar hele leven nog nooit één kledingstuk op een klerenhanger heeft gehangen. Toch ziet ze er altijd verzorgd uit. En ze is duidelijk gedisciplineerd in haar werk. Hoe is het mogelijk?'

'Wie weet of ze zo goed is? Misschien laat ze anderen het werk voor haar doen, net zoals wij thuis voor haar deden.' Ik hoefde mijn zwarte kant niet te verbergen. Maar mijn vader schudde zijn hoofd.

'Dan had ze het niet gered. Je kunt niet op anderen overleven in een baan zoals zij heeft. Het is waarschijnlijk eerder zo dat ze alleen genoeg energie had om in haar werk en haar uiterlijk te steken. En de rest ...'

Hij maakte zijn zin niet af. Ik deed het ook niet voor hem. In plaats daarvan haalde ik nog wat thee, hoewel ik wist dat alles wat ik deed alleen een manier was om het onvermijdelijke voor me uit te schuiven, namelijk een telefoontje naar Johns familie in Reading. Nog een week, dacht ik plotseling. Nog een week. Ik bel op Oudejaarsdag. 's Ochtends. Als ik dan nog niets heb gehoord. Plotseling verlangde ik niet meer naar het gesprek. Ik was er bang voor. Ik hing volkomen onbeschermd boven de afgrond terwijl de rat steeds ijveriger aan het touw knaagde, en ik zou al snel niet eens meer kunnen kiezen tussen de leeuw en de krokodil. Ik zou vallen en verscheurd worden door de kaken die de evolutie hadden overleefd.

29 juli, één uur 's nachts

Hoe smaakt geschoktheid? Hoe ruikt angst? Hoe voelt een val die nooit stopt? Wat gebeurt er met tranen die niet naar buiten komen? Raakt de binnenkant van het lichaam bedekt met rijp, zodat alle organen ten slotte onderkoeld raken? Waar belanden woorden die niet hardop worden uitgesproken maar alleen worden gedacht? Is er een opslagplaats voor niet uitgesproken wensen? Kun je een keer te veel ademhalen?

Dat zijn dingen waarover ik gedurende de jaren heb nagedacht, maar omdat ik het altijd zo moeilijk vond om op te schrijven wat ik voelde werd het nooit meer dan gepieker dat ten slotte verloren ging in frisheid. Nu bestormen die vroegere gedachten me met hernieuwde kracht, als de golven wanneer de eerste herfststormen op de zee in beuken. Ik weet dat ik moet opschrijven wat de oorzaak van deze gedachten is en ik weet dat ik het antwoord op één vraag al heb gekregen. Gevoelens verdwijnen niet. Ze kunnen in een fles belanden, waar met een duidelijke bedoeling een kurk op gedaan kan worden, maar ze overleven. Oude gevoelens kunnen worden opgeroepen en beschreven alsof ze zijn geconserveerd, alsof ze opnieuw worden geboren in het dagboek waarin volgens Anna-Clara mijn memoires komen. Sven heeft op zijn manier gelijk. Het kan gevaarlijk zijn om de fles te schudden zodat het goede en het kwade vermengen.

Het openen van die herinneringsfles vier ik met een juweeltje, een oude, heerlijke, donkerrode bordeauxwijn die de tong niet alleen streelt, maar ook prikkelt. Sven zal teleurgesteld zijn dat we de fles niet samen leegdrinken omdat hij lang heeft liggen wachten. Maar misschien begrijpt hij het, en hij zal het me hoe dan ook vergeven. Bovendien slaapt hij en ben ik wakker. Het is één uur 's nachts en de duisternis is anders dan een paar weken geleden. Maar dat heeft me nooit verrast, het vervult me alleen met een zekere weemoed.

Ik sleepte me door de kerstdagen. Ik liep rond met rijp onder mijn huid en voelde hoe de kou toenam en kon na een tijdje nauwelijks nog een verstandig gesprek voeren. Mijn vader vroeg een paar keer wat er met me was, maar hield daarmee op toen ik hem dat vroeg. Ten slotte moest hij weer naar Göteborg en ik was zo opgelucht toen ik zijn rug door de deur zag verdwijnen dat ik me schaamde en deze schaamte compenseerde door mezelf te beloven dat ik, zodra ik dat kon, hem zou vertellen wat er was. Het was de dag voor Oudjaar. Mijn vader was uitgenodigd voor een revue in Göteborg en ik had hem dringend aangespoord om ervan te genieten. Ik verzekerde hem dat ik uitnodigingen voor een paar feesten had en dat ik kon kiezen en dat mijn moeder de eerste week van januari beslist terug zou zijn. De keren dat ze ons had gebeld was ze daar vaag over geweest, maar ik deed alsof ik ervan overtuigd was. In het geheim zegende ik de eventuele god die me het onvermijdelijke telefoongesprek liet voeren zonder oren vol leedvermaak in de buurt.

Op de ochtend van Oudjaar had ik gezegd, en omdat ik in de dagen tussen Kerst en Oud en Nieuw niets van hem had gehoord, vermande ik me en belde naar Johns huis. Ik kan me nog steeds herinneren dat de zwarte telefoonhoorn in mijn hand nat was van het zweet, hoewel ik het koud had, en dat ik het moeilijk vond om mijn stem vast te laten klinken toen er werd opgenomen. Het was Johns moeder.

'Dag, mevrouw Longley. Hoe is het met u? Ik wil u graag een prettige Kerst wensen. Of eigenlijk, ik hoop dat u een fijne Kerst hebt gehad. En dat het een goed Nieuwjaar wordt.'

Ik hakkelde, laveerde tussen de Engelse woordjes alsof het mijnen in een veld waren en hoorde hoe mijn stem aan de randen rafelde. Johns moeder hoorde het natuurlijk ook, maar negeerde het. Ze leek het heel leuk te vinden om met me te praten, vroeg hoe het met mijn studie ging en hoe het met mijn familie was, en praatte precies lang genoeg om mij in staat te stellen zo veel van mijn zelfbeheersing terug te krijgen dat ik kon vragen of ze wist waar John was.

Ik had alles verwacht. Een ongeluk, een verblijf zonder mogelijkheid om contact op te nemen, wat dan ook. Maar niet wat ze zei.

'John is dit weekend thuis. Hij ligt te slapen. Maar ik zal ervoor zorgen dat hij naar beneden komt en het gesprek aanneemt.'

Ik zal ervoor zorgen. Daar werd de toon scherp, daar werd haar stem opvoedend en klonk er verantwoordelijkheidsgevoel in door, waarmee ze liet blijken dat ze wist hoe ze haar zoon op zijn plaats moest zetten als dat nodig was, en dat haar liefde voor hem groot genoeg was om op te voeden. En ik wist daardoor dat er al snel niets over zou zijn.

Zijn stem klonk normaal en maar een klein beetje gespannen. Maar het was zijn stem, middeldonker met zacht zwart op de bodem.

'Hallo, Eva. Met John. Hoe is het met je?'

'Goed. Dank je. Ik heb nogal hard gewerkt, maar ik heb een leuke Kerst gehad. En jij?'

'Met mij is het ook goed. Luister Eva, ik moet je iets vertellen. Ik ben verloofd en ga trouwen.'

'Je bent verloofd en gaat trouwen?' De enige mogelijkheid was een herhaling, alsof een herhaling het onbegrijpelijke begrijpelijk zou maken.

'Ja. Het spijt me. Ik had het tegen je moeten zeggen.'

'En waarom heb je dat dan niet gedaan?'

'Alles is zo snel gegaan en ik wist geen goede manier om het te zeggen.'

'Elke manier was goed geweest.'

'Het spijt me. Ik heb geprobeerd een brief te schrijven, maar ik kon de juiste woorden niet vinden en hoe langer ik wachtte, des te moeilijker het werd ...'

'Hoelang ... hoelang had je willen wachten?'

'Ik weet het niet. Misschien tot volgende week. Ik dacht dat jij misschien een andere man zou ontmoeten als ik wachtte en dat onze relatie vanzelf zou verwateren ...'

Hoe ik me dat gesprek bijna woord voor woord kan herinneren, alsof het een goed ingestudeerde tekstuele wijziging in een klassieker was die het waard was om te bewaren voor het nageslacht? Omdat ik nadat we hadden opgehangen alles opschreef, keer op keer, tot ik dacht dat ik elke schakering, elk woord, elke aarzeling had meegekregen. De goden, als die tenminste bestaan, weten dat ik naar de kleine lettertjes zocht. Een verborgen verdriet, edelmoedigheid of pijn, een van de mooie dingen die altijd worden gebruikt in oorlogsbeschrijvingen om waardigheid in het zinloze te creëren. Toch lukte het me om ons gesprek in een soort verdoofde shocktoestand af te maken. Johns woorden dat ik iemand anders zou vinden als hij niets van zich liet horen waren als een spijker die zich door mijn hand boorde en me vastnagelde aan mijn heel eigen, persoonlijke kruis van onmacht. Maar tijdens het gesprek was ik verre van duidelijk over de

347

omvang van de pijn. Dat zou ik pas achteraf begrijpen.

'Weet je wat je net hebt gedaan? Je hebt me verteld dat ik een veel slechtere beoordelaar van mensen ben dan ik ooit dacht te kunnen worden. Ik heb me van alles in mijn hoofd gehaald. Ik belde omdat ik ongerust was! Omdat ik dacht dat je vast zat op zee of dat je in het ziekenhuis lag.'

'Eva, het spijt me. Je klinkt zo gekwetst.'

'Weet je wat het meeste pijn doet? Dat is niet dat je een andere vrouw hebt gevonden. Ik bedoel, dat gebeurt. Je hebt me nooit iets beloofd en ik heb jou nooit iets beloofd. Maar kun je begrijpen hoeveel pijn het doet dat je niets hebt gezegd?'

'Het gebeurde ook zo snel.'

'En Kerstmis? Was dat ook een leugen? Dat je verlof werd ingetrokken?'

'Nee, dat was waar. De plannen veranderden. Ik was in staat om ontslag te nemen toen ik dat hoorde. Maar ik kreeg ook een depressie. Je weet wel. En toen gingen we op een avond uit en ze vertelde dat ze vanaf het moment dat ze me voor het eerst had ontmoet van me hield en het voelde zo ... goed. Maar we gaan pas over een jaar of zo trouwen. Ze heeft ruzie met haar ouders. Die vinden dat we moeten wachten.'

Plannen voor een huwelijk, ruzie met ouders, ze heeft altijd van me gehouden en het voelde goed. Is dat het verschil tussen verliefdheid en blijvende liefde? Erover praten en het tonen? Een zwarte telefoonhoorn, in die tijd vastgebonden aan het apparaat met een gedraaid snoer. Een rat die beet. Geen mogelijkheid om te ontsnappen. Er echode iets in mijn hoofd. Ik moet snel beslissen of het een kennis of een vriend wordt. Ik moet altijd snel beslissen.

'Waarom heb je niets gezegd? Voordat ik je ontmoette wist

ik dat de wereld anders was dan ik wilde. Met jou bestond de mogelijkheid dat ik het mis had. En nu? Ideaal en realiteit, onze oude discussie.'

Johns lach. Voorzichtig, aarzelend.

'Ja, daar hebben we het inderdaad over gehad.'

'En praat je daar nog steeds over?'

'Nee, ze is niet zo geïnteresseerd in discussies. Maar ze is op veel manieren een heel innemende persoonlijkheid.'

Hij heeft ooit gezegd dat hij me zo mooi vond als ik boos was. Glanzende ogen, kleur op mijn wangen. Liefde. Wat is liefde?

'Je gebruikte het woord "liefde" zo vaak. Je schreef het, je zei het, je zei dat je van me hield. Je praatte over rozen. Ik durfde niet. Ik hoopte dat je dat wist en dat je het voelde, tot ik ... Het zijn zulke grote woorden. En nu?'

'Dat klopt niet helemaal. Ik mag je nog steeds heel graag, en op verschillende manieren hou ik nog van je. Als jij en ik elkaar vaker hadden gezien was jij waarschijnlijk de ware geweest.'

En dat bepaal jij? Dat ik waarschijnlijk de ware was geweest als we elkaar vaker hadden gezien? Dat zou ik nu misschien gezegd hebben. Toen dacht ik het alleen. Toen klampte ik me vast aan datgene wat nooit meer zou kunnen zijn. Ik toonde edelmoedigheid. Probeerde waardigheid in het zinloze te creëren.

'We hebben een mooie tijd gehad. Ik zal het me zolang ik leef herinneren.'

'Ik ook. We hebben het fijn gehad samen, of niet soms? En als je ooit een keer in Engeland bent, neem dan contact met me op, dan kunnen we elkaar misschien zien. Ik wil je graag weer ontmoeten ... dat weet je. Maar nu moet ik ophangen. Ik schrijf je een brief en vertel meer.'

'Nee. Wacht!'

'Ja?'

'Wie is het? Heb ik haar ontmoet? Ken ik haar?'

'Ja. Je kent haar.'

En toen zei hij het.

Mijn bordeaux, of eerder die van Sven en mij, is fantastisch. Hij stroomt licht over de tong, laat een smaakstof achter die me doet denken aan rozen in een kleur die grenst aan zwart. Ik ben al bezig aan mijn tweede glas en weet dat ik al die verwarde aantekeningen van dat meisje van zeventien, die samen met de oude brieven op een stapel liggen, tevoorschijn kan halen. Ik zou kunnen controleren of mijn herinneringen kloppen. Maar wat heeft het voor nut? Het gevoel kan ik beschrijven door met een verrekijker naar de jaren te kijken. Ik stel scherp op mijn jeugd, draai aan de lens en ik zie mezelf, kruipend in mijn bed met mijn handen op mijn buik. Ik herinner me dat ik erover nadacht of ik iemand kon bellen om mee te praten en dat ik besefte dat die er niet was, dat alleen Busters oren bereid waren om te luisteren. Ik was alleen, zoals ik altijd was geweest. De enige manier was de pijn conserveren in plaats van verteren. Mijn maag reageerde op mijn ellende, mijn ogen bleven droog, zo droog dat ze uiteindelijk in hun kassen schuurden.

Ik weet dat ik gedurende de daaropvolgende dagen grote delen van de dag in bed doorbracht en dat ik leefde van wat er in de koelkast lag. Mijn maag weigerde hoe dan ook om veel te accepteren, en ik hield mezelf in leven met thee en brood terwijl de gedachten door mijn hoofd raasden. Hoe was het mogelijk om te praten over liefde en dat je waanzinnig veel van iemand houdt en dat je dat gevoel in de loop van een paar weken wel weet vast te houden, maar dat je het op iemand anders projecteert? Wat waren de mooie woorden over rozen en liefde waard, en hoe had ik, met mijn pantser, me zo kunnen laten misleiden? Of was het juist daarom? Was mijn verdediging verouderd, had ik mijn schip van nieuwere wapens moeten voorzien? Wat was er gebeurd als ik naar het bal was gegaan? Waarvoor dienden beschermingsmechanismen als ze ontoereikend waren? Waarom was ik vergeten wat Britta me had geleerd, namelijk dat degene die liefheeft altijd degene is die verliest?

Op een avond ging ik in een vertwijfelde jacht op een overlevende spin of slak naar de tuin. De bomen stonden stil en strekten hun naakte takken uit naar de hemel, maar er was niets levends te vinden. Het enige wat leefde waren de sneeuw en de rijp, en ik ging languit in een hoop sneeuw liggen zonder de kou te voelen en keek naar de hemel. De sterren waren dezelfde die John gebruikte om op zee te navigeren. Was er een minieme kans dat onze gedachten elkaar daar ergens ontmoetten en dat hij iets van mijn vertwijfeling voelde?

De sneeuw verdoofde me en ik huiverde, maar ik bleef zo lang liggen dat ik uiteindelijk het gevoel in mijn armen en benen begon te verliezen. Even speelde ik met de gedachte om te blijven liggen. Niemand zou me missen en de kou zou in mijn poriën kruipen en zich met de al bestaande kou in mijn hart verenigen. Ten slotte zouden ook mijn gevoelens bevriezen, net als Britta's benen in de nylonkousen, en ik zou eindelijk vrij zijn. Zoals Anne, hoewel zij voor de trein had gekozen. Maar vrijheid is zo'n transparant woord. Een vrijheid gebaseerd op een vlucht zou me nooit kunnen bevrijden, en ik wist daar, op dat moment, in de sneeuw en het ijs en de kou, dat ik nooit vrij zou kunnen zijn, of dat nu in dit leven was of in een ander, voordat ik had gedaan wat ik mezelf had beloofd toen ik zeven jaar was.

Tijdens de dagen die ik in bed doorbracht had ik veel tijd om de kleine wereld te bestuderen waarin ik zo lang had geleefd. Mijn kamer, met een houten bed, bureau en boeken-kast, en met kussens en dekens en kaarsen in rode nuances om warmte te creëren, zou me nooit terug kunnen geven wat ik was kwijtgeraakt. Maria, die met milde, marmeren ogen op me neerkeek, was meelevend maar stom. En toen de dag dat ik weer naar school moest dichterbij kwam besefte ik dat wat er was gebeurd een eind had gemaakt aan alles wat normaal was in mijn oude leven. Ik kon niet meer naar school terug en net doen alsof het belangrijk was wat ik daar leerde. Die kennis kon me niet leiden naar iets wat telde. Belangrijk was alleen dat ik een verdedigingsstrategie had waarmee ik zeventien jaar had overleefd, een verdedigings-strategie die uitging van het bedwingen van angst door me eraan bloot te stellen. Ik had mezelf toegestaan om dat te vergeten en nu werd ik gestraft voor mijn lichtzinnigheid. Maar ik zou het niet nog eens vergeten. Ik zou me nooit meer overgeven, nooit meer passie voelen, nooit meer liefhebben. Ik zou overleven zonder angst, en ik wist ook waar.

Op de dag dat de school weer begon pakte ik alles wat een bepaalde betekenis voor me had in twee grote koffers en een rugzak. Kleren, boeken, platen, sieraden, Busters oren en eten lagen in een chaotische wanorde door elkaar, en ik doorzocht het huis op zoek naar contant geld en nam het beetje dat ik vond mee. Johns ketting had ik meteen na ons telefoongesprek met zo'n kracht afgerukt dat de sluiting stuk was gegaan, maar ik had niet genoeg kracht gehad om hem weg te gooien. Ik wikkelde de ketting rond mijn Mariabeeld en legde ze boven in de koffer. De dag erna verliet ik ons huis zonder nog een blik achterom te werpen, met de vaste overtuiging dat ik nooit meer terug zou komen. De sleutel legde ik zoals altijd onder de steen bij de brievenbus en daarna ging ik naar de bank waar ik mijn rekening leeghaalde. Toen ging ik naar het station en kocht een kaartje naar Frillesås.

In de ouderwetse jaren zestig kon je daar nog met de trein komen. Nu zou ik naar Göteborg moeten gaan en daarvandaan met bus en pendeltrein verder reizen, en ik snap nog steeds niet waarom het zo oneconomisch is om een trein te laten stoppen. Maar toen had ik daar geen idee van en het had me waarschijnlijk ook niet geïnteresseerd. De toekomst betekende de dag doorkomen, en de volgende, en die daarna, en niet aan jeugd, middelbare leeftijd, ouderdom en zinloosheid denken. Of het nu de trein of een walvis was die me op een nieuwe verblijfplaats uitspuugde maakte geen verschil.

De avond dat ik in Frillesås aankwam was het niet bijzonder koud. De wind was weliswaar vochtig, maar de westkust was dat jaar verschoond gebleven van sneeuw en ijs, en daar was ik de eerste weken heel dankbaar voor. Niemand wachtte op me op het station of in ons huis, waar ik met moeite mijn bagage naartoe sleepte. Het huis was ijskoud en ik was klam maar zodra ik binnen was wist ik instinctief dat ik toch de goede beslissing had genomen. De geweven kleden op de vloer, onze landelijke meubelen, de petroleumlamp en de houten vloeren gaven me een splinter vrede te midden van de ellende, en mijn lichaam nam heel snel het commando over en vertelde me wat ik moest doen. In maar een paar uur had ik water opgezet, al het beschikbare hout uit de houtschuur naar binnen gehaald en een vuur gemaakt dat voor warmte zorgde. Later die avond zat ik bij het vuur, in elkaar gekropen op de bank met een beker thee in mijn handen, en ik wist dat ik dit huis nooit meer zou verlaten. Ik had de maagd Maria op de schoorsteenmantel gezet, en als ze op me neerkeek voelde ik me niet meer alleen.

Het duurde een paar dagen voordat mijn omgeving reageerde en toen dat gebeurde had ik me al voor een permanent verblijf geïnstalleerd en kon mijn beslissing niet meer beïnvloed worden. De dag nadat ik naar Frillesås was gekomen ging ik naar Berit Anell en vroeg of ik in haar bakkerij kon werken. Ze was een rijzige, elegante vrouw met een zekere scherpte in haar ogen die respect inboezemde, maar ze zei onmiddellijk ja zonder te veel of te weinig te vragen. Ik kon de dag erna al beginnen, zei ze. Om vijf uur moest ik aanwezig zijn, ze was erg precies met tijden, en ik herinner me dat ik tien kronen per uur kreeg. Dat kon me niet schelen. Het was voldoende om te overleven, en het was voldoende om mijn vader te bellen en te vertellen waar ik was en wat ik had besloten.

Hij schrok zich dood en kwam dezelfde avond al naar Frillesås, bonkte op de deur op het moment dat ik net pap had gekookt en stormde naar binnen zonder af te wachten of ik opendeed. Hij was gekleed in een warme winterjas en dikke laarzen en hij begon in de hal al te schreeuwen. 'Dit is waanzin, Eva, waar ben je mee bezig? Je gooit je leven weg, wat is er gebeurd?' Deze vragen bleef hij de hele avond herhalen. Maar pas toen we bij het vuur zaten en het bijna middernacht was vertelde ik wat er was gebeurd. Dat het uit was tussen John en mij. Dat ik nooit meer bij mijn moeder kon wonen en dat ik ook niet bij hem wilde wonen. Dat ik alleen moest zijn. Dat ik de komende tijd hier wilde zijn, en zoals het nu voelde ook in de toekomst. Dat ik alleen moest overleven.

Mijn vader wist er niets tegen in te brengen, behalve de gewone ouderlijke bezwaren. Ik had een opleiding nodig en ik kon niet op mezelf wonen, het huis was niet comfortabel genoeg en ik zou volkomen geïsoleerd zijn. Ik antwoordde dat ik al geïsoleerd was, in mezelf, en dat deze tijd heel goed beschouwd kon worden als een belangrijke stap in het proces van volwassen worden.

Volwassen worden. Ik had hardop kunnen lachen, maar hij besefte misschien dat hij niet veel kon uitrichten. We zaten samen naar het vuur te kijken zoals we dat zo vaak hadden gedaan, alsof het antwoord in de vlammen te vinden was, tot hij de stilte verbrak en vertelde dat mijn moeder in het buitenland zou gaan wonen.

'Ze belde me een paar dagen geleden om te vertellen dat het bedrijf had besloten om de werkzaamheden naar Europa uit te breiden en dat ze in eerste instantie in Londen ging wonen. Voor ons maakt het niet veel verschil, we leven al gescheiden. En met jouw besluit ... ja, Eva, ik moet bekennen dat ik niet goed wist wat ik met je aan moest. Je zou tenslotte al snel examen doen, dat was in elk geval de bedoeling, en het was onmenselijk geweest om voor te stellen dat je van school zou veranderen omdat je bij mij in Göteborg kwam wonen. En voor mij is er op dit moment in Stockholm geen plek en ... ja ...'

'Ik zou dus in elk geval alleen hebben gewoond?'

Mijn vader gebaarde met zijn armen.

'Ja, dat was misschien de enige oplossing geweest ... Ik besef dat ik niet veel in te brengen heb nu je hebt besloten om op jezelf te wonen, al is het dan hier. Maar je doet toch examen? Je gooit je opleiding toch niet weg? De verantwoordelijkheid ...'

'Dat is mijn eigen verantwoordelijkheid als jullie geen verantwoordelijkheid voor iets anders dan jullie eigen leven voelen.' Een zeventienjarige kan bitter klinken als ze dat wil, en ik verdenk mezelf ervan dat ik genoeg bitterheid liet zien om ervoor te zorgen dat mijn vader beschaamd zijn mond hield. Hij heeft er ook nooit problemen mee gehad om zijn verontschuldigingen aan te bieden als hij in het nauw gedreven werd of wist dat hij het mis had.

'Ik weet het, Eva. Ik weet het. Je hebt het niet gemakkelijk gehad en niet de steun gekregen die je had moeten hebben. Ik had veel meer voor je moeten doen, dat had ik moeten doen, en ik kan alleen maar hopen dat ik ooit ...'

Hij onderbrak zichzelf. Je hebt het niet gemakkelijk gehad, je hebt het niet gemakkelijk gehad. Hoe vaak had hij dat de laatste jaren al gezegd? Toen ik naar hem keek zag ik dat hij huilde. Het was een berustend huilen uit hopeloosheid en onmacht en ik keek naar hem met gekwetste genegenheid en wist dat de weegschaal was doorgeslagen. Hij was het kind geworden en ik was de volwassene.

Daar moet ik aan denken terwijl ik me aankleed om een wandeling naar de zee te maken. Ik weet dat het midden in de nacht is, maar ik zag buiten een haas rondhuppelen en dacht dat als een haas dat durfde, ik het waarschijnlijk ook kan. Tijdens mijn wandeling zal ik denken aan mijn eerste, eenzame weken in Frillesås. Dat ik langzaam wende aan het leven op het platteland met de stilte, een haardvuur, eenvoudige maaltijden en eenzaamheid zonder eenzaam te zijn. Dat Berit Anell behoorlijk streng was tegen mij en de andere werknemers, maar dat ze nooit gierig was met room en boter in haar gebak. Dat ik leerde om half vijf op te staan en om vijf uur te beginnen met bakken in plaats van te werken met coördinatensystemen en vergelijkingen. Dat ik dolblij was toen ik ontdekte dat Gudrun, mijn oude jeugdvriendin, daar werkte en me hielp zonder te veel vragen te stellen, terwijl ze in dat zalige baklandschap waarin we leefden de basis legde voor de vetzucht die ze nog steeds met zich mee torst.

Ik zal er ook aan denken dat mijn stem scherp klonk toen ik de rector van mijn school belde en vertelde dat ik niet van plan was om dit semester terug te komen en waarschijnlijk helemaal niet meer kwam. Maar misschien moet ik proberen om er niet aan te denken dat ik elke dag naar de brievenbus liep, alleen om te beseffen dat het nasturen van de post functioneerde maar dat er geen brief met uitleg van John kwam. Ik wil er niet aan denken dat ik had gehoopt op verlossing, maar dat ik er eigenlijk niet op rekende. Daarentegen zal ik me herinneren dat de misselijkheid erger werd en dat ik langzaam begon te vermoeden wat het probleem was. En dat ik ten slotte de confrontatie met mijn moeder aanging. Voor de laatste keer.

29 juli, vier uur 's nachts

De zee was vannacht zo stil. Ik liep ernaartoe, klom op de rotsen, keek uit over het water en zag de eilanden als zwarte silhouetten tegen de oneindigheid. Kidholmen en Nordsten en de andere eilanden lagen samen in de verbondenheid die ze al eeuwenlang hebben en nog steeds zullen hebben op de dag dat ik alleen nog een stoffelijk overschot onder de sterren ben. De vogels waren stil, en het enige wat ik hoorde was het zachte geklots als de golven over de stenen spoelden. Onder het wateroppervlak zag ik het zeewier dat zachtjes heen en weer zweefde terwijl een rode kwal langzaam naar open zee gleed. Misschien ben ik een eenvoudig mens, maar dit uitzicht is voor mij de incarnatie van schoonheid en vrede. Een eenvoudige vrede, als er zoiets bestaat.

Ik woonde een paar weken in Frillesås toen ik bijna flauwviel in de bakkerij en naar huis werd gestuurd. Berit Anell had me gevraagd om de ingrediënten te kloppen voor de heerlijke notentaart die de bestseller van de bakkerij was, en ik stond het beslag te mengen toen het plotseling zwart voor mijn ogen werd. De schaal gleed uit mijn handen, maar het lukte me om steun tegen het werkblad te vinden voordat ik viel. Ik werd opgevangen door Berit, die had gezien wat er gebeurde. Toen ik weer bij bewustzijn kwam zat ik op de grond, geleund tegen een stoel, terwijl Berit Anell mijn gezicht depte met koud water.

'Hoe gaat het, Eva?' vroeg ze met een stem die me deed vermoeden dat er meer in haar zat dan alleen de dagelijkse strijd om het produceren van brood.

'Goed, dank je', antwoordde ik en ik probeerde overeind te komen maar werd overvallen door een heftige golf van misselijkheid die me dwong weer te gaan zitten en mijn ogen dicht te doen. Toen ik weer naar Berit keek zag ik dat ze haar hoofd omdraaide om te controleren of er iemand in de buurt was. Ze zag dat iedereen bezig waren en leunde nog dichter naar me toe.

'Ik weet dat ik hier niets mee te maken heb. Maar ik vraag het toch, want ik weet hoe deze dingen gaan. Wanneer heb je je laatste menstruatie gehad?'

Haar woorden wervelden in een stille dans tussen ons in voordat ze verdwenen en mijn verstand en calculerende kant het overnamen en ik mechanisch dagen begon te tellen. Weken. Mijn menstruatie kwam en ging zoals het uitkwam en ik schonk er nooit aandacht aan omdat er geen peil op te trekken was. Ik schudde mijn hoofd, eerst langzaam en toen steeds heftiger.

'Mijn menstruatie? Ik weet het niet ... ik heb nooit, ik bedoel, die is zo onregelmatig dat ik nooit goed weet ...'

'Ben je al een keer ongesteld geweest sinds je in Frillesås bent? En heb je ... tja, ik weet dat de vraag misschien een beetje onbeschaamd klinkt, maar ben je intiem geweest met een man en heb je daarna nog een bloeding gehad?'

Berit Anell was direct en zakelijk en hielp me daarmee meer dan als ze zich op een andere manier had uitgedrukt. Ik zweeg en die stilte was voldoende, want Berit Anell hielp me overeind. Ze vulde zonder omhaal een zak met vers brood en kadetjes.

'Je krijgt de rest van de dag vrij, en ik hou het niet in op je loon. Dan heb je tijd om na te denken over wat ik heb gezegd. Ik denk dat je wel weet wat ik bedoel. Als je wilt praten luister ik graag en ik wil ook wel met je mee naar een arts. Ik heb begrepen dat je tegenwoordig op jezelf aangewezen bent.'

Nog steeds herinner ik me Berit Anells woorden en voel ik me dankbaar voor wat ze voor me deed door alleen te tonen dat ze er was. Ik pakte de zak van haar aan, bedankte haar en verzekerde haar dat ik de dag erop terug zou zijn. Niemand van de anderen had iets gemerkt, zelfs Gudrun niet, en ik was dankbaar voor Berits discretie toen ik naar huis liep, de frisse lucht gierig inhaleerde en voelde hoe de druk in mijn maag verminderde. Ik wist wat Berit had gezegd, besefte de betekenis van het ondenkbare maar besloot om het zoeken naar zekerheid een paar dagen uit te stellen. Ik zou de middag gebruiken om naar mijn hart te luisteren en op mijn manier zekerheid te zoeken, en als ik dat had, zou ik actie ondernemen.

Ik was van plan om het versgebakken en nog steeds warme brood met kaas te eten. Ik zou met het brood en een kan thee in de tuin gaan zitten, gewikkeld in dekens tegen de kou. Een bleek zonnetje slaagde erin om door de wintersluiers te breken, en als ik geluk had vond ik een plekje in de tuin waar het warm was. Ik liep naar Konsum om kaas te kopen en nam ook een bos rozen mee. Ze zagen er armzalig en winters uit, en het was niet zeker of de bleke knoppen zouden uitkomen, maar ik kocht ze toch, uit nostalgie en verlangen naar schoonheid. De gedachte aan het brood en de kadetjes gaf me geen braakneigingen, en ik voelde een barst in mijn innerlijke, ijzige façade toen ik de deur opendeed. De wandeling naar huis had me goed gedaan. Ik bleef in de hal staan en registreerde alles mechanisch.

Op de vloer stond een koffer. Een jas was over een van de stoelen gegooid, een paar mooie winterlaarzen lagen omgevallen op de vloer en in de slaapkamer hoorde ik het geluid van laden die opengetrokken en weer dichtgeschoven werden. Ik herkende de jas en de koffer zo goed dat de gedachte aan een indringer niet eens in me opkwam. De persoon die zich in huis bevond had de voordeur bovendien gehoord, want ze kwam uit de slaapkamer, ging in de deuropening staan en keek naar me met toegeeflijke verrassing. Het was mijn moeder.

Ze zag er moe uit. De blonde haren lagen weliswaar mooi en pas gewassen over haar schouders, maar haar ogen waren zwart, waarschijnlijk omdat de kringen eronder zo donker waren. Misschien creëerde de afstand tussen ons lijnen die er niet waren, maar ik dacht voor het eerst dat ik kleine rimpels rond haar lippen zag en een oneffenheid in de gladheid van haar voorhoofd. Toch was haar mond hetzelfde, de lippen die zich afhankelijk van haar stemming konden openen in een parelende of een vulgaire lach, de lippen die zich openden om de woorden los te laten die me hadden gevormd. Ik staarde als gehypnotiseerd naar die lippen, vandaag waren ze rood geverfd, en toen ze praatte was zij het niet, maar alleen een mond.

'Eva. Ik had niet op je gerekend. Moet je op dit tijdstip niet werken?'

Ze liep naar me toe en ik zag dat ik me niet had vergist. Ze zag er moe uit, winterbleek en ouder, en het oude, afgedankte vest dat ze droeg deed niets voor haar teint. Ze omhelsde me niet, wat ik ook niet had verwacht, maar bleef voor me staan en keek me onderzoekend aan. Ik deed mijn jas uit om haar mond niet te hoeven zien en liep naar de keuken om water op te zetten. Ze volgde me en ik draaide me naar haar om.

'Ik voelde me vandaag niet goed, dus Berit Anell heeft me naar huis gestuurd. Nu ga ik proberen om thee te drinken en wat te eten. Wil jij iets?'

Het was een vreemde vraag, ik weet het. Ik had moeten vragen wat ze hier deed, waarom ze probeerde me te ontwijken, waarom ze helemaal niets van zich had laten horen. Maar de gedachte aan het versgebakken brood en de warme thee bande alles uit, en ik wist dat ik eten nodig had om opgewassen te zijn tegen wat komen zou.

'Tja, als je het aanbiedt', antwoordde mijn moeder, en toen ik naar haar keek had ze de uitdrukking op haar gezicht die ze altijd had als ze enigszins onzeker is maar de situatie toch onder controle heeft. Naast elkaar maakten we ons brood en onze thee en droegen alles naar de zitkamer. Ik deed de rozen in een oude witte vaas en zette ze op tafel. Mijn moeder rilde.

'Kun je de open haard aandoen, Eva? Het is hier ijskoud! Ik begrijp trouwens niet dat je hier kunt wonen. Maar daar heb je tenslotte zelf voor gekozen.'

Ik antwoordde niet, maar begon onmiddellijk een vuur te maken dat al snel warm en knetterend brandde. Terwijl ik het hout aanstak dacht ik dat alles tussen ons eigenlijk al was gezegd, niet met woorden maar met een gebrek aan woorden. Ze was bezig om uit mijn leven te verdwijnen, maar ze was niet van plan om dat met mij te bespreken omdat het zo vanzelfsprekend was. Ze nam beslissingen over hoe ze wilde leven en daarna mochten de anderen ervan denken wat ze wilden. De anderen, zo was het precies. Ik was als elke 'andere'. Ik was gewoon een van de velen in de groep oppervlakkige kennissen en collega's en vrienden die zich moesten aanpassen aan haar beslissingen, en in deze groep waren

362

geen gradaties of traptreden in meedogenloosheid. Er bestonden alleen Zij en De Rest.

Daar dacht ik aan terwijl ik terugliep naar de bank en me erover verbaasde dat ik dat inzicht pas zo laat kreeg. Mijn moeder had de onderbreking benut om een fles wijn en twee glazen te halen en liep nu weer naar de salontafel. Ze opende de fles met vaste hand en schonk een van de glazen vol.

'Ik moet het tenslotte een beetje warm krijgen. Ik neem aan dat jij niet wilt, maar ik heb waarachtig wel een glas verdiend ...'

'... als het wordt aangeboden, ik weet het. Wat doe je hier?'

Plotseling wilde ik het alleen nog maar achter de rug hebben. Ik wilde haar weg van de bank, uit het huis, uit mijn leven. Ik wilde dat ze vertelde wie ze eigenlijk was. Wie ik was.

'Papa heeft waarschijnlijk wel verteld dat ik naar Londen verhuis. Ik heb het meeste in Stockholm al ingepakt, maar ik heb hier wat spullen liggen die ik wil meenemen. De rest kan ik later halen. We gaan ...'

'We?'

Mijn moeder nam een flinke slok wijn.

'Ja, ik ga in Londen met een man samenwonen. Maar dat komt waarschijnlijk niet als een verrassing.'

'Nee, mama, dat klopt. Ik vraag me alleen af wanneer je dat aan me had willen vertellen. Als je tenminste van plan was om met me te praten. Met je geliefde dochter.'

Mijn moeder keek naar me met een geïrriteerde blik in haar ogen.

'Geliefd, geliefd. Moet je dat woord gebruiken? Natuurlijk wilde ik een keer met je praten, maar aan de andere kant ben je groot genoeg om ...'

'... mezelf te waarderen. Ja, mama, dat weet ik ook.'

Ik viel haar de hele tijd in de rede. Misschien was het pure drang tot zelfbehoud, zodat er geen woorden over haar lippen zouden komen die me nieuwe littekens zouden bezorgen. Ik keek naar haar en zag opnieuw alleen een mond, een rode mond die zich bewoog als in een kauwgomreclame terwijl ze gretige happen van haar brood nam. De kruimels vielen op het kleed, maar daar trok ze zich niets van aan, net zoals ze zich daar nog nooit iets van had aangetrokken. Nu leunde ze achterover tegen de rug van de bank. Haar glas was weer vol en ze had al zo veel gedronken dat ze genoeg had gehad om tot de aanval over te gaan.

'Ik heb ooit geleerd dat er geen rits in een doodskleed zit, en zo denk ik er nog steeds over. Je hebt maar één leven en uitrusten kun je eindeloos doen als je onder de grond ligt en wordt opgegeten door de wormen. Maar jij hebt altijd op me neergekeken. Ik heb altijd moeten leven met jouw minachting. Soms heb ik me afgevraagd wat je eigenlijk van me vindt. Je hebt altijd tegengestribbeld. Je was altijd lastig en afwijzend. Je hebt nooit begrepen hoe moeilijk het voor me was. Terwijl je het had moeten begrijpen. Je trok altijd partij voor je vader. Papa en papa, Eva en Eva. Altijd jullie tegen mij.'

Ze had beheerst kunnen lijken als ik haar agressiviteit niet zo goed had gekend. Ik had een woede-uitbarsting kunnen krijgen, maar door de rijp die binnen in me zat bevroor ik tot zelfbeheersing.

'Afwijzend? Ik? Terwijl ik er alles aan deed om je waardering te krijgen? Maar je weigerde consequent om dat te zien. Je zwakte alles wat ik deed af. Je prees anderen, maar wat ik deed was niets waard. Of vanzelfsprekend. Ik zocht je bewondering, meer dan van iemand anders, en dat moet afwijzend zijn geweest?'

Mijn stem werd bij elk woord scheller. De onrechtvaardigheid in wat ze had gezegd maakte me onvoorzichtig, maar mijn moeder ging gewoon door, terwijl haar agressieve stem na een tijdje zeurderig werd als van een kind.

'Heel even wilde je me inderdaad, dat klopt. Dat ben je waarschijnlijk vergeten, want toen was je nog zo klein. Dat was toen je een baby was, helemaal in het begin, je schreeuwde en schreeuwde en was alleen tevreden als ik je oppakte. Maar ik kon het niet. Ik voelde afkeer. Je had ervoor gezorgd dat het een vreselijke bevalling was, en ik had overal pijn, en ik walgde van mezelf en van mijn pafferige lichaam en de bloedende wond tussen mijn benen. En jij brulde maar, en je moest aan mijn borsten zuigen. Het deed zo veel pijn en het was zo weerzinwekkend dat ik keihard had kunnen gillen. Ik moest je in de badkamer leggen en de deur dichtdoen om het niet te hoeven horen.'

Ik nam een hap van het heerlijke brood, proefde rogge en kruiden en zorg op mijn tong en spoelde het weg met de thee die zo heet was dat het in mijn slokdarm brandde.

'Je vertelde dat ik de borst niet wilde, hoewel je er alles aan hebt gedaan. Dat je stuwing kreeg omdat ik niet zoog.'

'Ja, wat had ik dan moeten zeggen?' Mijn moeders stem klonk steeds zeurderiger. 'Ik zag dat je maar aan één borst zoog en ik dacht dat ik er al snel uit zou zien als een gedrocht. Je klampte je als een aap vast en weigerde me los te laten. Je was net een bloedzuiger, je gezicht werd blauw en je raakte buiten adem. Oké, ik geef toe dat ik geen geduld had. Maar wat kun je verlangen? En het ging heel goed met het flesje. Je vader vond het heerlijk om het te geven en ten slotte vond jij het ook heerlijk. Maar je nam toch wraak. Na die tijd stootte je me de hele tijd af, en daar ben je mee doorgegaan. Je was nukkig.'

De logica in wat ze zei was zo verdraaid dat ze het zelf had moeten merken, maar ik wist dat logica zoals gewoonlijk geen zin zou hebben. Toch deed ik een poging.

'Als dat zo was, als ik probeerde dicht bij je te zijn en jij me afstootte, denk je niet dat mijn afstand nemen of zelfs nukkigheid misschien de enige manier voor me was om een bepaalde vorm van aandacht te krijgen? Denk je niet dat het de poging van een kind was om ten minste een gevoel bij haar moeder op te wekken, zelfs al was dat geen liefde?'

Mijn stem trilde en ik wist dat ik me op gevaarlijk terrein begaf, een terrein waar mijn pantser niet was versterkt en waar een gifpijl kon binnendringen. Mijn moeder lachte. Haar gezicht was donkerder geworden en haar wangen en neus waren rood.

'Ik probeerde het natuurlijk. Ik was zo lief tegen je. Maar je vader was de enige die telde. Je vader, die de hele tijd jouw kant koos en die alleen goed voor jou zorgde en niet voor mij. Hij heeft je altijd voorgetrokken.'

'Dat kun je niet menen! Hij heeft altijd zo zijn best gedaan! Maar jij ...'

'Daar weet je verdomme helemaal niets van, Eva, dus dan kun je er ook niets over zeggen. Hij heeft me niet bevredigd. Op een bepaalde manier. Je mag hem hebben. Hij is nu vrij.'

Ik keek naar de vrouw op de bank en zag opnieuw alleen een mond, een mond die leek te groeien en die zich verspreidde tot hij de hele kamer vulde, alsof iemand de lippen oppompte tot gigantische afmetingen. De woorden die er uitkwamen klonken alsof iemand een bandrecorder vooruit spoelde zodat de woorden schel en onverstaanbaar werden. Mijn moeder nam nog een slok wijn en trok zich er niets van aan dat het glas lelijke kringen op de houten tafel achterliet. Plotseling kon ik me niet meer inhouden.

'Soms geloof ik dat je mijn moeder helemaal niet bent.'

Het effect was niet wat ik wilde. Mijn moeder keek naar me, verbaasd en na een tijdje bijna verrukt. Ik had het gevaar moeten zien, maar het was te laat.

'Niet je moeder? Dat zou je goed uitkomen, nietwaar? Maar ik kan je vertellen dat ik dat wel ben. Ik kan het bewijzen als je dat wilt. Je vader daarentegen is je vader niet. Dan hebben we dat ook opgehelderd. Ik had niets willen zeggen, maar als je er op staat wil ik wel eerlijk zijn tegen een medemens.'

Haar mond. Groot, weerzinwekkend, opgepompt. Rode kleur die afbladdert. Wijn in de mondhoeken.

'Je liegt.'

Mijn moeder keek naar me. Ze begon een beetje aangeschoten te raken, maar ik zag dat ze wist dat ze de situatie in de hand had.

'Zal ik je een verhaal vertellen? Een verhaal over liefde? Dat gevoel waar jij niets van afweet? Ik dacht ooit dat ik de grote liefde had ontmoet, Eva. Natuurlijk, ik was jong en onverstandig, niet veel ouder dan jij nu, want ik was twintig. Maar voordat ik Simon ontmoette had ik nooit gedacht dat ik zo veel van iemand zou kunnen houden. God, je had hem moeten zien. Zwart haar, goedgebouwd en onafhankelijk. Het kon hem geen donder schelen wat anderen van hem vonden. We leerden elkaar kennen in mijn favoriete danslokaal. Hij vroeg me, en ik denk dat we tijdens die eerste dans al verliefd op elkaar werden. Een paar weken later was ik zwanger, we verloofden ons op de dag dat ik de uitslag kreeg, in september was dat, een warme en heerlijke dag, en een week later woonden we samen in zijn kleine eenkamerflat. Het was er heel eenvoudig, maar we leefden in het heden. Het was belangrijk om daar en op dat moment iets van het leven te maken. Simon werkte in de haven en droomde er eigenlijk van om naar zee te gaan, maar die plannen schoof hij opzij toen we een relatie kregen. Ik stond in Åhléns en verkocht make-up, we hadden niet veel geld, maar mijn hemel, wat waren we gelukkig. Als ik terugdenk aan die tijd geloof ik dat het de gelukkigste tijd van mijn leven was.'

Haar stem haperde en ze klonk plotseling een beetje sentimenteel terwijl ze de wijn in het glas ronddraaide. Ik zag haar mond, hoe hij bewoog, hoe de tong daarbinnen zijn eigen leven leidde, hoe hij haar tanden raakte, en ik voelde dat mijn hele bestaan was beïnvloed door deze lichaamsdelen, door vlees, bloed, pezen, botten en huid.

'Ik leefde in een roes. Simon wist hoe je een vrouw gelukkig moest maken. Wat een man! Toen ik in oktober eenentwintig werd maakte hij me wakker met bloemblaadjes die hij over het bed strooide, en we kwamen er de hele dag niet uit. Hij zei altijd dat we de koning en koningin van het leven waren. Dat we het leven regeerden. We leefden alleen voor elkaar en hadden geen anderen nodig, en natuurlijk had ik moeten beseffen dat het zo niet door kon gaan. Maar ik besefte niet dat het zo snel zou eindigen. Mijn buik groeide, maar ik voelde me goed, en Simon hield van mijn lichaam, ook toen ik dikker werd. We konden urenlang in bed liggen en hij praatte en praatte tegen mijn buik en vertelde sprookjes over de zee en alle vissen en hoe ze leefden en welke vissen het grootst waren en al dat soort dingen. Hij streelde mijn buik en kietelde hem en tekende er poppetjes op, en ik was er zo verrukt van dat ik nooit iets anders dacht dan dat het goed zou gaan. Hij zou een fantastische vader zijn. Mijn hemel, wat was ik dom.

Ik werd pas wakker toen ik al heel dik was en een feest wilde geven om te vieren dat we een kind zouden krijgen. Ik nodigde veel vrienden uit en maakte eten, en ik dacht dat Simon het ermee eens was, maar die avond bleek dat hij er helemaal geen zin in had. Hij zat aan tafel en zei geen woord tegen mijn vrienden en liet heel duidelijk merken dat hij hen maar niets vond. Dat merkten ze natuurlijk, dus vertrokken ze tamelijk snel en een van de meisjes nam me apart toen ze wegging en vroeg me waar ik die rare vriend vandaan had. "Als hij zo iemand is die je alleen voor zichzelf wil hebben, moet je oppassen", zei ze. En toen besefte ik plotseling hoe we leefden, Simon en ik. Hoe eenvoudig onze flat was en dat we er onmogelijk een baby bij konden hebben. Die avond hadden we onze eerste ruzie. Ik was boos omdat hij zo afwijzend tegen mijn vrienden was geweest en ik zei dat hij een betere baan moest zien te krijgen. Simon begreep er niets van. Hij noemde mij en de anderen kleinburgerlijk. En plotseling wist ik gewoon dat ik van hem af wilde.'

De mond. De lippen die bewogen, de tong die tegen het gehemelte klakte. Het vuur had meer brandstof nodig. Ik legde er nog een paar blokken hout op. Mijn moeder ging verder.

'Het was het begin van het einde, dat kun je wel zeggen. Daarna maakten we voortdurend ruzie. Hij kreeg steeds minder werk en we leefden van mijn geld, terwijl hij begon te zeuren dat ik blij moest zijn dat hij niet zo veel te doen had. Dan kon hij voor de baby zorgen. Hem meenemen naar zee en zo. Hij had een oude, gammele zeilboot en hij had het er voortdurend over dat hij zou gaan zeilen en zijn kind de grote wijde wereld en alle vissen zou laten zien. Lieve hemel, het klonk zo belachelijk. Plotseling was het alsof mijn ogen waren geopend, en ik snapte niet wat ik ooit in die man had gezien. Ik hoorde dat er werk in een andere stad was en probeerde hem over te halen om te verhuizen, maar hij zei nee. Hij weigerde glashard. Dat was waarschijnlijk het moment dat ik de beslissing nam. Met deze man kon ik niet leven en ik kon al helemaal geen kind met hem hebben.'

Mijn moeder likte haar lippen. Ze vulde haar glas weer en ik dwong mezelf om mijn brood op te eten terwijl ik luisterde. Mond open, kauwen en slikken. Voedsel, en tegelijkertijd haar woorden. Zwart. God, wat een man. Koning van het leven. Vertelde over de vissen in de zee.

'Het eindigde dramatisch. Op een dag in mei scheen de zon en we zouden gaan zeilen. Het was warm en we hadden een lunchpakket gemaakt omdat we de hele dag weg wilden blijven. Ik begon behoorlijk dik te worden, maar het was een fijn gevoel om eruit te zijn, hoewel ik toen ook al niet van zeilen hield. Toen we een flink stuk uit de scherenkust waren, pauzeerden we, we aten en dronken wat en we hadden het best gezellig tot het plotseling begon te waaien. We moesten het zeil snel hijsen en naar de kust varen, maar voordat we het wisten barstte de storm los en dobberden we rond alsof we in een notendop zaten. We waren helemaal alleen, de andere boten hadden blijkbaar in de gaten gehad wat er ging gebeuren, maar wij niet, en we waren al snel doorweekt.

Het stortregende, de golven sloegen over de reling en Simon riep tegen me dat ik moest helpen met het zeil. Ik schreeuwde dat het zijn fout was, dat hij van ons tweeën de zeeman was. Ik haatte hem op dat moment. Ik dacht echt dat we dood zouden gaan, allebei. Er waren geen andere boten in de buurt en plotseling begon Simon te zingen. Kun je je dat voorstellen? Dat het leven van je moeder in gevaar was en dat je vader begon te zingen?'

Mijn moeder keek naar me en ik keek terug. Mijn vader had ze gezegd. Wij tweeën waren in gevaar. Niet wij drieën.

'Toen begon hij plotseling te schreeuwen en te lachen. "Oké, God," riep hij, "je hebt me gevonden, dus kan ik maar beter overboord springen zodat de zee weer kalm wordt." Ik dacht eerlijk gezegd dat hij krankzinnig aan het worden was, en ten slotte brulde ik tegen hem dat het voor altijd over was tussen ons als we hier levend vanaf kwamen. "Ik wil je nooit meer zien," schreeuwde ik, "verdwijn uit mijn leven, verdwijn, ik walg van je." Tja, je begrijpt toch wel dat ik bang was? Dat snap je toch wel? Oké, misschien had ik andere woorden moeten kiezen, maar het is niet zo gemakkelijk om dat te bedenken als je op een schommelend dek staat en doornat bent en denkt dat je verdrinkt. In elk geval lukte het me om het hard genoeg te roepen, want Simon keek naar me en schreeuwde dat hij het had begrepen. Hij stond bij het roer en ik hielp met het zeil en probeerde te hozen, en plotseling liet een van ons het zeil los. Het vloog van de ene naar de andere kant. Ik moest me op de bodem van de boot laten vallen. En toen ik weer opkeek was Simon weg.'

Tot dat moment had ik gezwegen. Ik kon niet denken, niet voelen, en pas nu merkte ik dat ik bang werd.

'Weg?'

'Ja, weg. Het ene moment stond hij bij het roer en het volgende moment was hij weg. Hij droeg een zwemvest en hij was een goede zwemmer, dus ik was eigenlijk niet zo ongerust over hem, maar ik wist dat ik geen enkele kans had om de boot aan wal te krijgen. Het zeil klapperde en klapperde, en ik ging liggen en keek over de reling en schreeuwde: "Simon, Simon." En toen zag ik hem inderdaad. Heel even zag ik hem. En ik hoorde hem ook. Hij zwom een stuk bij de boot vandaan en schreeuwde iets over God. Daarna kwam er iets groots en zwarts dat over hem heen spoelde, en toen was hij weg. Ik riep en riep, maar ik zag en hoorde niets meer, en ten slotte gaf ik het op. Ik ging weer op de bodem van de boot liggen en dacht echt dat ik dood zou gaan. Zo bang ben ik in mijn hele leven niet geweest.'

Ze klonk weer zeurderig, en ik begreep dat de angst die ze had gevoeld alleen voor haarzelf gold, niet voor haar buik of de man die mijn vader bleek te zijn, degene die in de golven was verdwenen. Ik deed mijn mond open om iets te zeggen, maar mijn moeder ging al verder.

'Vreemd genoeg duurde het niet lang voordat de storm voorbij was. Plotseling, van de ene minuut op de andere. Het ene moment waren de golven huizenhoog en het volgende moment lag de zee er helemaal vlak en stil bij. Ik geloof dat de zon zelfs begon te schijnen. Dus kwam ik overeind. Ik hoosde en dreef een tijdje rond en wist niet goed wat ik moest doen. Maar toen kwam er plotseling een grote motorboot en ik begon te roepen en te zwaaien, en gelukkig zag de bestuurder me. Het was een mooie boot en de man aan het roer was dat trouwens ook. Ik vertelde wat er was gebeurd en hij hielp me. Eerst mocht ik overstappen op zijn boot, wat fijn was, dat kan ik je wel zeggen, om van dat wrak af te zijn. De zeilboot bonden we aan de achterkant vast. Toen voeren we een tijdje rond en zochten Simon, maar we konden hem niet vinden. Maar er waren ten slotte eilanden in de buurt, en hij kon zoals ik al zei goed zwemmen, dus ik was er behoorlijk zeker van dat hij aan land was gegaan en zich daar schuilhield. Dat vertelde ik achteraf ook aan de politie.'

'De politie?'

'Ja, de politie. De schipper bracht me naar de kade en regelde een taxi en zei dat hij overal voor zou zorgen, als ik hem maar een telefoonnummer gaf zodat hij me kon bereiken. Dat deed ik, en daarna ging ik naar huis. Later belde er een politieagent die een paar vragen over onze zeiltocht stelde en ik vertelde wat ik wist. Ik bedoel, zo precies wist ik niet waar we waren geweest, maar de man van de motorboot wist dat wel. Ik geloof dat ze ook op zee zijn geweest om Simon te zoeken, maar ze vonden niets. Daarna gebeurde er niet zoveel meer.'

De mond. Rood. De lippen. Dunne huid gespannen over wat? Over vlees? En de woorden die uit haar mond rolden. Die verschrikkelijke woorden.

'Bedoel je dat Simon ... dat de man van wie je zegt dat hij mijn vader is ... dat hij verdween en dat je helemaal niet ongerust was? Deed je niets? Belde je zijn familie of vrienden of zorgde je ervoor dat er duikers zochten op de plek waar hij was verdwenen? Had je niet eens verdriet? Het klinkt alsof je niet eens verdriet had!'

Mijn moeder keek naar me. Ze was nu duidelijk dronken en ze glimlachte terwijl ze haar hoofd langzaam heen en weer schudde, zodat haar haren over haar schouders zwaaiden.

'Wat had ik dan moeten doen? De man in de boot heeft aangifte gedaan, dus was het een zaak van de politie om te bepalen hoeveel ze wilden doen. En ik kende verdomme niet een van Simons familieleden of vrienden. We leefden erg op onszelf, dat zei ik toch. Omdat niemand contact opnam en zich afvroeg waar hij was, ging ik ervan uit dat hij ergens anders was opgedoken. Dat hij op een strand was aangespoeld en zonder mij doorging met koning van het leven te zijn. En trouwens ook zonder jou. Zoals gewoonlijk mopper je alleen op mij. Maar hij dan? Hij liet me achter met een baby en had maling aan zijn verantwoordelijkheden, maar toch verdedig je hem. Verdedigen en verdedigen en verdedigen, hoewel je hem helemaal niet kent.'

Ze praatte een beetje met een dubbele tong, en ze gebaarde met haar glas naar me en nam een nieuwe slok. Ik kon niet meer praten, alleen fluisteren.

'Hoe kon hij je in de steek laten als hij dood was?'

'Hij was niet dood!' Mijn moeder klonk plotseling agressief. 'Hij was niet dood, maar ik was niet van plan om naar hem te zoeken. Waarom zou ik tijd steken in een vent die ervandoor was gegaan? Nee, ik vond hem niet. Ik vond iets veel beters. Dat dacht ik in elk geval. Ik vond een nieuwe vader voor je.'

'Wat bedoel je?'

'Ik bedoel dat ik een nieuwe vader voor je vond. Papa. Je vader. Ik zat in Simons flat en bedacht dat ik daar niet kon blijven wegrotten en ik niet helemaal alleen voor een baby kon zorgen. Dus dacht ik erover na hoeveel geschikte kandidaten er waren. Ik ging zelfs een tijdje om met de man van de motorboot, maar ik zou hem nooit kunnen wijsmaken dat hij jouw vader was. Jammer, want hij zag er goed uit en hij had geld. Maar ten slotte kwam ik tot de conclusie dat jouw vader waarschijnlijk de beste kandidaat was. Hij is weliswaar blond, maar hij was goedgebouwd, en ik dacht dat hij niet zo veel verschilde van Simon, dus zijn uiterlijk zou kunnen kloppen. En ik wist ook dat hij geen argwaan zou koesteren. Hij was zo'n slaafse bewonderaar die me een tijdje achternagelopen was, en we waren een paar keer uit geweest, voornamelijk omdat ik niets beters te doen had. De laatste keer was maar een paar weken voordat ik Simon ontmoette.

Ik belde hem op en vroeg of we elkaar in een restaurant konden ontmoeten, en hij werd helemaal gelukkig. Ik had een dure tent uitgezocht, want ik wist dat hij goed verdiende, en ik voelde me fantastisch toen ik binnenkwam met mijn buik vooruit gestoken. En hij ... ja, hij was natuurlijk nogal verbaasd. Maar ik begon een beetje te huilen, en toen vertelde ik dat ik de laatste keer dat we elkaar hadden gezien zwanger was geraakt en dat ik niets had willen zeggen. Ik geloof dat er een saaie vrouw was waarmee hij min of meer een relatie had, dus ik snikte dat ik niet tussen hen wilde komen en zo, maar dat ik had besloten om de baby te houden. Ik bedoel, zo eenvoudig was het in die tijd niet om een abortus te krijgen. Hij was vooral blij. Zo is hij. Hij had niets in de gaten, net zoals ik had gedacht. Op een keer legde ik zijn hand op mijn buik en zei "voel" tegen hem en jij speelde het spelletje mee en schopte op het juiste moment. Toen was hij verkocht.'

Ik keek naar mijn moeder. De agressiviteit was verdwenen en toen ze achterover leunde tegen de rug van de bank zag ze er weer tevreden uit. Nu was ze gelukkig en voldaan, als een kat die net de laatste druppels room heeft opgelikt.

'Nee, zoals ik al zei, hij heeft nooit iets in de gaten gehad. Voor hem was het vanzelfsprekend dat we zouden trouwen, want "je moet je verantwoordelijkheid nemen", zoals hij zei. Dus verhuisde ik naar zijn appartement, dat veel groter en mooier was dan dat van Simon. Ik beviel, en vanaf dat moment zat hij eraan vast. Ik bedoel, als hij in het begin argwaan had gehad, dan was dat verdwenen zodra hij jou zag, want hij was altijd met je aan het teuten. We trouwden een paar weken later. En nu gaan we scheiden.'

De kou die ik van binnen voelde leek op wat ik had gevoeld tijdens het gesprek met John. Het maakte het moeilijk om adem te halen. Het verschrikkelijke en krankzinnige danste voor me in kleine fonkelende sterren waarop ik onmogelijk kon navigeren. Ik had willen opstaan om het uit te schreeuwen, mijn mond opendoen om de demonen los te laten, maar ik kon me niet bewegen. Toen mijn stem naar buiten kwam klonk hij vreemd metaalachtig.

'En denk je niet ... ik bedoel, je vond niet dat je loog tegen papa en mij? Dat je fatsoenlijk genoeg had moeten zijn om de waarheid te zeggen? Zodat ik de mogelijkheid had gehad om informatie over mijn vader te zoeken?'

'Ik heb genoeg voor je gedaan. Je hebt tenslotte een nieuwe vader gekregen. Een betere. En ik heb nog nooit gemerkt dat je iets te klagen had over je vader. Alleen aan mij mankeerde altijd van alles.'

Er moet iets mis met je zijn. Hoe vaak had ze dat de afgelopen jaren tegen me gezegd? Je bent niet normaal, je bent vreemd, je bent anders, er is iets mis met haar, zien jullie dat niet? Ze is saai, kleurloos, onhandig, ze lijkt helemaal niet op mij. Ik keek naar haar, een mooie maar enigszins verlepte, aangeschoten vrouw en ik dacht dat zij degene was die niet normaal was. Ze was ziek. Haar totale gebrek aan inlevingsvermogen, consideratie en moraal moest uit een ziekte voortkomen. Dat was het enige waaraan ik kon denken terwijl haar mond doorging.

'Toch deed ik alles. Natuurlijk, het was waarschijnlijk niet zo vreemd dat ik het in het begin lastig vond. Je was zo'n moeilijke baby. Maar daarna deed ik werkelijk alles. Toch stootte je me gewoon af en je mokte en zocht contact met je vader. En dat hij zo'n verdomd saaie piet was kon ik natuurlijk ook niet weten. Ik dacht dat het anders zou worden. Ik vind het een wonder dat ik het zo lang heb volgehouden. Voor jou, Eva, denk daaraan. Als ik alleen mezelf had gehad om me druk over te maken was ik al veel eerder weggegaan. En nu ga ik aan mezelf denken. Eindelijk. Nu ga ik weg. Je bent oud genoeg om voor jezelf te zorgen. Ik heb zo veel voor je gedaan. Tot het laatste moment.'

Ze kwam overeind, liep naar het raam en keek naar buiten. Het was donker geworden, maar de sterren straalden en het was volle maan. Ik zag het nu pas. Het was volle maan en de wezens van de duisternis, reële of denkbeeldige, stonden klaar om aan te vallen.

'Dus het is de bedoeling dat ik dankbaar ben?' Ik kon het niet tegenhouden. Ik kwam overeind en ging bij het vuur staan. Op de schoorsteenmantel stond de maagd Maria, en het witte marmer werd gestreeld door het licht van het vuur zodat ze meer leek te leven dan anders. Ze glimlachte. Maria, de moeder van God, kon het niet laten om te glimlachen. Mijn moeder draaide zich naar me om. Ze glimlachte ook.

'Natuurlijk moet je dankbaar zijn. Zelfs op dit moment mag je me dankbaar zijn. Omdat het niets is geworden met John.'

Ik kreeg braakneigingen toen ik haar lippen Johns naam hoorde uitspreken. Een plotselinge pijn sneed door mijn buik, en ik voelde dat er iets warms tussen mijn benen naar beneden liep.

'Wat bedoel je?'

Mijn moeders lippen lachten.

'Ik bedoel dat het niet bepaald een leven voor jou was geweest om op de kade te staan zwaaien en een zeemansvrouw te zijn. Dat zou ik geworden zijn, en dat ging nog voordat het begonnen was verkeerd. Helemaal alleen voor een stel kinderen zorgen en een kerel hebben die één keer in de drie maanden thuiskomt en je weer zwanger maakt als je pech hebt. Terwijl jij zo geïnteresseerd bent in wiskunde en zo. Je had altijd elk dubbeltje moeten omdraaien. Dat heb ik ook tegen hem gezegd, en hij was blijkbaar slim genoeg om te begrijpen dat ik gelijk had. Met zulke kerels kun je het een tijdje leuk hebben, maar ze zijn niet geschikt om er een leven mee op te bouwen. Geloof me.'

Ik staarde naar haar. Er waren die avond veel hazen buiten, en een ervan zat nu op het grasveld en keek door het raam naar binnen alsof hij luisterde. Zijn neus trilde, misschien omdat hij begon op te zwellen. De bomen kraakten gelaten en donkere, vreemd gevormde wolken sloegen elkaar op de rug.

'Wanneer heb je hem gesproken?'

'Ik was voor Kerstmis toch in Londen? En ik had zijn telefoonnummer, dus belde ik hem op goed geluk op en ik kreeg hem te pakken omdat hij niet op zee was. We spraken af om elkaar in Londen te ontmoeten en toen heb ik het gezegd. Ik zei dat het geen leven voor jou was om samen te wonen met een marinier. Ik zei dat je dat waarschijnlijk zelf ook begon te beseffen maar dat je hem niet wilde kwetsen. Ik zei dat hij moest nadenken over wat het beste voor jou was als hij zo veel om je gaf. Ik denk dat hij het begreep. Ja, natuurlijk begreep hij het.'

Ik kon alleen het eenvoudigste vragen. Het concrete. Het tastbare.

'Hoe ben je aan zijn telefoonnummer gekomen?'

Mijn moeder glimlachte. En zo zal ik me haar herinneren. Ja, ze was mooi. Blond haar tot over haar schouders, rode lippen, plagerige ogen. De rimpels en het lelijke vest werden tactvol verzacht door de duisternis en het rode licht van het vuur en verstoorden het beeld niet langer.

'Hoe naïef kun je zijn, Eva? Hoe krijgt een vrouw het telefoonnummer van een man? Ik zeg toch dat hij niet iemand is om lang over te treuren! Ik heb nooit lang om een man getreurd. Zo goed was hij toch niet in bed? En hoe had het daar in Engeland met je moeten gaan? Je begrijpt toch wel dat ik alleen het beste met je voorheb? Ik ben tenslotte je moeder. Ik bedoel, het zou mij gelukt zijn. Ik ben altijd voor mezelf opgekomen. Ik durfde nieuwe dingen te proberen. Ik liet me niet afschrikken. Maar jij? Jij bent een lafaard.'

Ik zag de mond. Ik zag hoe hij openging om nog meer los te laten en ik voelde dat het moment nu gekomen was. Nu moest het volbracht worden. Nu moest ik haar het zwijgen opleggen. Voor altijd. Help me, maagd Maria, want ik ben een lafaard. Ik pakte het marmeren beeld en smeet het naar haar mond met een kracht waarvan ik nooit had gedacht dat ik die bezat. Ik hoorde ergens een deur slaan en het beeld vloog in een snelle boog naar mijn moeder, die niet eens tijd had om verbaasd te zijn toen het doel trof. Het miste haar mond maar raakte haar voorhoofd, en haar benen vouwden onder haar dubbel. Zonder een woord te zeggen zakte ze bij het raam in elkaar en viel op de grond.

Ik keek naar haar. Een paar minuten lang stond ik naar haar te kijken. Ze lag op haar rug met haar ogen halfopen. Haar ene slaap was ingedeukt als een ei dat op de grond was gevallen, en de wond was rood maar bloedde niet overmatig. Ik liet me op mijn knieën naast haar vallen en zag dat ze oppervlakkig ademhaalde, maar dat ze bewusteloos leek. Haar mond was halfopen en ik besefte dat dit mijn kans was om af te maken waar ik zo lang op had gewacht. Ik hoorde de wind huilen, hoorde hoe het buiten tekeerging, en ik zag dat de haas weg was. Mijn moeder zou nooit van me houden. Maar ik zou op mijn manier van haar kunnen houden, nu ze stil was en haar woorden me niet langer pijn konden doen.

De bleke rozen waren niet veel waard als roos, maar de bloemblaadjes waren nog steeds fris en het waren er genoeg. Ik keek naar de maan en trok de rozenblaadjes los, een voor een, en stopte ze in mijn moeders mond. Ze maakte geen aanstalten om te bewegen en het was gemakkelijk om haar lippen open te sperren en de lege ruimte op te vullen tot er geen plekje meer leeg was. Ik bleef zachte en soepele rozenblaadjes naar binnen duwen tot haar mond zo vol was dat ik ze naar binnen moest proppen. De laatste blaadjes hingen op haar lippen en verspreidden zich over haar wangen. Mijn moeder leek verrast, en ik dacht dat ik haar een gedempt geluid hoorde maken, maar dat werd overstemd door een afgelegen geknars en de roep van een vogel. Ik haalde een nieuwe kop thee en een van Berit Anells verse broodjes. Zo zat ik een eindeloze tijd naast haar. Een uur? Een nacht? Ik keek naar haar en zag hoe mooi ze was, hoe haar glimlach was gevuld met rozenblaadjes en hoe die rozenblaadjes elke holte in haar zouden vullen, elke lege ruimte in haar lichaam, hoe ze rozenblaadjes at en rozenblaadjes ademde, zodat haar longen en maag verstopt raakten. Hoe ze was gevuld met het zachte, soepele, frisse en mooie. Hoe het andere werd vervangen. Ik zat bij haar tot haar borstkas niet meer bewoog. Tot haar hart, toen ik mijn hand erop legde, niet langer antwoord gaf door terug te duwen.

Ik zat daar tot het vuur langzaam doofde en een gloed was geworden en er geen geluid meer te horen was, niet binnenshuis en niet buitenshuis. Ik keek naar haar en dacht eraan hoe ze was geweest, binnenshuis en buitenshuis. Dat ze buitenshuis, naar buiten toe, vrolijk en vriendelijk was geweest, flink en zorgeloos, fantastisch en spectaculair, een versierde façade. Dat het rottingsproces binnenshuis plaatsvond, waar alleen mijn vader en ik het konden zien, alleen wij wisten hoe ze loog en bedroog. Daar, binnenshuis, wisten alleen wij dat ze misschien depressief was of vervuld van angst, dat ze nooit kon praten, luisteren of vergeven. En hier, binnenshuis, wist ik dat ze alleen had gewaardeerd wat ik had gedaan, en nooit wie ik was geweest.

Ik dacht aan alles wat ik over mezelf had gehoord, alles wat ik niet was geweest, niet had gekund, me niet was gelukt. Maar dat ze niet wist wat ze deed toen ze me de naam Eva gaf. Wat leven betekent. Ik dacht aan Britta en aan John. Ik wist dat het voorbij was. Ik kon eindelijk vrede voelen. Ik kon de stilte voelen.

Wat later trok ik warme kleren aan en ik liep naar de garage, waar ik een bijl, een schep en een koevoet haalde. De wind benam me een moment de adem, maar ik wist precies wat ik moest doen en dat het de rest van mijn leven zou bepalen. Busters geest was vlakbij, en ik koos de hoek in de tuin waar de minste stenen in de grond zaten. Toen begon ik te hakken en me naar beneden te vechten. Hoelang ik heb gegraven weet ik niet, maar ik denk dat het een paar uur is geweest. Ik voelde helemaal geen kou, maar in plaats daarvan warmte die zich verspreidde en die maakte dat mijn innerlijke rijp tijdens het graven langzaam ontdooide. Ik bedankte een mogelijke god voor de zachte winter, en ik weet dat het gat ten slotte lang en breed genoeg was en dat ik terugging naar het huis, waar mijn moeder nog lag. Ze zag bleek. Het rode in de wond was gestold en verspreidde zich als een gedroogde roos over haar voorhoofd en toen ik haar vastpakte waren haar armen koel. Buster was aan zijn laatste reis begonnen in een oude zak, maar voor mijn moeder vond ik een stoffen kledinghoes. Hij was lang genoeg, hij was rood en hij had een rits, en ik wist dat ze dat fijn gevonden zou hebben. Er zat dus toch een rits in het doodskleed.

Ik stopte haar in de zak en duwde en sleepte hem afwisselend naar het gat. Waar ik de kracht vandaan haalde weet ik niet, maar ik verdenk de maan ervan dat ze me hielp, en ik voelde me dankbaar toen het me ten slotte lukte om haar in het gat te rollen dat ik had gegraven en ik haar kon bedekken met aarde. Ten slotte getuigde bijna niets van de gebeurtenissen. De aarde was weliswaar omgewoeld, maar dat was iets wat ik de volgende dag al wilde camoufleren.

Ik ging weer naar binnen, verwijderde het beetje bloed dat op de vloer lag en wreef Maria schoon. Ik was blij dat ze geen schade had opgelopen en zette haar op haar plaats terug. Als een goede moeder was ze er geweest toen ik haar nodig had. Daarna liep ik naar mijn moeders koffer. Ik deed hem open en zag dat hij slordig was ingepakt zoals altijd, dat hij maar halfvol was en dat ik haar jas en haar laarzen er gemakkelijk bij kon stoppen. Ik sleepte de koffer naar de garage en bedekte hem daar met oude troep. Van de zomer zou hij zijn eigen begrafenis op zee krijgen. In de zee waar mijn vader, Simon, misschien rustte. In de zee waarop John voer.

In de zee die misschien ondanks alles bodemloos was, maar waar de walvissen tot nieuw leven kunnen worden gewekt doordat ze onderduiken. En ik besefte dat een mens die zich schuldig voelt dat vaak doet omdat hij is aangeklaagd. Niet omdat hij heeft gezondigd.

30 juli

Even dacht ik dat de kracht me in de steek zou laten en dat het me niet zou lukken om verder te schrijven. Ik vermoordde mijn moeder en dacht dat ik misschien ook dood zou gaan. Toen ik gisternacht opnieuw beleefde wat ik had gedaan, deze keer met woorden en niet met daden, dacht ik weer dat het nu zou gebeuren. Nu ga ik ook dood. Maar de rantsoenering van gevoelens die me sinds die dag hielp overleven, redde me opnieuw. Ik kon het dagboek dichtslaan en het wegleggen en in bed kruipen, en ik sliep zelfs een paar uur en werd door niemand gestoord, zelfs niet door Schoppenkoning. Ja, ik bleef hem zo noemen, ik had hem al die jaren zo genoemd en doe dat nog steeds. Schoppenkoning, hoewel ik zijn naam waarschijnlijk had moeten veranderen in Simon Koning. Papa Koning. De koning van het leven. Ik wist niet waar hij was, maar die dag kreeg ik in elk geval te horen wie hij was.

Ongeveer een jaar nadat mijn moeder uit mijn leven was verdwenen en de rozen op haar graf begonnen te groeien, probeerde ik uit te zoeken wat er met hem was gebeurd. Ik nam contact op met de politie in Stockholm, maar ik had zo weinig informatie dat ze niet veel konden doen. Een voornaam, een maand en een jaartal is niet voldoende om uit te zoeken wat er daarbuiten op zee was gebeurd. Ik belde zelfs een paar vrienden van wie ik dacht dat mijn moeder met hen was omgegaan toen ze jong was, maar niemand die ik te pakken kreeg kende haar zo lang dat ze zich een Simon konden herinneren. Ten slotte moest ik het laten rusten.

De tijd zou me het antwoord geven als hij dat wilde. Of Schoppenkoning zelf. Dat geloofde ik in elk geval toen. Vandaag weet ik dat hij me geen antwoord wilde geven. Natuurlijk is hij er voor me geweest. Al die jaren is hij aanwezig geweest in mijn dromen en fantasieën, maar op zijn heel eigen voorwaarden. Hij heeft me gestreeld en heeft me als een vader de les gelezen en was mijn minnaar als ik liefde nodig had, maar hij heeft zijn identiteit nooit bevestigd. Alleen toen ik hem onder druk zette koos hij ervoor om onder te duiken, net zoals de walvissen waarover hij vertelde toen ik nog ongeboren in een baarmoeder lag te luisteren.

Vanochtend begon de dag stralend en ik was net in de tuin gaan zitten met koffie en brood toen Gudrun en Petra hijgend aan kwamen lopen. Eigenlijk hijgde Gudrun voornamelijk, en het shirt dat ze droeg was al nat onder haar armen. Het lange grijze haar stond alle kanten uit, en met de zachte, pafferige wangen leek ze een beetje op de hamster die ik nooit heb gekregen. Ze droeg een korte broek die mollige benen met blauwe aderen onthulde en een geel, gevlekt shirt dat over haar buik spande. Petra daarentegen zag er koel en fris uit in alweer een nieuwe zomerjurk in een zachte, lila stof. Haar haren waren nog steeds blond en de wondjes bij haar mond waren helemaal verdwenen.

Ik keek naar hen, mijn vriendinnen die ik al heel lang had, en ik voelde een soort weemoed over wat er van ons allemaal geworden was. De dromen die we hadden zijn samengeperst tussen de kanten van het leven, zodat het driedimensionale plat en geurloos is geworden. Sven is naar het dorp gegaan om met Örnen te praten, hoewel ik hem de belofte heb afgedwongen dat hij niets met mijn rozen doet als ik er niet bij ben. De verguisde paal staat nog steeds in mijn rozencollectie, en elke keer als ik ernaar kijk word ik eraan herinnerd dat vampiers onschadelijk gemaakt kunnen worden als hun hart wordt doorboord met een houten paal. Ik had die ochtend een arm vol rosa dumalis geplukt, de rozenbottels worden trouwens al zichtbaar, en zette de pracht op de ontbijttafel in de tuin. Toen Gudrun ging zitten kon ze de verleiding niet weerstaan om haar hele hoofd in de bloemen te duwen en de geur op te snuiven.

'Hoe jij dat toch met je rozen doet is me een raadsel, Eva. Die van mij verwelken of gaan dood of krijgen luizen, wat ik ook doe. Ik plet de luizen tussen mijn vingers of bespuit ze met een zeepoplossing, en dat lijken ze alleen grappig te vinden. Maar ik breng het niet op om tegen ze te praten en dat doe jij wel, de hele tijd. Heb je een kop koffie voor ons, ook al komen we onverwacht?'

'Natuurlijk, haal er een in de keuken en maak een boterham voor jezelf', antwoordde ik. Gudrun verdween met gretige stappen naar de keuken, terwijl Petra eerst een rondje om de rozencollectie maakte alsof ze bevestiging zocht dat Gudrun gelijk had, dat ik er goed in ben.

Maar ik kan hen niet vertellen hoe ongecompliceerd rozen zijn. Chagrijnig, dat misschien wel, maar het is toch veel gemakkelijker om van een rozenstruik te houden dan van een moeder. Wie zijn best doet krijgt alles terug. Verzorging en voortdurende liefde geven resultaat. Als de herinneringen zich opdringen denk ik aan een mond vol rozenblaadjes en hoe het slechte daardoor werd gefilterd. Dat ze ooit was doordrongen met rozen. Ik kan alles zien als door een rooster. Ze wilde me niet hebben, maar ze is altijd bij me. Als de wind de geuren meeneemt, die heerlijke van honing verzadigde geuren, kan ik toch geloven dat er van me gehouden wordt. Dat mijn inspanning beloond is. Zelfs al heb ik daar op een bepaalde manier met mijn leven voor betaald.

Gudrun kwam naar buiten met een grote beker koffie en een paar boterhammen op een bord. Ze kauwde, wat bewees dat ze de eerste hap al had genomen tijdens het voorbereiden, precies zoals ze altijd deed. Berit Anells brood is niet meer dan een herinnering, maar dit brood, dat Sven heeft gekocht bij Åsa Hembageri, kan er redelijk mee door. Gudrun ging zitten en zuchtte.

'Ik snap niet dat ik zo'n honger heb, maar mijn ontbijt lijkt zo snel verteerd te zijn. Sixten moest ergens naartoe, en toen bleef ik alleen achter en ik had gewoon geen trek meer. Het is altijd leuker om in gezelschap te eten.'

Ze nam nog een hap en een slok koffie en leunde toen achterover in de stoel terwijl ze haar gezicht naar de zon draaide.

'Ik moet eigenlijk niet zo veel in de zon zitten met dat oude, gerimpelde gezicht, maar daar trek ik me niets van aan. Jullie hebben het fantastisch hier. Bij ons is het zo rommelig op dit moment. Ik heb geprobeerd om een beetje op te ruimen, maar het lijkt alsof ik de meeste spullen van de ene hoek naar de andere verplaats.'

'Heb je al tijd gehad om een beetje op Iréne te letten?' Gudruns verhaal over opruimen is als het sprookje over de zoete pap. Als je de juiste toverspreuk niet vindt, loopt er zo veel pap uit de pan dat de hele omgeving ten slotte overstroomd raakt. Maar Iréne lijkt vandaag het juiste toverwoord dat een eind maakt aan het overstromen. Een paar dagen geleden is ze namelijk verhuisd naar een ander verzorgingstehuis. Naar dat van Gudrun, om precies te zijn, het tehuis dat Sven Huize Pikloos noemt. Ik zeg het tehuis van Gudrun, hoewel ze natuurlijk niet de eigenaar is, maar daar alleen werkt en de dingen doet die ik in Sundgården heb gemist. Ze voert de oudjes, doucht hen soms en zet hen in de zon als ze tijd heeft. Tot nu toe heeft ze nog niet zo veel met Iréne kunnen doen omdat haar overplaatsing zo snel is gegaan. Alweer.

Gudrun zuchtte. 'We hebben zo weinig personeel nu het zomer is dat we werkelijk iedereen nemen die solliciteert. Ik weet niet wat ze bij het arbeidsbureau doen, maar we plaatsen voortdurend advertenties en er reageert nooit iemand op. Vorige week hebben we een man uit Algerije gekregen, hoewel, hij heeft z'n hele leven in Frankrijk gewoond. Dus hij praat voornamelijk Frans en een beetje Zweeds en hij is niet zo jong meer. We zuchtten hartgrondig toen hij kwam. Hij droeg zulke rare sandalen, en geitenwollen sokken. Maar ik moet zeggen dat we van mening zijn veranderd. Hij gaat zo goed met de oude vrouwtjes om. Gisteren zag ik dat hij bij Iréne aan tafel zat. Ze had nog niet gegeten en ze was moe en wilde gaan liggen. Hij sloeg zijn arm om haar heen en zei: "Iréne, wil je misschien een café au lait? Voor mij, Iréne?" Alleen de manier waarop hij het zei, met een beetje een Frans accent, maakte dat het plotseling heel aantrekkelijk leek om een simpele kop koffie met melk te drinken. Dus Iréne knikte en dronk zelfs twee koppen. Hij bleef de hele tijd bij haar zitten en praatte met haar. Iréne liet hem beloven dat ze op de dag dat ze te krakkemikkig werd samen met hem zou proosten met een café au lait en dat hij haar daarna in het Helsjön zou rollen. Want ze had geen zin om weg te rotten terwijl ze zo'n leuk leven had gehad. Dat hoorde ik haar zeggen, zelfs al praatte ze onduidelijk. Toen zag Iréne er zelfs redelijk tevreden uit. Maar ze eet niets.'

Ik zuchtte.

'Hoeveel tijd denk je dat ze nog heeft?'

Gudrun nam een grote hap van haar boterham en moest haar hoofd boven het bord houden omdat er een stuk kaas uit haar mond dreigde te vallen.

'Weet je, dat is zo moeilijk te zeggen. Een deel geeft het op zodra ze onze deuren binnenkomen. Ze besluiten dat ze dood willen, en dan gaan ze ook dood. Anderen klampen zich aan het leven vast. En Iréne lijkt zich heel gemakkelijk te hebben aangepast, in tegenstelling tot wat degenen die haar kennen misschien hadden gedacht. De meisjes die vakantie-werk doen mogen haar graag. Ze zeggen dat ze zo dankbaar is.'

Dankbaar. Soms is het leven zo ironisch. Petra kwam naar ons toe nadat ze de rozen had bewonderd en haalde ook een kop koffie. We praatten een tijdje over Iréne, hoe ze had geleefd en hoe anders ze was geweest, en Petra zuchtte.

'Een vriendelijk mens is ze nooit geweest, dat weten we allemaal. Maar toch kun je het niet laten om je te herinneren wat ze heeft gedaan en gezegd en gevonden. Misschien moet je juist niet vriendelijk zijn om in de herinnering te blijven. Misschien val je te weinig op als je te vriendelijk bent.'

'Moeder Theresa kon dat wel.' Gudrun viel aan met het eerste wat haar te binnen schoot. Petra lachte een beetje.

'Moeder Theresa, ja. Wie is er geen moeder Theresa? En dat wordt niet beloond met aandacht van de kranten of geld. Misschien is het beter om Iréne als voorbeeld te nemen dan moeder Theresa. Pas toen ik weigerde om nog langer moeder Theresa te spelen gebeurde er iets positiefs in het huwelijk van Hans en mij.'

Omdat ze er zelf over begon stond het Gudrun en mij vrij

om ernaar te vragen, en dat deden we. Petra tilde afwerend haar handen op.

'Ik moet zeggen dat ik niet weet wat er gaat gebeuren. Hij heeft twee keer gebeld en door de telefoon kan hij niet zwijgen. Daar is hij te gierig voor. Om te betalen om te zwijgen, bedoel ik. Dus hebben we een soort gesprek gehad en hij heeft gezegd dat hij bereid is het weer te proberen als ik het ook probeer. Als ik vraag wat ik dan moet proberen zegt hij dat hij ook behoeften heeft. Meer zegt hij niet. Alleen dat hij behoeften heeft. En ik weet eerlijk gezegd niet of dat voldoende is. Want ik moet zeggen dat ik me heel lang niet zo goed heb gevoeld als nu. Als ik thuiskom ziet het huis eruit zoals ik het heb achtergelaten. En alle troep die weg is ... Het lijkt alsof ik mijn halve leven heb weggegooid. De slechte helft dus, en ik kan er niets aan te doen dat er heel veel Hans bij die helft zit.'

'Weet hij dat je zo veel hebt weggegooid?' vroeg Gudrun met begerige nieuwsgierigheid in haar stem. Ik weet dat ze een heleboel spullen van Petra heeft gekregen, hoewel haar eigen huis al overvol is.

'Hij weet dat ik heb schoongemaakt en opgeruimd. Maar dat kan alles of niets betekenen, en ik weet zeker dat hij krankzinnig wordt als hij ziet dat ik het oude aquarium dat al meer dan twintig jaar in de kelder stond heb weggegooid. Geen van de kinderen heeft het ooit willen hebben, ze waren de vissen twee dagen nadat we ze hadden gekocht al zat, en dus moest ik ze verzorgen, zoals gewoonlijk. Nu kan ik het niet laten om me af te vragen waarom. Ik bedoel, we hebben altijd twee keer per week vis gegeten, dus waarom voelde ik me dan moreel gedwongen om die kleine kleurige stakkers die in hun glazen bak heen en weer zwommen in leven te houden? Ik wilde ze niet eens. Ik had ze, net zoals de anderen deden, kunnen verwaarlozen, en dan waren ze doodgegaan en was het een probleem van iedereen geweest. Nu werden de vissen na een paar weken mijn probleem en verantwoordelijkheid, omdat niemand er iets aan deed en ik geen energie had om erover te zeuren. Stel je eens voor hoeveel vrouwen hamsters en cavia's en weet ik veel wat nog meer verzorgen, terwijl het in feite allemaal gewoon varianten op ratten zijn?'

Petra begon zich op te winden. Haar wangen waren rood, haar mond licht geopend en haar haren, die zo mooi hadden gezeten, raakten verward door de wind. Gudrun zuchtte.

'Ik moet zeggen dat ik er bewondering voor heb dat je je man eruit hebt gegooid. En dat je jezelf zo goed verzorgt. Het enige wat ik doe is troosteten en het lukt me maar niet om ergens aan te beginnen. Ik moet opruimen, ik moet lijnen, ik moet bewegen, ik moet alles doen wat ik haat. Maar ik doe het niet. Gisteren was ik ergens uitgenodigd, en ze hadden zulke heerlijke chocolade uit Zwitserland bij de koffie, en het leek wel of ik behekst was. Toen niemand het zag pakte ik een paar stukken chocola en stopte ze in mijn zak. Maar ik vraag me af of de gastvrouw het misschien wist, want ze keek zo naar me toen we weggingen, zowel medelijdend als minachtend. En Sixten ... jullie hoeven niet net te doen alsof jullie het niet weten en ik het niet weet, want we weten allemaal waar hij mee bezig is. Ik probeer het te negeren, maar natuurlijk merk ik dat hij alle vrouwen die hij tegenkomt betast. Het doet pijn, zelfs al begrijp ik dat ik misschien niet meer zo aantrekkelijk ben. Maar dat ik minder ben dan alle anderen ... Het is namelijk niet zo dat ik niet wil. Ik wil altijd. Ik heb het altijd gewild. Maar hij wil niet. Alleen andere vrouwen betasten, dat kan hij.'

'Maar Gudrun, misschien is dat het enige wat hij kan.' Ik kon me niet inhouden omdat ik zo'n medelijden met haar had. Ik had zo'n medelijden met de begeerte die was ingebed in al dat glanzende, royale vet.

'Ja, daar heb ik natuurlijk ook aan gedacht. Ik heb ook geprobeerd er met hem over te praten. Geprobeerd te begrijpen waarom we nooit ... maar dan wordt Sixten net als Hans. Hij klemt zijn lippen op elkaar en zegt niets. Ja, hij zegt dat hij het kan als hij wil. Net zoals bijna alle mannen alleen horen wat ze willen horen.'

Gudrun klonk verbitterd. Petra liep weg om de koffiepot te halen en schonk opnieuw voor ons in. Daarna ging ze naar de keuken en kwam terug met warme, opgeklopte melk die ze in de bekers schonk, waarschijnlijk geïnspireerd door Gudruns verhaal over de café au lait. Gudrun nam een slok, er kleefde een beetje schuim op haar bovenlip. Ze richtte zich tot Petra.

'En jij? Jij en Hans? Hoe hebben jullie dat aangepakt?'
Petra zuchtte.

'Aangepakt. Ja, dat is waarschijnlijk het juiste woord. Ik deed het zoals ik het aquarium schoonmaakte. Ik pakte een doek en veegde na afloop alles schoon.'

Gudrun en ik konden het niet laten om te lachen, en ten slotte kon Petra niet anders dan meedoen. We lachten plotseling zo dat we rimpels in ons hele gezicht hadden, en zo vond Sven ons toen hij de hoek om kwam.

'Hallo, dames', riep hij en hij verdween in huis. Petra droogde haar ogen, die overgestroomd waren, en keek naar me. En plotseling wist ik dat de vraag in de lucht hing, hoewel Petra en Gudrun hem allebei niet wilden stellen.

Hoe was dat bij jullie? Hoe hebben jullie dat gedaan?

'Wij hebben het ook aangepakt. Op onze manier', zei ik, en mijn trouwe vriendinnen lieten me met rust en begonnen in plaats daarvan naar Susanne te vragen, wat een heel natuurlijke overgang leek.

'Ik geloof dat ze zich beter voelt. De scheiding was een harde klap en ze was geschokt dat zoiets haar kon gebeuren. Dat Jens een ander had. Ze heeft altijd gedacht dat je de risico's kunt minimaliseren als je maar hard genoeg werkt, en het heeft niet geholpen dat ik haar altijd heb voorgehouden dat je je niet kunt indekken. Dat het leven altijd een extra aas in zijn mouw heeft. Het ergst was de oneerlijkheid, denk ik. Niet dat hij een ander had, maar dat hij het zo lang geheim heeft gehouden. Susanne verafschuwt leugens, en alles wat ik haar heb verteld over de leugenachtigheid van de wereld heeft daar geen invloed op gehad.'

Petra glimlachte een beetje.

'Ik weet nog hoe ze was toen ik op haar paste. Jij had die baan bij het reisbureau. Het was zo'n heerlijk kind. Donker en rond en warm als je haar oppakte, als een pas gebakken brood. Ik weet dat het bijna onmogelijk was om niet in haar buik te knijpen omdat die zo heerlijk zacht en glad was, maar elke keer als ik haar probeerde te knuffelen kronkelde ze als een worm. "Niet, niet", riep ze. En het lukte me nooit om haar schoon te houden. Alles wat je haar aantrok maakte ze vies. En weet je nog dat ze het zo heerlijk vond om te zwemmen? Het maakte niet uit hoe koud het water was. Ze rende er gewoon in, en dan ging ze net als een eend met haar hoofd onder water, alsof ze iets zocht, en dan rende ze er weer uit en maakte ze mij nat. Geen van mijn kinderen heeft ooit van zwemmen gehouden, hoe ik het ook probeerde.'

Petra. Ouwe, trouwe Petra die in die periode werkloos was en niet wilde studeren en die zo graag voor Susanne zorgde in de uren dat ik weg was. Gudrun. Die zag hoe mijn buik groeide en zonder een woord te zeggen alle vermoeiende taken bij Berit Anells bakkerij van me overnam als ik het niet kon. Een vriendschapsleven samen. Een leven waarvan ze allebei bijna alles weten, maar toch zo weinig. We hebben zo veel meegemaakt. Samen. Allemaal in onze eigen richting en toch eenzaam.

Ik plantte mijn eerste roos een paar dagen nadat ik mijn moeder had begraven. Een Peace-roos. John had de as van de brief van zijn dode vriendin over een Peace-roos gestrooid, en nu was het mijn tijd om een roos van de vrede te laten groeien op een daad die de weg had vrijgemaakt voor vrede in de oorlog om mijn leven. En paar kilometer buiten het dorp was in die tijd een mooie grote kwekerij en een van de tuiniers hielp me niet alleen met het vinden van een mooie Peace, maar leerde me ook bijna alles over het kweken van rozen. Ik kocht op zijn advies verschillende soorten om te combineren, en ik verzorgde mijn bloemen vanaf het eerste moment. Het duurde niet lang voordat mijn Peace met een verbluffende schoonheid bloeide, en ik kon al van de eerste bloemen genieten toen Susanne die zomer geboren werd. Ze waren groot, gevuld en geel met een roze nuance die bij de kroonbladeren begon en zich naar het centrum verspreidde, en ik genoot ervan dat het me was gelukt. Tijdens het verzorgen van de rozen praatte ik met mijn moeder over alles waar we nooit over hadden gepraat, en ze antwoordde met de schoonheid van de rozen en de streling van de wind. Alles wat ze zei was gedrenkt in de geur van de bloemen. Ik voelde het en ik kon erom lachen. Ze kon doen wat ze wilde, maar alles zou altijd zijn doordrenkt van rozen, hoe ze zich ook probeerde te verweren. Ze was in haar eigen val gelopen. Net als het beest was overwonnen door Belle.

Mijn vader kwam een paar dagen nadat mijn moeder was gekomen en gegaan. Ik vertelde hem alles, behalve hoe ons afscheid was verlopen. In de versie voor mijn vader verdween ze door de deur en stapte ze in een taxi die haar naar de luchthaven zou brengen, waar ze op een vliegtuig naar Londen zou stappen. Ik geloof niet dat het hem veel kon schelen. Het feit dat ze had verteld dat hij niet mijn biologische vader was overschaduwde al het andere, en hij deed er onmiddellijk alles aan om achter de waarheid te komen. Ik neem aan dat een DNA-test de kwestie tegenwoordig onmiddellijk ophelderт, maar in die tijd ging dat niet zo makkelijk.

Mijn vader en ik moesten naar een van de ziekenhuizen in Göteborg om verschillende onderzoeken te ondergaan, en de uitslag die we kregen was ondubbelzinnig. Onze bloedgroepen bewezen dat mijn vader mijn vader niet kon zijn, en mijn moeders onthulling was dus meer dan een agressief spel geweest. Het was de waarheid. Mijn vader kon bovendien bevestigen dat het precies zo was gegaan als zij had verteld. Ze waren een korte tijd samen geweest en daarna had ze hem weggegooid als een oude handschoen en had hij geprobeerd haar te vergeten met de vrouw met wie hij al een hele tijd omging, maar zonder resultaat.

'Toen ze het restaurant binnenkwam wist ik dat ik er alles aan zou doen om haar terug te krijgen', zei hij verbitterd toen hij vertelde wat er zesenvijftig jaar geleden was gebeurd.

'Toen ze zei dat ik de vader was en dat ze een relatie met me wilde was ik alleen gelukkig. Wantrouwen kwam er nooit aan te pas. Natuurlijk was ik naïef, en natuurlijk ben ik al die jaren naïef geweest, Eva. Ik heb immers gezien hoe ze leefde. Waarschijnlijk had de gedachte dat het kind dat ze zo trots in haar buik droeg niet van mij was ten minste één keer bij me op moeten komen. Maar mensen geloven wat ze willen geloven. Ik was verliefd. Ik was waanzinnig verliefd. Toen jij kwam had niemand me zover kunnen krijgen om eraan te twijfelen dat je mijn dochter was. Je bent immers altijd van mij geweest.'

Hij streelde mijn wang toen hij dat zei, de eerste aanraking sinds we wisten dat we geen vader en dochter meer waren, maar alleen man en vrouw. Ik herinner me dat ik toen al nadacht of het anders was, maar ik voelde niets, alleen de warme onvolmaaktheid die mijn vader altijd voor me was geweest. Toch was hij degene die in zijn onvolmaaktheid naast me stond toen ik de uitslag kreeg dat ik zwanger was. Ik wist het al. Mijn lichaam had het me verteld en Berit Anell had mijn innerlijke zekerheid bevestigd, maar door de conclusie van de arts was er geen weg terug. Mijn moeder had me verteld dat een abortus niet gemakkelijk te krijgen was toen zij zwanger raakte, en misschien was het ook voor mij niet gemakkelijk. Maar dat deed er helemaal niet toe.

Ik wist dat het verlies van John voor altijd de mogelijkheid uitsloot om me voor een ander open te stellen. Maar ik droeg zijn kind, en ik wilde het hebben. Alleen al het feit dat ik een stukje van hem bij me droeg zonder dat hij dat wist hielp me om zijn verraad te verwerken. Het moest een straf zijn om een kind te hebben zonder het te weten, en het zou helpen om van je kind te mogen houden als je niet langer van de vader van je kind mocht houden. Ja, ik wist de hele tijd dat ik van mijn kind zou kunnen houden.

Het klinkt eenvoudig nu ik het schrijf, eenvoudig en banaal, en ik kan me voorstellen dat het voor velen misschien andersom is, dat een vrouw het moeilijker vind om te houden van een kind waarvan de vader ervandoor is gegaan. Maar ik weet het niet. Ik had alleen mijn eigen oplossingen, mijn eigen gevoelens en mijn eigen ervaringen. Ik had mijn moeder vermoord. Maar het feit dat ik nieuw leven droeg gaf me het gevoel dat ik vergiffenis had gekregen. Ik was nog maar zeventien toen ik de beslissing nam en achttien toen ik haar ter wereld bracht.

De vader die ik nog steeds mijn vader noem accepteerde mijn besluit zonder dat hij probeerde me over te halen. Misschien begreep hij dat het kind mijn redding zou zijn, en hij steunde me met hart en ziel. Een paar weken na de confrontatie met mijn moeder verhuisde hij naar Frillesås met de vaste overtuiging dat hij zou blijven om me te helpen. In het begin wist ik niet of ik het prettig vond, maar ik leerde al snel om dat te doen. Hij forensde naar zijn werk en ik bleef in de bakkerij.

Ik vroeg om een persoonlijk gesprek met Berit Anell, en vertelde haar over de zwangerschap en dat mijn vader was gekomen om voor me te zorgen, hoewel we hadden ontdekt dat hij mijn biologische vader niet was. Ik wist dat ze het voor zich zou houden en daarom moest ik het aan verschillende mensen vertellen om er zeker van te zijn dat iedereen in het dorp wist dat mijn vader mijn vader niet was. Het was geen moeilijke beslissing om aan de wereld te vertellen dat we niet biologisch verwant waren, het was de enige juiste. Met John was de liefde voor een partner verdwenen. Met mijn vader had ik een vriend in mijn buurt. Liefde op een andere manier. Absolute eerlijkheid, betrouwbaarheid en steun wanneer ik dat nodig had. Eigenschappen die voldoende moesten zijn voor een heel leven als je er spaarzaam mee omgaat. En ik nam wat me werd aangeboden en was er zuinig op.

We hoorden niets van mijn moeder. Ik wist dat dat ook niet zou gebeuren. Op de dag dat ik de Peace-rozen plantte, schreef ik een brief naar mijn moeders werk in haar handschrift, dat ook altijd mijn handschrift was geweest, en nam met onmiddellijke ingang ontslag. Ik schreef dat ik inderdaad naar Londen zou verhuizen, maar dat ik een baan bij een opwindend bedrijf had gevonden. Ik bedankte voor de afgelopen jaren en vroeg of eventuele brieven naar het oude adres in Stockholm konden worden gestuurd, waarvandaan ze werden doorgestuurd omdat ik nog niet wist waar ik zou gaan wonen.

Met de gedachte aan mijn moeders karakter leek het me heel natuurlijk dat ze snel besliste als er iets beters op haar pad kwam, en omdat ze alles had voorbereid voor een verhuizing, nam ik aan dat haar post doorgestuurd zou worden naar Londen. Als de post daarna terugkwam in Stockholm zou deze waarschijnlijk vroeg of laat bij ons belanden, omdat mijn vader bezig was om het huis te verkopen en had geregeld dat de post naar Frillesås werd gestuurd. Misschien zou de brief terugkomen bij het bedrijf van mijn moeder, maar zelfs dan zou hij naar ons worden gestuurd als het belangrijk was. Het moest lukken. Een paar weken later kwam er een brief voor mijn moeder waarin ze werd bedankt voor de afgelopen tijd, dat ze al wisten dat ze aan iets nieuws toe was en dat ze haar nogmaals veel succes wensten. De brief was naar een hotel in Londen gestuurd, maar was daarvandaan naar Stockholm en daarna naar ons gestuurd.

Ik schreef geen brieven meer en ging ervan uit dat ik kon reageren als dat nodig was. Iedereen wist dat mijn moeder naar Londen was verhuisd, en dat niemand precies wist waar ze woonde kon verklaard worden met haar karakter en haar vermogen om in het nu te leven. Als iemand een brief terugkreeg met adres onbekend zouden ze waarschijnlijk gewoon denken dat ze was verhuisd zonder het te vertellen.

Er kwam maar één brief voor mijn moeder uit Londen. Hij was via Stockholm bij ons terechtgekomen en mijn vader gaf hem zonder een woord aan mij, alsof het hem helemaal niets kon schelen wat ermee gebeurde en ik een beslissing moest nemen over het lot ervan. Ik hoefde maar één blik op de afzender te werpen om te begrijpen dat het van de man was met wie ze zou gaan samenwonen, en ik deed hem ongeopend in een envelop met een briefje waarop alleen 'It's over' stond. Het is voorbij. De envelop stuurde ik met gemene voldoening naar de man. Ik was me er heel goed van bewust hoeveel pijn hij zou veroorzaken, maar miste het vermogen om medelijden te voelen.

Er kwamen geen brieven uit Londen meer. Er kwamen een hele tijd ook geen andere brieven voor mijn moeder, niet van het bedrijf, van een overheidsinstantie of van vrienden. Dat mijn vader geen levensteken van haar kreeg raakte hem niet. Hij zou nooit op het idee komen om te proberen contact met haar op te nemen of haar te zoeken. Ze was voor hem net zo dood als ze voor mij was. Hij had dat hoofdstuk van zijn leven afgesloten, hij had haar in een fles gestopt en de kurk erop gedaan, en hij was niet van plan om de fles te openen of te schudden. Ze had hem op zo veel manieren bedrogen, gebruikt en in de steek gelaten dat hij haar op zijn manier vermoordde. Zo verdween mijn moeder niet alleen uit de echte maar ook uit de imaginaire wereld.

Vlak voor de geboorte van Susanne verdween bovendien

het laatste spoor. Op een avond toen mijn vader laat werkte ging ik naar onze boot, die we pas een paar dagen eerder te water hadden gelaten. Ik was dik en onhandig en mijn moeders koffer was zwaar, maar ik legde hem op de bagage-drager van mijn fiets, bedekte hem met een deken en ver-telde aan iedereen die ik tegenkwam dat ik op Nordsten zou slapen. Het was niet eens een leugen omdat ik na de taak die voor me lag echt de nacht op de eilanden wilde doorbrengen. Ik voer voorbij Nordsten en toen ik alleen nog open zee voor me had gooide ik mijn last weg. De zon ging onder en de koffer dreef even op het water, maar zonk toen met een borrelend geluid, beschenen door de rode zonnestralen die zich helemaal tot de horizon uitstrekten.

Ik zette de motor af en liet de boot drijven en dacht aan John. Ik herinnerde me hoe hij in een van zijn brieven schreef dat hij na een feest in de vroege ochtenduren naar huis was gelopen en even bij de haven was gaan zitten om het leven op het land en op het water te bekijken. 'Steden kunnen 's ochtends vroeg zo mooi zijn', schreef hij. 'Ze hebben een verlaten schoonheid die ik overdag nooit zie, als iedereen rondrent en het afval rond auto's en bussen dwarrelt. Maar ondanks deze schoonheid voelde ik zo'n sterk verlangen om weer naar zee te gaan dat ik me nauwelijks kon beheersen.'

Ik moest naar de zee. Dat gold voor hem, dat gold voor mij, en zo zou het altijd blijven. Dat dacht ik toen ik een hele tijd in de boot had gezeten en had gezien hoe de koffer zonk en de golven zich erboven sloten. Dat dacht ik ook toen ik de boot naar Nordsten had gevaren, een provisorische slaap-plaats had gemaakt, een vuur had aangestoken, koffie had opgewarmd en mijn meegenomen brood had opgegeten.

Dat dacht ik toen ik in mijn slaapzak kroop om te slapen. Ik wist dat mijn vader waanzinnig zou worden als hij thuiskwam en begreep dat ik naar de eilanden was gegaan, maar hij kon hier niet naartoe komen om me te halen. Ik had de boot, ik had de vrijheid en ik had de zee. Ik zou morgen naar huis gaan, maar ik zou de zee altijd binnen in me dragen. Ik zou er altijd naar terugkeren.

De duisternis omsloot me toen ik op het gras ging liggen. Er waren die nacht sterren en ik herinner me dat de wind afnam en dat ik alleen het kalme geklots hoorde dat me in slaap wiegde. De volgende ochtend kietelde de geur van het gras mijn neusgaten en ik nam een ochtendduik in het water terwijl de vogels krijsten en naast me zwommen. Het Engelse gras glansde roze tegen de grijze rotsen, en ik zag een paar mooie bossen zeekool die ik liet staan omdat ze beschermd zijn. De zee was koud, nog niet opgewarmd door de zomer, en ik ging in de zon liggen en liet de stralen mijn buik verwarmen en ik voelde de baby binnen in me bewegen. Ik vermoedde dat het niet lang meer zou duren voordat ik zou bevallen, en ik voelde John binnen in me, zelfs al was hij uitgebroken. Het feit dat hij had gekozen voor een ander leven met een andere vrouw was plotseling bijna draaglijk. Onze liefde had bestaan. Ik had bemind en ik was bemind, al was het maar voor een moment in de eeuwigheid geweest.

Met dat gevoel ging ik terug, en ik had gelijk. De weeën begonnen een paar dagen later en mijn vader ging mee naar het ziekenhuis waar ik Susanne ter wereld bracht. Ze kreeg de naam van Johns zus, die ik een keer samen met zijn ouders had gezien. Susanne. Al blij toen ze ter wereld kwam. Een geboorte waarbij de engelen moeten hebben gezongen, omdat de ziekenhuiszaal was gevuld met gelach dat mijn kreten van pijn overstemde. Mijn vader reed me naar huis in de auto waarmee hij voor het ziekenhuis heen en weer had gereden zodat hij warm zou zijn op die koude en regenachtige julidag. Mijn vader hielp me met Susanne omdat ik verkouden was toen we thuiskwamen, mijn vader zorgde voor haar navelstompje tot het eraf viel en mijn vader legde haar aan mijn borst als ik haar moest voeden. Ik deed het graag. Ik dacht vaak aan de bloeding die ik had gekregen in de nacht dat mijn moeder me voor altijd verliet en dat ik nooit over het verlies van het kind dat het leven mij zo gul had gegeven heengekomen zou zijn. Ik bloedde een paar dagen, maar Susanne bleef zitten. Ten slotte wist ik dat ik het had gered. Wij hadden het gered.

We installeerden ons in het dorp, wij drieën. We werden ondanks alles tamelijk snel als een gezin beschouwd, mijn vader en mijn dochter en ik. Een paar maanden nadat Susanne was geboren, noemde ik hem geen papa meer en begon ik zijn echte naam te gebruiken. Sven. En omdat we een klein meisje in huis hadden en omdat mijn blik oud genoeg was geworden om bij een volwassen vrouw te passen begonnen de mensen in het dorp me al snel als Eva te zien en niet meer als dochter.

Daar denk ik aan nu ik zie dat Sven uit het huis komt en naar de tafel loopt waar Petra, Gudrun en ik zitten en bij ons gaat zitten met een vanzelfsprekende verbondenheid. Ik snap dat ze zich afvragen hoe wij het hebben 'aangepakt'. Hoe we hebben kunnen leven als een echtpaar terwijl we niet getrouwd zijn. En dat het moeilijk te begrijpen is dat hij voor ons heeft gezorgd. Op alle manieren. Dat het me niet interesseerde hoe hij de eisen van zijn lichaam heeft aangepakt, maar dat ik weet hoe ik mijn behoeften heb aangepakt.

Korte, anonieme, effectieve ontmoetingen. Dat was voldoende voor de gekrompen begeerte die John had achtergelaten.

En wat is er over na al deze jaren? Terwijl anderen treuren over de armzalige resten, hebben wij kameraadschap. De bodemloze loyaliteit, waardoor het vanzelfsprekend voor me was om Sven in dit dagboek mijn vader te noemen zolang hij mijn vader was en Sven toen hij dat niet meer was. Sven verzorgt de groenten, ik verzorg de rozen. Dat is nog steeds de uiterst simpele waarheid.

Augustus

2 augustus

En zo werd het ook dit jaar augustus. Het weer is de laatste dagen zo heerlijk geweest dat niemand wil luisteren als ik het erover heb dat de duisternis op ons wacht.

'Duisternis', zegt Sven. 'Dwaas meisje, je hebt altijd iets tegen augustus gehad. Wees gewoon blij dat de toeristen vertrekken en dat we een beetje rust krijgen. Je hebt er nooit van gehouden om op de rotsen te zitten als er anderen in de buurt zijn. Je hebt de zee altijd voor jezelf willen hebben.'

Hij streelt me even over mijn wang en glimlacht als hij het zegt. Ik denk eraan hoe hij nooit van mijn zijde is geweken sinds ik Susanne kreeg en hij er zelfs nooit aan leek te hebben gedacht dat hij een ander leven had kunnen hebben. Na een tijdje begreep ik dat hij gelukkig met ons en gelukkig met zichzelf was. Gelukkig omdat we eindelijk het juiste hadden gedaan. Omdat hij haar niet langer hoefde te verdedigen. Omdat hij had kunnen goedmaken dat hij er in mijn jeugd niet voor me was geweest. Toch zei ik het eerste jaar vaak tegen hem dat hij voldoende boete had gedaan voor datgene waarvoor hij misschien helemaal geen boete hoefde te doen. Ik was tenslotte niet zijn echte kind. 'Wat is een echt kind?' antwoordde hij, en daarop had ik eigenlijk geen goed antwoord.

Alleen wij wisten hoe we het samen hadden en alleen wij konden elkaar begrijpen. Daar denk ik aan nu ik weer bij de secretaire zit, hoewel het pas avond is en nog geen nacht. Sven is in de keuken aan het rommelen en heeft waarschijnlijk trek in een avondboterham. Zoals gewoonlijk heb ik geen trek, maar als hij me iets brengt zal ik het proberen. Ik besef dat mijn lichaam de manier waarop ik het behandel al snel niet meer zal accepteren. De pijn in mijn rug is vertrouwd, maar mijn maag begint op een nieuwe manier pijn te doen, het schrijnt en brandt. Natuurlijk weet ik dat ik niet goed genoeg voor mezelf zorg. Aan de andere kant, heeft het zin om je leven met een paar jaar te verlengen als je ziet hoe Iréne het heeft? Het antwoord is natuurlijk nee. De spring-rots op Nordsten lijkt nog steeds een goed alternatief, en als ik denk aan wat ik heb opgeschreven, besef ik dat ik ondanks alles meer dan veel anderen heb gekregen. Zoals alle stakkers die nooit bemind hebben of bemind zijn.

De zomergeuren zijn heerlijk, net zo heerlijk als in de zomer dat Susanne werd geboren. Ik ruik het gras en de bloemen en de rijpe bessen, net zoals toen, en ik kan Susanne nog steeds voor me zien, hoe ze in een tas onder de eerste rozenstruiken lag en zo goed sliep dat ze zelfs niet wakker werd van de hommels. Ik kon urenlang naast haar zitten om naar haar te kijken, de zachte huid, de donkere haren en de mond met een glimlach zonder glimlach die zo op die van John leek. Ze was een gemakkelijk kind, heel anders dan ik blijkbaar was geweest. Maar daar, onder de rozenstruiken, kon ik me zelfs verzoenen met mijn nukkigheid waarover ik altijd had gehoord. Sven forensde nog steeds en ik had verlof van Berit Anells bakkerij met de belofte dat ik terug mocht komen als ik dat wilde, maar dat gebeurde niet. De brief die in het begin van de herfst arriveerde veranderde de situatie en zorgde ervoor dat ik ander werk ging zoeken.

De brief was van een van mijn moeders vriendinnen en

was aan haar gericht, maar met een p/a-adres aan ons. Ik was alleen thuis met Susanne en maakte hem daarom meteen open zonder dat ik hem voor Sven hoefde te verstoppen. Ik las dat de vriendin ongerust begon te worden omdat ze zo lang niets van mijn moeder had gehoord en dat ze zich afvroeg of ze nog steeds in Londen woonde of dat ze verhuisd was. Ze had Sven en Eva niet willen bellen, schreef de vriendin, en ze kon alleen maar hopen dat de brief doorgestuurd zou worden.

Na een korte aarzeling schreef ik een antwoord in mijn moeders handschrift en legde uit dat ik bezig was om binnen Londen te verhuizen en dat ik haar daarom geen permanent adres kon geven, maar dat ik op dit moment op bezoek was in Frillesås. Ik probeerde me in mijn moeders wereld in te leven, besefte dat ze waarschijnlijk niet al te veel werk van haar brieven zou maken, en schreef met mijn moeders woorden over diverse mannen en vermoeiende feesten in 'swinging' Londen, dat aanzienlijk vrolijker was dan het oude Stockholm. Daarna verstuurde ik de brief en ik hoorde de daaropvolgende weken niets, wat me kalmeerde. Maar ik vermoedde dat ik alleen tijd had gewonnen en geen veiligheid. Vroeg of laat zouden er meer brieven komen, brieven die een antwoord vereisten zodat niemand zou gaan twijfelen, het was een situatie waaraan ik iets moest doen.

Toen Sven thuiskwam zei ik tegen hem dat ik naar Göteborg wilde en vroeg of hij voor Susanne kon zorgen. Ik hoefde niets uit te leggen. Hij had er alle begrip voor dat een jonge vrouw zoals ik er af en toe uit wilde en nam meteen vrij om voor mijn dochter te zorgen, wat niet eens een opoffering voor hem was.

De dag erop kon ik met een kennis meerijden naar Gö-

teborg en toen ik daar was ging ik systematisch de reisbureaus langs die ik kende. Ik weet niet of het nu nog mogelijk
is, maar toen liep ik gewoon bij de reisbureaus die ik had
uitgekozen naar binnen en zei dat ik de chef wilde spreken
omdat ik een baan zocht. Ik herinner me voornamelijk dat ik
vriendelijk werd ontvangen. De chef kwam tevoorschijn en
vroeg me in zijn kantoor te komen. Daar mocht ik vertellen
over mijn kwalificaties, mijn opleiding en waarom ik juist in
de reisbranche wilde werken. Vaak was het gesprek bijna
onmiddellijk afgelopen als duidelijk werd dat ik geen eindexamen had gedaan en op dit moment in een bakkerij werkte. Dat ik een alleenstaande moeder was vertelde ik niet
omdat dat mijn kansen beslist niet had vergroot, maar het
hielp niet. Nadat ik het op vijf verschillende plekken had
geprobeerd was ik doodmoe en ik ging naar een klein café
dat centraal lag maar dat toch niet te duur leek. Ik bestelde
een pot thee en een broodje en probeerde er zo lang mogelijk
mee te doen terwijl ik door het raam naar buiten keek alsof ik
daar het antwoord zou vinden.

Plotseling zag ik het. Er hing een bord op de hoek van de
straat bij een pand dat ik voor een kleine winkel had gehouden. 'Jacobis resor' stond erop en toen ik mijn ogen half
dichtkneep kon ik de foto's van Oostenrijk, Frankrijk en
Italië die in de etalage hingen bijna zien. Ik dronk haastig
mijn thee op, betaalde, ging naar buiten en stak de straat
over. Jacobis resor bleek inderdaad een reisbureau te zijn, zo
klein dat het me waarschijnlijk nooit was opgevallen. Ik deed
de deur open en toen het gerinkel mijn komst aankondigde
kwam er een man door de deur van het kantoor en liep naar
de balie.

Hij was klein en donker en droeg een slecht zittend kostuum en een paar versleten schoenen. Hij had bruine, bijna zwarte kraalogen en lange wimpers, en zijn haren plakten dun op zijn schedel. Hij nam me van top tot teen op, niet welwillend maar ook niet afwijzend. Hij zei niets, maar wachtte tot ik begon, en ik hoefde maar even om me heen te kijken naar de prospectussen en brochures en affiches om te beslissen dat dit inderdaad een reisbureau was en dat het de moeite waard was om te proberen het te veroveren.

Ik weet nog steeds hoe hij me observeerde terwijl ik vertelde wie ik was en wat ik wilde, alsof hij niet alleen mijn uiterlijk maar ook mijn innerlijk bestudeerde. Nu weet ik dat het zijn manier was om te onderzoeken of ik het karakter had waarmee hij overweg kon, maar toen maakte het me zo onzeker dat ik onder mijn armen begon te zweten.

'Kom in mijn kantoor, dan kunnen we praten', zei hij ten slotte, en ik volgde hem naar een eenvoudig kantoor, waar de meubels versleten waren, maar waar alles perfect geordend was, van de pennen in de pennenbak tot de agenda die in een rechte hoek tegen de bureaurand lag. Hij bood me een glas water aan dat ik accepteerde en toen vroeg hij opnieuw waarom ik naar hem toe gekomen was. Ik vertelde waarheidsgetrouw dat ik op een reisbureau wilde werken, dat ik pas achttien jaar was en dat ik geen eindexamen had gedaan, maar dat ik heel geïnteresseerd was in talen en goed in wiskunde was. Hij keek me indringend aan.

'Waarom heb je geen eindexamen gedaan? Je bent dus vlak voordat je eindexamen zou doen van school gegaan.'

Ik zou later begrijpen dat de vraag typisch was voor David Jacobi. Het was belangrijk voor hem om te weten wie ik was voordat we over een baan konden praten, en bij wie ik was hoorde ongetwijfeld dat ik mijn studie had afgebroken. Ik dacht even na en nam toen het besluit dat het juiste bleek te zijn.

'Ik raakte zwanger en besloot het kind te houden.'

'Dat betekent niet dat je je studie niet af kon maken.'

'De omstandigheden waren zo dat ... dat het niet belangrijk leek om examen te doen.'

'Welke omstandigheden zijn zo belangrijk dat ze iemand ervan weerhouden om zijn kennis te vergroten?'

Ik slikte en besloot opnieuw om eerlijk te zijn.

'De vader van mijn kind heeft me in de steek gelaten. Zonder dat hij wist dat ik zwanger was, moet ik erbij zeggen. Daarna leek de kennis die ik op school kon vergaren niet langer belangrijk in mijn leven.'

'Wat is er dan belangrijk in je leven?'

'Mijn dochter. Ze is nu een paar maanden oud.'

David Jacobi keek me een tijdje zwijgend aan. Ik keek terug terwijl ik in gedachten mijn handen naar het kruis uitstrekte en een schietgebedje deed dat hij geraakt was door wat ik had verteld. Dat was inderdaad zo, maar misschien op de verkeerde manier, wat ik begreep toen hij weer begon te praten.

'De meesten van mijn volk hebben een of twee mensen van wie ze houden verloren. Dat heeft hen er niet van weerhouden om hun kennis te vergroten, omdat het de enige manier is om te overleven. Als je voor mij gaat werken moet je me twee dingen beloven. Dat je examen doet en dat je de man die je in de steek heeft gelaten vertelt dat jullie samen een kind hebben.'

Ik ging staan en liep naar de deur. Vlak voordat ik naar buiten liep draaide ik me met vertwijfelde vastbeslotenheid om.

'Ik kan het niet vertellen. Dat gaat niet. Maar ik beloof dat ik examen doe. Ik zal 's avonds leren als ik hier overdag maar mag werken.'

David Jacobi ging staan en liep naar me toe. Hij observeerde me opnieuw en daarna liep hij naar een kleine kast en pakte er een emmer uit. 'Je kunt meteen beginnen met de vloer schoonmaken. Dat is niet om je te vernederen. Ik zou nooit iemand vernederen. Maar de vloer moet schoongemaakt worden en omdat ik mezelf niet te goed vind om te doen wat er gedaan moet worden zal jij als mijn werknemer dezelfde instelling moeten hebben.'

De manier waarop ik de baan bij David Jacobi kreeg is nog steeds zo fantastisch dat ik bijna tranen in mijn ogen krijg nu ik het opschrijf. Ik herinner me dat hij, toen we vijfentwintig jaar hadden samengewerkt en hij met pensioen ging en het reisbureau aan mij overliet, vochtige ogen kreeg toen ik dat verhaal vertelde aan het grote aantal gasten dat was gekomen om hem te bedanken. Ik geloof dat het de eerste en de enige keer was dat ik dat zag en het voelde als een eer dat David, die zo veel had om over te huilen, een poging deed om dat voor mij te doen. Ik zou dagboek na dagboek vol kunnen schrijven over wat hij me in onze tijd samen gaf. Het feit dat hij me aannam terwijl hij zelf nauwelijks salaris uit zijn bedrijf kon halen. Het boeket bloemen, samengesteld uit roze en gele rozen vermengd met margrieten, dat hij me gaf toen ik een jaar later examen deed.

Ik zou kunnen vertellen hoe we samen de spoorwegen, rederijen en vliegmaatschappijen bewerkten om de mooiste aanbiedingen en de beste prijzen te krijgen en hoe we samen de technologische ontwikkelingen onder de knie kregen, van brief, telefoon en fax naar computers. Hoe hij degene was die me uiteindelijk hielp met het overeind houden van de illusie dat mijn moeder in Europa was door me naar Parijs, Salzburg, Rome en Londen te sturen. Hoe ik brieven in haar handschrift voor haar vrienden en kennissen, zelfs voor Sven en mij, meenam naar al die steden om ze daar te posten.

Dankzij David Jacobi zag ik de wereld. En dankzij David Jacobi was de illusie over mijn moeders escapades in Europa zo perfect. Ik leerde elke stad door en door kennen en beschreef cafés in Oostenrijk, verborgen kuststadjes in Frankrijk en wandelingen door Italiaanse steegjes waar kleine, pruttelende auto's zich verdrongen tussen restaurants die mediterrane maaltijden serveerden. Ik kon zelfs een straat uitkiezen die me aansprak, en de straatnaam gebruiken voor het verzendadres, en daarmee gaf ik mijn moeder het kosmopolitische leven dat ze had willen leiden. Ze zwom in de Middellandse Zee, zette haar wijnglas op roodgeruite tafelkleden en kocht kleren in trendy winkels in Londen, voornamelijk samen met de man wiens voortdurende zakenreizen ervoor zorgden dat ze nooit een permanent adres had. Daarom was het heel logisch dat ze soms hoteladressen opgaf als ze schreef, en daarom stuurden vriendinnen brieven naar de hotels die ik in mijn moeders brieven als verblijfplaats noemde. De hotels die David Jacobi en ik in het Moezeldal, de Alpen of op Rhodos hadden geselecteerd. Daar kende ik het personeel en kon ik mijn moeders brieven ophalen, en soms beantwoordde ik ze zelfs ter plekke.

Het was een perfecte illusie. Tot ik door mijn rug moest stoppen bij het reisbureau en de brieven als een logisch gevolg daarvan niet meer kwamen.

4 augustus

Ik heb opnieuw teruggebladerd om te lezen wat ik heb geschreven, en ik heb me er opnieuw over verbaasd hoe verwrongen het perspectief voor een niet-ingewijde moet zijn. Momenten zijn zin na zin beschreven terwijl jaren op zijn hoogst in een paar regels zijn afgedaan. Geuren hebben een grotere betekenis dan mensen, een rozenstruik is gedetailleerder beschreven dan mijn beroepsleven. Misschien is dat omdat het geheugen bedriegt. Nu ik als volwassene mijn belevenissen als kind en tiener opschrijf is het misschien niet zo vreemd dat het gewicht ongelijk op de weegschaal wordt verdeeld.

Ik dacht eraan dat Anna-Clara had gezegd dat ik mijn memoires schreef, en dat die memoires op de een of andere manier stoppen bij de geboorte van Susanne en mijn baan bij het reisbureau. Zo wordt wat ik heb opgeschreven een sprookje. In een sprookje gaat het er ook om hoe de hoofdrolspelers elkaar krijgen. Daarna volgt het korte zinnetje 'en ze leefden nog lang en gelukkig'. Misschien was het voor Sneeuwwitje of Assepoester hetzelfde als voor mij, dat alles draait om 'voor'. Ze leefden intensief en daarna gleden ze in een soort veiligheid die misschien behaaglijk was maar toch heel weinig te maken had met de tijd waarin de gevoelens nog vrij waren en er niets zeker was.

Wie weet, misschien miste Sneeuwwitje in haar kasteel haar dwergen wel. Misschien bedacht ze ook een manier om na de dood van de stiefmoeder die haar zo haatte een bepaalde verbondenheid te voelen. Ik geloof niet langer in sprookjes. Dat 'stief' is alleen een manier om het verschrikkelijke iets minder verschrikkelijk te maken. Het gaat niet om stiefmoeders. Het gaat om moeders zoals die van mij. Want wat deed Sneeuwwitjes 'stiefmoeder' toen ze ontdekte dat haar dochter mooier aan het worden was? Ze probeerde Sneeuwwitjes gevoelens, gedachten en haar vermogen tot liefhebben te vernietigen. Of, in de taal van de sprookjes, ze wilde Sneeuwwitjes uitgestoken hart in een klein doosje stoppen waar ze er controle over had. Maar Sneeuwwitje is gered door haar dwergen en misschien hebben Busters oren mij gered.

Ik was bang om zelf dood te gaan toen ik mijn moeder uit mijn leven wiste. Maar ik ging niet dood. Ik kreeg werk dat ik heerlijk vond, ik leefde in harmonie met een lieve vriend aan mijn zij en ik had mijn dochter, die ervoor zorgde dat ik me bijna elke dag gelukkig en trots voelde. Ik ging niet dood, nee, maar ik leefde naast het leven, ik observeerde hoe het langs me stroomde zonder ooit een verkoelende duik te nemen. Ik bleef ondanks alles een toeschouwer en niet iemand die zich liet meeslepen. Vaak trad ik uit mezelf, observeerde wat er om me heen gebeurde en analyseerde wat voor gevoelens dat opriep. Eigenlijk was ik nooit ongecontroleerd, niet als ik lachte en niet in de zeldzame gevallen dat ik verdrietig was.

Ik voelde me vrij van schuld, wat misschien het opmerkelijkst is. Een moedermoord zou zoiets verschrikkelijks moeten zijn dat de dader na zijn daad verschrompelt, wegkwijnt of wegrot. Ik stond naast het leven, maar ik rotte niet weg, en ik heb me vaak afgevraagd waarom niet. De enige verklaring die ik kan bedenken is dat ik gedwongen was om te kiezen tussen haar en mij. En dat ik door wat ik had gedaan een beter contact met haar kreeg dan ik ooit had gehad toen ze leefde. Ze ging dood om weer op te staan in mijn eigen, denkbeeldige wereld, en in die wereld konden we elkaar ontmoeten. Het is een verdediging die veel mensen zouden weglachen, maar het is de enige die ik heb.

Ik redde het. Dat inzicht kreeg ik, niet meteen, maar geleidelijk. Ik redde het, en ik overleefde het. Door de omstandigheden bleef mijn daad onontdekt. De brieven die ik schreef construeerden de perfecte werkelijkheid die voor honderd procent klopte. Het zwervende bestaan dat ik had gecreëerd maakten alle onregelmatigheden in de correspondentie met mijn moeder blijkbaar verklaarbaar en geloofwaardig. Als Sven en ik een brief kregen die ik een paar weken daarvoor zelf had gepost kon het gebeuren dat ik de enveloppe openmaakte en de brief las alsof het geen illusie was die door mij was geschapen. Ik las dat ze in de zon lag en naar feesten ging, skiede of een tijdelijke baan had en ik was zelfs blij voor haar, blij omdat ik zo'n prettig leven voor haar had gecreëerd. In de brieven was ze gelukkig en dat gunde ik haar. Ik kon er blij om zijn en ik was tevreden. Susanne ontwikkelde zich tot een gezond en harmonisch meisje, Sven en ik konden op elkaar vertrouwen en ik kon meestal alleen zijn als ik dat wilde. Veel meer was er niet te verlangen.

Toch mag ik niet oneerlijk zijn tegen mezelf. Er bevindt zich een zekere leugenachtigheid in mijn laatste gedachten en die leugenachtigheid betreft John. Ik heb op deze bladzijden nauwelijks durven te schrijven over de gevoelens die het denken aan hem veroorzaakte, zowel toen als nu. De rijp onder mijn huid is één ding, maar de voortdurend ontstoken, chronische wond is iets anders. Daarom moet ik aan het eind over de brief schrijven, en die mag meer plaats innemen dan zoveel andere jaren. Het moment wint het weer van de jaren. Of misschien stopt de tijd gewoon.

Susanne was bijna een jaar oud. Ik herinner me dat ze onvaste pogingen deed om haar eerste stapjes te doen, maar dat ze de hele tijd op haar billen viel en steeds geïrriteerder jammerde omdat haar niet lukte wat ze zich had voorgenomen. Het had me niet veel maanden gekost om te beseffen dat ze een persoon was voor wie een mislukking geen feit was, maar een toestand waaraan iets kon worden gedaan. Haar vastbeslotenheid als ze iets wilde bereiken was bewonderenswaardig, en Petra kreeg er nooit genoeg van om me te vertellen wat Susanne had geleerd in de uren dat ik werkte en zij voor haar zorgde.

Nu probeerde ze te lopen. We waren in de tuin en ik was bezig met het planten van een nieuwe struik met kleine theerozen, die het misschien niet zou redden in het klimaat van de westkust maar waarop ik verliefd was geworden en die ik een kans wilde geven. De struik zou als hij het redde kleine, eigenwijze, heerlijk geurende, fluweelzachte, volle, witte bloemen krijgen en die gedachte zorgde ervoor dat ik extra zorgvuldig groef. David Jacobi had me vrij gegeven omdat ik een paar dagen extra had gewerkt en daarom was ik die vrijdag thuis en genoot ik van het gevoel dat ik bijna geen verplichtingen had. Toen ik de klap van de brievenbus hoorde en ik de stenen trap af rende om de post te halen wist ik nog niet dat mijn leven binnenkort sneller zou draaien.

In de brievenbus lagen een paar kranten, wat reclame en een brief, en ik reageerde pas op de buitenlandse postzegel toen ik het handschrift zag. Hij was van John. Hij was zonder enige twijfel van John. Ik had een brief van John gekregen.

De wereld was heel even een mooie foto van zichzelf. Ik keek op en zag plotseling dat alle contouren scherper en alle kleuren helderder waren, en de lucht leek voor mijn ogen te trillen. Op onvaste benen liep ik naar binnen, haalde een mes uit een keukenla en sneed de envelop voorzichtig open, alsof ik bang was om hem pijn te doen. Ik pakte het vel papier en begon te lezen, nadat ik Susanne eerst een vrolijk gekleurd stuk speelgoed had gegeven dat haar zou beziggehouden tijdens die vitale minuten. 'Dear Eva' stond er.

Ik hoop dat je er niets op tegen hebt dat ik je weer schrijf. Maar ik heb zo veel spijt over wat er is gebeurd, en ik begrijp het volkomen als je deze brief onmiddellijk verscheurt zonder dat je verder leest. Er is zo veel gebeurd sinds we elkaar voor het laatst zagen. Zoals je weet was ik verloofd en zou ik gaan trouwen, en dat had ongeveer in deze periode moeten plaatsvinden. Maar door een aantal omstandigheden komt er geen bruiloft en zal ik Laura, het meisje dat mijn vrouw zou worden, waarschijnlijk nooit meer zien. Nu probeer ik de restanten van mijn leven bij elkaar te schrapen. Ik voel me natuurlijk depressief en eenzaam, maar ik heb eigenlijk niet veel om over te klagen. Ik heb mijn werk nog steeds, ik heb geld en ik ben gezond. Dat is in elk geval een begin.
Ik heb er lang over nagedacht of ik je zou schrijven. Ik herinner me de dingen die goed waren tussen ons en hoe interessant ik je vond, en ik herinner me dat ik altijd dacht dat jij de enige vrouw was die ik ooit had ontmoet die zelfs als het tussen ons niets werd een goede vriendin zou kunnen blijven. Daarna dacht ik

eraan hoe ik je had behandeld en dat ik waarschijnlijk de laatste persoon op aarde was met wie jij iets te maken wilde hebben. Mijn gevoelens zeiden me dat ik moest schrijven, maar mijn trots, of het gevoel voor rechtvaardigheid of hoe ik dat ook moet noemen, zei me om het niet te doen. Ten slotte pakte ik al je brieven en las ze nog eens en nog eens en nog eens. Ik dacht aan de mooie tijd die we samen hadden gehad en voelde me verschrikkelijk alleen. Toen besloot ik dat ik niets te verliezen had als ik je schreef. Er is misschien een kans dat jij je herinnert wat ik me herinner en dat je me als een goede vriendin terug kunt schrijven.

Het spijt me als deze brief je kwetst of op de een of andere manier pijn doet, maar ik heb me zo vaak afgevraagd wat er is gebeurd met de mooie roos die ik zo veel pijn heb gedaan, en ik vraag me af hoe ze zich voelt. Het zou me heel erg blij maken om van je te horen.

John

De mooie roos die ik zo veel pijn heb gedaan.

Toen ik opkeek van de brief was het Susanne gelukt om zich met behulp van een stoel omhoog te trekken en ze kwam met wankele stapjes naar me toe. Ik strekte mijn armen naar haar uit en het lukte me om haar op te vangen op het moment dat ze viel, en ze lachte gorgelend toen ze in mijn armen stortte. Ik duwde mijn gezicht in haar donkere haren, rook de geur van kind en zomer en winst en verlies en vroeg me af hoe ik de komende uren of dagen moest doorkomen. Niets had me hierop voorbereid, niet eens ikzelf.

Ik geloof dat ik tussen de struiken ging zitten en de brief telkens weer las, zo vaak dat hij ten slotte zwart aan de randen werd van de aarde aan mijn vingers. Na een tijdje kende ik hem bijna uit mijn hoofd, de woorden stonden in mijn hart gegrift, maar ik zocht nog steeds naar de onderliggende bedoeling en mijn eigen reactie.

Plotseling begreep ik hoeveel deze brief ooit voor me zou hebben betekend en hoeveel minder hij nu voor me betekende. Toen we samen waren, of in de weken nadat John had verteld dat hij niet met me verder wilde, was ik elke dag naar de brievenbus gerend, net als het vertwijfelde zoeken van een drenkeling naar een ronddrijvend stuk hout om zich aan vast te klampen. Het gemis van de brief had me ten slotte gedwongen om mijn gevoelens te bevriezen, en het was niet voldoende om ze gewoon weer uit de vriezer te halen. Hoe kon ik iets voelen voor een brief die een paar maanden te laat was gekomen?

Zijn gecrashte trouwplannen gaven me echter een onmiddellijk en totaal gevoel van bevrediging. Toen hij aan de telefoon vertelde dat hij ervoor had gekozen om zijn leven te delen met Laura, het meisje uit zijn vriendenkring dat ik de hele tijd had beschouwd als het minst interessant en het meest onnozel, was dat een enorme schok geweest. Dat een man die de smoezelige kanten van het leven en de zinloze diepte ervan had meegemaakt, die meer dacht en voelde dan iedereen die ik eerder had ontmoet, zijn leven wilde delen met iemand die zo voorspelbaar was vond ik bijna ondraaglijk. Maar het had dus niet gewerkt. Er had een soort goddelijke gerechtigheid plaatsgevonden. Ik kon er niets aan doen dat ik het gevoel had dat ik daarmee absolutie had gekregen voor wat ik had gedaan.

Het viel me bovendien meteen op dat hij niets over mijn moeder schreef. Dat kon verschillende oorzaken hebben. Het kon betekenen dat hij achter mijn rug om iets met haar had gehad en dat hij daar een slecht geweten over had. Het kon ook betekenen dat er niets tussen hen was gebeurd, behalve het gesprek waarover mijn moeder had verteld, en dat hij zich ervoor schaamde dat hij haar had vertrouwd en mij niet had geraadpleegd. Dat hij haar niet noemde kon echter ook betekenen dat ze sinds ze in Stockholm afscheid van elkaar hadden genomen geen contact meer hadden gehad. Het beweerde gesprek tussen hen kon een laatste kans voor mijn moeder zijn geweest om mij met een zweep te slaan voordat ze me achterliet om naar Londen te gaan. Dat zou helemaal in de lijn liggen van haar manier om te verstoren, zoals ze ook had geprobeerd om mijn relatie met Britta, Sven en mijn vader, Simon, om er een paar te noemen, te verstoren. Het kon bovendien een manier zijn geweest om het John betaald te zetten dat hij niet was ingegaan op haar poging om hem te verleiden.

Mijn instinct zei me dat het dat was. Dat ze hem had willen verleiden en wilde verstoren en dat het laatste haar was gelukt en het eerste misschien ook. Maar ik zou nooit zekerheid hebben. Ik zou bij de rozenstruiken kunnen gaan zitten om met haar te praten en te luisteren naar wat de wind me vertelde, maar ik zou het nooit zeker weten. Ik zou er via John achter kunnen komen, als ik het vroeg en hij antwoord gaf, maar ik wist niet eens of ik dat wilde. Ik had me verzoend met een situatie waarin ze me allebei in de steek hadden gelaten en ik wist niet of er een plek in mijn leven was om dat bij te stellen.

Een paar dagen lang had ik de brief voor het grijpen in

mijn zak of tas, in een komische poging om John na te apen, die de brief van zijn vriendin vlak bij zijn hart droeg. Ik kon het niet helpen dat zelfs de zinnen die mooi waren nu doordrenkt leken met oneerlijkheid. Hoe kon ik weten of hij meende wat hij schreef over de rozen en hun lot? Hoe zou ik hem ooit weer kunnen vertrouwen? Als hij naar mijn moeder had geluisterd en me in de steek had gelaten zonder te vragen hoe ik erover dacht, was hij alles wat ik hem had gegeven in elk geval niet waard. Als het gesprek niet had plaatsgevonden, was mijn beoordeling van hem nog foutiever geweest. Foutief beoordeeld, het knaagde aan me vanaf het moment dat hij me op de vuilnisbelt had gegooid. Dat ik zo foutief kon beoordelen. Dat ik zo kon vertrouwen, terwijl ik zo lang met Britta in mijn hart had geleefd. Wilde hij dat er weer iets tussen ons opbloeide? Hij schreef dat ik interessant was, niet dat hij zo veel van me had gehouden. Maar hij had mijn brieven bewaard. Hoewel hij met een ander ging trouwen had hij mijn brieven bewaard.

Op een bepaalde manier was dat doorslaggevend. Ik kon de mogelijkheid om hem te vertellen wat hij me had aangedaan ook niet negeren. Tegelijkertijd kon ik Susanne voor mezelf houden. Zoals gewoonlijk had hij adressen gegeven van de plaatsen waar hij de komende tijd zou zijn, en na een tijdje beantwoordde ik zijn brief. Ik schreef dat ik het geloof in de mensheid en mijn vermogen om een ander mens te vertrouwen grotendeels was verloren. Ik schreef dat hij laf was geweest, zo zwak en oneindig laf, en ik was ervan overtuigd dat deze bijvoeglijke naamwoorden hem meer pijn zouden doen dan iets anders. Ik schreef niets over mijn moeder, ik kon en wilde het niet. Maar ik herinnerde hem aan wat ik eerder had geschreven, dat er een god bestond die ons lot scherpt, zelfs als we ons zo goed mogelijk proberen te verdedigen, en ik was me er terdege van bewust dat hij ooit overmoedig had geantwoord dat zelfs als er een god was die scherpt, hij van plan was om aan te vallen, zodat hij het lot kreeg dat hij wilde hebben. Nu had ook hij mee mogen maken dat het leven zich niet liet sturen en ik hoopte dat hij ook begreep dat ik het zo bedoelde.

Zijn antwoord liet niet lang op zich wachten. Ik weigerde in deze periode om naar de brievenbus te rennen en dwong mezelf om geen verwachtingen te koesteren. Op de een of andere manier was het voldoende geweest om hem te vertellen wat ik van hem vond in bewoordingen waarvan ik nooit had gedacht dat we die tegen elkaar zouden gaan gebruiken. Misschien voelde hij mijn gebrek aan verwachting, want hij antwoordde onmiddellijk. Hij schreef dat het hem had overweldigd dat ik had geantwoord. Dat hij er niet op had durven hopen. Dat hij blij was dat ik hem had herinnerd aan het citaat en dat hij nu nederig accepteerde dat de god die hij had uitgedaagd te sterk voor hem was. Hij schreef dat hij wist dat hij laf was geweest, tegenover mij en ook tegenover zijn familie en vrienden, maar het allerergst was dat hij laf was geweest tegenover zichzelf.

'Ik denk dat ik wist dat ik bezig was om mijn controle te verliezen en dat maakte me bang. Ik vertelde dat niet aan jou, omdat ik ergens diep van binnen wist dat het verkeerd was wat ik deed en dat Laura en ik nooit een goed huwelijk zouden krijgen. Ik heb mezelf ook gedwongen om aan mezelf te bekennen dat ik erg bang ben om alleen te zijn en dat dat de oorzaak van mijn overhaaste handelen kan zijn geweest', schreef hij en hij voegde eraan toe dat hij hoopte dat hij iets over zichzelf had geleerd waarop hij verder kon bouwen. Hij hoopte dat het een beter mens van hem zou maken.

'Laura wilde me helemaal voor zichzelf hebben', schreef hij. 'Net als Anne. Ze eiste dat ik de hele tijd bij haar was, waardoor ik veel van mijn vrienden heb gekwetst. Ze wilde zelfs dat ik zou stoppen bij de marine, en ik had bijna ontslag genomen terwijl ik er geen idee van had wat ik in plaats daarvan moest doen.'

Hij ging verder met vertellen dat hij wenste dat iedereen die hij pijn had gedaan hem kon vergeven en dat we daar een keer over moesten praten, als en wanneer we elkaar zagen. Misschien bij de zee van Frillesås, die hij tot nu toe alleen van mijn beschrijvingen kende. Hij vroeg zich bovendien af of ik tegen huilende mannen kon, omdat hij de laatste maanden veel had gehuild en dat beslist weer zou doen.

Nu ik dit vandaag opschrijf, met de kennis die ik in de jaren ondanks alles heb opgedaan, besef ik hoe depressief hij moet zijn geweest. Hoe die depressie, die zoals hij schreef was begonnen vlak nadat hij een relatie met Laura had gekregen, aan hem moet hebben gevreten, en hoe hij over de rand van de rots had gehangen, niet opgejaagd door ratten, leeuwen of krokodillen maar door de herinneringen aan een meisje en de beschuldiging dat hij haar tot zelfmoord had gedreven. Ik herinnerde me plotseling wat Johns vriend Stephen die avond in de pub tegen me had gezegd. Dat John goed alleen kon zijn maar dat het ook zijn grootste angst was en dat hij liefde nodig had. En dat ik bij wijze van antwoord had gelachen en had gevraagd wat liefde eigenlijk is. Ik besef nu dat John, hoe de omstandigheden ook waren, de zekere liefde boven de onzekere koos. Ik besef nu ook dat hij, tegen alle verwachtingen in, waarschijnlijk niet zeker wist dat ik van hem hield.

Uit de brieven van John, die ik zo veel jaar niet had bekeken maar die ik nu weer heb gelezen, blijkt dat het zo kan zijn geweest. Misschien waren zijn liefdesverklaringen en mooie vergelijkingen met rozen een smeekbede aan mij om er rond voor uit te komen dat hij de man was die ik wilde hebben, hij en niemand anders. Toch heeft het geen zin om te speculeren. Misschien werd hij heel gewoon verliefd op iemand anders. Busters oren zouden het begrijpen, maar die zijn ook de enige.

Ik antwoordde weer. Aarzelend. Ik schreef over mijn werk en dat ik naar Frillesås was verhuisd, maar noemde Susanne of Sven niet. Dat was geen bewuste keus, alleen een gevoel dat erop wees dat ik nog een lange weg had te gaan voordat mijn vertrouwen was hersteld, als dat ooit gebeurde. Het antwoord kwam onmiddellijk. John beschreef zijn leven, hij schreef dat hij al zijn eigendommen in zijn auto had en van vriend naar vriend trok als hij vrij was en niet op zee zat. Hij vroeg zich af wat er was geworden van mijn plannen om in Engeland te studeren en ik antwoordde na een tijdje dat ik ze in de ijskast had gezet zonder het onderwerp uit te diepen.

Bij het reisbureau vertelde ik onze klanten vol vuur dat ze naar Londen moesten gaan of naar een van de andere bestemmingen in Groot-Brittannië die we aanboden, en David Jacobi vroeg op een dag lachend hoe het kwam dat ik plotseling de charme van dat eiland had ontdekt. Hij vroeg zich af of het een manier was om hem te dwingen mij daar voor langere tijd naartoe te sturen. De gedachte liet me de hele dag niet los, en voor het eerst begon ik erover na te denken of ik John weer wilde ontmoeten. Het verraad waaraan hij me had blootgesteld was nog te vers, maar ik begon te spelen met de gedachte dat we elkaar zouden kunnen ontmoeten en waartoe dat zou kunnen leiden. John was me echter voor. In een nieuwe brief, die maar een paar dagen na de vorige kwam, schreef hij dat hij op weg was naar de kust van Noorwegen nadat hij een paar weken in een onderzeeboot op zee was geweest.

Het was een wonderlijke brief, alsof hij uit een andere tijd stamde, alsof het oorlog was. John schreef dat het drie uur 's nachts was en dat hij zich verschrikkelijk smerig voelde omdat hij zich drie weken lang niet goed had kunnen douchen of scheren. Hij was bezig met het soort opdracht die onderzeeboten over de hele wereld hebben, schreef hij, en hij wilde me niet vermoeien met details. Toch schreef hij dat ze al een week geen eieren, kaas en boter meer hadden en dat het meeste brood beschimmeld en het vlees verrot was. Maar hij was gelukkiger dan hij in lange tijd was geweest, schreef hij. Waarom dat zo was wist hij niet. Hij kon het alleen verklaren met het feit dat hij op de een of andere manier vrede met zichzelf had gesloten.

'De laatste keer dat ik me zo voelde was waarschijnlijk toen ik op een vroege, grijze ochtend op weg was naar de Minerva nadat ik een dag en een nacht met jou in Stockholm had doorgebracht. Weet je nog dat het schip waarmee ik naar Stockholm kwam de Minerva heette? In het hutje waarin we overnachtten zat je naar een nieuwsprogramma op de televisie te kijken. Ik keek naar je en ik denk dat ik, zelfs als ik je nooit meer zie, me dat moment altijd zal herinneren en er blij om zal zijn', schreef hij. Daarna schreef hij dat de lange periode op zee hem de tijd had gegeven om na te denken. Dat alles te snel was gegaan. Dat hij geen controle over zijn leven en zijn gevoelens meer had gehad en dat hij zich voelde alsof de stroming hem meetrok in een richting waar hij niet naartoe wilde, een richting die ertoe zou leiden dat hij verdronk.

Hij schreef dat we over het lot hadden gepraat en dat hij zo lang tegen zijn lot had gevochten, maar dat hij het nu kon accepteren, wat het ook zou worden.

'Eigenlijk kan niemand weten hoe we reageren in een crisissituatie. Ik ben het geloof in het goede een tijdje kwijt geweest. Maar nu weet ik dat het leven als de zee is, soms rustig en kalm en soms wild en onberekenbaar.' Aan het eind van de brief schreef hij dat zijn onderzeeboot op weg was naar Noorwegen en hij vroeg voorzichtig of het mogelijk was dat ik daarnaartoe kwam omdat hij niemand kon bedenken die hij liever wilde ontmoeten. Daarna vroeg hij of ik nog steeds hetzelfde was of dat de bloem, wiens tere schoonheid hij had geobserveerd, nu tot perfectie was opgebloeid.

'I wonder if you still look the same, or has the flower whose delicate beauty I once sat and watched now bloomed into perfection?'

Die zin heeft me mijn hele leven achtervolgd. De zin die me kan treffen met een absolute en krankzinnige kracht, op momenten dat ik denk dat ik veilig ben.

'Dat wil ik zo graag weten', schreef hij. 'Alsjeblieft, blijf me schrijven. John.'

Mijn zwarte kant schreef een nietszeggende brief die ik stuurde toen ik wist dat hij Noorwegen al had verlaten. Ik was er nog niet klaar voor om mijn leven voor hem overhoop te halen en nog minder om hem over Susanne te vertellen. De bevroren klomp begon misschien aan de randen te druppelen maar was verre van ontdooid. Ik had tijd nodig. Tijd die ik nooit kreeg. Want er kwamen geen brieven van John meer. Daarom schreef ik ook niet meer. Ik weet nog steeds niet wat er met hem is gebeurd. En nu, nu ik deze zin opschrijf, voel ik dat ik me misschien niet langer kan inhouden. Ik geloof dat ik mijn pen moet neerleggen omdat mijn arm zo erg trilt dat ik er geen controle meer over heb.

8 augustus, acht uur 's avonds

Het is bijna Anna-Clara's naamdag. Ik geef haar op die dag altijd een cadeautje en dat doe ik dit jaar ook. Ik heb een klein sieraad gestuurd en een kaart waarop ik heb geschreven dat haar dagboek al bijna vol is en dat het een van de mooiste en beste cadeaus is die ik ooit heb gekregen.

Iréne Sörenson is nog steeds niet teruggevonden. Ze is verdwenen uit Huize Pikloos en is niet teruggekomen. De politie heeft overal gezocht en heeft met zo'n honderd vrijwilligers een groot cirkelvormig gebied rond het verzorgingstehuis uitgekamd, maar ze hebben niets gevonden. Ze is verdwenen zonder een spoor achter te laten, en het is niet overdreven als ik zeg dat iedereen in Frillesås meeleeft en nadenkt over wat er gebeurd kan zijn.

Volgens Gudrun was Iréne de laatste dagen doodsbang en lag ze op haar bed apathisch naar het plafond te staren, of had ze het erover dat ze zich in het Helsjön zou verdrinken, dat tenslotte niet ver weg lag. Laat op de avond, vlak voordat ze verdween, had ze iemand geroepen en gevraagd of ze in haar rolstoel mocht zitten zodat ze uit het raam kon kijken, en dat mocht. De aardige man uit Algerije, degene die Iréne had verleid met een café au lait, was zo vriendelijk geweest om haar in de rolstoel te tillen. Hij had haar naar het raam geduwd, in haar geval een glazen deur omdat haar kamer op de begane grond ligt. Daarna had hij de deur op een kier gezet om wat avondlucht binnen te laten, en had haar gevraagd of ze samen een café au lait zouden drinken. Iréne had geknikt, en de man was naar de keuken gegaan om het te halen. Toen hij met twee café au lait terugkwam was ze weg.

Dat ze het zelf had gedaan leek onwaarschijnlijk. Ze was half verlamd en had haar rolstoel tot dat moment geen millimeter kunnen verplaatsen. Toch kon het personeel zich achteraf herinneren dat ze af en toe staaltjes van verbazingwekkende kracht kon vertonen als ze haar vroegen mee te helpen bij het tillen of als ze oefeningen deed om ergens beter in te worden.

'Ze had een ijzeren wil als ze iets echt wilde', zuchtte Gudrun toen ze op bezoek was om het laatste nieuws te vertellen. Ik had een notentaart gebakken, voor het eerst in zeker tien jaar, en Gudrun at het grootste deel ervan op, bij wijze van troost.

De man uit Algerije was trouwens ook verdwenen. Gudrun vertelde dat ze alleen Petra en mij had verteld over het gesprek dat ze had opgevangen, toen hij en Iréne praatten over het drinken van café au lait voordat hij haar het Helsjön in zou rijden.

'Hij heeft met de politie gepraat en ze hielden hem niet vast, dus was hij geen verdachte of zo. Maar nu is hij verdwenen en we hebben er geen idee van waar hij is. We hebben naar zijn huis gebeld en zijn vrienden gesproken, maar niemand weet het. Het lijkt alsof hij is ... opgeslokt.'

De walvissen komen opnieuw tot leven doordat ze onderduiken. Simon. Is hij opgedoken om haar te halen? Reed ze zelf naar het Helsjön? Het zal een mysterie blijven. Ik keek naar Gudrun en zij keek naar mij. Maar ze kon niet weten wat ik dacht. Er zijn waarheden die naar de bodem moeten zinken, met een zo groot mogelijk gewicht eraan vast zodat de treurige resten nooit meer boven komen drijven.

Dat een oude vrouw uit het verzorgingstehuis is verdwenen is natuurlijk een godsgeschenk voor de pers, die in de nieuwsdroogte van augustus vecht om sensationele berichten. Er zijn meterslange artikelen geschreven en veel kranten hebben van de gelegenheid gebruikgemaakt om de gebeurtenis uit te vergroten tot kritiek op de Zweedse bejaardenzorg in het algemeen. De dochter heeft bijvoorbeeld veel ruimte gekregen. Ze heeft gezegd dat de verdwijning zo snel mogelijk moest worden opgehelderd. Ze eist dat er wordt gedregd in het Helsjön en dat er duikers gaan zoeken, wat natuurlijk ook zal gebeuren. Tegelijkertijd heeft de dochter de parodie op de zorg die Iréne de laatste maanden kreeg in scherpe bewoordingen aangevallen.

Natuurlijk kan ik denken dat het typisch is dat ze van de gelegenheid gebruikmaakt om naar buiten te treden nu ze zich kan koesteren in de openbare glorie zonder dat ze een poot hoeft uit te steken en natuurlijk begrijp ik dat het leuker is om op de televisie te verschijnen en een eventuele erfenis te krijgen dan viezigheid op te ruimen. Wat ze zegt over familieleden die zich doodwerken is bovendien lachwekkend als je denkt aan alles wat ze zelf heeft nagelaten. Maar ze heeft wel gelijk met wat ze zegt, en het is niet alleen juist maar ook mooi dat zij degene is die het zegt. Ondanks alles moet Iréne Sörensons dochter degene zijn die geschokt is over wat er is gebeurd. Niet ik.

8 augustus, drie uur 's nachts

Ik ben op de rotsen van Nordsten. Dit keer heb ik ervoor gekozen om naar boven te lopen, zodat ik nu op een hooggelegen rotspartij zit en uitkijk over de open zee. De schoonheid is een beetje pijn waard en daarom weiger ik te denken aan mijn rugwervels, die protesterend tegen elkaar knarsten tijdens de klim. De zuidkant van het eiland heeft de mooiste zitplekken in de zon terwijl de noordkant springrotsen heeft, die onverschrokken in de onbekende, glanzende diepte duiken. Fantastische plekken voor wie er bekend mee is, maar vannacht ben ik alleen op het eiland. Misschien koning. Ik kan Kidholmen, Brattö en Almö zien, eigenlijk de hele archipel, en nog verder weg zie ik het veilige land in de vorm van Frillesås met zijn bebouwing en normaliteit. Voor me zie ik Nidingarna en nog een paar afgelegen eilandformaties, maar verder is er niets wat het vrije uitzicht en het gevoel van oneindigheid verstoort. De zee is vanavond kalm, en de maan prikkelt en besprenkelt me met licht alsof ze wil concurreren met de zon en aantoont dat ze daartoe ook in staat is.

Het is me gelukt om de zee op te varen. Ik stapte in de boot zonder te struikelen en de motor startte bij de eerste poging. Daarna zette ik zonder problemen koers naar de eilanden, deed wat ik moest doen, gooide het anker uit en sprong bijna net zo aan land als toen ik jong was. Ik gleed weliswaar een beetje uit op de natte rotsen, maar het lukte me. Als ik mijn hoofd draai zie ik dat ik de boot net zo goed heb vastgelegd als twintig jaar geleden. Het was gemakkelijker dan ik dacht om op mijn ervaring te vertrouwen.

Ik zit met mijn knieën opgetrokken en heb koffie in een thermoskan en lekkere broodjes met kaas bij me. Ik heb mezelf op verse broodjes getrakteerd omdat het ondanks alles een begrafenismaaltijd is. Mijn moeder zou tevreden zijn geweest. Niets dan het beste was ooit goed genoeg, en dit is het beste. Het geurt zo heerlijk om me heen dat ik er opnieuw, ik weet niet voor de hoeveelste keer, dankbaar voor ben dat de geur ten slotte het enige is wat blijft. Ik ruik de geuren van zout water en zeewier, de ietwat zure geur van het gras dat tussen een paar rotsblokken groeit en de verzadigende geur van sterke koffie. En tussen deze uiterst onmiskenbare geuren sluipen de geuren van de herinnering. De etensgeur van Britta's schort als ik mijn hoofd in haar schoot verborg. Susannes huid toen ze een baby was. Johns haar. Busters vacht, vlak voordat hij in de zak verdween. Mijn moeders parfum, dat in de hal bleef hangen als ze de voordeur achter zich had dichtgetrokken, in begerige verwachting omdat ze op weg was naar een drinkgelag of in blinde woede en van plan om 'nooit meer terug te komen'. Nu is het onherroepelijk voorbij.

Vanmiddag, toen ik terugkwam van de oude loods in Torstenvik die we voor onze visspullen huren, was gebeurd wat moest gebeuren. Örnen stond in mijn rozencollectie en leek iets met een duimstok op te meten terwijl zijn stevige laarzen al een paar van de laagste takken van de Peace-struik hadden vertrapt. Ik keek naar Sven, die eerst onverschillig probeerde te lijken maar daarna beschaamd naar de zon opkeek.

'Ik probeerde het niet achter je rug te doen, Eva. Dat begrijp je toch wel? Maar ik heb Örnen gevraagd om vandaag langs te komen zodat we samen met hem kunnen praten. Het wordt dit jaar beslist een koude winter en het moet gewoon gebeuren. Maar hij zal je zelf vertellen dat hij alles zo voorzichtig mogelijk doet. Je zult heel tevreden zijn. Dat beloof ik je.'

Ik gaf geen antwoord maar liep rechtstreeks naar Örnen, die naar me toe stampte om me te begroeten zonder erop te letten waar hij zijn voeten neerzette, met als gevolg dat er een paar rozen onder de geribbelde zolen werden geplet. Geel, roze en roomwit lagen uitgesmeerd op de aarde en ik voelde een steek in mijn maag. Maar het lukte me om me te beheersen en ik begroette Örnen, die mijn hand pakte nadat hij de zijne eerst aan zijn werkbroek had schoongeveegd. Zijn ogen waren net zo waterig als altijd, terwijl de rode huid met de grove poriën ervan getuigde dat hij zijn alcoholconsumptie niet had gematigd. De haarpieken, die donker van het zweet waren, zagen er kleverig uit.

'We willen morgen beginnen', zei hij en hij wees met zijn duim naar achteren.

'Heb je het over de waterleidingen?'

Örnen keek me verbaasd aan.

'Waar moet ik het anders over hebben? Natuurlijk heb ik het over de waterleidingen. Als jullie er zeker van willen zijn dat jullie van de winter niet zonder water komen te zitten is het echt tijd om ze te vernieuwen. Dat hadden jullie al veel eerder moeten doen. Maar we doen heel voorzichtig, heel voorzichtig. Natuurlijk moet er gegraven worden, maar ...'

'Waar gaan jullie graven? En hoe diep?'

Örnen draaide zich om en liep terug naar de rozenstruiken. Ik ging naast hem staan.

'Sven heeft gezegd dat je je bezorgd maakt om de rozen,

Eva. We moeten een geul met een diepte van ongeveer twee meter graven. Niet al te breed, maar genoeg om er nieuwe leidingen in te kunnen leggen. En hij loopt ongeveer zo.'

Hij wees met zijn arm recht door mijn rozencollectie. Hij zei dat hij voorzichtig zou 'opereren', dat hij wist hoe hij met de wortels van de rozen moest omgaan omdat hij soms ook als tuinman werkte en dat hij mijn rozen zou behandelen zoals je een wispelturig vrouwtje behandelt. Hij lachte sluw toen hij dat zei en hij keek naar me om te zien of de grap me ertoe zou brengen hem uit te nodigen voor een kop koffie. Maar ik draaide hem mijn rug toe en ging naar binnen. Sven was degene die zich beleefd moest gedragen en koffie moest zetten, en terwijl de mannen de koffie mee naar de tuin namen pakte ik om te kunnen overleven ook een kop koffie. Niet om te schrijven maar om een plan te maken.

Had ik nog een geur in mijn gedachten toen ik daar zat? Toen ik het dagboek pakte en het streelde en zag dat er niet veel bladzijden meer over waren? Ik dacht in elk geval dat leven met leven en gedachte met gedachte is vervlochten en dat het onherroepelijke rond het lichaam kronkelt als een liefhebbende slang. Een dagboek met rozen erop. Hoe kon Anna-Clara het weten? Het antwoord is natuurlijk dat ze het niet kon of kan weten, maar dat ze heeft gezien waar ik van hou en heeft beseft dat mijn kwetsbaarheid zich hier bevond en daarmee de mogelijkheid om me te bereiken. En nu was het mijn beurt. Nu moest ik me afvragen wat ik moest doen. Wat voorbestemd was en wat ik kon doen om de voorspelling uit te laten komen. Hoewel ik het al wist.

Vannacht heb ik helemaal niet geslapen. In plaats daarvan heb ik met Busters oren gepraat en ik heb zijn zwijgende toestemming gekregen. Toen ik hoorde dat Sven diep en ongestoord sliep, geholpen door de twee slaappillen die ik voor alle zekerheid in zijn glas wijn had gedaan, sloop ik uit bed en liep naar de zitkamer. Daar lagen de kleren die ik voor het doel had klaargelegd, een warme trui en een regenpak. De maan scheen krachtig en ik voelde haar koele steun en dacht dat het zo moest zijn. Dus ging ik naar de garage en haalde een schep en een koevoet en liep naar mijn moeders graf, zoals ik al een keer eerder had gedaan. Elke schep zou vluchtige commentaren met zich mee voeren, woorden die bleven hangen, herinneringen in kerstbomen en berkentakken, maar misschien zou ik ze kunnen kalmeren, zoals je een oude hond met 'sst' tot stilte maant en hem een poot laat geven. Misschien, hoewel ik nog nooit 'sst' tegen een hond heb gezegd om hem op een normale manier stil te krijgen.

Met stevige werkhandschoenen begon ik de rozen uit elkaar te halen om bij de bodem te komen. Ze protesteerden. Ik voelde de woede van de doornen en hoe de sterkste takken vochten om ook mij te verslinden, maar ik hield vol. Toen ik uiteindelijk de schop in de grond kon zetten en begon te graven bracht elke schep aarde een vervlogen woord, een vervlogen lach, een beschimmelde herinnering met zich mee, net zoals ik had verwacht. De splijtende aarde. Er is toch niemand die naar je kijkt. Een diepe schep. Ik was geraffineerd. Een weerspannige wortel. Ik heb geleerd om mezelf te waarderen en dat moet jij ook doen. Een schep vol stenen. Ik kan waarschijnlijk net zo goed zelfmoord plegen. Een regenworm die uit de diepte kruipt. Nu gaan we naar Hasselbacken om feest te vieren van dit geld. Een schep aarde. Het heeft geen zin om dat aan Eva te vragen, want ze weet toch nergens iets van af. Meer aarde, meer stenen. Je bent een lafaard. Wortels. Houden van en houden van, moet je die woorden gebruiken? Modder. Nu moet Eva zingen. Iets hards. Je hebt altijd op me neergekeken. Ik groef, hoorde de echo, groef dieper, zweette, snakte naar adem, voelde de druk op mijn borst en maag en rug. Ten slotte wist ik niet meer of ik in de aarde groef of in mijn herinneringen.

Toen datgene tevoorschijn kwam wat ooit een rode kledinghoes was geweest, stopte ik even. Voor me lag een open graf, en nu moest ik voorzichtig zijn zodat ik niets tot leven zou wekken en er niets ging bloeden. Ik schepte en schepte en legde stukken stof bloot die ooit rood waren geweest, vermengd met de resten van wat ooit een mooie vrouw was geweest. Ik schepte voorzichtig, heel voorzichtig, alsof ik iets breekbaars en teers optilde, en legde het tere in een oude deken die de tragische resten moest bedekken. Schoonheid is kort, het verrotte voor eeuwig, maar de rozen hadden het overleefd. Ik zag botten, oude stof die de grimas over het leven dat was verdwenen niet langer kon verbergen, stukken bot die ooit dansende voeten waren geweest, klauwachtige overblijfselen van handen die een korte eeuwigheid geleden alles hadden gepakt en niets los wilden laten. Nu kreeg alles een plek in een oude deken, en ik pakte de punten bij elkaar en droeg mijn last alsof ik een kind in mijn armen had. Ik liep naar de auto, deed de achterklep open en sloot hem weer. Daarna keerde ik terug naar mijn ontheiligde herinneringen, schepte de aarde terug en zette de opgegraven rozen weer op hun plaats. Het zou jaren duren voordat ze dit te boven zouden zijn, maar wat maakte dat eigenlijk uit? Geef rozen liefde en je krijgt liefde terug. Toen haalde ik de zware stoel die zou moeten fungeren als zwaartekracht, tilde hem in de auto en reed weg.

In de haven was de lucht helder, de nacht droeg de

melancholie van augustus en de havenwacht was waarschijnlijk in het clubhuis van de zeilvereniging bij Torstenvik om tussen de wachtronden door een boterham te eten. Ik kon het bundeltje ongestoord naar de boot dragen, legde het op de kade, haalde de stoel, sprong in de boot en tilde mijn last aan boord. Heel even dacht ik dat iemand me volgde, maar ik besefte uiteindelijk dat het mijn eigen jas was die in de wind fladderde en dat ik dus mezelf volgde. De motor startte bij de eerste poging, en daarmee had ik mijn zegening gekregen. De maan was vol en scheen met een opgewonden schijnsel dat het water dankbaar opnam. Toen ik dat zag begreep ik dat ik maar beperkte mogelijkheden had om mijn eigen lot te sturen. Er was zo veel gebeurd, omdat het ging zoals het moest gaan, en met die gedachte kon ik in het maanschijnsel naar de horizon varen terwijl ik voelde dat de magneet me naar zijn centrum trok.

Ik zette de motor af toen ik een flink eind buiten Nordsten was. Als ik net als John had kunnen navigeren, had ik misschien de exacte positie kunnen uitrekenen en had ik de plek kunnen vinden waar ik ooit mijn moeders koffer met kleren in het water had gegooid. Nu moest mijn instinct me leiden, en mijn instinct zei me dat ik hier moest zijn. Weliswaar een stuk van de springrots verwijderd, maar het is goed om rekening te houden met zwemmende kinderen. Deze begraafplaats is de mooiste ter wereld. Je krijg hem van mij, mama. En het bewijst dat je gelijk had. Houden van en houden van. Dat hoeven de woorden niet te zijn. En degene die bemint is niet altijd degene die verliest. Verliezen doet degene die het vermogen om lief te hebben niet bezit.

De boot deinde een tijdje op de zee. Ik hoorde het geklots van de golven tegen de boot. Ik voelde de streling van de maan. Ik keek naar de roerloze bult op de bodem van de boot en de stoel ernaast. Ik keek naar mijn handen, die bloedrood glansden in het maanlicht. Ik huiverde. Ik dacht eraan hoe alles verband hield met elkaar. Ik dacht aan mijn leven. Ik dacht aan Busters oren en alles wat ze te horen hadden gekregen. Aan Schoppenkoning, die altijd aan mijn kant stond en er was als ik hem nodig had, zelfs al had ik dat soms niet begrepen. Hoe mijn strijd met mijn moeder eindigde. Eindigt. Hoe mijn leven begon en eindigde toen ik haar vermoordde. Maar dat ik toen uit haat had gehandeld, terwijl ik dat nu uit liefde doe. Hier krijg je het beter. En ik zie haar voor me. Blonde, glanzende haren. Grote ogen. Mooie kleren. Vrolijk. Haar mond, die mond, dit keer niet verwrongen maar lachend van uitzinnige vreugde in een dans en een omarming. De echo van nog een herinnering. Je moeder is heel speciaal.

Johns laatste brief. De brief die oorlog ademde, maar waarin hij schreef dat hij vrede met zichzelf had gesloten. Precies zo voelde ik me terwijl de boot ronddreef alsof hij een eigen leven had gekregen en de zee me van alle kanten omringde. Ik kan eindelijk vrede met mezelf sluiten. John schreef ooit dat de zee ons altijd bij elkaar zou houden. Ik heb geschreven dat ik hoopte dat hij snel de Atlantische Oceaan zou oversteken om naar me toe te komen. Hij had geantwoord dat Zweden en Engeland niet gescheiden werden door de Atlantische Oceaan maar door de Noordzee, maar dat zelfs de Atlantische Oceaan hem er niet van kon weerhouden om me weer te zien. Hij had gelijk. Hier op zee voelde ik dat we altijd samen zullen zijn, wat er ook gebeurt. Dat de sterkste gevoelens soms kalmte creëren, en dat deze kalmte tot een wedergeboorte kan leiden.

Ik kreeg geen brieven meer. Ik schreef ook niet meer. De laatste brief ademde berusting, onderwerping, misschien dood, en toen er niets meer kwam beschouwde ik het zo. Voor mij was hij dood. Maar hier op zee, vlak voordat ik mijn moeder aan de zee zou geven, bedacht ik dat ik een verantwoordelijkheid en een keuze had. Ik kon het uitzoeken. Ik moest het misschien zelfs uitzoeken. Ik kon toen niet vergeven, maar alles wat ik vannacht heb gedaan ging om vergiffenis. Misschien is ook voor mij de oogsttijd gekomen.

Tijdens de tocht naar Nordsten had ik zeehonden voor de kust van Almö gezien. Grijze zeehonden brengen een jong ter wereld dat wit is bij de geboorte en deze witte vacht drie weken houdt, tot het vel eraf valt. Maar zijn niet alle kinderen wit als ze geboren worden, en wie weet wanneer het onschuldige eraf valt en wordt vervangen door de grijsheid van de ervaring? Ik kreeg mijn witte zeehondenjong, en ze heeft er recht op om het te weten. Net zoals ik het toen ik nog wit was had moeten weten.

Ik heb nooit tegen Susanne gelogen. Sven was Sven. Maar toen ze naar haar vader vroeg kreeg ze niet meer dan een voornaam, een maand en een jaartal. Net zoals mijn moeder voor mij achterliet. Ik vertelde over een korte vriendschap. Een ontmoeting in Stockholm. Een schip dat Minerva heette. Een ansichtkaart zonder achternaam. Daarna een golf die hem opslokte. Een verdrinkingsgeval. Net zoals mijn vader. Hoewel ik me toen ze klein was opstelde als de goede fee en de vloek verzachtte. Ik vertelde dat hij was opgeslokt door een walvis, net als Jonas, en dat hij op een ver strand was uitgespuugd om daar goede daden te verrichten. Dat walvissen met hun maaginhoud soms onder moeten duiken om opnieuw tot leven te komen. Tot Susanne oud genoeg was om te begrijpen dat mensen die verdrinken voor altijd verdwenen zijn.

Ik beschouwde het niet als verraad. Ik had mezelf ingebeeld dat het zo was. Dat ik de waarheid zei zonder deze met de werkelijkheid te vernietigen. En natuurlijk moest ik zo vaak vertellen over ons weekend in Stockholm dat mijn verhaal uiteindelijk beduimeld was aan de randen. Maar ten slotte stopten de vragen, in elk geval aan mij. Misschien deed ze wat ik heb gedaan. Misschien zocht ze met een voornaam, een maand en een jaartal zonder iets te vinden. Zodat ze net als ik moest accepteren wat niet veranderd kon worden. En daar, op zee, wist ik dat ik haar had bedrogen. Dat bedrog niet kan worden verdronken in liefde maar dat de liefde bovenop ligt terwijl het verraad daaronder rust, hoeveel de fles ook wordt geschud. Op zee begreep ik dat ik haar meer verschuldigd ben. Begreep ik dat ik mijn moeders misdaad niet mocht herhalen. Omdat Susanne anders zal worden opgejaagd door haar eigen Schoppenkoning. Tot ze haar witte kleur voor altijd kwijt is.

Schoppenkoning. Ik keek uit over het water. Even had ik het gevoel dat hij misschien niet meer dan een schaduw van een reïncarnatie was. De zwarte achterkant van een idee. Toen liep ik naar het bundeltje op de bodem van de boot. Ik legde het op de stoel, snoerde het vast met een oude ankerlijn, tilde alles op de reling en duwde het zonder aarzeling overboord. Het borrelde toen de golven hun buit opslokten, en kringen verspreidden zich vanaf de plek waar mijn moeders lichaam de koffer mocht volgen die ooit naar de bodem was gezakt. Even was de zee rondom me onrustig, daarna werd hij weer kalm. Simon, John, mijn moeder. En toen ik opkeek en de donkere gestalte zag die naar me zwaaide vanaf de top van de rotsen van Nordsten glimlachte ik. Eigenlijk wist ik wel dat hij er zou zijn. Het leek of hij wachtte. Ik zwaaide terug. Toen stuurde ik de boot naar het eiland, ging voor anker, pakte mijn begrafenismaaltijd en klom naar de top. En nu zit ik hier. De rest is stilte, zoals altijd wordt gezegd.

Daarnet heb ik de zakflacon gepakt en donkerrode wijn geschonken in het glas dat ik voorzichtig boven in de rugzak had gelegd. Ik hield het glas omhoog naar de maan en liet het rood de stralen absorberen. Daarna hief ik het naar mijn donkere metgezel en dronk en proefde de sensatie van met cacao verzadigde chocolade. Er is een god die ons lot scherpt, zelfs als we ons zo goed mogelijk proberen te verdedigen. Mijn eigen vertaling van een levensfilosofie. Ik dacht weer dat ik vrede voelde. Dat ik vergeven was. Ik had Buster vermoord, maar ik had hem tot mijn vertrouweling gemaakt. Ik had Kalle in de steek gelaten maar hij had iemand anders gevonden en de wiskundecarrière gemaakt die ik nooit kreeg. Ik had Björn verwond maar misschien was hij in staat geweest om zich te vermannen en zich met zichzelf en het ouder worden te verzoenen. Ik had Karin Thulin onttroond, die daarmee waarschijnlijk vrij was om de voor haar geschikte weg in het leven te vinden. Ik had mijn moeder vermoord en had haar daarmee een nieuw leven gegeven, een nieuw bestaan.

Plotseling dansten ze voor me in een uitbundige, krankzinnige rondedans. Voor in de rij blafte de teckel Jocke, en Buster, inclusief oren, was de laatste die naar zijn plaats huppelde. Ik zag Kalle, Björn, Karin Thulin, Sven, Susanne en Anna-Clara. Ik zag Britta, met losse haren en breed lachend, terwijl de sneeuw om haar heen dwarrelde alsof het een stralenkrans was, en achter haar zag ik John. Hij lachte zijn glimlach zonder glimlach, de blijdschap had zijn ogen bereikt, en hij hield haar hand vast en keek naar mij. En toen zag ik mijn moeder.

Ze danste uitgelaten in een rode jurk. Haar lange benen waren bloot en ze droeg geen schoenen aan haar voeten. Ze gooide haar hoofd achterover zodat haar haren vrij rondfladderen. Toen lachte ze, en haar lach werd een schreeuw van een eenzame meeuw die over het water naar de horizon vloog.

10 augustus

De man aan de telefoon deed zijn best om duidelijk Engels te spreken terwijl hij het uitlegde.

'Hij is nu natuurlijk gepensioneerd. Maar als hij bij de marine is gebleven ontvangt hij een pensioen van ons, en dan hebben we zijn adres. Ik stel voor dat u een brief aan hem schrijft. Die stuurt u naar ons samen met een bijgevoegde brief, waarin u alle informatie zet die u over hem hebt. Wees zo gedetailleerd mogelijk. We zullen onze uiterste best doen om uw brief door te sturen. U kunt schrijven naar ASPAA (C), Management Services Case Work, Centurion Building, Grange Road, Gosport, Hampshire. En dan het nummer. PO13 9XA. Zal ik het herhalen? Zoals gezegd, we doen onze uiterste best om hem te vinden. Als u schrijft.'

Het dagboek is af. De kaft omsluit de inhoud. Voor me ligt een leeg vel papier en de rest van een leven. Als ik de pen pak voel ik me net zo onzeker als de eerste keer dat ik een brief schreef aan de man met wie ik een regenachtig weekend in Stockholm had doorgebracht. Mijn hart slaat sneller en ik transpireer, alsof wat ik doe onherroepelijk is, hoewel ik nog niet eens ben begonnen aan de brief die ik misschien wil schrijven. Ik weet niet of ik zal, ik weet niet of ik kan, ik weet niet eens of ik moet. Maar de woorden nemen het commando over, zoals ze die zomer deden. Mijn handen schrijven en mijn wil volgt. 'Dear John.' En dan:

> Er is een god die ons lot scherpt, zelfs als we ons zo goed mogelijk proberen te verdedigen. Doet dat citaat je terugdenken ... aan iets ... aan iemand?